岩波文庫

32-532-3

ノートル＝ダム・ド・パリ

（上）

ユゴー 作

辻 昶
松下和則 訳

岩波書店

Hugo

NOTRE-DAME DE PARIS

1831

目　次

序　文……九
一八三一年刊行の決定版に付された覚え書……一一

第一編
1　大広間……一三
2　ピエール・グランゴワール……四九
3　枢機卿閣下（すうききょうかっか）……六八
4　ジャック・コプノール親方……八〇
5　カジモド……九八
6　エスメラルダ……一一三

第二編
1　一難去ってまた一難……一一七

2　グレーヴ広場……二三
3　「ぶたれてキス」……二六
4　夜のまちで美しい女のあとをつけていくと、いやなことに出くわす……一四
5　夜のまちで……（つづき）……一五三
6　壺（つぼ）を割る……一五七
7　婚礼の夜……一九四

第三編

1　ノートル＝ダム……二一七
2　パリ鳥瞰（ちょうかん）……二三四

第四編

1　気のいい女たち……二八一
2　クロード・フロロ……二八九

3　「怪獣の群れの番人で、怪獣よりもものすごい」……二九八
4　犬と飼い主……三一二
5　クロード・フロロ（つづき）……三一四
6　憎まれっ子……三一六

第五編

1　サン＝マルタン修院長……三二九
2　これがあれを滅ぼすだろう……三五〇

第六編

1　昔の裁判官たちを公平無私な目で見れば……三七九
2　「ネズミの穴（トルー・オ・ラ）」……三九九
3　トウモロコシのパン種（だね）で焼いた菓子の話……四〇七
4　一滴の水に一滴の涙……四五〇
5　菓子の話の結末……四六八

ノートル＝ダム・ド・パリ（上）

序　文

五、六年前のことだが、この物語の作者がノートル゠ダム大聖堂を訪れたとき――いや、さぐりまわったときと言ったほうがいいかもしれないが――、作者は、塔の暗い片隅(かたすみ)の壁に、つぎのようなことばが刻みつけられているのを見つけたのである。

ʼΑΝΆΓΚΗ(宿命)

年を経て黒くなり、壁石にかなり深く彫りこまれたこのギリシア語の大文字、中世の人間が書いたことを示しているかのような、文字の形やたたずまいに見られるゴチックの筆法に特有な何とも言えない風格、ことにその文字が表わしている悲痛で不吉な意味、こうしたものに作者は激しく胸を打たれたのである。

私はいぶかった、解き当ててみようと努めた、この古い聖堂の額(ひたい)に、罪悪か不幸かを表わすこのような烙印(らくいん)を残さずにはこの世を去っていけなかったほどの苦しみを味わったのは、いったいどんな人間だったのだろうか、と。

その後、あの壁は塗料を塗られるか、よごれをけずり落とされるかして（そのどちらだったか、私にももうわからないが）、あの文字も見えなくなってしまった。中世の素晴らしい教会はおよそ二百年来、みなこんなふうに扱われてきたのである。毀損の手は、内からも外からも、あらゆる方面から、こうした建物に襲いかかってくるのだ。聖職者が塗りたくり、建築家がけずり落とし、つぎには民衆が襲いかかって、打ちこわしてしまうのである。

こういうわけで、この物語の作者がここに捧げるはかない思い出のほかには、ノートル＝ダムのあの暗い塔に刻まれていた不思議なことばにかかわりのあるもの、あのことばがあれほどわびしげにひとことで表わしていた見知らぬ人間の運命を物語るものは、今はもう何ひとつ残っていない。あのことばをあの壁に書きつけた人間は、何世紀も前に世代の波間に消えてしまったし、あのことばも、その後聖堂の壁から消え失せてしまった。聖堂そのものも、そのうちには、おそらくこの地上から消えさることであろう。

この物語はあの不思議なことばから生まれたのである。

一八三一年三月

一八三二年刊行の決定版*に付された覚え書

この版に「新しい」章がいくつか加えられるはずだという予告がされたのは、間違いであった。「未発表の」章が加えられる、というべきだったのである。つまり、「新しい」が「新しく書かれた」という意味であるならば、この版に加えられたいくつかの章は、「新しい」ものではないのである。これらの章は、この作品の他の部分と同時に書きあげられたものであり、執筆の時期も、もとになる思想も同じなのである。要するに最初から『ノートル＝ダム・ド・パリ』の草稿の一部だったのである。それに、私は、こうした作品に後から新しい部分をつけ加えて、さらに発展させることができるなどとは、思ってもいない。そんなことは思いどおりにできるものではない。私の考えによれば、小説というものはすべての章がいわば必然的に同時に生まれ出るものであり、戯曲もまたあらゆる場面がいっせいに生まれ出るものなのだ。戯曲とか小説とか呼ばれているこの不思議な小宇宙、あの一世界を構成している各編各章の数は、勝手に増やしたり、減らしたりすることができるものと思ってはならない。こういう作品は、つぎ木をしたり、はんだづけをしたりしても、うまくいくものではなく、一気に世の中にとびだして、そのままの姿でいなければならないのである。一度できあがったら、思いなおしたり、いじったりしてはならないのだ。ひとたび本が世に出たら、ひとたび作品の性が、男であれ女であれ、認められ宣言されたら、ひとたびこの子がうぶ声をあげたら、この本は生まれたのだ、この世のものになったのだ、その姿ができあがってしまったのだ。父親も母親も、もうそれをどうすることもできないのだ。大気と太陽のものになってしまったのだ。生きるなり死ぬなり、そのままなりゆきに任せよう。あなたの書いた本が不出来な場合は？　しかたがない。不出来な本に新しい章を書き足すのはやめてほしい。完全でない場合は？　書くときに完全なものにしておくべきだったのだ。あなた方の育てた木が発育不全な場合は？　その木を直してまっすぐにしようなどと思ってはならない。あなたの書いた小説が肺病にかかっている場合は？　育つ見込みがない場合は？　絶えようとしている息吹（いぶき）を、吹きいれようとするのはやめてほしい。生まれてしまった戯曲が不備の場合でも、悪いことは言わない、どうぞつぎ木などしないでほしい。

＊　本書の初版は一八三一年三月に刊行されたが、翌年に三章を加えた決定版が刊行された。この翻訳はこの決定版によっている。〔訳注〕

このようなわけで、ここに加えられたいくつかの章（第四編６「憎まれっ子」、第五編１「サン＝マルタン修院長」、第五編２「これがあれを滅ぼすだろう」の三章）を、この新版のためにわざわざ書いたものとお思いにならないよう、とくにお願い申しあげておく。これらの章が今までの版にはいっていなかったのは、いたって簡単な理由によるものである。『ノートル＝ダム・ド・パリ』がはじめて印刷されたときに、この三章の原稿の束が紛失してしまったのである。改めて書くか、三つの章なしで出版するか、これよりほかに方法がなかったのだ。私はつぎのように考えた、――なくなった三章のうち二章（第五編の二章）だけは、長さからみればかなり重要なものではあったが、芸術と歴史を論じたものであって、劇的なこの小説の筋を少しも傷つけるものではない、だから、読者が章の抜けていることに気づくようなことはまずあるまい、こうした秘密を知っているのは書いた当人だけであろう――と。そこで私は、これらの章が抜けたままでこの本を出版する決心をした。それに、正直なところ、なくなった三つの章をもう一度書きなおすことなど、おっくうだったのである。それより、新しい小説を一つ書くほうが楽だったであろう。

　近ごろ、紛失したこの三つの章の原稿が出てきたので、さっそくこの版で、最初に予定していた箇所へ組み入れたしだいである。

　したがって、ここにお目にかけるのが、私が頭に描いて、書きあげた作品の完全な姿である。できばえが良いか悪いか、命が長いか短いかはわからないが、とにかく、このようにあってほしいと願ったこの作品の姿そのままなのである。

近ごろ見つかったこの三つの章は、『ノートル＝ダム・ド・パリ』に波乱にみちた物語だけを求めてこられた読者のみなさん――こうした方がたももちろん、きわめて正しい鑑賞力をもっておられるわけだが――からみれば、おそらく、あってもなくてもいいようなものかもしれない。だが、また、違ったタイプの読者もきっとおられるであろう。つまり、この本の中に、隠されている美学や哲学の思想を学ぶのもまんざら無益ではない、とお思いになったような方がた、あるいは、『ノートル＝ダム・ド・パリ』を読みながら、小説の中に小説でないものを見いだし、詩人のこうした貧しい制作の中に、少々おこがましい言い方をお許しいただければ、歴史家の方法や芸術家の目標を尋ね求めて、大いに楽しんでくださったような方がたである。

とくに、こうした方がたからみれば、この版で加えられた新しい章によって、『ノートル＝ダム・ド・パリ』は完成されたことになるだろう。もちろん『ノートル＝ダム・ド・パリ』が、手間をかけて完成するだけの値打ちありとしての話だが。

私は、新しく加えられた一章（第五編2「これがあれを滅ぼすだろう」）の中で、現在の建築術の衰退について、また、私に言わせれば、その死について――諸芸術の王である建築術の死は、今日では（こんにち）もう避けられないもののように思われるのだが――残念ながら胸中に深く根を張り、考えぬかれた意見を詳しく申し述べた。だが、こうした私の意見が間違いであったと指摘される日が、いつかはくることを心から望んでいる、ということもここで申しあげておかねばならないと思う。芸術は、どのような形式のものであれ、新しい世代に大きい期待をかけることができるものであり、まだ形をなさないとはいえ、新しい時代の天才が湧き出る音はわれわれの仕事場から聞こえてきているのだ、ということも私は承知している。もう種は畑にまかれているのだから、きっと立派な収穫があるだろう。ただ心配なのは、――そのわけはこの版の第二巻（この決定版は三巻で刊行）に述べておいたが――数世紀にわたって芸術にこのうえもない沃土を提供してきた建築という古い畑の養分が失われてしまったのだろう（第五編2「これがあれを滅ぼすだろう」中のユゴーの所説）ということである。

　とはいえ、現代の青年芸術家たちは生命や、力や、天分ともいうべきものに満ちあふれている。したがって、とくにわが国の建築学校では、今日、へぼ教授たちがどんな授業を行なおうと、彼らの知らぬまに、いやむしろまったく彼らの意に反して、素晴らしい学生たちが生まれ出ているのである。ホラティウス（前一世紀のローマの詩人）が語っている、あの陶工の場合とはちょうど正反対だ。ホラティウスの陶工は、みごとな壺を作るつもりでいながら、つまらぬ入れ物を作ってしまったのだから。「ろくろがまわり、できあがったのはつまらぬ壺」（ホラティウス『詩論』二一―二二行）

だが、将来の建築がどうなるにせよ、わが国の青年芸術家たちが、彼らの芸術の問題を将来どんなふうに解決するにせよ、とにかく、これからつくられる新しい記念建造物を待ちうける一方、昔からある記念建造物をもまた大切に保存していこうではないか。できれば、民族生粋の建築を愛する精神を、フランス国民の胸に吹きこもうではないか。はっきり申しあげるが、これこそ、この本を書いた主な目的の一つであり、私の一生の主な目的の一つでもあるのだ。

『ノートル＝ダム・ド・パリ』は、中世の芸術、今日まで、ある人びとからは知られず、またさらに悲しいことには、ある人びとからは蔑視されてきた、あの素晴らしい芸術の真の姿を、ある程度は読者にお伝えしたことと思う。だが私は、みずから進んで買ってでたこの仕事を完全にやりとげたなどとは、断じて考えていない。私は、もうたびたびわが国の古い建築物を弁護してきたし、そうした建築物に対して加えられた幾多の冒瀆や破壊や不敬を声を大にして告発してきた。これからも、あくまでもやるつもりだ。この問題は何度でもとりあげると誓ったのだから、何度でも論ずるつもりだ。わが国の学校やアカデミーの聖像破壊者どもは、夢中になって歴史的建築物を攻撃しているが、私も彼らに劣らぬ不撓不屈な態度で、こうした建物を擁護しつづけるつもりだ。というのも、中世の建築がつまらぬ者どもの手に渡るのを目にしたり、現代の漆喰職人どもが恥知らずな態度でこの偉大な芸術の遺跡をいじくりまわすのを見たりするのは、まことにやりきれないことであるから。そうしたことが行なわれるのを見ていながら、ただ嘲笑(ちょうしょう)を浴びせるだけで事足れりとしているのは、われわれ知識人としては、恥ずかしいことでさえあるのだ。私はここで、単にフランスの片田舎(かたいなか)で行なわれていることだけを言っているのではない。このパリで、つまりわが家の戸口や窓の下で、この大都市で、文化の都、出版、言論、思想の都であるこのパリで行なわれていることを言っているのである。私は、この覚え書を終わるに当たって、われわれの目の前で、芸術を愛するパリの公衆の目の前で、蛮行に驚きあきれる非難の声をものともせずに、毎日毎日計画され、討議され、はじめられ、つづけられ、平然と成しとげられていくこうしたいくつもの文明破壊の行為に、みなさんの注意をどうしてもひかずにはいられないのだ。最近も大司教館が破壊されたが（一八三一年二月十五日の共和主義者の暴動による）、これは無趣味な建物だったから、なくなってもたいした損害ではない。ところが、この大司教館と道づれに、司教館までとりこわされてしまった。この建物は十四世紀の珍しい遺物だったのが、とりこわしをやった建築家は、他のつまらぬ建築と見分けがつかなかったのである。毒麦を取り去ろうとして麦の穂をむしり取ってしまうようなことをやったわけだ。ヴァンセンヌの素晴らしい礼拝堂もとりこわされるという話だ。この礼拝堂の石材を使って何か防塞(ぼうさい)でもつくろうとするのだろうか、ドーメニル将軍（十八―十九世紀の将軍。ヴァンセンヌ城の司令官）でもこんな防塞は必要としなかったのだ。一方では、あのあばら屋みたいなブールボン宮の修復に大きな費用がかけられているかと思うと、もう一方では、サント＝シャペル礼拝堂のみごとなステンドグラスが彼岸風（ひがんかぜ）で吹き破られるままに放置されている。五、六日前から、サン＝ジャック＝ド＝ラ＝ブーシュリ教会の塔の上に足場が組まれている。近いうちにつるはしが打ちこまれるだろう。ある石細工職人は、パリ裁判所の尊い塔のあいだに白い小屋を建てた。また、ある石細工職人は、三つの鐘楼（しょうろう）を備えた、封建時代をしのばせるサン＝ジェルマン＝デ＝プレ修道院の一部をとりこわしてしまった。そのうちには、きっと、サン＝ジェルマン＝ローセロワ教会を打ちこわしてしまうような石細工職人も現われることだろう。こうした石細工職人（ペール、ゴッド等当代の建築家たち）は、みな自ら建築家をもって任じ、地方庁や王室から報酬を受け、アカデミー会員の服を着こんでいる。間違った趣味が真の趣味に対してなしうるあらゆる災いを、彼らはやってのけているのである。現に私がこの覚え書を書いているあいだにも、なげかわしい光景が展開しているのだ！　一人の石細工職人（チュイルリ宮の修復者フォンテーヌ）はチュイルリ宮をつかみ、一人はフィリベール・ドロルム（十六世紀の建築家。チュイルリ宮その他の大建築を設計、監督した）の顔の真ん中に切り傷をつけているのだ。そしてこの石細工職人のくっつけたぶざまな建築が、ルネサンスが生んだ最もデリケートな正面の一つにずうずうしくも切りこんで、ひしゃげた姿をさらしている図を目にするのは、あきらかに、われわれの時代のすこぶる不面目な事柄の一つと言わねばならないのである！

一八三二年十月二十日、パリにて

第一編

１ 大広間

今から三百四十八年六か月と十九日前のことだが、パリの市民は中の島（シテ）、大学区（ユニヴェルシテ）、市街区（ヴィル）をとりまく三重の城壁の中で、いっせいにガンガンと鳴りだした全市の鐘の音で夢を破られた。

だが、一四八二年一月六日というこの日は、何かとくに歴史に残るような事件が起こった日ではない。朝っぱらからパリじゅうの鐘や市民たちの心をこんなぐあいに揺り動かした事件というのは、べつにたいしたことではなかったのである。ピカルディー人やブールゴーニュ人が押しよせてきたわけでもなく、聖遺物箱の行列がねり歩いたわけでもなく、ラースのブドウ園で学生が騒ぎだしたのでもなく、「まことに恐るべき国王陛下」（フランス王ルイ十一世）が入城されたのでもなく、パリ裁判所（中の島にあった国王裁判所。もとは王宮）で男や女の泥棒どもをずらりと並べて絞首台にぶらさげるというふうなことでさえもなかった。十五世紀によくあったように、けばけばしい身なりをし、馬の頭に羽根飾りをつけたどこかの国の使節の一行がだしぬけにやってきたというのでもなかった。こうした種類の騎馬行列はつい二日前にも一度やってきたばかりだ。フランス王太子（ルイ十一世の子。当時十二歳）とフランドルのマルグリット姫（オーストリア公マクシミリアンとブルゴーニュ公女マリとの娘。当時三歳）との婚礼とり決めの役目をおびた、フランドル使節の一行がパリに入城したのである。ブールボン枢機卿は、やれやれやっかいなことだわい、と思いながらも、国王のご機嫌をとりむすぶために、フランドルの市長連からなるこのおのぼりさんの一団をもてなし、ブールボンの自邸で、「教訓劇、茶番、狂言などを存分に催して」彼らを楽しませなければならなかった。しのつく雨で、屋敷の戸口に張られた素晴らしいつづれ織がびしょぬれになっているというのに。

一月六日、ジャン・ド・トロワ（『ルイ十一世の醜聞年代記』の作者と言われる。ジャン・ド・ロワが本名）が「パリの全市民が沸きたった日」と言っているこの日は、ずっと昔から御公現の祝日とらんちき祭り（「らんちき法王」を選ぶなど、教会や教授をばかにする行事の祭り）とが、ちょうど重なりあうようにできている日だった。

この日には、グレーヴ広場でかがり火が焚かれ、ブラック礼拝堂に五月柱（祭りを祝うため民衆が立てた木）が立てられ、パリ裁判所で聖史劇（中世の宗教劇。本書では「教訓劇」を「聖史劇」と言っている）が上演される。前の日になると、紫色のウールの美しい胴着を着て胸に大きな白い十字架をつけたパリ奉行殿の役人たちが、辻々でラッパを吹き鳴らして、祝日を触れまわったものだ。

　というわけで、この日は、しもた屋も商家も閉めっきりで、朝から男女の市民の群れがぞろぞろとあちこちから現われて、催し物のある三つの場所へ、それぞれに向かっていった。誰もが思い思いにかがり火か、五月柱か、聖史劇へ出かけるのだ。なおこれは、物見高いパリっ子の昔からの分別のよさを褒(ほ)めることになるのだが、群衆の大かたは、ちょうど季節向きのかがり火か、裁判所の大広間で上演される聖史劇のほうへ足を向けたということを申しあげておかねばならない。裁判所といえば、なにしろしっかりした屋根があって、窓もドアもぴったりと閉まるのだから。ろくに花もつけない五月柱はブラック礼拝堂の墓地で、一月の寒空の下に一人みじめに震えながら、見物人からはいっせいにそっぽを向かれていた。

　とりわけ裁判所へ向かう通りの人波がひどかった。というのも、二日前にやってきたフランドルの使節の一行が聖史劇の上演と、やはり大広間で行なわれるばかりになっていたらんちき法王の選挙に顔を出すはずだということが知れわたっていたからだ。

　この大広間は、そのころ屋根のある場所としては大きさ世界一といわれたものだが（ソーヴァル（十七世紀の歴史家）がモンタルジ城の大広間の広さをまだ測っていなかったのは事実だ）、この日は、そこへはいりこむのもなまやさしいことではなかった。人波がごったがえしている裁判所前の広場は、窓からながめている野次馬連中の目にはまるで海みたいに見えた。広場に出る五つか六つの通りが、ちょうど河口のように、ひっきりなしに新しい人波を吐き出している。絶え間なくふくれあがっていく群衆の波は、いびつな形をした海面みたいな広場の中へあちらこちらで岬のように出っぱっている家々の角にぶつかっている。裁判所のゴチック式（交差リブを特徴とする十二—十六世紀のヨーロッパの芸術《主として建築》様式）の高い正面の真ん中を走っている大階段は、休みなく昇り降りする二重の人波の流れですっかり覆われている。流れは階段の下にある踏み段の下でくずれ、大きな波となって左右の斜面に広がっている。ちょうど滝が湖に落ちこむように、大階段が絶え間なく広場の中へ流れこんでいる、とでも言えようか。どなり声や、笑い声や、何千という群衆が踏みたてる足音がまじりあって、ワンワンガンガンと何ともたいへんな騒がしさだ。ときどきこの騒がしさは一段と激しくなった。大階段へ向かう群衆の流れが押しかえされ、ごちゃごちゃに乱れ、渦を巻くからなのだ。警官が人を乱暴にこづくか、裁判所づき警吏の乗馬が群衆を整理するためにあと足を蹴りあげるかしたせいだ。こうしたけっこうなやり口は、立派な伝統として、パリ裁判所から時代時代の憲兵隊へ、それから今日のパリ憲兵隊へと忠実にひき継がれてきているのだが。

戸口にも、窓にも、屋根窓にも、屋根の上にも、市民の、人のよさそうで、もの静かで、律儀な、何千という顔が鈴なりになっている。どの顔も裁判所の建物や人ごみをながめ、それだけですっかり満足している。というのも、パリっ子というのは、たいてい見物人を見物するだけで満足するものなのだから。壁の向こう側で何かが起こっていると、その壁がもう、とてももの珍しいものに思えるのである。

もし、われわれ一八三〇年代の人間が、想像の中で、こうした十五世紀のパリっ子の群れに入りまじって、引っぱられたり、肘でこづかれたり、倒されたりしながら、いっしょにパリ裁判所のこのだだっぴろい広間——一四八二年一月六日の当日には、とても窮屈だったのだが——にはいっていけたとしたら、その場の光景はまんざら興味のないものでも、魅力のないものでもないはずだ。まわりに見えるのがひどく古めかしいものばかりだから、それだけかえって目新しく思えるに違いない。

読者のみなさんがご同意くださるならば、みなさんが私といっしょに裁判所の大広間の敷居をまたぎ、中世の外衣だの羽織だの長衣だのを着こんだこの群衆の中にはいったとして、そのとき受けられるに違いない印象を、ここで想像して書いてみたいと思う。

まず、耳がガンガン鳴り、目がくらくらっとする。頭の上は、木彫をはめこみ、空色に塗りあげ、金のユリ模様をほどこしたアーチ形二重丸天井。足もとは白黒の大理石を互い違いにはめこんだ床。五、六歩離れたところにやけに大きな柱が一本。その先に一本、そのまた先にもう一本。広間の縦の線に沿ってこうした柱が全部で七本立っていて、横の線の中央で丸天井の迫上げ（せりあげ）をささえている。はじめの四本の柱のまわりには商人の陳列台が並んでいて、ガラスや安ぴか物でぴかぴか光っている。あとの三本の柱のまわりには、訴訟人（そしょうにん）の半ズボンや代訴人の法服でこすられて、てかてかになったカシワのベンチが置かれている。広間のぐるりには、高い壁に沿って、戸口と戸口とのあいだ、窓と窓とのあいだ、柱と柱とのあいだに、ファラモン王以来の歴代のフランス王の彫像がずらりと並んでいる。ものぐさ王たち（メロヴィング王朝末期の諸王。廷臣に政治をゆだねてかえりみなかった）は両腕をだらりと垂らして、目を伏せている。剛勇で戦（いくさ）ずきな王たちは、大胆不敵な顔つきで、顔と両手を天の彼方（かなた）にあげている。交差リブの細長い窓には、色とりどりのステンドグラスがはめこまれ、広間の広い出入口には、みごとな彫刻をほどこした、豪華なドアがとりつけられている。そして丸天井も、柱も、壁も、ドアや窓の枠も、羽目板も、ドアも、彫像も、上から下まで、すっかり目にもあざやかな青色と金色で塗りたてられている。だが、このあざやかな色調も、もうこの物語の時代には少しばかりつやを失っていたし、紀元一五四九年のころには、もうほとんど、ほこりとクモの巣の下に隠れてしまっていた。この年にデュ・ブルール神父（十六―十七世紀のフランスの聖職者、考古学者）がまだこれを称賛しているのは、ただ、慣例に従ったままでなのだ。

さて、この巨大な長方形の広間のありさまを思い浮かべていただきたい。どんよりした一月の日の光に照らしだされた広間の中へ、思い思いのけばけばしい服を着た、騒々しい群衆がどっと流れこみ、壁づたいに流れていって七本の柱のまわりに渦を巻いている。まずこれだけを思い浮かべていただけば、この場全体のだいたいのようすはおわかりになったことになるのだが、みなさんの興味をひきそうな細かいところを、もう少し、詳しくお話ししてみることにしよう。

たしかに、もしラヴァイヤックがアンリ四世を暗殺しなかったとしたら（旧教の敵として非難する説教にそそのかされ、一六一〇年、アンリ四世を刺し殺した）、ラヴァイヤックの訴訟の書類が裁判所の書記課に保管されるということはなかったわけだ。この書類の隠滅をはかろうとする共犯者も現われなかったわけだ。したがって、裁判所に火をつけねばならないなどという事情も起こらなかったわけだ。つまり書類をなくしてしまうために、ほかにいい方法もないので、焼いてしまおうとし、そのために書記課を焼こうとし、書記課を焼くために裁判所を焼こうなどという企ては起こらなかったわけだ。だから結局、一六一八年の大火など起こらなかったはずだ。とすれば、古い裁判所は、あの古い大広間をかかえて、今でも立っているはずだ。私は、あなたに、「見にいってき給えよ」と言えば、それですむわけだ。そうすれば、ああだこうだという描写を私はやらなくてすむし、あなたは読まなくてすむ。両方とも大いに助かるのだが。――つぎのような新しい真理がこれで証明されたことになる。大事件というものは計り知れない結果をともなうということなのだ。

実を言えば、まずラヴァイヤックには共犯者などいなかった。また、ひょっとして、いたとしても、彼らは一六一八年のあの大火には何の関係もなかった、ということも大いにありうるのである。この火事については、ほかに二つのはなはだもっともらしい説明が行なわれている。一つは、直径三十センチあまり、高さ五十センチほどの大きな、燃えさかる隕石（いんせき）が、誰もが知っているように、三月七日の真夜中すぎに、大空から裁判所の上へ落ちたというのだ。もう一つは、テオフィルのつぎの四行詩にうたわれている。

まことに、気の毒なことであった、
パリで、裁きの女神が
香辛料を食べすぎて、
口の中をかっかとほてらされたのは。（わいろをとりすぎたのがもとで、裁判所に火をつけられた、という裏の意味がある）

一六一八年の裁判所の大火についての、こうした政治的、物理的、詩的な三方面からの説明を人がどう考えようと、とにかく火事があったという事実は残念ながら確かなのだ。この大災害がたたって、ことに、災害をまぬかれて残った部分につぎつぎと加えられていった、さまざまな修復作業がたたって、今日では、ルーヴル宮の兄に当たる、この最初のフランスの王宮も昔の姿はほとんどとどめていない。フィリップ・ル・ベル王の時代にさえ、もうとても古くなっていたので、人びとは、ロベール王が建設し、エルガルデュスが描写した、あの素晴らしい建物のおもかげをそこに探し求めたものなのだが。今はほとんど何もかもなくなってしまった。サン・ルイ王が「お床入りをされた」勅印の間はどうなってしまったのだろう？　「ウールの上着に混紡の袖なし羽織、その上に黒檀色のマントを着、ジョワンヴィル（十三―十四世紀の歴史家。サン・ルイ王の顧問官）とともに敷物の上に横になって」裁判をされたあの庭はどうなってしまったのだろう？　シジスモン皇帝の部屋はどこにあるのだろう？　シャルル四世の部屋は？　ジャン・サン・テール王の部屋は？　シャルル六世が特赦令を発布された階段はどこにあるのだろう？　マルセル（十四世紀のパリ市長。民衆の指導者）が王太子の面前でロベール・ド・クレルモンとシャンパーニュ元帥を殺した場所は？　対立法王ベネディクトゥスの教書が引き裂かれた小門は？　教書を持ってきた使者たちが、祭服をつけ司教冠をかぶった姿をののしられながら、パリじゅうにおやけに謝罪するために出ていったあの小門は？　大広間は？　大広間のあざやかな金色や青色、交差リブや、彫像や、柱は？　彫刻を一面にほどこした巨大な丸天井は？　金色の間は？　頭をたれ、しっぽを両足のあいだに巻き、ソロモンの王座のライオンのように、正義の前にひれ伏す力といった、へりくだった格好で、戸口に控えていた石のライオンは？　あのみごとな数々の扉は？　美しいステンドグラスは？　ビスコルネット（ノートル＝ダム大聖堂の側面玄関の金具細工の制作者）にやる気を失わせてしまった数々の鉄細工は？　デュ・アンシのデリケートな指物細工は？……こうした驚嘆すべきさまざまなものを、時間と人間はどうしてしまったのだろうか？　失われた全ゴール史、全ゴチック芸術の代わりとして、われわれはいったい何を受けとったのだろうか？　サン＝ジェルヴェ教会の正面玄関をつくった、あの不器用な建築家ブロス殿（一六一八年の火事で焼けた大広間を再建した）の重くるしい平円アーチだ。これが芸術として与えられたものなのだ。歴史としては、パトリュ（十七世紀の雄弁で知られた弁護士）ばりのむだ話をまだ反響させている、あの大円柱に秘められたおしゃべりな思い出話だ。

だが、こんなことは、たいした問題ではない。――本当の昔の裁判所の本当の大広間に話を戻そう。

このだだっぴろい平行四辺形の広間の一方の端には、有名な大理石の一枚岩が置いてある。長さといい、幅といい、厚さといい、今まで誰も見たことのないような大きなもので、古い土地台帳には、ガルガンチュア（ラブレー作『ガルガンチュア物語』の中の同名の巨人）が舌なめずりでもしそうな文句で、《こんな大きな大理石は世界じゅうどこにも見あたらない》と書いてあるやつだ。広間のもう一方の端には、ルイ十一世が、聖母マリアの前にひざまずいている自分の姿を刻ませた礼拝堂がある。ルイ十一世はまた、王像の列の中に二か所ぽっかりとあきができるのもかまわずに、シャルルマーニュとサン・ルイ王の彫像をこの礼拝堂に移してしまった。この二人こそ、フランス王の中でもたいそう神の信任が厚かった聖人なのだと思っていたからだ。まだ新しく、建てられてから六年たらずにしかならなかったこの礼拝堂は、わが国のゴチック末期の特徴となっているあの美しく魅惑的な趣味にぴったり合わせてつくられたもので、デリケートな構造をそなえ、驚くべきみごとな彫刻や、精巧で深みのある彫金作品で飾られていた。こうした好みは、十六世紀なかごろのルネサンスの夢幻的な幻想の中にまでずっと生きつづけたのである。正面玄関の上の小さな透かし円花窓は、とくに繊細優雅な傑作で、まるで鉄細工の星みたいな感じがするのだった。

広間の真ん中の、大戸口に向かいあったところの壁沿いに、金らんの幕を張った高壇がある。これには金色の間の廊下の窓を使って特別の入口ができている。この高壇は聖史劇の上演に招かれたフランドルの使節や、そのほかのお偉方のためにとくに設けられたものだ。

聖史劇はしきたりどおり、例の大理石の盤の上で演じられることになっていた。盤は朝早くからそのように準備されていた。みごとな大理石の表面は法律組合（弁護士、代訴人など裁判補助員の見習い書生の組合）の連中のかかとですりへらされて筋だらけになっているが、その上にかなり高い木の枠組が立っている。枠組の上の面が広間のどこからでも見えるようになってい て、これが舞台になるのだ。タペストリーで囲われた枠組の中が俳優たちの楽屋の役をつとめる。外側に梯子（はしご）が一本あっさりと掛けてあるが、これは舞台と楽屋をつなぐ通路になるもので、俳優たちは登場にも退場にもこのけわしい段々のお世話になるのだ。だしぬけに人物が登場するときも、場面が急転回するときも、芝居がヤマ場を迎えるときも、俳優たちはいちいちこの一本の梯子を昇り降りしなければならないのだ。やり方といい、仕掛けといい、なんと罪のない、尊敬すべき幼稚さかげんだろう！

おしおきの日にも、お祭りの日にも、いやおうなしに民衆の楽しみの番をさせられる裁判所の大法官づきの四人の警吏が、大理石の盤の四隅（よすみ）にしゃっちょこばってつっ立っている。

芝居は、裁判所の大時計が十二時を打ち終わってからはじまることになっていた。芝居をやる時間としてはたしかにだいぶ遅すぎるのだが、使節の都合に合わせて、こんな時間に決めなければならなかったのだ。

ところで、ここにいる大勢の群衆は朝から待っていたのだ。この人のよい熱心な見物人はたいてい、夜がしらじら明けそめるころから裁判所の大階段の前でガタガタ震えていたのだ。なかには、まっさきにとびこめるように大戸によりかかって夜明かしをやったんだ、などと真顔で言っている者もいた。人波は休みなくふくれあがっていって、ちょうど水が入れ物いっぱいになったときみたいに、壁ぎわで盛りあがったり、柱のまわりで山をつくったり、なげしや、軒じゃばらや、窓の下枠や、建物の出っ張りや、彫刻のせり出したところの上にところきらわずあふれ出しはじめた。だから、窮屈な思いや、じりじりする気持や、退屈や、厚かましさと狂気の沙汰（さた）がおおっぴらにまかり通るこの日の遠慮ご無用の雰囲気や、やれ、肘でつついただの、やれ、鋲（びょう）を打った靴で踏んづけただのと言ってやたらにおっぱじまる喧嘩沙汰（けんかざた）や、長いあいだ待たされることからくる疲れや、そのほか何やかやで、使節が到着するまでにはまだまだ時間があるというのに、閉じこめられ、囲いこまれ、押しつけられ、押しつぶされ、息をふさがれたこの群衆の騒がしさはますますかん高く、激しくなっていくのだった。聞こえてくるのは、フランドル人や、パリ市長や、ブールボン枢機卿や、大法官や、オーストリア（フランドル）のマルグリット姫や、警吏や、寒さや、暑さや、悪い気候や、パリ司教や、らんちき法王や、柱や、彫像や、あちこちの閉まったドアや、こっちの開けた窓、こうしたものに対する不平と呪(のろ)いの声ばかり。人ごみの中に散らばっていた学生たちと従僕どもの群れはこうした騒ぎをやたらに面白がり、みんなの不満の声の中へ冷やかしや、悪ふざけのことばをまき散らし、この場のいらいらした空気を、いわば、ちくちくつついて、なおさらひどくいらだたせていた。

なかでも、陽気ないたずら者の一団がとくに目についた。彼らは窓ガラスを一枚ぶちこわすと、大胆にも窓枠の上にどっかと腰を落ちつけて、そこから内と外、つまり、広間の人波と広場の人波をかわるがわるながめては、野次をとばしはじめたのだ。彼らが物まねの身ぶりをやったり、ゲラゲラと大声で笑ったり、広間の端から端へ仲間同士で野次のやりとりをしているところを見れば、このくちばしの黄色い書生どもが、ほかの見物人のように退屈も疲れもしていず、目の下に広がっているながめから、彼らなりにじゅうぶん胸のわくわくする見せ物としての面白さを感じていて、本物の見せ物がはじまるのを、それほどじりじりして待ってはいないということが、すぐわかるのだった。

「やあ、おめえはたしかにジャン・フロロ・ド・モランディノだな!」と、一人の学生が金髪のちびっこに向かって叫んだ。叫ばれた相手は可愛(かわい)らしい、いたずらっぽい顔つきをした男で、柱頭のアカンサス葉飾りにしがみついている。「『風車場のジャン』たあ、いい名前をもらったもんだなあ。だって、おめえの二本のおててと二本のあんよは、くるくる回る風車の四つ羽そっくりだからよ。――いったいいつから、そこにひっかかってるんだい？」

「ありがてえことにゃ、もう四時間以上も前からさ」と、ジャン・フロロが答えた。「この四時間は、どうでも、おれさまの煉獄の時間からさし引いてもらわなくちゃあ。なにしろ、シチーリア王の八人の聖歌隊員が、サント＝シャペル礼拝堂で七時の大ミサのとっぱじめを歌いだすのを聞いたんだからな」

「たいへんな歌い屋どもだ。てめえたちのフードの先よりとんがった声をしやがってさ！　王さまも聖ヨハネさまにミサをあげる前によ、聖ヨハネさまがラテン語をプロヴァンスなまりでだらだらと唱えるのがお好きかどうか、きいとかなくちゃいけなかったんだ」と、一方がまた言う。

「あんなことをしたのも、シチーリア王のあのろくでもない聖歌うたいを雇うためなんだよ！」と、窓の下の人ごみの中にいた一人のばあさんが、いやみたっぷりな口調で叫んだ。「まったく、あきれるじゃありませんか！　ミサひとつにパリ金千リーヴルだなんて！　しかも、こんどもまたパリの魚市場からお召し上げだ！」

「お黙り！　ばあさん。ミサはどうしてもあげねばならなかったのじゃ。まさか、王さまがまた病気になればいいなどと思っているのじゃあるまいな？」と、魚売りのばあさんのそばで鼻をつまんでいた、太ったきまじめなようすの男が言った。

「ごもっともでござる。国王御着用毛皮類製造親方ジル・ルコルニュ殿！」と、柱頭にかじりついていたさっきのちびっこ学生がまぜっかえした。

哀れな国王御着用毛皮類製造人のこのあいにくな名前が聞こえると、学生たちはいっせいにどっと笑い声をあげた。

「ルコルニュ！ ジル・ルコルニュ！」と、何人かが唱える。

「角のはえた、毛むくじゃらの」と、一人が受ける。

「やい！ いったいぜんたい何がおかしいんだい？ ジル・ルコルニュ殿は立派なお方だぞ。王家役人裁判長のジャン・ルコルニュ親方とはご兄弟のあいだがらで、ヴァンセンヌの森の一等門衛マイエ・ルコルニュ親方のご子息なんだ。みんなれっきとしたパリ市民で、先祖代々ちゃんと嫁さんももらってるんだぞ！」と、柱頭のちびが言いつづける。

陽気な騒ぎはここで、ひときわわっと盛りあがった。太った毛皮類製造人はひとことも返せず、四方八方から矢のように注がれるみんなの目を逃れようと一所懸命。だが、やたらに汗が流れ、息が切れるばかりで、ちょうど木に打ちこまれたくさびみたいに、いくら力んでみても、くやしさと腹だたしさで真っ赤になった、卒中もちの平べったい顔を隣の人びとの肩と肩のあいだにぐいぐい突っこむよりほかに手はない。

とうとう、彼と同類の、太った、背の低い、押し出しの立派な男が助太刀（すけだち）に現われた。

「けしからん！　学生のくせに市民に向かって何という無礼な！　わしの若いころだったら、きさまのようなやつはそだ束（たば）でひっぱたかれて、そのそだで焼かれてしまうところなんだぞ」

学生の群れはいっせいにわめきだした。

「ヘッヘッヘー！　くだらん寝言を言ってるのは誰だい？　縁起でもねえミミズク野郎め。いったいありゃ何なんだ？」

「おや、ありゃ見た顔だぞ。アンドリ・ミュニエ親方だ」と、一人が言った。

「知ってるはずさ。大学お出入りの四人の本屋の一人だからなあ！」と、もう一人が言う。

「あの大学屋にゃ何もかも四つずつありゃあがるんだ。民族も四つ、学部も四つ、祭りも四つ、監事も四人、選挙人も四人、本屋も四人だ」と、またべつの一人が叫ぶ。

「そいじゃあ、そこで、よんちゃん騒ぎをやらなくちゃなるめえ」と、ジャン・フロロが言った。

「ミュニエ、おめえの本を焼いちまうぞ」

「ミュニエ、おめえの下男をひっぱたいちまうぞ」

「ミュニエ、おめえのかみさんの着ている着物をやぶいちゃうぞ」

「お人よしで、でぶちんのウダルドさんの着物をさ」

「ありゃあ、未亡人になったみてえに、陽気な女だ」

「ちくしょう、犬にでも食われちまえ！」と、ういういしくて、アンドリ・ミュニエ親方がつぶやいた。

「アンドリ親方、静かにしろ。でないと頭の上へドシンといくぞ！」とジャンが、あいかわらず柱頭にぶらさがったまま言った。

アンドリ親方は上を見て、ちょっと柱の高さといたずら小僧の体重を計っているみたいだったが、あの体重に速度の二乗を掛けると、と、胸のうちで計算すると、ぴたりと口を閉じてしまった。

地の利を得たジャンは勝ちほこって、なおも言う。

「おれは司教補佐の弟だけど、そのくれえのこたあ、やってのけられるんだぞ！」

「諸君、大学の先生ってのは、なんてケチなやつばかりなんだ！　きょうみてえな日にわれわれの特権を尊重させようともしねえなんて！　そうだろう、市街区にゃ五月柱やかがり火があるし、中の島じゃ聖史劇やら、らんちき法王やらフランドルの使節が見られるってえのに、大学区にゃ何にもなしときやがるんだ！」

「モーベール広場はけっこう広いのになあ！」と、窓ぎわのテーブルの上に陣どった学生の一人がつづけた。

「総長も、選挙人も、監事も、みんなやっつけろ！」と、ジャンが叫ぶ。

「今晩ガイヤール広場でかがり火をやろうじゃねえか。アンドリ親方の本を燃してよ」と、さっきの学生がつづける。

「書記の机も焚いちまいな！」と、隣の学生が言う。

「守衛の警棒もだ！」

「学部長のたんつぼもだ！」

「監事の食器戸棚もだ！」

「選挙人のパン箱もだ！」

「総長の腰かけもだ！」

「やっつけろ！」と、ちびのジャンがひときわかん高い調子でどなる。「アンドリ親方も守衛も、書記どもも、みんなやっつけろ。神学者も、医学者も、教会法学者も、やっつけろ。監事も、選挙人も、総長も、やっつけちまえ！」

「やれやれ、世も終わりじゃ！」と、アンドリ親方は耳をふさいでつぶやいた。

「おいみんな、総長だぞ！　ほら、広場を通ってくらあ」と、窓辺にいる一人が叫んだ。

みんなはわれがちに広場のほうを振り向いた。

「本当にわれらの尊敬すべき総長チボー先生かい？」と、風車場のジャン・フロロがきいた。広間の中の柱にしがみついているので、外のことは見えなかったのだ。

「そうだ、そうだ、あいつだ、ちげえねえ、総長のチボー先生さまだ」とみんなが答えた。

そのとおり、学生たちの目についたのは総長と大学のお偉い先生方だった。行列をつくってフランドルの使節を出迎えにいく途中、ちょうど裁判所前の広場へさしかかったところだった。学生たちは窓ぎわにひしめきあい、いろいろなあてこすりや皮肉たっぷりな喝采（かっさい）を送って、一行の通過を迎えた。行列の先頭になってやってきた総長が、まず最初の一斉射撃を浴びせられた。遠慮もへったくれもあったものじゃない。

「総長先生、おはよう！　おおい！　おはようって言ってるんだ！」

「こんなところへのこのこ現われて、いったいどうしたってんだ、老いぼれのばくち打ちめ？　もうサイコロはお見捨てなさったのかね？」

「ラバに乗っかってよちよち歩きだ！　ラバの耳のほうが、あいつの耳よりまだ短いぜ」

「おおい！　おはよう、総長のチボー先生！　ばくち打ちのチボー！　うすのろ！老いぼれのばくち打ち！」

「どうだい！　夕べはいい目が出たかい！」

「見ろ！　あの老いぼれづらを。あんまりサイコロをにらみつけたもんだから、青くなって骨ばっちまったぞ！」

「いったい、どこへ行くつもりなんだ、サイコロ振りのチボーどん。大学にゃ背中を向け、市街区の方へちょこちょこ走り（ばし）？」

「チボートデ通りへばくち宿を探しにでもいくんだろう」と、風車場のジャンが叫んだ。

学生たちは、ワッといっせいに声をはりあげ、気が狂ったみたいに手を叩いて、冷やかしを繰り返した。

「チボートデ通りへばくち宿を探しにいくんだな、総長先生、サイコロ勝負の親分、なあ、そうだろう？」

こんどはお偉い先生方がやっつけられる番だ。

「守衛をやっつけろ！　権標持ち（けんぴょうも）をやっつけろ！」

「おい、おい、ロバン・プースパン、あそこにやってくるやつあ誰だい？」

「ありゃジルベール・ド・シュイイ、ラテン呼び名が、ギルベルトゥス・デ・ソリアコってやつだ。オータン学院の書記長さ」

「おい、ほら、おれの靴だ。おめえ、おれより都合のいい場所にいるんだから、そいつをやつらの面に投げつけてくれ」

「ほら、サトゥルヌス祭のクルミを投げつけるぞ」

「白衣を着た六人の神学教授どももやっつけろ!」

「あいつらあ神学教授なのかい? おれはまた、サント゠ジュヌヴィエーヴがローニ領からのみつぎ物としてパリ市に納めた六羽の白ガチョウだと思ってたよ」

「医学者どもをやっつけろ!」

「必須討論も選択討論もやっつけろ!」

「おい、サント゠ジュヌヴィエーヴの丘の書記長、おれのシャッポをくれてやるぞ! てめえは、えこひいきをしやがったからな。ほんとによ! あいつはノルマンディー組のおれの席次を、ブールジュ州出のアスカニオ・ファルザスパダのちびにくれちまいやがったんだ。つまりあいつがイタリア人だからよ」

「そいつあ不正行為ってやつだ。サント゠ジュヌヴィエーヴの丘の書記長をやっつけろ!」と、学生たちは声をそろえて言う。

「おおい！　ジョワシャン・ド・ラドオール先生！　おいこら！　ルイ・ダユイユ！　やい！　ランベール・オクトマン」

「あんなドイツ組の監事なんざ、悪魔に首でも絞められちまえ！」

「それに、あの灰色の祭服を着た、サント＝シャペルづきの司祭どももな！」

「ってより、毛で飾った服のよ！」

「おおい！　文学士の先生方！　きれいな黒マントの先生方！　きれいな赤マントの先生方！」

「総長の後にぞろぞろぞろぞろ、みごとなしっぽだ」

「ヴェネツィア公が海とのご婚礼にお出かけってところだなあ」（公は毎年、御昇天の大祝日にアドリア海に結婚指輪を投げ入れ、海と結婚することになっていた）

「なあおい、ジャン！　サント＝ジュヌヴィエーヴの参事会員どもが行くぞ！」

「参事会員なんてくそくらえだ！」

「クロード・ショワール神父！　クロード・ショワール博士！　マリ・ラ・ジファルドを探しているのかい？」

「あいつはグラチニ通りにいるぜ」

「娼婦（しょうふ）取締り係のベッドを用意してますぜ」

「四ドニエの営業税を払っとりますぜ」

「でなきゃあ、客たちにおごらせてるぜ」

「おめえも払ってもらいてえのか?」

「おいみんな! ピカルディーの選挙人シモン・サンガン先生が、女房を馬の尻(しり)に乗っけていくぞ」

「騎士のうしろに黒き憂(うれ)いがすわる」

「ずうずうしいぞ、シモン先生!」

「おはよう、選挙人殿!」

「おやすみ、選挙人の奥さん!」

「いいなあ、みんなはいろんなものが見られて」と、あいかわらず柱頭の葉飾りにしがみついていたジャン・ド・モランディノが、溜息(ためいき)をつきながら言う。

下では大学お出入りの書籍商アンドリ・ミュニエ親方が、国王御着用毛皮類製造人ジル・ルコルニュ親方の耳もとに口を近づけて、しゃべっている。

「いやはや、あなた、世も終わりですな。学生どものあんならんちき騒ぎは、生まれてこのかた見たこともありませんよ。近ごろのろくでもない発明とやらが、何もかもだいなしにしちまうんですよ。大砲だの、セルパンチーヌ砲だの、臼砲(きゅうほう)だの、とりわけドイッからはやりだしたあのやっかいな印刷術だの。もう写本もいらん、本もいらん！てわけです。印刷術は本屋殺しですよ。いよいよ世も終わりですなあ」

「ビロード地もいい物ができるようになりましたからねえ、そのへんのところはよくわかりますよ」と、毛皮屋は答える。

　ちょうどそのとき、十二時が鳴った。

「あ、鳴った！……」と、群衆は声をそろえて言った。学生たちもぱったり黙ってしまった。つづいてザワザワガタガタと大きな騒音が起こった。みんなの足や頭が大きく動く。大勢が咳（せき）をしたりチーンと鼻をかんだりする音が、あたりにとどろきわたる。みんなが並んだり、自分の位置を決めたり、背伸びをしたり、仲間同士で集まったりする。それがすむと、あたりはシーンと静まった。みんな首をのばし、口をぽかんとあけ、大理石の盤のほうを見つめている。ところが、何にも現われ出ない。裁判所の四人の警吏は、あいかわらずしゃっちょこばって、身じろぎもせずにつっ立っている。まるで絵に描いた四つの彫像みたいに。みんなはフランドルの使節のために設けられた高壇のほうへ目を向けた。だが、ドアは閉まったままだし、高壇はからっぽだ。この群衆は朝から三つのものを待っていた。つまり正午と、フランドルの使節と、聖史劇とを。だが、時間どおりにきたのは正午だけだったのだ。

これでは、あんまりひどすぎる。

一分、二分、三分、五分、とうとう十五分待った。だが、何にもはじまらない。高壇はからっぽのままだし、舞台もだんまりだ。じりじりしていた群衆はそろそろ怒りだしてきた。まだ小声ではあったが、いらだちのことばが、あっちからもこっちからも聞こえてくる。

「聖史劇はどうしたんだ！　聖史劇はどうしたんだ！」と、ぶつぶつ言う小声がもれてくる。みんないらだっているのだ。まだゴロゴロいっているだけだが、嵐を帯びた雲がこの群衆の上に漂っているのだ。そこから最初のぴかりという光を飛び出させたのは、風車場のジャンだった。

「聖史劇をやれ、フランドル人なんか犬に食われっちまえ！」と、柱頭のまわりでヘビみたいに体をくねらせながら、ジャンは声をはりあげてどなった。

群衆はいっせいに手を叩いた。

「聖史劇をやれ、フランドル人なんか犬に食われっちまえ！」と、みんなは繰り返した。

「聖史劇をやれってんだ。とっととやれ。でないと、喜劇か教訓劇でやるみてえに大法官をぶらさげちまうぞ」と、ジャンがどなりつづける。

「そうだ、そうだ。とっぱじめに、そこの警吏をぶらさげちまおうよ」と、みんなが叫ぶ。

大喝采がわき起こった。可哀(かわい)そうに、四人の警吏は青くなって顔を見あわせはじめた。群衆は警吏めがけて押しよせた。そして、警吏と群衆とをへだてている弱そうな木の手すりが、人波に押されてミシミシとたわみ、ぺこんとへこむのが四人の目に映った。

危機一髪。

「絞めちめえ！　絞めちめえ！」と、四方八方からどなり声があがった。

ちょうどこのとき、さきほど申しあげた楽屋のタペストリーがさっとあがって、一人の人物が現われた。それを見ると、群衆はぴたりと騒ぎをやめた。かっかとのぼせあがっていたのが、まるでおまじないでもかけられたように、好奇心の塊(かたま)りみたいになってしまった。

「しいっ！　しいっ！」

現われた人物は、はなはだ心もとなげなようすで手足をぶるぶる震わせながら、大理石の盤のへりまで進みでた。はじめから、むやみやたらにお辞儀をしていたが、そのお辞儀は出るほどに進むほどに、だんだん深くなって、とうとう、ひざまずいてしまったように見えた。

その間に、あたりはまた、だんだん静かになっていった。聞こえるものといっては、静かな人波からいつもきまってもれてくる、あのかすかなざわめきだけである。

「お集まりの市民のみなさま」と、彼はしゃべりだした。「かたじけなくも枢機卿閣下のご臨場の栄を賜(たま)わり、われら一同、題して『聖母マリアの正しいお裁き』と申しまする、興味しんしんたる一場の教訓劇をご高覧に供しまする。ユピテルをあいつとめまするのは、このわたくしめにござりまする。枢機卿閣下におかせられましては、ただ今オーストリア公おん差し向けのご使節さまとご同道なされておりますが、ご使節さまご一行は、ちょうどボーデ門におきまして、大学総長殿よりご挨拶(あいさつ)をお受けのところにござりまする。枢機卿閣下のご臨場を得しだい、さっそく開演の運びといたしまする」

もしこのときユピテルがまかり出なかったならば、裁判所の哀れな四人の警吏はとうてい命が助からなかったに違いない。この事件はちゃんと本当にあったことなのだが、もし私の創作だとお思いになったとしても、したがって、私がこの話について批判の女神に対し責任を負うべきだとお考えになったとしても、このさい、「やたらに神さまをもちこむな」という昔のいましめをもちだして、この私を責めることはおやめになっていただきたい。それにユピテル神の衣装はとてもみごとだったので、群衆の目をすっかりひきつけて、彼らを落ちつかせるのに大いに役だったのである。ユピテルは、黒ビロード張りで金めっきの飾り鋲をつけた鎖帷子を着こみ、頭には銀めっきの飾りボタンをつけたビコケ帽をかぶっていた。顔の上半分には紅を塗りたくり、下半分にはもじゃもじゃといっぱいひげをはやしていた。手には、ボール紙をまるめて金ぴかの縞を塗り、一面にぴかぴか光る細皮を逆だたせたものを持っていたが、これは芝居通が見れば、ああ、雷だな、とすぐわかるのだった。足は肉色に塗り、ギリシアふうにリボン飾りをしていた。だが、こうしたけばけばしい衣装なんか身につけていなかったら、彼の謹厳な態度は、ペリー侯の軍団にいるブルターニュ人の射手にも負けないと言えるほどだった。

2　ピエール・グランゴワール

だが、この男が口上を述べているうちに、ユピテルの衣装を見せられて満場にたちのぼった満足と賛嘆の熱気は、だんだん冷えていった。そして彼が「枢機卿閣下のご臨場を得しだい、さっそく開演の運びといたしまする」というあいにくな結びの句にきたとたん、その声はゴーゴーと湧きあがった野次にかき消されてしまった。

「すぐにはじめろ！　聖史劇だ！　聖史劇をすぐやるんだ！」と、みんなはどなった。

なかでもひときわ鋭く耳に響くのは「ジャン・ド・モランディノ」の声で、まるでニームのどんちゃん音楽の横笛みたいに、ざわめきの中をつんざいて走りまわっていた。

「すぐにはじめろ！」と、この学生はキーキー声をはりあげる。

「ユピテルとブールボン枢機卿をやっつけろ！」と、窓にとまっていたロバン・プースパンのグループががなりたてている。

「教訓劇をやるんだ！　すぐやれ！　今すぐやるんだ！　でないと、役者も枢機卿もぶらんこさせちゃうぞ！」と、みんなは繰り返している。

可哀そうに、ユピテルは目を血走らせ、おろおろうろたえ、紅を塗った顔を青くし、思わず雷をとり落として、あわててビコケ帽を握りしめた。それからぴょこんとお辞儀をして、とぎれとぎれにしゃべりながら、ぶるぶる震えている。「閣下は……ご使節さまご一行は……フランドルのマルグリットさまは……」何をどうしゃべっていいのかわからないのだ。実のところ、縛り首にされるのがこわかったのである。

待てば民衆に縛り首にされる、待たねば枢機卿に縛り首にされる。どっちを向いても地獄、つまりは絞首台だ。

このとき運よく、彼を危険なところから助けだし、尻ぬぐいをしてやろうという男が現われた。

手すりのこちら側の、大理石の盤のまわりにできているあき間(ま)に、誰からもまだ気づかれないで、一人の男が立っていた。ひょろ長い体が、よりかかっていた柱のかげにすっかり隠れていて、見物人のほうからはまるで見えなかったのだ。いま申しあげたように、この男は背の高い痩(や)せっぽちで、また顔色はさえず、髪はブロンド、額(ひたい)や頰(ほお)にもうしわができているが、年齢はまだ若かった。目はきらきらと輝き、口もとはほほえみ、古くなってすり切れ、てらてらになった黒サージの服を着ている。この男が大理石の盤に歩みよったかと思うと、群衆の矢面(やおもて)にさらされている哀れなユピテルに合図をした。だが、相手はうろたえきっていて気がつかない。

進みよった男は、さらにもう一歩近よった。「ユピテル！　おいユピテル君！」と、彼は呼びかけた。

これも相手の耳には届かない。

とうとう、のっぽのブロンドはじりじりしてきて、相手のすぐ鼻の下から呼びかけた。

「ミシェル・ジボルヌ！」

「誰だ、呼んだのは？」と、びっくりしてとび起きたみたいな顔つきでユピテルが言った。

「おれだよ」と、黒服の男が答えた。

「あっ、おまえか!」と、ユピテルが言った。

「すぐにはじめろ。あいつらの言うとおりにしてやれよ。おれが大法官にうまく言ってやるよ。そうすりゃ枢機卿には大法官が何とか言いつくろってくれるだろう」と、男が言った。

ユピテルはほっと息をついた。

「市民のみなさま。ただ今より、ただちにはじめることにいたしまする」と彼は、あいかわらず野次りたてている群衆に向かって、ありったけの声をはりあげて叫んだ。

「ユピテル、いいぞ! 市民諸君、ご喝采(かっさい)願います」と、学生たちが叫んだ。

「ばんざい! ばんざい!」と、群衆が叫ぶ。

耳をつんざくような拍手がわき起こり、ユピテルがタペストリーの幕の中にはいってしまっても、大広間はまだ喝采の響きでびりびり震えていた。

だが、あの誰ともわからない人物、われらの敬愛するコルネイユのことばを借りて言えば、まるで魔法使いみたいに、「嵐を大凪(おおなぎ)に」変えてしまったあの男は、もう例の柱のかげの薄暗いところにつつましやかに姿を隠してしまっていた。男は、もし何も起こらなかったら、きっと、そのまま、前のとおり、人に見られないで、じっと隠れて、黙っていたに違いないのだが、二人の娘さんにまた引っぱり出されてしまった。この二人は見物人のいちばん前の列にいたものだから、男とミシェル・ジボンヌ、つまりユピテルとのやりとりを聞いてしまったのである。

「先生」と、娘の一人がそばへ来るようにと合図をしながら、男に言った。……

「あらいやだ、リエナルドさんったら」と、そばにいた娘が言った。可愛い、ういういしい娘で、晴れ着を着こんだせいですっかり大胆になっている。「あの方は聖職者じゃなくて、普通の人よ。『先生』なんて呼ばずに『あなた』っておっしゃいな」

「あなた」と、リエナルドは呼びかけた。

男は手すりに近よってきた。

「何かご用ですか、お嬢さん？」と、彼は丁寧にきいた。

「いいえ！　べつに。あたしの隣にいるジスケット・ラ・ジャンシエンヌさんがあなたにお話ししたいんですって」と、リエナルドはすっかりどぎまぎして答えた。

「嘘ですよ。リエナルドさんがあなたのことを『先生』と呼んだもんですから、わたしが『あなた』と呼ぶものだって、この人に教えてあげたんですわ」と、ジスケットが赤くなって言った。

二人の娘はまなざしを伏せた。男は娘たちと話をつづけたくてたまらないらしく、笑みを浮かべて二人をながめている。

「では何もご用はないわけですね、お嬢さん?」

「ええ!　何にも」と、ジスケットが答えた。

「ありませんわ」と、リエナルドも答えた。

若い金髪ののっぽは、もとの場所へ戻ろうとして、一歩踏みだした。だが好奇心の強い二人の娘は、この男をとり逃がしたくないようすだった。

「あなた、ねえ、あなたは、聖史劇で聖母さまの役をやる兵隊さんをご存じなんでしょうね?」と、ジスケットが勢いよく、開いた水門からどっと出る流れか、腹を決めた女みたいに、せき込んできいた。

「ユピテルの役のことですか?」と、このどこの誰ともわからぬ男がきいた。

「ええ!　ええ、そうなんです。この人、おかしいわ!　あの、あなたはユピテルをご存じなんでしょう?」と、リエナルドがきいた。

「ミシェル・ジボルヌですか?　ええ、知っていますとも」と、男は答えた。

「あの方のおひげ、すてきね!」と、リエナルドが言った。

「これからあそこではじまるお芝居、面白いんでしょうか?」と、ジスケットがおそるおそるきいた。

「とてもすぐれたものです」と、男は少しもためらわずに答えた。

「なんというお芝居なんですか？」と、リエナルドがきいた。

「『聖母マリアの正しいお裁き』というのです。教訓劇ですよ、お嬢さん」

「あら！　じゃ、違うわ」と、リエナルドが言った。

しばらく話がとだえた。が、男がまた口を切った。

「新作の教訓劇ですよ、まだ一度も上演されたことのない」

「それじゃあ、二年前、法王さまの特使さまがいらっしゃったときにやったのとは違うんですわね。あのときは、きれいなお嬢さんが三人、舞台にお出になったけど……」

と、ジスケットが言った。

「セイレン（美しい声でうたって船人を難破させた海の魔女）の役だったわ」と、リエナルドが言った。

「真（ま）っ裸（ぱだか）でね」と、若い男が言いそえた。

リエナルドは恥ずかしそうに目を伏せた。ジスケットも、それを見て目を伏せてしまった。男はほほえみながら話しつづけた。

「あれも、見た目にはなかなか面白い芝居でしたね。でも、きょうやるのは、フランドルの公女さまのために、わざわざ書きおろした教訓劇なんですよ」

「恋の歌は出てきますか？」と、ジスケットがきいた。

「とんでもない！　教訓劇にそんなもの！　様式（ジャンル）をごっちゃにしちゃいけませんよ。

茶番劇なら、恋の歌も結構ですがね」と、男が言った。

「あら、つまらないわ。あのときは、ポンソーの泉に男や女の野蛮人がたくさん出てきて、競争でいろんなことをやりましたわ。聖歌だの恋歌だのをうたいながら」と、ジスケットが言った。

「法王の特使向きのものはね、王女には向きっこありませんよ」と、男はかなりつっけんどんに言った。

「それに、そばでは、音の小さな楽器がたくさん競い合って、すてきな音楽をやっていましたわ」と、リエナルドが言った。

「それに、通りがかりの、喉(のど)の渇いた人たちのために」と、ジスケットがつづけた。「噴水の三つの口からブドウ酒と、ミルクと、香料入りブドウ酒(イポクラース)がふき出ていて、飲みたい人は誰でも飲めるようになっていましたわ」

「それから、ポンソーから少しくだったところのトリニテ教会では、所作(しょさ)だけのキリスト受難劇がかかりましたわ」と、リエナルドが話をついだ。

「ああ、そうそう思い出したわ！」と、ジスケットが叫んだ。「ほら、十字架に神さまがおかけられになっていて、神さまの右と左に泥棒が一人ずつついたのでしょう！」

このおしゃべりな娘たちは、特使ご訪問当時の思い出にすっかり夢中になってしまい、二人いっしょにしゃべりだした。

「それから、その先のパントル門には、とても立派な衣装をつけた人びとがいましたわ」

「それから、サン＝ジノサンの泉のところでは、猟師のなりをした人が犬をワンワン吠えたたせ、角笛を鳴らして、雌鹿を追っかけて後から行きましたわね！」

「それから、パリの食肉処理場にはディエップの城砦（イギリス海峡にのぞむ海港ディエップにある城砦。百年戦争の際、フランスの農民がたてこもりイギリス軍と戦った）をかたどったやぐらが立っていましたわね！」

「それから、ご特使さまがお通りになったとき、ほら覚えているでしょ、ジスケットさん、空撃がはじまってさ、イギリス兵はみんな喉を切られちゃったじゃないの」

「それから、シャトレ門によせかけてかけられた舞台にも、とてもきれいな役者たちが出たじゃないの！」

「それから、シャンジュ橋の上にもよ、すっかり敷物を敷きつめてさ！」

「それから、特使さまがお通りになったとき、橋の上でいろいろな鳥を飛ばせたでしょう。二千四百羽以上もね。とてもきれいだったわねえ、リエナルドさん」

「きょうの芝居は、もっと素晴らしいんですよ」と、二人のおしゃべりをいらいらしながら聞いていたのだろう、あの男が、とうとう口をはさんだ。

「これからやる聖史劇が素晴らしいだなんて、お請け合いになれますの?」と、ジスケットがきいた。

「請け合いますとも」と、男は答えた。そして、いくらか力をこめて、こう言いそえた。「お嬢さん、実はわたしの作品なんですよ」

「まあ、ほんと?」と、娘たちはびっくり仰天して言った。

「ほんとですとも!」と、詩人はちょっともったいぶったようすで言った。「実を言えば、二人がかりなんですがね。舞台で使う板をのこぎりで引いたり、舞台の木組を組んだり、板張りをしたりしたジャン・マルシャンと、作品を書いたこのぼくとの。——ぼくはピエール・グランゴワールという者なんです」

『ル・シッド』の作者でも、これ以上鼻たかだかと「わたしはピエール・コルネイユという者です」とは名のらなかったであろう。

ユピテルがタペストリーの幕の中にひっこんでから、この新作教訓劇の作者がこんなふうにいきなり名のりをあげて無邪気なジスケットとリエナルドの賛嘆を買うまでのあいだには、もう相当時間がたったに違いないことを、みなさんもお気づきであろう。まことに驚くべきことには、つい先ほどまで、あんなに騒々しかった群衆は、今ではユピテルのことばを信用しきって、しごく神妙に待ちつづけている。これでおわかりのように、見物人をおとなしく待たせておこうと思ったら、ただ今よりはじめまする、と言ってしまうのにかぎるのだ。これは永遠不滅の真理であって、今でも劇場へ行けば、毎日毎日その証明をして見せてくれる。

ところが、学生のジャンは、さすがに目敏（めざと）かった。

彼は、騒ぐのをやめて今では静かに待っている群衆の真ん中から、だしぬけにどなりだした。「やいやい！　ユピテルめ、聖母マリアめ、道化師のこんこんちきめ！　人をなめるな！　芝居はどうしたんだ！　どうしたってんだ！　はやくはじめろ！　でないと、また騒ぎをおっぱじめるぞ」

これだけでもう、じゅうぶんだった。

木組の中の楽屋から高低さまざまな楽器の音（ね）が聞こえだした。タペストリーの幕があがって、絵の具やおしろいをごてごてと塗った四人の登場人物が現われ、舞台へ通じる急な梯子（はしご）をよじのぼった。舞台までのぼりきってしまうと、見物に向かって一列に並び、うやうやしいお辞儀をした。すると音楽がやんだ。いよいよ聖史劇がはじまるのだ。

四人の登場人物のお辞儀は、惜しみない拍手に迎えられ、それがすむと、しわぶき一つしない静けさの中で序詩の朗唱がはじまった。が、あまりくどくどしくなるから、これは省くことにしよう。ところで、今日（こんにち）でもそうだが、見物人は登場人物の役よりも、むしろ彼らがつけている衣装のほうに気をとられていた。考えてみれば、それも無理からぬことなのだが。舞台の上の四人は、四人とも黄色と白の半々に染め分けた長い服を着ていて、どれがどれだか見わけがつかず、ただその生地で区別ができるだけだった。一番目の役者のは金と銀のにしき織、二番目のは絹、三番目のはウール、四番目のは麻だった。一番目の役者は右手に剣を、二番目は金色の鍵を二つ、三番目は秤を、四番目は鋤を持っていた。こうした持ち物を見れば、それぞれの人物の役は誰にでもすぐわかるはずなのだが、それでもまだよくわかろうとしない血のめぐりの悪い方がたのためを思ってか、四人の服のすそに黒い太字の縫いとりがしてあるのが読める。にしき織の服には「あたしは貴族です」、絹服には「わたしは聖職者です」、ウールの服には「あたしは商人です」、麻服には「わたしは農民です」と縫ってあった。この象徴的な四人の人物のうち二人の役が男であることは、彼らの短めの服と頭にかぶったクラミニョール帽を見れば、まともに頭の働く者なら誰でもわけなく読みとれた。一方、女役二人は男より長めの服を着て、フードをかぶっていた。

序詩をずっと聞いていれば、よほどの根性曲がりでもないかぎり、劇の筋だてがざっとこんなぐあいであることがのみこめたはずだ。つまり農民さんと商人さん、聖職者殿と貴族さんはそれぞれ夫婦なのだ。そして、この二組の幸福なカップルは共通の財産としてみごとな金のイルカを持っていて、どうしても、それを世界一の美人にやりたいと思っているのだ。そこで、めがねにかなう美人を探しもとめて世界じゅうを歩きまわり、ゴルコンダの女王、トラブゾンの王女、タタールの王様の姫ぎみなどなどを、つぎからつぎへとお断り申したあげく、農民さんと聖職者殿、貴族さんと商人さんは、今しもここパリ裁判所の大理石盤にたどりついて、ひとやすみというわけなのだ。こういうしだいで、お集まりのご立派な見物人を前に四人は、そのころ教養部の試験で心ゆくまでまくしたてることのできたありとあらゆる格言や金言、学生が学士号をとるとき試験される論理法だの、教授法だの、三段論法だの、論説法だのを思う存分ご披露(ひろう)におよんでいるのだった。

まったくもって、みごとなできばえである。

だが、この四人の象徴的人物がわれがちに比喩(ひゆ)の洪水を浴びせかけているこの大群衆の中に、あのグランゴワール（十五—十六世紀のピエール・グランゴワールという詩人、劇作家）、この劇の作者であり詩人である親愛なるピエール・グランゴワール君、つまり、さっき二人の可愛い娘さんに、得意のあまり、もうどうにも我慢できず、思わず名を名のってしまったあの男ほど耳をそばだて、胸をどきどきさせ、目を血走らせ、首を長くのばしている者はほかに一人もいなかった。彼は二人の娘たちから五、六歩離れた例の柱のかげに退き、そこから、耳をかたむけ、目を皿のようにして、芝居を楽しんでいた。彼の書いた序詩の朗唱がはじまったとき見物人が送ってくれた大喝采の響きが、腹の中でまだこだまを繰り返していた。そして彼は、うっとりした瞑想(めいそう)にすっかりひたりこんでいた。自分の考えが一つまた一つと俳優の口から静まりかえった大観衆の中へ落ちていくのを目にするとき、作家が誰でも経験する境地だ。やったぞ、ピエール・グランゴワール！

だが、申しあげるのもつらいことだが、こうしたうっとりした気持も、すぐぶちこわされてしまうことになった。グランゴワールが、喜びと勝利のうま酒(ざけ)に口を近づけたとたん、一滴の苦みがもうそこに混じってしまったのだ。

見物人の中に一人のぼろを着た物乞(ものご)いがいたが、人波の真ん中にはいりこんでいたので、もらい物はなし、またきっと、隣りあった人間どものポケットを探ってみてもたいした収穫がなかったのだろう、どこか高い、目だつところにすわって人目をひきつけ、もらい物をせしめようと思いついた。そこで彼は、序詩のはじめの文句が朗唱されていたとき、使節団用の高壇(たかだん)の柱をつたって、高壇の手すりの下を走っている軒じゃばらまでよじのぼり、そこにちょこんとすわりこんだ。そして着ているぼろや、右腕一面に広がっているぞっとするような傷を見せびらかして、人びとの注意をひいたり、哀れみを誘ったりしはじめたのだった。だがまだ、ひとこともしゃべりはしなかった。

物乞いが何もしゃべらなかったので、序詩の朗唱は何事もなく進んだ。このままいけば、騒ぎなどこれっぽっちも起こらずにすんだはずだ。だがあいにくなことに、例の柱のてっぺんにしがみついていた学生のジャンが、物乞いのやっていることを見つけてしまったのだ。このいたずら小僧は、いきなりゲラゲラ笑いだし、芝居の邪魔になるのも、舞台を一心不乱に見入っている見物人の妨げになるのもいっこうおかまいなしに、無遠慮に叫んだ。「おや！　できもの物乞いが、施しを受けとるぞ！」

カエルがうようよしている沼に石を投げこむか、飛んでいる鳥の群れに鉄砲を撃ちこむかしたことのある人なら誰でも、この無作法な叫び声が、舞台に一心に見とれている見物人のあいだにどんな効果をおよぼしたかを、すぐ想像することができよう。グランゴワールは、まるで電気にでも撃たれたみたいにぶるぶるっと震えた。序詩はぷっつりとぎれ、みんなはガヤガヤと言いながら、いっせいに物乞いのほうを振り向いた。が、物乞いのほうはあわてず騒がず、収穫（とりいれ）のチャンス来たれりとばかりに、目を半目に細め、哀れっぽい声をはりあげて、「恵んでやってくだせえまし！」とやりだした。

「おやっ、間違いねえ、ありゃクロパン・トルイユフーだ。おおい！　兄弟（きょうでえ）、腕につけてるその傷あ、足につけといいたんじゃ、ぐあいが悪かったんかい！」と、ジャンが言った。

こうしゃべりながら彼は、物乞いが傷のある腕で差し出しているあぶらじみたフェルト帽の中へ、猿みたいな器用な手つきで、コインを一枚ぽいと投げこんだ。物乞いは、コインと皮肉をさっさと受けとって、あいかわらず哀れっぽい調子で、「恵んでやってくだせえまし！」とやっている。

このできごとは見物人の注意をすっかり舞台からそらしてしまった。ロバン・プースパンを中心とする学生たちをはじめ、大勢の見物人が、序詩の途中でキーキー声の学生と落ちつきはらった一本調子の物乞いがやりだしたこの妙ちきりんな即席二重唱に、やんややんやの喝采を送るのだった。

グランゴワールはどうにも腹の虫がおさまらなかった。しばらくはあっけにとられていたが、はっとわれにかえると、舞台にいる四人の人物に向かって一所懸命にどなりだした。「つづけろ！　かまうもんか、やれやれ！」二人の邪魔者には、さげすみのまなざしもくれようとせず、夢中でどなっている。

このとき、彼は誰かに外套のへりを引っぱられたような気がした。そこで、いささかむっとしながらも振り返り、無理にほほえんで見せた。だがほほえんで見せる価値はじゅうぶんにあったのだ。というのも、ジスケット・ラ・ジャンシエンヌが、可愛い腕を手すりのあいだから出して、彼を振り向かせようとしていたからである。

「あなた、芝居はつづけてやるんでしょうね？」と、娘がきいた。

「むろんです」と、グランゴワールはこんな質問にだいぶ気を悪くして答えた。

「それじゃあ、あなた、すみませんが、あたしにお芝居の説明をしてくださる？

……」と、娘がまたきいた。

「これからどうなるかってことですか？」と、グランゴワールは口をはさんだ。「いいですとも、してあげましょう！」

「そうじゃないんです。今までやったところをですよ」と、ジスケットが答えた。

グランゴワールは、生傷にさわられた男のようにとびあがった。

「とんまの、うすのろ娘め！」と、彼はつぶやいた。

このときから、ジスケットのことはもう彼の頭から消えてしまったのである。

一方、俳優たちはグランゴワールの命令に従った。見物人も舞台でまたしゃべりだしたのを見て、耳をかたむけはじめた。だが、なにしろ芝居はあんなぐあいにいきなりプツンと切れてしまったので、後から残りをつないでみても、途中に割りこんできたつなぎみたいなもののおかげで、美しさがだいぶなくなったことは争えない。グランゴワールはぶつくさと、いまいましい思いを吐きちらしている。が、広間の騒ぎもだんだんとおさまって、ジャンも黙り、物乞いは帽子に受けた銭を数えている。芝居がまたこの場を制圧したのだ。

事実、なかなかみごとな作品だった。少し手をいれれば、今日でも立派に上演できるものと私は思う。提示部はいささか長く、いささか内容がなく、つまり型にはまりすぎていた。だが、簡潔に書かれており、純真なグランゴワールは内心ひそかに、なかなか明快な出来だわい、とうぬぼれていたのである。お察しのとおり、四人の寓意的人物は、金のイルカの思うような片づけ先が見つからないままに、世界の三つの州を歩きまわってきたので少々疲れていた。ここで彼らは、フランドルのマルグリット姫の年若い婚約者であるドーファン（フランス王太子のこと。イルカと綴りも発音も同じ）への暗示をそれとなく盛りこんで、世にも素晴らしいこの金の魚を褒めたたえる。当のドーファンはそのころアンボワーズに閉じこめられて、憂鬱な毎日を送っていたのだが。農民さんと聖職者殿、貴族さんと商人さんが自分のために世界一周をやってくれたなどとはつゆほども知らずに。問題のイルカは、だから年も若く、姿も立派で、力もあり、そのうえ（王さまのもっている美徳というものにはみな、こうした立派ないわれがあるものだ！）、フランスの獅子王の子供であった。はっきり申しあげておくが、この大胆な比喩ははなはだみごとであり、また、寓意詩や王家祝婚詩のつくられた時代なら、イルカがライオンの子供であったところで、芝居の博物学上いっこうに騒ぎたてることはなかったのである。いや、こうした珍しい、ピンダロス（古代ギリシアの技巧派の詩人）ばりのごたまぜ物こそ熱狂を呼んだものなのだ。だが、なおひとこと言わせていただけば、詩人グランゴワール君は、なにも二百行もの詩句を使わなくても、そのみごとな詩想を繰り広げることができたはずなのだ。が、それもしかたあるまい。奉行殿の布告によれば、聖史劇は正午から四時までつづくことになっていたし、そのあいだ、とにかく何かをしゃべらなければならなかったのだから。それに見物人も辛抱強く耳をかたむけていたのだ。

突然、商人さんと貴族さんが言い合いっこをやっているまっさいちゅう、農民さんが、

森の中でこのような堂々とした獣に遭ったことはない。

という驚くべき詩句を唱えたとたんに、今まで閉まっていた使節団用の高壇のドアが、皮肉なことにさっと開いた。そして、取次役のよく響く声がだしぬけに「ブールボン枢機卿閣下のご到着」と知らせたのだった。

3　枢機卿閣下

可哀そうなグランゴワール！　聖ジャン祭の二重大花火を一度にみんなドカンと打ちあげたとしても、大型火縄銃を二十丁いっせいにぶっぱなしたとしても、一四六五年九月二十九日の日曜日、パリが攻囲されたとき、一発で七人のブールゴーニュ人をやっつけた、あのビイ塔の有名なセルパンチーヌ砲がズドンと発射されたとしても、タンプル門にしまってある大砲用の火薬がいっぺんに爆発したとしても、この重々しい、劇的な瞬間に、取次役の口からとびだした「ブールボン枢機卿閣下のご到着」ということのわずかなことばほど激しく、グランゴワールの耳をつんざきはしなかったであろう。

といっても、ピエール・グランゴワールは枢機卿閣下を恐れていたわけでも、あなどっていたわけでもないのだ。彼はそんな気の弱い男でもなければ、そんなうぬぼれの強い男でもなかった。グランゴワールは、今のことばで言えば、まったくの折衷主義者であって、性格は高尚で堅固、穏和で沈着だった。つねに中道を行くことを心得ていて、枢機卿などといったお偉方には心から頭をさげる一方、理性と自由主義的思想で頭をいっぱいにしていた。アリアドネさながらの知恵の神から糸玉をさずかり、その糸を繰り出しながら、世のはじまり以来、入り組んだ人生の迷路をくぐりぬけてきた（アリアドネはギリシア神話のミノス王の娘。テセウスに一巻きの糸玉を与え、迷宮を脱出した）とも思える。哲学者という貴重な、昔から血統の絶えたことのない種族がいるものだ。こうした種族はいつの時代にも見られるが、どれもみな同じである。つまり常にあらゆる時代を通じて変わらないのだ。わがピエール・グランゴワール君も、もし私が彼の真価を顕揚（けんよう）することに成功するならば、十五世紀におけるこの種族の代表者となるに違いないのだ。だがまあ彼のことはさておいて、たとえばデュ・ブルール神父が十六世紀につぎのような、無邪気なほど崇高で、あらゆる時代に立派に通用することばを書いたのも、たしかにこの種族の精神が力づよく彼の胸中に生きていたからなのである。「わたしは、生まれはパリで、しゃべるのはパッレ語である。パッレーシアとはギリシア語で言論の自由ということだから。わたしはコンチ公殿下のおじぎみや弟ぎみに当たる枢機卿の方がたに対してさえも、自由にものを言った。だが、こうした高貴の方がたに対する尊敬の念を失ったことはなく、わたしの自由な話しぶりを見て腹を立てたおつきの者など一人もいない。おつきの者たちはたくさんいたのだが」

　だから枢機卿がやってきたとき、彼が一瞬、くそ面白くもない、と思ったとしても、それは枢機卿を憎んでいたからでもなければ、枢機卿の来たことをさげすんだからでもない。それどころではない。われらの詩人グランゴワールははなはだ常識の発達した男だったし、おそろしくすりきれた外套(がいとう)を着てもいたので、彼の序詩の中のたくさんの暗示や、ことにフランス獅子王(ししおう)の子供イルカ王子に対する賛美のことばが枢機卿閣下のお耳に達することを、このうえもなくありがたいことだと思っていたのである。だが、詩人というものの気高い心を左右しているのは利害の打算ではない。私は考えるのだが、一人の詩人の本質を仮に十という数で表わして、ラブレーが言うように、これを分析し薬理分解してみるならば、化学者はこの十が、欲得心一に対し自尊心九からなっていることを発見するであろうことはまず間違いない。さて、枢機卿のご到着でドアがさっと開かれたとき、グランゴワールの心を九割がた占めていた自尊心は、見物人の賛嘆の息吹(いぶき)ではれもののようにふくれあがって、途方もない発育ぶりをみせていた。今しがた詩人というものの心の中に見てとれた、あの欲得心という微分子は、ふくれあがった自尊心の下におさえこまれてしまったみたいに、すっかり見えなくなっていた。ところで、この欲得心というやつもなかなか貴重な成分であり、人間が現実に生きていくうえにはなくてはならぬ底荷(そこに)なのであって、これがなければ誰も足が地につかぬことになってしまうのだが。グランゴワールは、彼の祝婚詩のあらゆるくだりから休みなくこんこんと湧(わ)き出てくる果てしもない台詞(せりふ)の流れを前にしてびっくりし、あっけにとられ、まるで息づかいをとめたみたいになっている満場の見物人を、鼻でかいだり、目でたしかめたり、こう言ってよければ、手でさわってみたりしてさかんに楽しんでいた。もちろん、見物人といってもろくでもない連中ばかりなのだが、そんなことは問題ではない。間違いなく、彼はみんなといっしょに芝居のこのうえもない楽しみにひたっていたのだ。ラ・フォンテーヌは自作の喜劇『フィレンツェ人』（事実はシャンメレの喜劇（一六八五年）。ユゴーの時代にはラ・フォンテーヌ作とみられていた）が上演されたとき、「このどたばた劇を作ったやつは何者ですか？」ときいたが、グランゴワールだったらこれとは反対に、隣にいる男に「この傑作は誰が作ったのですか？」と、勇んできいたかもしれない。こういうわけだから、枢機卿がいきなり、ときならぬときに姿を現わしたことが、彼をどんな気持にさせたかはよくおわかりであろう。

彼が、こうなるんではないかな、と心配していたことが、十二分にもちあがってしまった。閣下のご臨場は見物人をすっかりざわつかせてしまった。顔という顔はみんな高壇（たかだん）のほうを振り向いた。誰が何をしゃべっているのやら、もうさっぱりわからない。「枢機卿だ！　枢機卿だ！」と、みんな口々に繰り返している。哀れな序詩は、またもやぷっつりと断ち切られてしまった。

枢機卿はちょっと高壇の入口に立ちどまった。枢機卿は何げないようすで見物人たちをながめまわしていたが、このあいだに騒ぎはますますひどくなっていった。誰もが枢機卿の姿をもっとはっきり見たいと思っていたのだ。誰も彼も、前にいるやつの肩の上に顔を出そうと一所懸命だった。

それもそのはず、枢機卿はお偉方であって、その姿を見ることは、芝居を一つ見るぐらいの値打ちはじゅうぶんにあったのだ。ブールボン枢機卿、リヨン大司教、リヨン伯、ゴールの首座大司教であるシャルルは、兄のボージュー侯ピエールがルイ十一世の第一王女を妻としていた関係から王とは縁つづきだったし、また母アニエス・ド・ブールゴーニュを通じて、シャルル・ル・テメレール（ブールゴーニュ公、ブールゴーニュ・フランドルの領主。ルイ十一世とつねに争った）とも親戚関係にあったのである。ところで、このゴール首座大司教の性格のいちばん目立つ、特徴的な点は、その宮廷人かたぎと権力崇拝癖であった。彼の二つの親類筋からもちあがる無数の心配ごとや、彼が宗教の小舟を巧みにあやつって避けて通らねばならなかった、俗界のいろいろな暗礁についてはわれわれも察しがつく。ヌムール公やサン＝ポール元帥（いずれもルイ十一世に対する反逆罪で、斬首刑に処せられた）を難破させてしまったカリュブディスとスキュラ（メッシナ海峡にある古代の船乗りの難所）ともいうべき、ルイやシャルルにぶつからないように進むためには、実になみなみならぬ苦労があったのである。だが、枢機卿は天佑に恵まれて、このむずかしい航海をいとも巧みにきりぬけて、無事ローマに着いたのであった。だが、港に着いたものの、いや、まさに港に着いていたがために、彼は、あれほど長いあいだ心配と苦労を重ねて過ごしてきた、彼の政治生活のさまざまな場面を思い出すと、ぞっとして身震いしないようなことは一度もなかったのである。だから彼はいつも一四七六年という年は自分にとっては「凶と吉」の年であった、と言っていた。その年に彼は母のブールボネ公妃といとこのブールゴーニュ公を失ったのだが、母の死の悲しみはもう一方の死でなぐさめられた、ということが言いたかったわけである。

　それに、彼は善人であった。枢機卿らしい愉快な日々を送り、シャイヨの王領地の地酒でよくいっぱい機嫌になり、リシャルド・ラ・ガルモワーズやトマス・ラ・サイヤルドのような女も嫌いではなく、年とった女たちよりもきれいな娘に施しをするのが好きだった。こうしたいろいろな理由から、パリの「民衆」のあいだにはなはだ人気があった。外出のときは、家柄がよく、女好きで、露骨で、場合によっては美酒美食にもふけろうという司教や修院長を五、六人必ずお供につれて歩いた。またサン＝ジェルマン・ドーセールの正直な、信心深いご婦人たちが、夕方、ブールボン邸の明かりのついた窓の下を通って、眉をしかめたことも一度や二度ではなかった。なにしろ昼間自分たちの前で晩禱を唱えていた神父たちの同じ声が酒のグラスを触れ合わせながら、こんどはベネディクトゥス十二世（十四世紀のアヴィニョンの法王。廉潔な法王だったが、酒好きな享楽家とする誤報も流布した）作の酒盛りの歌「法王らしく飲みましょう」をうたっているのが聞こえたからだ。ベネディクトゥス十二世といえば三重の法王冠をこしらえあげた法王だが。

おそらく、もっとも至極な根拠にもとづくこうした人気があったればこそ、枢機卿は、はいってきたとき、さっきはあんなに不満の色を示した群衆、しかも自分たちでらんちき法王を選ぶことになっているこの日、枢機卿を尊敬する気持などこれっぽっちも持ちあわせていない群衆から、手ひどいお迎えをまったく受けずにすんだのであろう。だが、パリっ子というものはあまり恨みを根にもたぬたちである。それに、さっきは自分たちの独断で芝居をはじめさせてしまって、善良なパリ市民は枢機卿からみごと一本とっていたのだから、もうそれだけで満足していたのである。おまけにブールボン枢機卿閣下は男ぶりがよく、はなはだ美しい緋の衣をはなはだみごとに着こなしていた。だから当然のことながら、ご婦人連を一人残らず、ということは、見物人の半分以上を味方にしてしまったのである。たしかに、芝居見物を待たされたからといって枢機卿を野次るなどということは、枢機卿が男ぶりがよく、緋の衣をみごとに着こなしている場合には、間違っていようし、いい趣味でもあるまい。

さて、閣下は特別席である高壇にはいり、お偉方がしもじもに見せる先祖代々のほほえみを浮かべながら見物人に向かって会釈をすると、何かまるっきり別のことを考えているみたいなようすで、緋色のビロード張りの肘掛け椅子のほうへゆっくりと足を運んだ。今日なら参謀とでも呼ばれるに違いないおつきの司教や修院長たちも後につきそいながら、どやどやと高壇の中にはいってきたが、これもまた平土間のざわめきと好奇心をかきたてた。みんなはわれがちにおつきの連中を指さしあったり、名前を教えあったり、一人ぐらいは知ってるぞ、といった負けん気を見せたりしている。ありゃ、たしかマルセイユ司教のアローデさまだぜ。ありゃ、サン＝ドニ教会の参事会長だぜ。ありゃ、サン＝ジェルマン＝デ＝プレの修院長のロベール・ド・レスピナスだぜ。ルイ十一世の愛人の兄きで、とんだ遊び人さ……どれもこれもいいかげんな当て推量ばかりだ。学生たちは口ぎたなくどなりちらしていた。きょうこそ彼らが羽をのばす日なのだ。彼らのらんちき祭り、底抜け騒ぎの日なのだ。法律組合の連中と学生たちの年に一度のらんちき騒ぎの日なのだ。どんなでたらめも、きょうだけは、誰にも文句を言われず、堂々とまかり通るのだ。それに、群衆の中にはシモーヌ・カトルリーヴルだの、アニェス・ラ・ガディーヌだの、ロビーヌ・ピエドブーだのといったおしゃべりの娼婦どもがいた。こんな結構な日に、教会のお偉方や娼婦たちがいるところで、思いきりののしりわめいたり、ちょいとばかり神さまの悪口を言ってみたりできるというのは、なんともはや、気持のいいことではなかろうか？　だから学生たちが、このありがたい機会をむざむざとり逃がすはずはない。広間のガヤガヤと騒がしい声にまじって、思わず耳をふさぎたくなるような不敬なことばや、とんでもないことばがガンガンとびかう。ふだんはサン・ルイ王の焼けた鉄がこわくて、じっと我慢している書生や学生たちが、このときとばかりにどなり散らし、わめき散らすことばなのだ。サン・ルイ王こそお気の毒だ。自分がつくった裁判所で、なんとひどい侮辱(ぶじょく)を浴びせられていることだろう！　学生たちは高壇にはいってきた一団の中から、あるいは黒の聖職服を、あるいは灰色を、あるいは白を、あるいは紫を、思い思いに相手に選んでうさをはらしている。ジャン・フロロ・ド・モランディノはなにしろ司教補佐の弟だったから、攻撃目標に選んだのは、大胆にも緋の衣だった。彼は枢機卿の顔をずうずうしくにらみつけながら、「酒びたり野郎！」と、声をはりあげてどなっていた。

みなさんのご参考にもと思って、ここにこまごまと書いてはみたが、本当は、こんな学生たちの声なんかは大広間のガヤガヤした騒ぎの中にのみこまれ、かき消されてしまって、壇上のお偉方の耳には届きもしなかったのだ。おまけに、もし、仮に届いたとしても、枢機卿のほうでは痛いともかゆいとも感じなかっただろう。なにしろこの日は、言いたいほうだい、したいほうだいが許されていたのだから。おまけに枢機卿にはまた別の気がかりなことがあって、そのため、すっかり何かに気をとられているみたいな顔つきだった。その気がかりは、彼のすぐ後にくっついてきて、彼とほとんど同時に高壇にはいってきたのである。つまりフランドルの使節一行だ。

枢機卿は読みの深い政治家ではなかったし、また、いとこのマルグリット・ド・ブールゴーニュ姫と縁つづきのフランス王太子シャルルとの結婚から生まれそうないろいろな結果を、何かに利用してやろうなどという気もさらさらなかった。オーストリア公とフランス王のうわべだけの交友関係がどのくらいつづくだろうか、とか、イギリス王が自分の姫に加えられたこの侮蔑（シャルルはマルグリットとの婚約以前、イギリス王エドワード四世の長女エリザベスと婚約していた）をどんなふうに受けとるだろう、とかいう問題は、まるで彼の頭にはなかった。だから毎晩、シャイヨ王領の地酒をゆうゆうと楽しんでいた。のちに、ルイ十一世からエドワード四世へ心をこめて贈られたこの同じ酒の幾びんか（もっともその酒は、医師コワチエ（ルイ十一世の侍医）によっていくらか改良、調整されてはいたのだが）が、ある日とつぜん、ルイ十一世からエドワード四世をやっかい払いすることになるなどとは思いもかけずに。「オーストリア公殿の大変高貴な使節一行」は、枢機卿にとって、そうした心がかりの種なんかではまったくなくて、別の意味でやっかいな荷物だったのである。つまり、この物語のはじめのところですでにちょっと申しあげたように、シャルル・ド・ブールボンともあろうものがえたいのしれない町人どもを歓迎したり、手厚くもてなしたりしなければならないということが、事実、いささか面白くなかったのだ。枢機卿が町の助役どもを、陽気な飲み食いの好きなフランス人がビールばかり飲んでいるフランドルからやってきた者どもを、相手にしなければならないとは。しかも世間の見ている前でだ。国王のご機嫌をとり結ぶために今までにもいろいろと無理をしてはきたが、まったく、こんなやりきれない思いをしたことは、めったになかった。

ところで、取次役がよく響く声で、「オーストリア公殿のご使節のみなさまご到着」と知らせると、枢機卿はドアのほうに体を向けた。それも優にみやびやかな身ごなしで(たいへんな努力だった)。大広間じゅうの顔という顔が同じようにドアのほうに向けられたことは、あらためて申しあげるまでもない。

すると、オーストリア公マクシミリアンの使節四十八人が二人ずつ並び、シャルル・ド・ブールボンについてきた聖職者たちのにぎやかな落ちつきのない態度とは正反対のしごくまじめくさったようすで、やってきた。一行の先頭をうけたまわっているのはサン＝ベルタン修院長兼金羊毛騎士団長ジャン神父殿と、ドービ卿、ガン市長官ジャック・ド・ゴワの二人だ。広間はシーンと静まったが、使節の面々が落ちつきはらって取次役に伝えるへんてこな名前や町人らしい肩書が聞こえてくるたびに、おし殺したような笑い声がいっせいにあがるのだった。取次役は名前と肩書をごっちゃにしたり、でたらめにちょん切ったりしながら、それを見物人の頭ごしに大声で呼びあげる。ルーヴァン市助役ロフ・ルロフ殿、ブリュッセル市助役クレ・デチュエルド殿、ヴォワルミゼル卿、フランドル総督ポール・ド・ベースト殿、アンヴェルス市長ジャン・コレゲンス殿、ガン市最高助役ジョルジュ・ド・ラ・ムール殿、同市区第一助役ゲルドルフ・ヴァン・デル・アージュ殿、つぎにビールベック殿、つぎにジャン・ピノック殿、つぎにジャン・ディメルゼル殿、などなど。大法官、助役、市長。市長、助役、大法官……どれもこれも四角ばり、しゃっちょこばり、こちこちに固まり、ビロードや緞子（どんす）の一張羅（いっちょうら）を着こみ、頭にはキュプロス金糸（きんし）の大きなふさのついた黒ビロードのクラミニョール帽をかぶっている。要するに、フランドルの上流人士たちであり、いかめしく、きびしい面（つら）がまえの面々であり、レンブラントが「夜警隊の図」の中で暗い背景の上にはなはだ力強く、重々しく浮きあがらせているあの人物たちと同じ一族なのだ。オーストリア公マクシミリアンが宣言書に「きみたちの思慮、勇武、体験、忠節、廉直（れんちょく）を心から信頼する」と正当にも書いた文字を、そっくりそのまま額（ひたい）に刻みこんでいるみたいな連中だった。

だが、一人だけこうした型にはまらないのがいた。その男は抜けめのない、はしっこい、ずるそうな顔つきをしていて、猿と外交官が同居しているみたいなご面相だった。この男が現われると、枢機卿は三歩前へ進み出て、ひどく腰の低いお辞儀をした。ところがこれは「ガン市終身市会議員ギヨーム・リム」と名のる男にすぎなかったのである。

そのころギヨーム・リムがいったい何者なのかを知っている者はほとんどいなかった。だが、これは世にもまれな傑物で、革命の時代でもあれば、たちまち時流の表面におどり出ていたはずなのだが、十五世紀というこの時代には、残念ながら陰謀のほら穴の中で、サン＝シモン公（十七―十八世紀の回想録作者）の言う「地下壕生活（ちかごうせいかつ）」をやっている身の上だった。とはいうものの、彼はヨーロッパきっての「政界の策士」として腕を買われていたし、ルイ十一世ともじきじき謀議をこらし、また王の舞台裏の仕事にもよく手をかしていたのである。だが見物人たちは、こんなことはいっこうに知らないものだから、枢機卿がひどくぱっとしないこのフランドルの町役人にやけに丁寧（ていねい）な挨拶（あいさつ）をするのを見て、目をまるくしてしまったのである。

4　ジャック・コプノール親方

ガン市の終身市会議員と枢機卿閣下（すうききょうかっか）がはなはだ頭（ず）の低いお辞儀をかわして、なおのこと低い声で何かひそひそ話しあっているところへ、平べったい顔をした、いかり肩の一人の大男が現われ、ギヨーム・リムと並んで高壇（たかだん）にはいろうとした。狐（きつね）のそばにブルドッグが並んだみたいだ。彼のフェルトのビコケ帽や皮の上着は、まわりのビロードや絹地についたしみみたいに見えた。どこかの馬手が迷いこんできたのだろうと思って、取次人はこの男を呼びとめた。

「おい、こら！　はいっちゃいかん」

皮の上着の男は取次人を肩でぐいっと突いた。

「なんだ、この野郎？」と、男は割れるような大声で言ったので、広間の目という目はいっせいに、このへんてこなやりとりに注がれた。「おれはお客だぞ、わからねえのか？」

「お名前は？」と、取次人がきいた。

「ジャック・コプノールだ」

「ご身分は？」

「ガンの洋品屋だ。屋号は『三つの鎖（くさり）』てえんだ」

取次人は後ずさりした。助役や市長ならまだしもだが、洋品屋を取り次ぐのはやりきれない。枢機卿は困りきっている。見物人はみんな耳をそばだて、じっと見つめている。枢機卿閣下は、二日間というもの、せいいっぱい骨を折って、このフランドルの人たちをなんとか人前に出られるように磨（みが）いてやったのだが、それにしてもひどいお返しをい

ただいたものだ。だが、ギヨーム・リムは、持ち前の抜け目のないほほえみを浮かべながら取次人に近づいていって、

「ガン市市役所助役づき書記ジャック・コプノール殿と取り次ぎなさい」と、小声でささやいた。

すると枢機卿も大きな声で言った。「取次役、かの有名なガン市の市役所助役づき書記ジャック・コプノール殿と取り次ぎなさい」

だがこれはまずかった。ギヨーム・リムだけだったら、なんとかうまくその場をごまかせたのだが、コプノールが枢機卿の声を聞いてしまったのだ。

「そうじゃねえ、べらぼうめ！　おれは洋品屋のジャック・コプノールってんだ。わかったか、取次役？　おれの名を長くも短くもするこたあいらねえ。べらぼうめ！　洋品屋で結構だ。オーストリアの大公だって何度もおれの店で手袋（ガン）を買いなすったんだぞ」と、彼は例の雷声でどなった。

笑いと拍手喝采（はくしゅかっさい）がどっとわき起こった。しゃれはパリっ子にはすぐ通じるのだ。だから、しゃれがとぶと、かならず拍手喝采が起こる。

それにコプノールはただの市民だったし、まわりにいる見物人たちもただの市民だった。だから両方の心は電気みたいに、また言ってみれば、仲間同士みたいにさっと通じ

合ったのである。フランドルの洋品屋のくれた横柄な剣突は、居合わせた宮廷人たちの鼻っ柱をへしおって、広間の下層民たちの胸に、みな、おれたちだって捨てたものじゃないのだ、といったふうな感情をわきたたせた。もっともこうした感情は、十五世紀にはまだぼんやりした、はっきりしないものだったが。枢機卿閣下につっかかっていったあの洋品屋は、もう閣下と五分五分の男とみなされるべきだ！　こう考えると、枢機卿の裳裾持ちであるサント＝ジュヌヴィエーヴ修院長の領地の法官の下僕の、そのまた下の走り使いにさえぺこぺこ頭をさげている哀れな民衆は、すっと胸がすくような気がするのだった。

コプノールは閣下に向かって横柄な会釈をした。閣下のほうも、ルイ十一世にさえ恐れられていたこの恐ろしく勢力のある市民に会釈を返した。フィリップ・ド・コミーヌ（十五世紀の年代記作家）が、「さとくて意地の悪い男」と評したギヨーム・リムが、冷やかすような、また、見さげるようなほほえみを浮かべながら、二人の姿を目で追っていると、二人はそれぞれ自分の席にたどりついて腰をおろした。枢機卿はすっかり面くらって不安げなようすだったが、コプノールのほうは横柄な態度で落ちつきはらっていた。腹の中ではきっとこんなふうにでも思っていたのだろう。《要するに、洋品屋というおれの肩書だって、枢機卿という肩書にまさるとも劣らぬものだわい。きょう結納をかわしてやる、マルグリット姫の母親のマリ・ド・ブールゴーニュにしたって、おれが洋品屋じゃなくて枢機卿なんかだったら、こんなにこわがりゃしないに違いないんだ。だってそうじゃないか。シャルル・ル・テメレールの娘のお気に入りの家臣たちに向かって、ガンの市民を扇動して立ちあがらせるなどというまねは枢機卿じゃできなかったし、フランドルの姫君(ブールゴーニュ公シャルル・ル・テメレールの娘マリ)が絞首台の下までやってきて、臣下の人民にお気に入りたちの命を助けてやってくれと嘆願したとき、姫の涙や祈りにほだされようとする群衆を叱(しか)りつけて、あくまで処刑を強行させたのも*、枢機卿なんかじゃなかったんだ。それに、ギー・ダンベルクールと大法官ギヨーム・ユゴネというその名も高い貴族の二つの首をちょん切るのに、洋品屋のおれは皮着を着た肘(ひじ)をちょっとあげさえすれば、それでよかったんだ!》

* ルイ十一世はマリを息子の妻にして、その領地フランドルを手に入れようとした。ガンをはじめフランドルの諸邦は反抗、ルイ十一世はマリがおくった二人の使節を絞首刑にした。〔訳注〕

だが、哀れな枢機卿の災難はこれで終わったわけではなかった。このとんでもない客人がひき起こした無鉄砲千万な行ないを、とことんまで辛抱しなければならなかったのである。

序詩の朗唱がはじまるとすぐ枢機卿の高壇のへりによじのぼってすわりこんだ、あつかましい物乞い(ものご)がいたのを、みなさんはきっと覚えておられるであろう。偉いお客さんたちがやってきても、彼はいっこうに退散しようとしなかった。位の高い聖職者たちや使節たちが特別観覧席に、文字どおりフランドルのニシンみたいに、ぎっしり詰めこまれてしまっても、彼だけはのんびりと構え、不敵にも軒桁(のきげた)の上にあぐらをかいていた。あきれ果てたずうずうしさだ。だが、みんなの目がほかのほうに向けられていたので、はじめのうちは誰もそれに気づいていなかった。物乞いのほうでも、広間のことには何も気がついていなかった。ナポリ人ばりののんきさで頭をゆらゆら揺り動かし、ときどき、ガヤガヤというざわめきの中で、ひとりでに出てくる口癖みたいに、「恵んでやってくだせえまし！」と繰り返している。そして彼こそ、広間にいた大勢の人間のうちで、コプノールと取次役のやりあいを振り向いて見ようとさえしなかった、おそらくたった一人の男だったろう。さて、さっき民衆の強い共感を呼び、みんなの注目を集めていたガンの洋品屋の親方は、たまたま物乞いのいる真上の場所、つまり高壇の一列目にすわることになった。そして、人びとがあっと驚いたことには、このフランドルの使節は、目の下にすわっている物乞いの姿をしばらくじっと見ていたかと思うと、ぼろをまとったその肩を親しげにポンと叩いたのである。物乞いは振り向いた。最初は驚きの色が浮かんだが、まもなく相手が誰だかはっきりわかったらしい。二人の表情が笑いでくずれる。……そして洋品屋と腫もの物乞いとは、まわりの見物人たちのことなどいっこうに気にならないようすで、手をとりあいながら、小声で話しはじめた。話しているクロパン・トルイユフーのぼろ着は、高壇の金糸織の幕の上にだらりと垂れて、まるでオレンジに毛虫がついたみたいな感じだった。

今までに見たこともないこの奇妙な光景に、広間は狂ったような陽気などよめきでワッとわきたったので、枢機卿もすぐにそれに気がついた。彼はちょっと身をかがめてみたが、彼の席からは、物乞いのぶざまな外套がほんのちらりと見えるだけだったので、無理もないことだが、さては物ごいをしているんだなと思った。そこで物乞いのあつかましさにむっとして、叫んだ。

「大法官殿、あいつを河に放りこんでくだされ」

「とんでもねえ！　枢機卿閣下、こりゃあ、あっしの友達ですよ」と、コプノールがクロパンの手を握ったまま言った。

「ばんざい！　ばんざい！」と、群衆が叫んだ。このとき以来コプノール親方はパリでも、ガンでと同じように、「民衆の大きな信望」をになう身となったのだ。「なぜなら、偉人というものは、このようにはめをはずしたときに、衆望を集めるものだから」と、フィリップ・ド・コミーヌは言っている。

枢機卿は唇をかんだ。それから隣にいるサント＝ジュヌヴィエーヴ修院長のほうへ身をかがめて、

「オーストリア大公殿下はマルグリット姫の婚礼おとり決めのために、おかしな使節たちをよこされたものですなあ！」とささやいた。

「閣下、あのフランドルの豚(ぶた)どもには、礼をつくされるだけご損というものですよ。『豚に真珠(マルガリタス・アンテ・ポルコス)』のたとえもございますからね」と、修院長は答えた。

「いや『マルグリット姫のおさきぶれに豚どもをつかわされた(ポルコス・アンテ・マルガリタム)』と申すべきでしょう」と、枢機卿はにやっと笑って答えた。

聖職服を着たとりまきの一同はこのしゃれを聞いてすっかり喜んでしまった。枢機卿はちょっと胸のすく思いがした。これでコプノールとも一対一になったわけだ。自分もしゃれをとばして、受けたのだから。

さて、現代ふうに申せば、イメージや概念を概括する能力をおもちのみなさんに、ちょっとおたずねすることをお許しいただきたい。つまり、みなさんの注意をおひきとめしている今この瞬間に、大きな平行四辺形の裁判所大広間が見せている光景をはっきり想像おできになっているかどうかということである。広間の中央の西側の壁を背にし

て、広い、きらびやかな、金糸織の高壇があって、そこへ、取次人のかん高い声で名を呼びあげられながら、いかめしいお偉方が、交差リブの小さな戸口を通り、列をつくってつぎつぎにはいってくる。最前列の席にはもう、白テンの毛皮や、ビロードや、緋ラシャの帽子をかぶったいとも尊いお顔がずらりと並んでいる。静まりかえった、いかめしい高壇のまわりには、下も、正面も、どこもかしこも人がぎっしりつまって、ガヤガヤとざわめきたっている。高壇に並んだ顔の一つひとつに無数の目が注がれ、名前が呼びあげられるたびに、無数のささやきが起こる。たしかに壇上の光景はめったに見られないもので、見物人が夢中になって見つめるだけの値打ちはあったのだ。だが、あそこの突きあたりにある芝居の演台みたいなものは、いったい何なのだろう？　顔をいろんな色に塗ったあやつり人形が上に四つ、下にも四つ置いてあるようだが？　演台の横にいる、あの黒いぼろ服を着た、顔色の悪い男はいったい何だろう？　ああ、なんということだ！　みなさん、あれはピエール・グランゴワールと、彼の序詩の舞台なのだ。

われわれはみなこの男のことをすっかり忘れていた。

だがこれこそ、グランゴワールの恐れていたところなのである。

彼は枢機卿がはいってきてからというもの、なんとか無事に序詩をやり終えようと、あたふたしどおしだった。まずはじめは、芝居をやめてしまってぼやっとしている俳優たちに、つづけろ、もっと大きい声を出せ、と命令した。それから、誰ひとり芝居など見ていないことがわかると、一時休止させた。やめてから十五分近くも、足を踏みならしたり、むやみに動きまわったり、ジスケットやリエナルドに何か問いかけてみたり、そのへんにいる見物人をけしかけて朗唱をつづけるようにもっていかせようとしたり、あれこれやってみた。だが、何もかもむだぼねだった。大広間じゅうの視線のただ一つの集中点になっている、枢機卿や使節連や高壇から目をはなそうとする者は一人もいなかった。なお、こんなことを申しあげるのは残念なのだが、枢機卿閣下がやってきてとんだぐあいに気分を転換させたころには、序詩が少々見物人を退屈させはじめていたことも争えない。要するに、高壇の上でも、大理石盤の上でとそっくり同じ見せ物が、つまり農民と聖職者と貴族と商人の争いが演じられていたのである。おしろいをつけ、ごてごてと飾りたて、詩句でしゃべり、グランゴワールに黄色と白の半々の長衣を着せられてまるで藁人形（わらにんぎょう）みたいにつっぱっているやつを見るより、あのフランドルの使節の一行や枢機卿の一行として、生身（なまみ）の人間が、枢機卿の服を着たり、コプノールの上着をつけたりして、生き、呼吸し、動きまわり、肘つきあわすのを見物しているほうが、たいていの人にはずっと面白かったのである。

だが、あたりのざわめきがいくらか落ちついてきたのを見ると、われらの詩人は、なんとか事態を収拾できそうな策を考えついた。

彼は、隣の、辛抱強そうな顔をした、律儀(りちぎ)で、太った男に向かって、「もしもし、そろそろはじめちゃいかがでしょう?」ときいてみた。

「何をです?」と、男が言った。

「ほら! 聖史劇ですよ」と、グランゴワールが答えた。

「どうぞご勝手に」と、男は答えた。

これでも半分は賛成してくれたのだから、グランゴワールは満足だった。そうだ、自分のことは自分でしろだ。彼はできるだけ群衆の中にもぐりこみながら、どなりだした。「聖史劇をつづけろ! はやくはじめろ!」「ちくしょう! あそこの端っこで、やつら何をがなってやがるんだ(グランゴワールは何人分もの声を出していたのだ)」と、ジャン・ド・モランディノが言った。「おい、みんな! 聖史劇は終わっちまったんじゃねえのか? またはじめろだなんて言ってやがるぜ。とんでもねえ話だ」

「そうだ、そうだ! 聖史劇なんかくたばっちまえ! くたばれ!」と、学生たちはいっせいに叫んだ。

だがグランゴワールは、何人分もの声をはりあげ、なおさら力をこめて、「つづけろ! はやくはじめろ!」と、どなった。

この騒ぎはとうとう枢機卿のお耳にとまってしまった。「大法官殿」と、彼は五、六歩離れたところにいる背の高い黒服の男にきいた。「あいつらは悪魔にでもとりつかれおったのですかな、あんなに騒々しくさわぎおるのは！」

大法官はいわば両刀使いの役人だった。司法界のコウモリみたいなもので、ネズミでもあり鳥でもあり、裁判官でもあり警備役でもあったのだ。

彼は閣下のそばに近より、ご不興のありさまにびくびくしながらも、しもじもの礼儀をわきまえぬ行ないについて、口ごもり口ごもりご説明申しあげた。つまり正午が閣下のご到着よりはやくきてしまったため、役者たちは見物人に責めたてられて、やむなく閣下のご臨場を待たずに芝居をはじめてしまったのだ、というしだいを。

枢機卿は大声で笑った。

「いや、もっともじゃ。大学総長殿でもきっと、やはりそれぐらいのことはされるだろうからな。そうではありませんかな、ギヨーム・リム殿？」

「閣下、芝居を半分見ずにすんだことをありがたいことといたしましょう。つまり、それだけ儲けものをしたというわけでございますよ」と、ギヨーム・リムが答えた。

「やつらに茶番をつづけさせてよろしゅうございましょうか？」と、大法官がきいた。

「よろしいとも、つづけさせなさい。わしはどうでもよいのじゃ。芝居のあいだ、わしは聖務日課書でも読むといたそう」と枢機卿が答えた。

大法官は高壇のへりまで進みでて、手ぶりで見物人を静めると、大きな声で言った。

「市民の諸君、芝居をつづけろという者とやめろという者とがいるようだが、争いをおさめるために、閣下は芝居をつづけるようご命令になった」

両派とも命令には従わねばならない。だがそのおかげで、作家も見物人も長いあいだ枢機卿に対して恨(うら)みをいだきつづけることになるのである。

そこで、舞台の役者たちは台詞(せりふ)のつづきをやりだした。そしてグランゴワールは、せめて残りの部分だけは無事に上演できるだろうと期待していた。ところがこの期待も、まもなくほかの空頼みと同じように裏をかかれることになってしまった。見物人は事実、どうにかこうにか、もとどおり静かになっていた。だが、グランゴワールはうっかり見すごしていたのだが、枢機卿が芝居をつづけるように命令したときには、高壇はまだがらがらにすいていたのだ。そしてそこへ、フランドルの使節一行につづいて、同じ行列に加わっていたお偉方がぞくぞくと乗りこんできたのである。取次人は、俳優たちの対話などにはおかまいなしに、やってきたお偉方の名前や肩書をつぎつぎに呼びあげ、舞台に手ひどい打撃を与えるのだった。劇の進行中、取次人が金切り声で、脚韻(きゃくいん)と脚韻のあいだ、ときには半句と半句のあいだに、つぎに申しあげるような挿入句をのべつまくなしにとびこませるありさまを、まあ想像してみていただきたい。

「宗教裁判所検事ジャック・シャルモリュ殿！」

「貴族、パリ市騎馬夜警隊長ジャン・ド・アルレ殿！」

「騎士、ブリュサック領主、近衛（このえ）砲兵隊長ガリヨ・ド・ジュノワラック閣下！」

「フランス国、シャンパーニュ、ブリ両州御料河川御料林監察官ドルー＝ラギエ殿！」

「騎士、国王顧問官兼侍従、フランス国提督、ヴァンセンヌ林務長官ルイ・ド・グラヴィル閣下！」

「パリ盲人院管理長官ドニ・ル・メルシエ殿！」など、など、など。

これでは、たまったものではない。

グランゴワールは、芝居はこれからますます面白くなるのだ、あとはただ観客が見てくれさえすればいいのだ、と思っていた矢先だったので、このおかしな伴奏のおかげで劇の進行があぶなっかしくなるのを見ると、すっかり腹をたててしまった。事実、グランゴワールのこの作品ほど巧みで、ドラマチックな筋だてをもった芝居はめったにあるものではなかった。序詩の四人の人物が困りはてて悲しんでいるところへ、「歩きぶりひとつでも本当の女神とわかった」ウェヌス（ヴィーナス）がみずから、パリ市の船形紋章のついた美しい服を着て、四人の前に姿を現わした。世界一の美女に与えられることになっているイルカをもらいうけたいと、みずから名のり出たわけである。ユピテルは楽屋の中でゴロゴロ雷(いかずち)を鳴らしながらウェヌスを応援している。そして女神がまさに勝利を得ようとしたとき、つまり、比喩(ひゆ)をはなれて申せば、ドーファン殿下を自分の婿(むこ)にしてしまおうとしたとき、白緞子(しろどんす)の服を着て、手に一輪のマーガレットを持った少女(これがフランドルのマルグリット姫を表わしていることは誰にでもすぐわかる)が現われて、ウェヌスと争う。ここが芝居のヤマであり、大詰めの場である。すったもんだのあげくに、ウェヌスとマルグリットと楽屋からの声とのあいだに、問題を聖母マリアさまの正しいお裁きに任せよう、という話し合いができる。この芝居には、今までにお話ししたほかに、メソポタミア王ドン・ペドロといった、なかなか立派な役もあった。だが、こう邪魔のはいりどおしでは、この男も何のために舞台に出たのか、さっぱりわからなかった。登場人物はみな例の梯子(はしご)をつたって、昇り降りした。

　だがもうだめだった。この芝居の美しさは、何ひとつ感じてもわかってももらえなかったのだ。枢機卿がはいってきたとたん、目に見えない魔法の糸が、いきなりみんなの目を大理石盤から高壇のほうへ、つまり広間の南の端から西側へ引っぱってしまったみたいだった。どんなことをしても、見物人をこうした魔法から解きはなすことはもうできなかった。目という目は高壇にくぎづけになり、つぎつぎに現われるお偉方、彼らのいまいましい名前、彼らの顔つき、彼らの衣装、こうしたものが見物人の心をひっきりなしにそらしてしまうのだった。嘆かわしいことだ。グランゴワールに袖(そで)を引っぱられてときどき舞台のほうを振り向くジスケットとリエナルド、隣にいる辛抱強い太った男、この三人をのぞいては、誰も役者の台詞など聞いていなかったし、見捨てられた哀れな教訓劇をまともに見ている者は一人もいなかった。グランゴワールの目に見えたのは、ただ見物人の横顔だけだった。

グランゴワールは栄光と詩情とに満ちた自作の芝居の木組が、一つ、また一つとくずれ落ちてゆくさまを、どんなにつらい思いで見ていたことだろう！　それに、ここにいる見物人は彼の芝居のはじまるのを待ちかねて、大法官殿に反逆を企てそうになったのではなかったのか！　それなのに、はじまってみれば、もう見向きもしない。割れるような満場の拍手喝采をうけてはじまった芝居なのに！　見物人の人気の転変とは、いつの世でもこんなものなのだ！　さっき裁判所の警吏(けいり)どもがもうちょっとで縛り首になるところだったことを思うと！　もう一度あんな楽しい思いができるものなら、グランゴワールはどんなことでもしてみせただろう！

だが、そうこうするうちに、取次人の血も涙もないひとりごともやんだ。来るだけの客が来てしまったので、グランゴワールはほっと息をついた。俳優たちは勇敢にやりつづけている。だがそのとき、洋品店のコプノール親方がいきなりすっくと立ちあがったかと思うと、満場の注目を一身に集めながら、下品きわまる大演説をぶちはじめたではないか。グランゴワールの耳には、この声が遠慮なくとびこんできた。

「パリのみなさま方、われわれは今ここで何をやっとるんでがしょう、はばかりながらだ！　あっしにゃとんとわからん。あそこの隅っこの、あの舞台の上にゃ、なぐり合いでもおっぱじめそうな連中が見えるには見える。あれが『聖史劇』っていうもんかどうか知らんが、要するに、面白くもなんともねえ。口先で言い合いをやっとるだけで、それ以上、一歩も出てはおらん。今に一発くらわすかと、かれこれ十五分も待っとるのに何にもやらん。あいつらあ腰抜け野郎だ。舌先で、ひっかきっこをやっとるだけだ。こんなことをやるくらいなら、ロンドンかロッテルダムからレスラーでも呼んだほうがよっぽど気がきいてまさあ。そうすりゃすてきですぜ！　外の広場にいたって聞こえてくるような、すげえなぐり合いになるでしょうよ。だが、あいつらを見てると、まったく情けなくなりますぜ。せめてマウル人の踊りか、何か茶番ぐらいはやってもらいてえもんだ！　こんなものをやるって話じゃなかったんだ。らんちき祭りをやって、法王を選ぶんだって聞かされてきたんだ。らんちき祭りの法王ならガンでだって選びますぜ。祭りにかけちゃ、あっしらは遅れをとるもんじゃごわせん。野郎！　遅れをとるかってんだ。つまり、あっしらはこんなぐええにやるんでさ。まず、ここみてえに大勢人間が集まる。それから、一人ひとり順ぐりに穴から顔を突きだして、ほかの連中にしかめっつらをしてみせる。いちばんみっともねえ面（つら）をしてみせたやつが、みんなの拍手喝采をうけて法王に選ばれる。まあざっとこんなぐええでさ。すてきに面白うござんすよ。どうでがす、ひとつ、あっしらの国の流儀に法王さんを選んでみちゃあ？　どうころんだって、あんなおしゃべりの寝言なんぞ聞かされるより、よっぽど退屈（てえくつ）しねえですみますぜ。あの高窓んとこへ行って、しかめっつらをしてみちゃどうです、おなぐさみですぜ。どうです、みなさん？　見たところ、けっこう奇妙きてれつの見本みてえなお顔が男衆にも女衆にもおありなすって、フランドル流に笑うにゃこと欠かねえようだ。みっともねえ面（つら）がこれだけありゃ、一つぐれえ、あっというような、しかめっつらも出てきそうですぜ」

グランゴワールは言い返してやりたかった。だが、びっくりしたり、かっとしたり、むらむらっとしたりしていたために口がきけなかった。それに、「みなさま方」と呼ばれてすっかり気をよくしてしまった市民たちは、人気者のコプノールの提案に、やんやと喝采を送っているので、どう逆らおうとしてもだめだった。もうなりゆきに任せるよりしかたがない。グランゴワールは両手で顔を隠してしまった。チマンテス（『娘イピゲネイアをいけにえにするアガメムノン』を描いた古代ギリシアの画家)が描いたアガメムノンみたいに顔を隠すマントがあいにくなかったから。

5　カジモド

またたくまに、コプノールのアイディアを実行する用意がすっかりできあがった。市民も学生も法律組合の連中も仕事にとりかかった。大理石盤に向かいあったところにあるあの小さな礼拝堂がしかめっつら競争の舞台に選ばれた。礼拝堂の戸口の上にある、美しい円花窓(えんかそう)のガラスが一枚こわれていて、石枠のまるい穴が一つぽっかりあいている。この穴から競演者たちは顔を突き出すことになった。穴に顔を届かせるためには、どこからかころがしてきた酒樽(さかだる)が二つ、どうにかこうにか積みあげてあったので、そこへよじのぼればよかった。男女の候補者は(女法王を選ぶこともできたのだ)、それぞれのしかめっつらが新鮮で完全な印象を与えるように、いよいよ出演という瞬間まで顔を隠して礼拝堂の中にひそんでいることに決まった。あっというまに礼拝堂は競演参加者でいっぱいになり、ドアは、彼らを入れたまま、また閉められてしまった。

コプノールは自分の席から一人で命令したり、指図したり、手はずをととのえたりしている。こうして広間で大騒ぎをやっているうちに、枢機卿（すうききょう）は、グランゴワールにも劣らず面くらってしまい、所用だの祈りの時間だのと口実をつくり、とりまき連中を一人残らず従えて、そうそうにひきあげてしまった。群衆は、閣下（かっか）がやってきたときにはあんなに大騒ぎしたくせに、閣下がひきあげるときには爪（つめ）のあかほどの注意も払おうとはしなかった。枢機卿閣下が逃げだしたことに気がついたのはギヨーム・リムただ一人だった。群衆の目はちょうど太陽みたいに休みなく運行していたわけだ。つまり広間の一方の端から出発し、真ん中にしばらくのあいだ止まり、今はもう一方の端に行っていたのだ。大理石盤や金らんの高壇（たかだん）はもうお役ごめんとなり、こんどはルイ十一世の礼拝堂が脚光を浴びる番になったのだ。場内はこれかららんちき騒ぎのし放題になるのだ。広間に残っていたのはもう、フランドル人とパリ野郎だけなのだ。

しかめっつら競争がはじまった。まず最初に高窓に現われたのは、両まぶたをひっくり返して赤んべえをし、熊かライオンみたいに口をあんぐりと開き、額（ひたい）に帝政時代の軽騎兵の長靴みたいに太いしわをいっぱいよせた顔だった。これを見るとみんなは、ホメロスがいたらこの連中をギリシアの神々と間違えただろうと思えるような、とめどのない高笑いをはじめた。だが、大広間がオリンポスの山とは似ても似つかぬものであったことは、グランゴワールのあの可哀（かわい）そうなユピテルが誰よりもよく知っていた。二番目、三番目、それからそれへと、しかめっつらはひっきりなしにとびだしてくる。そのたびに笑い声と、大喜びで足を踏みならす音がますます激しくなっていく。この光景には何かしら独得の、頭をぼうっとさせるものや、人を酔わせたり魅了したりする何とも言えない力みたいなものがあったが、その感じを今のみなさんに、今日（こんにち）のサロンのみなさんにわかっていただくのは容易ではあるまい。三角形から台形、円錐体（えんすいたい）から多面体までのあらゆる幾何学的な形、怒った顔から好色づらまでの人間のあらゆる表情、赤ん坊のしわから死にかけの老女のしわまでのあらゆる年齢、ファウヌス（ローマ神話のヤギの蹄と角をもった森の神）からベルゼブル（聖書に記されているサタン）までのあらゆる宗教的幻影、獣（けもの）の口から鳥のくちばし、イノシシの頭から獣の鼻づら、こうしたいろいろさまざまな顔がつぎからつぎへと現われ出てくるありさまを、まあ想像していただきたい。ヌフ橋のすべての怪人づらが、ジェルマン・ピロン（十六世紀の彫刻家。ただし作品には醜悪な顔はない）の手にかかって石にされてしまった、あの醜悪な怪物の顔が息を吹き返し、順々に、燃えるような目つきで諸君をにらみつけてくるありさまをご想像ねがいたい。ヴェネツィアのカーニヴァルの仮装行列に出てくるさまざまな仮面が、つぎつぎとあなたのオペラグラスに映るありさまを想像していただきたい。ひとことで言えば、人間の顔の万華鏡（カレイドスコープ）だ。

らんちき騒ぎはいよいよフランドル流になっていった。テニエ（父〔十六―十七世紀〕、息子〔十七世紀〕のフランドルの画家。祭りの様子を描いた）でも、とてもこのありさまをじゅうぶんには描けないだろう。サルヴァトーレ・ローザ（十七世紀のナポリの戦争画家）の戦争画がそのままバッカス祭の絵に変わったとでもご想像ねがいたい。もう学生も、使節団も、市民も、男も、女もいなかった。もうクロパン・トルイユフーも、ジル・ルコルニュも、マリ・カトルリーヴルも、ロバン・プースパンもいないも同然だ。みんな、あたりのらんちき騒ぎの中にかき消されてしまったのだ。大広間は今や、ずうずうしさと陽気さがごうごうとたぎりたつ大きなるつぼみたいになってしまった。口という口はどなり声をあげ、目という目はぎらぎら光り、顔という顔はひきつり、ゆがみ、誰も彼も思い思いの格好をしている。一人残らず、どなったりわめいたりしているのだ。奇妙な顔が円花窓につぎつぎに現われて歯をギリギリいわせるたびに、まるで真っ赤な炭火の上へ藁束（わらたば）を投げこんだように、広間じゅうがワッと燃えたつ。そして、このざわめきたつ群衆の中から、かん高い、鋭い、ぴりっとした、羽虫の羽音みたいな高い響きを残すがなり声が、ちょうど、るつぼから蒸気がふき出すみたいに飛び出す。

「やあい！　この野郎め」

「どうだい、あの面（つら）を見ろよ！」

「ありゃだめだ」

「別口を出さねえのか！」

「ギユメット・モージュルピュイ、ほら、あの牛づらを見てごらんよ。角がないのが玉にきずさあね。ありゃ、あんたの旦那じゃないのかい？」

「そらまた出た！」

「この野郎め！　あのしかめっつらは、いったい何なんだ？」

「やい！　いんちきだぞ。面だけしきゃ出しちゃいけねえってのに」

「ペレット・カルボットのやつめ！　あの女、あんないんちきができやがったんだな」

「ばんざい！　ばんざい！」

「息がつまるよう！」

「あいつ、耳が邪魔っけで、面が出せねえでいやがる！」

など、など。

ところで、われらの親愛なるジャンのことも忘れてはなるまい。このてんやわんやのただなかで、彼は、ちょうど船の帆につかまった少年水夫といった格好で、例の柱のてっぺんにしがみついているのが見られた。彼はまるで気が狂ったみたいに荒れ狂っていた。口をいっぱいに開いて何か叫んでいたが、その声はみんなには聞こえなかった。猛烈しごくなあたりのわめき声にかき消されてしまったというわけではなく、その声が人間の耳に聞こえる高音の限界、つまりソーヴール（十七―十八世紀の物理学者）によれば振動数一万二千、ビヨ（十八―十九世紀の物理学者）によれば八千を超えてしまっていたからなのだ。

ところでグランゴワールだが、一時はひどく打ちのめされてしまったものの、このころには、ようやく落ちつきをとり戻していた。彼は断固として逆境にたち向かう腹を決めていた。彼はおしゃべり人形の役者たちに向かって、「つづけろ！」と三度目の催促をした。それから、大理石盤の前を大またで歩きまわっているうちに、自分もあの礼拝堂の高窓のところへ行って顔を出してやろうか、恩知らずの人間どもにしかめっつらをしてみせてやって、こっちの腹の虫をおさめるだけだっていいじゃないか、という、突拍子もない考えがふと頭に浮かんだ。だが、《いや、いかん、そんなことはわれわれ詩人の品位を傷つける。仕返しはいかん！　最後まで戦うんだ。詩歌（しいか）の民衆におよぼす力は偉大なものだ。あいつらをきっと正道に戻してやるぞ。しかめっつらが勝つか、文学が勝つか、さあ、目にもの見せてくれるぞ》と、彼は繰り返し腹の中で言った。

悲しいかな！　芝居の見物人はとうに彼ひとりになっていた。

戦況はさっきよりもずっとかんばしくない。目の前に見えるのは、もう人の背中ばかりだ。

いや、そうではなかった。さっき、あやうく芝居が流れてしまいそうになったとき、グランゴワールが意見をきいてみたあの辛抱強そうな、太った男が、まだ舞台に顔を向けている。ジスケットとリエナルドは、とうの昔にどこかへ行ってしまっていた。

グランゴワールはたった一人になってもずっと芝居を見てくれているこの男に、心の底から感激した。そこでこの男のそばに行って、軽く腕を揺すりながら話しかけた。というのも、この律儀（りちぎ）な男は手すりによりかかって、うつらうつらやっていたからである。

「もしもし、どうもありがとうございます」と、グランゴワールは言った。

「え、何がありがたいんですか？」と、太った男はあくびまじりに答えた。

「お困りの種（たね）が何だかはよく承知していますよ。こんなに騒々しいもんで、台詞（せりふ）がよくお聞きになれないのでしょう。だがご安心ください。お名前は後世までも残りますよ。失礼ですが、お名前は？」と、グランゴワールはきいた。

「パリ、シャトレ裁判所印章保管係ルノー・シャトーと申す者で、はい」

「ここじゃ、あなたがたった一人のミューズの神のお使いですよ」と、グランゴワールは言った。

「いや、恐れいります」と、シャトレ裁判所の印章保管係が答えた。

「あなただけがこの芝居をまともにごらんになってくださったのです。いかがでした、できばえは？」と、グランゴワールがまたきいた。

「ええ！　まあ！　なかなかみごとな御作ですな」と、太っちょの役人は寝ぼけ声で答えた。

グランゴワールは、これだけ褒めてもらったところであきらめなければならなかった。というのも、割れるような大喝采と、耳もつぶれそうな大歓声が入りまじって、ワッとわき起こり、二人の話をぷっつりとぎらせてしまったのである。らんちき法王が選ばれたのだ。

「ばんざい！　ばんざい！　ばんざい！」と、あっちでもこっちでも見物人が叫んでいる。

それもそのはず、あっと驚くような奇妙なしかめっつらが、このとき、円花窓の穴から怪しい光を放っていたのだ。それまで、五角形だの六角形だのひん曲がったのだのと、奇妙な顔がつぎつぎにあの高窓に現われ出たのだが、らんちき騒ぎで興奮しきった想像力がつくりあげたグロテスクの理想にぴったりはまるやつは、まだ一つもなかったのだ。ところがとうとう、みんながぼうっとしてしまうほどの、とびきり上等のしかめっつらが出てきて、満場の票をかっさらってしまったのである。コプノール親方でさえ手を叩いて褒めている。競争に加わったクロパン・トルイユフーも——彼がどんなにみっともない顔を見せることができたかは、ちょっとわれわれには想像できかねるくらいなのだが——、兜を脱がないわけにはいかなかった。私もまた、まいった、と言うほかはない。四面体の鼻、馬蹄形の口、もじゃもじゃの赤毛の眉毛でふさがれた小さな左目、それに対して、でっかいいぼの下にすっかり隠れてしまっている右目、まるで要塞の銃眼みたいにあちこちが欠けているらんぐい歯、象の牙みたいににゅっと突き出ている一本の歯、その歯で押さえつけられている、たこのできた唇、真ん中がくびれた顎、とりわけ、こうした顔だち全体の上に漂う人の悪さと驚きと悲しみの入りまじった表情。みなさんにこの顔の印象をお伝えしようとしても、しょせん私の力では及ばないであろう。想像できる方は、やってみていただきたい。

満場は拍手大喝采だった。みんなはどっと礼拝堂に押しよせ、大きな歓声をあげながら、誉れ高きらんちき法王をかつぎ出した。だが、このとき驚きと感嘆が頂点に達した。この男のしかめっつらは素顔だったのである。

というより、この男の体ぜんたいがしかめっつらだった。赤毛の逆だった大きな頭、両肩のあいだにむっくりと盛りあがった大きなこぶ——前のほうにも、このこぶとお揃いのやつが一つ飛び出している——、ひどく曲がっていて、膝のところでだけしか両方がくっつかない一揃いの股と両脚——前から見ると、ちょうど半円形の草刈り鎌を二丁、柄のところで合わせたみたいだ――、大きな足、化け物じみた手。そして、こうした体つきにつけ加えて、なにかしら恐ろしくて、たくましくて、はしっこくて、勇ましい身ごなし。力は美と同じように調和から生まれるという、あの永遠不滅の規則に対する奇妙な例外だ。らんちき祭りの群衆が法王に選んだのは、こんなできあいの男だったのである。

大男をばらばらにこわしておいてから、こわれた五体をめちゃくちゃにはんだづけした、とでもいった男なのだ。

この独眼の怪物が礼拝堂の入口に、どっしりして、ずんぐりした、高さも横幅もほとんど同じくらいの姿、ある偉人（ナポレオン一世）のことばを借りれば、「底の四角な」姿を現わすと、この男が着ている、銀の鐘の模様を散らした、赤と紫の染め分けの外套と、とりわけ、その申しぶんのない不細工な格好から、それが誰なのかをすぐにさとって、群衆は声をそろえて叫んだ。

「あいつは鐘番のカジモドだ！　ノートル＝ダムのカジモドだ！　独眼のカジモドだ！　X脚のカジモドだ！　ばんざい！　ばんざい！」

この哀れな怪物にはたくさんのあだ名があったことがわかる。

「はらんでいる女は用心しろよ！」と、学生たちがどなる。

「はらみてえ女もだ」と、ジャンがつづける。

女たちは本当に、両手で顔を覆ってしまっている。

「まあ！　ひどい猿づらだわ」と、一人の女が言った。

「醜さも、たちの悪さもとびきりだわねえ」と、もう一人が言った。

「悪魔だわ」と、三人目の女が言った。

「あたし、あいにくノートル＝ダムのそばに住んでるの。あいつが樋をつたってうろつきまわるのが、夜どおし聞こえるわ」

「猫をつれてね」

「あいつはいつも、あたしたちんちの屋根の上をうろついてんのよ」

「煙突から呪いをかけてよこすんだわ」

「こないだの晩、あたしんちの天窓のところへやってきて、しかめっつらをしてみせたの。助平な男でも来たのかと思って、ぞっとしちまったわ！」

「きっとサタンの酒盛りにでも行ってるのよ。あたしんちの屋根にほうきを置いてったこともあったわ」

「まあ！　なんてひどい顔なんだろう！」

「まあ！　いやらしいやつ！」

「おおいやだ！」

だが男どものほうは大喜びで、やんややんやと喝采を送っている。

大騒ぎの中心人物であるカジモドは、礼拝堂の戸口にずっとつっ立ったまま、暗い、きまじめな顔つきで、みんなの感嘆の的になりながら、いつまでもじっとしている。

一人の学生が――たしかロバン・プースパンだ――彼の鼻っさきまで近よっていって、ワッハッハと笑った。が、ちょっと近よりすぎたようだ。カジモドはその学生の革帯をつかむと、群衆の頭ごしに、十歩も先へぽいと投げとばしてしまった。うんともすんとも言わずにやってのけたのだ。

コプノール親方もすっかり感心して、そばにやってきた。

「いやほんとに！　まったく！　こんなぶざまな男にゃあ生まれてこのかた、ついぞお目にかかったことがない。これじゃ、ローマへ行ったって、立派に法王になれるぜ。パリでとおんなじによ」

こうしゃべりながら、親方は、はしゃぎ気味にカジモドの肩に手をおいた。カジモドはじっとしたままだ。コプノールはことばをつづけた。

「おめえさんみてえのといっしょに、一度めしを食ってみてえもんだ。金は幾万かかろうとも、だ。どうだい、ひとつ付き合わねえか？」

カジモドは、うんともすんとも答えない。

「なんでえ！　おめえ耳がきこえねえのか？」と、洋品屋が言った。

そのとおり、カジモドはきこえなかったのだ。

一方、カジモドのほうはコプノールの態度にじりじりしてきた。そして、いきなり歯をギリギリいわせながら親方のほうを振り向いた。そのありさまがあんまりものすごかったので、さすがのフランドルの大男も、まるで猫ににらまれたブルドッグみたいに、思わずたじたじとなった。

すると、この男のまわりには、半径十五歩をくだらない円形の人垣ができ、恐怖と尊敬の目がいっせいに中心点に向けられた。一人のばあさんがコプノール親方に、カジモドは耳がきこえないことを話してきかせた。

「耳もだめだと！　やれやれ！　そいつあ申しぶんのねえ法王さんだ」と、コプノール親方はフランドル流の高笑いをしながら言った。

「おやっ！　わかったぞ。こいつあ、兄きの司教補佐んとこの鐘番だ。――やあこんにちは、カジモド！」と、ジャンが叫んだ。カジモドをもっと近くから見ようと思って、とうとう柱頭からおりてきたのだった。

「この野郎！　立てば背にこぶ、歩けば外股、面あ見りゃ独眼、しゃべってみてもきこえやがらねえ、か。こいつあまったく、舌を何に使うんだろう、この野郎め？」と、投げつけられて、まだ体じゅうがうずいているロバン・プースパンが言った。

「気がむきゃしゃべりますよ。鐘ばかりついてたんで、耳が悪くなっちゃったんです。口はきけるんですよ」と、さっきの老女が説明した。

「玉にきずだ」と、ジャンが言った。

「それに目がよけいにあらあ」と、ロバン・プースパンが言い足した。

「いいや、片方の目はまるっきし見えねえんだ。悪いのが自分にわかるからな」と、ジャンがもっともなことを言う。

そうこうするうちに、物乞（ものご）いだのお供の者どもだのきんちゃく切りだのが、一人残らず学生たちといっしょになり、行列をつくって出かけ、法律組合の連中の衣装だんすから、らんちき法王のボール紙の冠やインチキ法衣を持ってきた。カジモドは、眉も動かさず、いばったような顔つきで、おとなしく衣装を着せられた。それがすむと、彼はいろいろな色でけばけばしく塗りたてた輦台（れんだい）の上にすわらされた。ばか祭り団の十二人の役員が輦台を肩にかつぎあげた。自分の醜い足の下に立派な男たちのしゃんとした、みごとな顔が並んだのを見ると、カジモドの気むずかしい顔には物悲しそうな、それでいて高慢ちきな喜びとでもいえそうな表情がぱっと浮かんだ。さて、このぼろ行列は、大声をはりあげて行進をはじめた。通りや辻々をねり歩く前に、しきたりに従って、まず裁判所の回廊をひとめぐりしようというのである。

6　エスメラルダ

ところで、みなさんにお知らせしなければならないのを私はたいへんうれしく思うのだが、法王選挙のらんちき騒ぎのあいだも、グランゴワールと彼の芝居はずっとがんばりつづけていたのである。役者たちは彼にせきたてられて、台詞（せりふ）をしゃべりつづけたし、彼のほうも、その台詞に耳をかたむけつづけていたのだ。彼は、騒ぎはもうどうにもしようがないとあきらめ、やがて見物人がまたこちらへ目を向けてくれるかもしれないと、かすかな望みをいだきながら、とにかく最後までもっていこうと決心したのだった。カジモドやコプノールや、何もきこえなくなってしまいそうな、騒々しいらんちき法王の行列が大騒ぎをしながら広間から出ていくのを見ると、このかすかだった希望がだんだんとよみがえってきた。群衆も熱に浮かされたみたいに、あとを追って飛び出していく。

「しめた、邪魔者どもはみんな行っちまうぞ」と彼はつぶやいた。だがあいにくなことに、こうした邪魔者どもが、見物人だったのである。またたく間に、大広間はからっぽになってしまった。

いや、実を言えば、見物人はまだいくらか残っていた。あのどんちゃん騒ぎにすっかりいや気がさしてしまったご婦人や年寄りや子供たちが、あちらこちらにちりぢりになったり、柱のまわりに集まったりしている。学生も五、六人、窓枠に馬乗りになって、広場のほうをながめている。

《よし、これだけ残ってりゃ、聖史劇を大詰めまで聞いてもらうにじゅうぶんだ。数こそ少ないが、選(え)り抜きの見物人だ。文学のわかる見物人だ》と、グランゴワールは思った。

だがすぐに、聖母マリアの登場に素晴らしい効果をそえるはずの管弦楽がやれないことがわかった。グランゴワールは、楽隊がらんちき法王の行列につれていかれてしまったのに気がついたのである。「かまわん」と、彼はストア派の哲学者よろしく言ってのけた。

グランゴワールは、彼の芝居について話し合っているらしい市民の一群に近よっていった。すると、こんな話の切れっぱしが耳にとびこんできた。

「ねえ、シュヌトーさん。あなたはナヴァールのお屋敷をご存じですか、以前ヌムールさまの持ち物だった?」

「ええ、ブラック礼拝堂の真ん前のでしょう」

「それをねえ、お上がこんど挿絵画家のギヨーム・アリクサンドルに貸すことになったんですよ。家賃は年にパリ金で六リーヴル八スーです」

「いやはや、家賃もあがりましたなあ!」

《まあいい! ほかの人が見てくれるだろう》と、グランゴワールは溜息をつきながら思った。

と、このとき、窓のところにいた若い男の一人が「おい、みんな、エスメラルダだ! エスメラルダが広場にいるぞ!」と、とつぜん叫んだ。

このことばは、まるで魔術のようなききめを生んでしまった。広間に残っていた連中は、誰も彼も窓ぎわに駆けより、外を見ようとして壁によじのぼりながら、「エスメラルダだ! エスメラルダだ!」と繰り返している。

ちょうどそのとき、外で割れるような拍手喝采の音がした。

「エスメラルダってのは、いったい何のこったろう? やれやれ! こんどはどうやら窓が邪魔にとびこむ番らしいな」と、グランゴワールはがっかりして、両手を握り合わせながら言った。

振り返って大理石盤のほうを見ると、芝居はまたもや中断されてしまっている。ちょうどユピテルが雷（いかずち）を持って登場しようとするところだった。ところがユピテルは、舞台の下でじっとつっ立ったままだ。

「ミシェル・ジボルヌ！　何をぼんやりしてるんだ？　きみの出番だろう？　さあ、のぼるんだ！」と、詩人はじりじりして叫んだ。

「困りましたよ。学生が梯子（はしご）を持ってっちまったんです」と、ユピテルが答えた。

グランゴワールは梯子のあったところに目をやった。なるほど梯子の影も形も見えない。芝居の筋を結んではみたものの、さて、その結びをつける大団円への交通いっさい遮断、というわけなのである。

「へんなことをしやがるな！　なんだって梯子なんか持ってっちまいやがったんだろう？」と、彼はつぶやいた。

「エスメラルダを見に行きたかったんですよ。ほら、梯子があいてるぞ！　って言って、さっさと持ってっちゃったんです」と、ユピテルが情けない声で答えた。

とどめの一撃をくらったわけだ。グランゴワールも、とうとう投げだしてしまった。

「とっとと消えちまいな！　芝居の金がもらえたら、あんた方にも払ってやるぜ」と、彼は役者たちに言った。

をつとめながら。

それから彼は、頭をたれて退場した。力のかぎり戦った後の将軍みたいに、しんがり

裁判所の曲がりくねった階段を降りながら、「パリっ子なんてまったく、とんちきで、げび助ぞろいだな!」と、彼は口の中でつぶやいた。「聖史劇を見にきていながら、なんにも見ようとしないなんて! クロパン・トルイユフーだの、枢機卿(すうききょう)だの、コプノールだの、カジモドだの、なんだのかんだの、ろくでもないものばっかりに夢中になりやがって! 聖母マリアさまには見向きもしない。こんなこととわかっていたら、聖母マリアをわんさと見せてやったんだっけ、野次馬(やじうま)め! それに、おれはどうだ! 見物人の喜ぶ顔が見たい一心でやってきながら、背中ばっかり見て帰るなんて! 詩人のおれも、これじゃまるで患者に嫌われて背を向けられるへぼ医者そっくりだ! もっとも、ホメロスはギリシアの町々を食を請うて歩いたんだし、ナソは国を追われてモスクワ人のところで死んでるんだから(ナソとは、ローマの詩人オウィディウスのこと。アウグストゥスにより追放され、じっさいはゲタエ人のところで死んでいる)。それにしてもあいつらが、エスメラルダ、エスメラルダって騒いでいるのは、いったいぜんたい何のこったろう。まったくちんぷんかんぷんだな! だいいち、エスメラルダっていうのは何語だろう! きっとエジプト語だな!」

第二編

1　一難去ってまた一難

一月は日の暮れがはやい。グランゴワールが裁判所を出たときには、通りはもう暗くなっていた。こうして夜になっていたのが、彼にはうれしかった。はやくどこか人の知らない、人の通らない路地にたどりついて、心ゆくまで思いにふけり、哲学者グランゴワールに、傷ついた詩人グランゴワールの応急手当をさせたかった。それに、哲学こそは彼のただ一つの避難所だった。というのも、これからどこへ行って寝ればいいのか、さっぱり見当がつかなかったからだ。戯曲の上演にものの見ごとに失敗してしまった今となっては、ポ＝ロ＝フォワンの真向かいの、グルニエ＝シュル＝ロー通りに借りている部屋へ戻ることなど、とてもできたものではなかったのだ。実はグランゴワールは、奉行（ぶぎょう）が彼の祝婚詩に払ってくれるはずの金で、パリ有蹄動物（ゆうていどうぶつ）入市税の徴収人ギヨーム・

ドゥー＝シール親方に、たまっている部屋代六か月分、つまりパリ金十二スーを払おうと思っていたのだった。十二スーといえば、いま身につけている半ズボンもシャツもビコケ帽もそっくりひっくるめた彼の全財産の十二倍もの金額だ。サント＝シャペル礼拝堂の収納役が管理していた牢獄の小窓の下にしばらく身を寄せ、さて今晩はどこで寝るかなと、ちょっと考えたのち――というのも、もしこうなれば、パリの舗道のどこで寝ようと勝手だから――、彼は、その前の週、サヴァトリ通りの高等法院判事の屋敷の戸口にラバに乗るときの踏み石を見つけて、こいつは、まさかのときに物乞いか詩人が枕にするのにちょうどもってこいだわいと思ったことを、ふと思い出した。彼はこんな妙案を授けてもらったことを神に感謝した。そこで、中の島へ行こうとして、裁判所広場を横ぎりにかかった。中の島は、今でもまだ十階建ての家々を並べて残っているバリユリ通りだの、ヴィエイユ＝ドラプリ通りだの、サヴァトリ通りだの、ジュイヴリ通りだのといった、たくさんの古い通りがうねうねと走っていて、まるで曲がりくねった迷宮みたいだった。ところで、グランゴワールが広場を横ぎりにかかったとき、やはり裁判所から出た例のらんちき法王の行列がワーワー大きな叫び声をあげ、松明をあかあかと灯し、グランゴワールから取りあげた楽隊をつれて、中庭をものすごい速さでつっきっていくのが目に映った。これを見ると、彼が受けた自尊心の傷がまたずきずき痛みだした。彼は逃げだした。芝居の失敗であんな苦しい気持をなめていたので、その日の祭りを思い出させるものは、何もかもグランゴワールをいらだたせ、傷口を痛ませるのだった。

サン＝ミシェル橋を渡ろうとすると、橋のあちこちに子供が火縄ざおや火矢を持って走りまわっている。

「花火のちくしょうめ！」こう言って、グランゴワールはシャンジュ橋のほうへ向きを変えた。橋のたもとの家々には、国王と王太子とフランドルのマルグリット姫を表わした旗が三つ、オーストリア公、ブールボン枢機卿（すうききょう）、ボージュー侯、ジャンヌ・ド・フランス公妃、ブールボン庶子侯（しょしこう）、それから、もうひとり誰かの「肖像を描いた」小旗が六つ並べてあって、どれもこれも松明で明るく照らされていた。群衆が旗を感心してながめていた。

「絵描きのジャン・フールボーが羨（うらや）ましいよ！」と、グランゴワールは深い溜息（ためいき）をつきながら言った。そして旗や小旗に背を向けてしまった。一本の通りが目の前を走っている。通りは真っ暗で、人影ひとつ見えない。ここへはいりこめば、あの騒々しくて晴ればれしい祭りからすっかり逃れきれるだろう、と思った。彼はどんどん通りの中へはいっていった。しばらく歩いていくと何かが足にぶつかったので、つまずいてころんでしまった。朝、法律組合の書生たちがこの日の盛典を祝って高等法院長の屋敷の門前に飾った五月柱の束がころがっていたのだ。グランゴワールはこの新手の攻撃におおしく耐えた。起きあがって、河べりへ出た。民事院の小塔と刑事院の塔を通りすぎ、王室庭園の高い塀に沿って、舗装していない砂浜をくるぶしまで泥につかりながら歩いて、中の島の西の突端に着いた。ここでしばらくパスール＝オ＝ヴァシュの小島をながめた。この島はその後、青銅の馬とヌフ橋の下になって消えてしまったが。小島は目の前を流れる、狭い、白っぽい水面の向こうに、暗闇の中で、何かの黒い塊りのように見えた。島には、かすかな光のまたたきで、蜂の巣の形をした小屋みたいなものがあるのがわかった。牛を渡す船頭が夜をすごすところなのだ。

《船頭が羨ましい！》と、グランゴワールは思った。《きみは名誉にあこがれもしないし、祝婚詩なんかもつくらない！　国王が婚礼の式をあげようが、ブールゴーニュ公妃が何をしようが、きみに何のかかわりがあろう！　きみの知っているマーガレットは、四月になると芝草のあいだにもえだして、きみの運ぶ牛どもに食べられるあのマーガレットだけなんだ！　それなのに、詩人のおれときたらどうだろう。見物人には野次られるし、寒さにがたがた震えている。十二スーも借金があるんだ。おまけに、靴の底は透きとおるくらいぺらぺらになっちゃって、きみの角灯のガラスの代わりにだってなりそ

うなんだ。ありがとう！　船頭さん！　きみの小屋を見ていると目が休まるし、いまいましいパリなんか消えてなくなるんだ！》

だが、グランゴワールの抒情めいた、うっとりした気分は、天の祝福を受けたその小屋からいきなりドカンとあがった聖ジャン祭の大二重花火の音でふっとんでしまった。その日のお祭り騒ぎに遅れをとるまいとした船頭が、花火を打ちあげたのだった。

この花火はグランゴワールをかんかんに怒らせた。

「いまいましい祭りめ！　どこまでおれを追いかけるつもりなんだ？　いやはや！　船頭の小屋まで追いかけてくるなんて！」と、彼は叫んだ。

そして足もとのセーヌ河をながめていると、恐ろしい誘惑にとらえられて、

「ああ！　水がこんなに冷たくなけりゃ、ひと思いにとびこんじまうんだがなあ！」と、彼は言った。

そのとたんに、やけっぱちなある決心が固まった。つまり、らんちき法王や、ジャン・フールボーの小旗や、五月柱の束や、火縄ざおや、花火からしょせん逃れられないものなら、いっそ思いきって、祭りのまん真ん中にとびこんでいってやろう、グレーヴ広場へ行ってやろう、という決心だった。

《せめて》と、彼は思った。《あそこへ行けば、体を暖めるかがり火の燃え残りぐらい

はあるだろう。それに王家の大きな紋章形の砂糖の塊りが三つ、市営食堂でふるまわれたはずだから、そのおこぼれを夕食がわりにすることだってできるだろう》

2 グレーヴ広場

今のグレーヴ広場には、そのころのおもかげはほとんど残っていない。広場の北の隅にある美しい小塔も、生き生きとしていた彫刻の線をすっかり塗りつぶされてしまって、みっともない姿を見せているが、それもやがて、パリの古い家々の正面をどんどん食いつぶしていく新しい家々の洪水の中に姿を消してしまうだろう。

グレーヴ広場を通りすぎるとき、ルイ十五世時代に建てられた二軒の廃屋にはさまれて息苦しそうにしているこの可哀そうな小塔に、哀れみと同情の目を向けずにはいられないような人なら——私もその一人だが——昔この塔がどのような建物のあいだに立っていたか、容易に思い描くことができる。つまり十五世紀の古いゴチックふうの広場のありさまを、そっくりそこに再現してみることができるのである。

そのころの広場は、今と同じように台形で、一辺は河岸でふちどられ、他の三辺は高い、間口の狭い、陰気な家々でふちどられていた。昼間であれば、どれもこれも石面や木面に彫刻をほどこされた、こうした家々のさまざまな様式に見とれることができた。この家並みはそのころもう、中世のいろいろな住宅建築の見本を一つ残らず並べたようなものだった。十五世紀から古くは十一世紀にまでさかのぼるさまざまな建築様式が、交差リブにとってかわろうとしていた開き窓から、交差リブに追いのけられたロマネスクふうの半円アーチ窓にいたるまでに、しのばれたのである。そして、この半円アーチは、タヌリ通りの側で交差リブふうの窓を見上げながら、まだセーヌ河に臨んだ広場の隅に立っていた古風な「ロラン塔」の二階に、そのおもかげを残しているのだった。夜には、こうした家々のあることを示すものは、広場のまわりに空に向けた鋭角をずらりと並べたような家々の屋根が描く黒いぎざぎざだけであった。というのも、これは当時の都市と今日（こんにち）の都市との根本的な違いの一つなのだが、今は家々は正面を広場や通りに向けているが、昔は切妻（きりづま）を向けていたからである。二世紀前から家々は向きを変えてしまったわけだ。

　広場の東側の中央に家を三つくっつけてつくった、ずんぐりした、つぎはぎの建物があった。この建物には三つ名前があって、それが建物の歴史と用途と構造を示していた。「王太子邸」というのは、シャルル五世が王太子時代にここに住んでいたからであり、

「取引所」というのは市庁舎に使われていたからであり、「柱の家」というのは、四階建てのこの建物をささえている太い柱が並んでいたからである。ここには、パリのような立派な都市に必要なありとあらゆるものがそろっていた。神に祈るための礼拝堂、公判を開き必要とあれば王家の家臣を懲戒する「提訴室」、また屋根裏には大砲をたくさん納めた「兵器庫」もあった。パリの市民は、市の自主権を守るためには、祈ったり訴えたりするだけではだめなことがあるのを知っていたので、いつも市庁舎の屋根裏部屋に、立派な火縄銃を錆の出るまでたくわえておいたのだ。

今日でも、グレーヴ広場と聞くと、「柱の家」の跡に建築家ドミニク・ボカドールの建てた市庁舎の陰気な姿とともに、なんともいやな感じが頭に浮かんでくるが、この広場はすでに当時からそうした感じを起こさせるような気味の悪い光景を見せていたのである。そのころの人びとが「裁き」と「梯子」と呼んでいた立てっぱなしの絞首台とさらし台が、舗装された広場の真ん中に並んでいて、それが、人びとにこの不吉な広場から目をそむけさせる大きな原因になっていたのだ、ということも申しあげておかねばならない。なにしろここでは、たくさんの達者な元気のいい人間が臨終の苦しみをなめたのだから。また、五十年後、「サン゠ヴァリエ熱」つまり、あの絞首台恐怖病が発生したのもこの広場であった。この病気は、あらゆる病気のうちでいちばん恐ろしいものであった。なぜなら、それは神からではなくて、人間自身から出たものだったから。

ついでに申しあげておくが、わずか三百年前にはまだあれほど盛んに行なわれた死刑が、今日（こんにち）ではほとんどなくなったことを思うと、ほっと助かったような気になる。あのころはグレーヴ広場、中央市場、王太子広場、クロワ＝デュ＝トラオワール、豚市場（ぶたいちば）、あのいまわしいモンフォーコン、バリエール・デ・セルジャン、猫広場、サン＝ドニ門、シャンポー、ボーデ門、サン＝ジャック門の刑場には、車責めの刑に使う車輪や、石の絞首台や、その他さまざまの舗装された地面にはめこまれた常設の処刑道具があり、またそのほか、奉行（ぶぎょう）や、司教や、司教座聖堂参事会員や、大修院長や、裁判権をもつ小修院長などが管理する無数の絞首台があって、やたらに人を死刑にしていたし、またそのほかにも、セーヌ河での水死刑などというのもあったのである。封建社会の年とった主人公である死刑が、着ていた鎧（よろい）のあらゆる部分を、つまり種々さまざまな処刑法や、想像力や空想力が及ぶかぎりの刑罰制度や、拷問（ごうもん）――このためにグラン＝シャトレの革ベッドは五年ごとに取り替えられた――をつぎつぎと失っていったあげく、わが国の法律や都市からほとんど姿を消し、法規から法規へと追いつめられ、広場から広場へと追い立てられてしまったのを見ると、まったく心の安まる思いがするのである。今では昔の死刑を思わせるものは、この広いパリにただ一つ、あのグレーヴ広場のいまわしい片隅に哀れな断頭台が一台、現行犯を押さえられるのを絶えず恐れてでもいるように、ひっそりと、不安げに、恥ずかしそうに、立っているだけである。死刑もひと仕事してしまった後は、さっさと消えていくわけだ。

3 「ぶたれてキス」

ピエール・グラングワールは、グレーヴ広場に着いたときには、すっかりこごえきっていた。シャンジュ橋の人だかりやジャン・フールボーの小旗を避けるためにムーニエ橋を通ってきたのだが、途中いたるところでパリ司教所有の水車場の車に水をはねかけられ、ぼろ服はびしょぬれという始末だった。おまけに、芝居に失敗したので、寒さがひとしお身にしみるような気がした。そこで、広場の真ん中で盛んに燃えしきっているかがり火のほうへ急いで近づいていった。ところが火のまわりには、大勢の群衆がまるい人垣をつくっている。

「いまいましいパリっ子め！　火にもあたらせんつもりか！　炉端(ろばた)の隅(すみ)っこにでもすわりたいと思っているのに。靴は水がはいってぶかぶかだし、あのいまいましい水車のやつめ、こんなにびしょぬれにしやがった！　パリ司教のろくでなしめ、水車なんかもちやがって！　司教が水車をどうしようってのか、おうかがいしたいもんだ！　おちぶれたら、司教をやめて粉屋になろうっていう気かな？　おれの呪いだけであいつがおちぶれるものなら、呪ってやるぞ。あいつの大聖堂にも、あいつの水車にも呪いをかけてやるぞ！　野次馬どもめ、ちっとはどいてくれないもんかな！　いったいぜんたい何をしてやがるんだろう！　火にあたってやがるんだ。あったかいだろうなあ！　小枝の束の山が燃えてるのを見てやがるんだ。さぞかしきれいだろうなあ！」と、グランゴワールはひとりごとを言った。というのも、グランゴワールは真の劇詩人らしく、ひとりごとを言う癖があったからだ。

近づいてよく見ると、人垣の輪が祝火にあたるためにしては、やけに大きすぎるのに気がついた。この大勢の見物人は、ただ小枝の束の山が燃える美しさにひかれて集まったのではないらしい。

人だかりと火とのあいだにできている広いあき地で、一人の娘が踊っているのだった。

グランゴワールは懐疑派の哲学者でもあり、風刺詩人でもあったのだが、さすがの彼も、この娘が人間なのか、妖精なのか、それとも天使なのか、ちょっと見たときにはわからなかった。それほど、彼は女のまばゆいばかりの姿に魅せられてしまったのだ。

娘は背は高くなかったが、細い体がひどくすらりとのびていたので、高く見えるのだった。肌は褐色だったが、昼間なら、その肌はアンダルシアやローマの女たちのように金色に美しく照りはえるに違いない。小さな足もアンダルシアふうだった。あでやかな靴にぴっちり包まれているのだが、少しも窮屈な感じがしないのだ。娘は、むぞうさに足もとに投げ広げられた古いペルシアじゅうたんの上で踊っている、舞っている、渦を巻いている。そして、くるくる回りながら、その晴れやかな顔が見物人の前を通りすぎるたびに、黒い大きな目がきらりと光を投げかけるのだった。

まわりの見物人はみんな口をぽかんと開けたまま、じっと彼女の姿を見つめている。それもそのはず、ふっくらした清らかな両腕を頭上に高くのばしてタンバリンを叩き、それに合わせてくるくる踊る、スズメバチのようなほっそりした、なよなよしい、生き生きした姿、しわ一つない金色の胴着、ふんわりふくらんだはでな服、あらわな両肩、ときどきスカートの下からちらりとのぞくほっそりした足、黒い髪、炎のような目、それはもうこの世のものではなかったのだ。

《これはまったく火の精だ、水の精だ、女神だ、メナロン山の巫女(みこ)だ！》と、グランゴワールは思った。

と、このとき、「火の精」のおさげがほどけて、さしていた真鍮(しんちゅう)の髪飾りが、ころころと地面にころがり落ちた。

「なんだ！　ジプシーの娘だったのか」と、グランゴワールはつぶやいた。

幻はすっかり消えてしまった。

娘はまた踊りはじめた。地面に置いてあった剣を二本拾い、それを切っ先で額の上に立てると、体をぐるぐる回しはじめた。剣は体と反対の方向へくるりくるりと回った。やっぱり、しがないジプシー娘だったのだ。グランゴワールはひどい幻滅を感じはしたものの、こういった絵のような全景から、魔術めいた、うっとりするような気持を味わわずにはいられなかった。かがり火はどぎつい赤い光であたりを照らし、その光はぐるりと輪を描いている群衆の顔や踊っている娘の褐色の額の上で生き生きとゆらめき、広場の奥では、一方では柱の家の黒くてひだの多い古めかしい正面に、もう一方では絞首台の石の腕に、ゆらゆらと動くみんなの影にまじりあって、ぼんやりした余光を投げかけていた。

この光に照らされて緋色に染まった数知れぬ顔の中に、誰にもまして夢中に踊り子の姿にながめいっているように見えたものがあった。それはいかめしい、落ちついた、陰気な顔の男だった。男の服は、まわりの人びとのかげになって見えなかったが、年は三十五を出てはいないように見うけられた。だが頭はもうはげていた。こめかみに、もう白くなった髪がまばらに残っているだけだ。広くて高い額にはいく筋ものしわができかかっている。だが、くぼんだその目には不思議な若々しさと、燃えるような生気と、深い情熱がきらめいている。男の目はじっとジプシー娘に注がれたまま離れない。陽気な十六娘が踊ったり舞ったりして、みんなを喜ばせているのに、この男は何か暗い物思いにだんだん深く沈みこんでいくようだった。ときどき、ほほえんだかと思うと溜息(ためいき)をつく。が、そのほほえみは、溜息よりなお苦しげだった。

娘は息がきれて、とうとう踊りをやめた。人びとは、大喜びで拍手を送っている。

「ジャリや」と、ジプシー娘が呼んだ。

と、グランゴワールの目には、敏捷(びんしょう)で、活発で、毛なみのつやつやした、白い、小さな、可愛(かわい)い雌(め)ヤギが一匹、どこからか現われ出てきたのが映った。角(つの)も足も金色で、これまた金色の首輪をつけている。ちっとも気がつかなかったが、それまでじゅうたんの片隅にうずくまって、主人が踊るのをながめていたのだ。

「ジャリや、おまえの番だよ」と、踊り子が言った。

そして、腰をおろしながら、雌ヤギの前にタンバリンをやさしく差し出した。

「ジャリや、いま何月?」と、娘がきいた。

ヤギは前足をあげて、タンバリンを一つ叩いた。そのとおり、一月だった。人びとはパチパチと手を叩いた。

「ジャリや、きょうは何日？」と娘は、タンバリンを裏がえしにしてまたきいた。

ジャリは可愛らしい金色の足をあげて、タンバリンを六つ叩いた。

「ジャリや、いま何時？」とジプシー娘は、またタンバリンを裏返しにしてきいた。

ジャリはタンバリンを七つ叩いた。と、そのとたんに柱の家の大時計が七時を打った。

人びとは驚きの目を見はるのだった。

「あれは魔法を使っているのだ」という気味の悪い声が群衆の中から聞こえた。声の主は、ジプシー娘からじっと目をはなさずにいた、あの頭のはげた男だった。

娘はびくっとして振り向いた。だが、拍手がどっとわき起こって、陰気な叫び声はその中にかき消されてしまった。

拍手の響きは娘の心からもあの声をすっかり消してしまったらしく、ジプシー娘はまた雌ヤギに質問をつづける。

「ジャリや、市の短剣騎兵隊長のギシャール・グラン＝ルミさんは、聖母お潔（きよ）めの祝日の行列でどんなふうになさるの？」

ジャリはあと足で立ちあがると、とても可愛らしい、もったいぶったようすでひょこひょこ歩きながら、メーメー鳴きだしたので、まわりの見物人は、短剣騎兵隊長のまやかし信心の、このみごとな物まねを見て、どっと笑いだした。

「ジャリや」と娘は、芸がますますうけるのに元気づいて言った。「宗教裁判所検事ジャック・シャルモリュさまは、どんなふうにお説教をなさるの？」

雌ヤギは尻を地面につけてすわり、前足をぎくしゃく動かしながら、メーメー鳴きだした。へたくそなフランス語や、へたくそなラテン語こそ聞かれないが、身振りといい、口調といい、身ごなしといい、ジャック・シャルモリュ検事にそっくりだった。

人びとの拍手はますます激しくなった。

「神を恐れぬことばだ！　神を汚しおる！」と、また頭のはげた男の声が聞こえた。

ジプシー娘はまた振り向いた。

「まあ！　あのいやな男だわ！」と娘はつぶやき、下唇をぐっと突き出して、癖になっているらしいふくれっつらをすると、かかとでくるりと向きを変えて、タンバリンの中にみんなからの投げ銭を集めにかかった。

大きな銀貨や小銭や盾銭やワシの銅銭がばらばらっと降ってきた。ふいに娘はグランゴワールの前にやってきた。グランゴワールがついうっかりポケットに手をつっこんだので、娘は立ちどまった。「しまった！」と、詩人は言った。ポケットの底に手をつっこんでみて真相がわかったのだ。からっけつなのである。だが、可愛らしい娘は、大きな目で彼を見つめながら、タンバリンを差し出し、金を入れてくれるのを待って、じっと立っている。グランゴワールは大汗をかいてしまった。

もしポケットにペルーの富にも比べられるような大身代（おおしんだい）でも持っていたら、グランゴワールはきっとそれを踊り子にやってしまったに違いない。だがグランゴワールは、そんな大身代など持っていなかった。それにアメリカもまだ発見されてはいなかったのだ。

さいわい、思いがけないできごとが持ちあがって、彼は救われた。

「さっさと行っちまわないか、このエジプトバッタめ？」と叫ぶかん高い声が、広場のいちばん暗い隅っこから聞こえてきたのだ。

娘はぎょっとして振り向いた。こんどはあの頭のはげた男の声ではなく、女の声だ。信仰にこりかたまった意地の悪い声だ。

おまけに娘をおびえさせたこの声が、このあたりをうろついていた子供たちの群れを喜ばせた。

「ありゃ、ロラン塔のおこもりさんだ」「お懺悔（ざんげ）ばあさんがどなってるんだ！　まだ夜の食事にもありつけねえのかな？　市営食堂の残り物でも持ってってやろうよ！」と、子供たちはゲラゲラ笑いながら叫んだ。

そして一人残らず、柱の家のほうへ駆けていってしまった。

一方、グランゴワールは踊り子がうろたえているすきに姿を消してしまった。子供たちの叫び声を聞いて、自分もまだ夕食にありつけなかったことを思い出したのだ。そこで彼も市営食堂へ駆けつけた。だが、駆けっこじゃ子供たちにはかなわない。食堂に着いたときには、食べ物はもうきれいさっぱりと片づけられていた。一ポンド五スーのパンの塊(かたま)りさえ残ってはいなかった。残っているのは、一四三四年にマチユ・ビテルヌが壁に描いた、すらりとしたユリの花にバラの木をあしらった絵だけだ。これではまことにわびしい夕食である。

夕食にありつけず寝るのは閉口な話だが、夕食にありつけず寝ぐらもないというのは、ますますありがたくない話だ。グランゴワールはこういったありさまに落ちこんでしまったのだ。パンもなければ、寝ぐらもない。彼は四方八方から自然の欲求に攻めたてられるのを感じた。そして自然の欲求とはずいぶんうるさいものだ、と悟った。彼は、だいぶ前からこういう真理を発見していた。つまり、ユピテルは人間嫌い症の発作(ほっさ)の最中に人間をつくった。だから賢人は生きているあいだ、自分の運命に自分の哲学を包囲されて苦しむのだ、というのである。ところでグランゴワールは、今までこんな水ももらさぬ包囲攻撃にあったことは一度もなかった。胃袋はさかんに降伏信号を発している。彼は、邪悪な運命が彼の哲学を兵糧攻め(ひょうろうぜめ)にしようとしているのを、とんでもないきたない手だと思った。

こうした陰鬱(いんうつ)な夢想にますます深く沈みこんでいったとき、やさしさにあふれてはいるが、なんとも奇妙な歌が聞こえてきて、いきなり彼を夢想からさめさせた。あのジプシー娘がうたっているのだった。

声も、あの踊りや、あの美しさと同じ感じだった。言うに言われぬ魅力的な声だった。言ってみれば、澄みきっていて、響きがよく、空を飛ぶ鳥の羽音のような調べだった。歌声は絶え間なくつづいていく。メロディ、思いがけない拍子、それから、ときどき鋭い、笛を吹くような節のまじる単調な楽句、それから、ウグイスもとまどいそうな高い声への飛躍。だがそれでも、ハーモニーはけっして失われない。それから、うたっているこの娘の胸の線のようにゆるやかに昇り降りするなだらかなオクターヴの起伏。娘の美しい顔は、あられもなくとり乱した感じから、清らかな品のある美しさまで、千変万化する歌の調子にしたがって、不思議なすばやさで変わっていく。ときには娼婦(しょうふ)とも見え、ときには女王とも見えそうな変わりようだった。

娘は歌をうたっていたがグランゴワールの知らないことばでうたっていた。娘のほうでも何語だかわかっていないように見えた。それほど娘がうたう調子は、歌の意味とちぐはぐだった。たとえば、つぎのようなスペイン語の四行の詩句を狂ったような陽気さでうたうのだった。

高価な大箱を
彼らは柱の中に見いだした。
その中に、恐ろしい
顔を描いた新しい旗。

そしてすぐつづいて、

アラビアの騎士たち、
動くこともできず、
剣(つるぎ)を帯び、首には
強い弩(おおゆみ)をかけて。

という一節の調子を聞くと、グランゴワールは思わず涙ぐんでくるのを感じるのだった。
だが娘の歌は何よりも喜びを表わしていた。それに娘は小鳥のように、ほがらかに、無心にうたっているように思われた。

ジプシー娘の歌はグランゴワールの夢想をかき乱しはしたが、それは白鳥が水面をかくような乱し方だった。彼はうっとりした、何もかも忘れ果てたような気持で耳をかたむけていた。ここ数時間以来、はじめて苦しみを感じずにいられたのだった。

だが、この楽しいときも長くはつづかなかった。

さっきジプシー娘の踊りに邪魔をいれた女の声が、こんどは歌の妨害にとびだしたのだ。

「黙らないのか、地獄のセミめ？」と、やはりあの広場の暗い片隅から叫び声が聞こえてきた。

可哀（かわい）そうに、「セミ」はぴたりと鳴きやんでしまった。グランゴワールは両手で耳に栓（せん）をして、

「ちえっ！　いまいましいぼろのこぎりめ、竪琴（たてごと）をこわしにきやがる！」と叫んだ。

一方、ほかの見物人たちも、彼と同じようにぶつくさ言っている。「お懺悔ばばあめ、消えてなくなれ！」と、あちらでもこちらでも声があがる。そして、姿の見えない意地悪ばあさんは、ジプシー娘に毒づいたのをひどく後悔することになりそうな形勢だった。

だがちょうどそのとき、らんちき法王の行列が現われて見物人の気をそちらへそらした

ので、ばあさんはどうにかことなきを得たのである。行列はまちまち、辻々をねり歩いたあげく、松明(たいまつ)をあかあかと灯(とも)し、ワーワー喚声(かんせい)をあげながら、グレーヴ広場へはいりこんできた。

この行列は、みなさんもご存じのように裁判所から出発したのだが、道々、隊をととのえ、パリじゅうのならず者や、のらくらな泥棒や、かき集められる宿なしを一人残らず引きずりこんでしまった。そんなわけで、グレーヴ広場に着いたときには、なかなか堂々とした行列になっていた。

まず最初はエジプト隊（当時、エジプト人とは、ジプシーをも意味した。ここではジプシー隊の意味）だ。先頭のエジプト公は馬にまたがり、徒歩の伯爵たちに手綱(たづな)をとらせ、あぶみを押さえさせて、やってくる。そのうしろから男女入りまじりのジプシーどもが、ギャーギャー泣きわめく子供たちを肩にのせながらぞろぞろついてくる。公爵も伯爵もしもじもも、みんなそろっておんぼろ姿、つぎはぎ姿だ。つづいて、泥棒王国の一団、つまり、フランスじゅうの泥棒が階級別に隊を組んでやってくる。こそどろ連が先頭に立っている。みんなへんてこな資格に応じたいろいろな階級章をつけ、四人ずつ並んでの分列行進だ。たいていは身体の悪い者たちで、こちらは足の悪いやつ、あちらは手の悪いやつ。にせ失業者、にせ巡礼、聖ユベール参り、サント＝レーヌ参り、ハンカチかぶり、四人組、松葉杖物乞(まつばづえものご)い、きんちゃく切り、できもの物乞い、にせ焼け出され、にせ破産者、にせ傷兵、若造物乞い、泥棒王国立法者、にせ病人などなど、ホメロスでも数えあげるのにうんざりするほどだ。そして、にせ病人隊と物乞い王国立法者隊とでできている法王選挙会の真ん中には、大きな二匹の犬に引かせた小さな荷車の上に泥棒王国大王陛下がしゃがんでいたのだが、気をつけないとよく見えなかった。泥棒王国のつぎはガリラヤ帝国（貧乏学生や聖職見習いのグループのこと。ガリラヤはキリストが活動したパレスチナの一地方の名）だ。ガリラヤ帝国皇帝ギヨーム・ルソーは、酒じみのついた緋の衣をつけ、打ち合ったり剣舞を披露したりする踊り手たちを先に立て、守衛や役員や会計院の書記たちに取りまかれて、威風堂々と進んでくる。さてそのつぎは、法律組合の面々だ。手に手に花をつけた五月柱を持ち、黒服をまとい、らんちき騒ぎにふさわしい楽隊をひきつれ、太い黄色のろうそくを灯してやってくる。この面々の真ん中に、らんちき祭り団の役員たちが、ペストが流行したときのサント＝ジュヌヴィエーヴ教会の聖遺物箱よりもたくさんのろうそくを立てた輦台を肩にかついで進んでくる。そしてこの輦台の上には、笏杖を持ち、祭服をつけ、法王冠をいただいた新らんちき法王が、つまりノートル＝ダムの鐘番、背中にこぶのあるカジモドが、堂々とすわっていた。

　このグロテスクな行列の各隊には、それぞれ楽隊がついていた。エジプト隊はアフリカ木琴とアフリカ太鼓をうるさく打ち鳴らしている。泥棒王国隊は、もともと音楽とはあまり縁のない人種だから、ヴィオールや原始的なラッパや十二世紀のゴチックふうの角笛をキーキーブカブカやっている。ガリラヤ帝国勢の楽隊も似たりよったりの原始的なものだ。「レ＝ラ＝ミ」の音だけしか出せない、幼稚で貧相な三弦胡弓みたいなものがどうにか目につくぐらいだ。だが、ものすごい雑音を鳴り響かせて、当代音楽の粋を繰り広げているのは法王のまわりの楽隊だ。さまざまなフルートや金属吹奏楽器はいうにおよばず、ソプラノの三弦胡弓、テノールの三弦胡弓、アルトの三弦胡弓までそろっているのだ。やれやれ！　みなさんもお忘れではないと思うが、これこそグランゴワールの管弦楽団だったのだ。

裁判所からグレーヴ広場まで行く道々、カジモドの陰鬱な醜い顔がどんなに勝ち誇った、満ち足りた表情に輝いていたかは、お伝えするのがちょっと難しい。彼は生まれてはじめて、自尊心の満足という喜びを味わうことができたのだ。それまでは自分の身の上に対する屈辱と軽蔑、われとわが身に対する不快感だけしか味わったことがなかったのだ。だからカジモドは、耳はよくきこえなかったが、すっかり法王気分になって、嫌われていると思うため自分のほうでも嫌っていた世間の人びとの拍手喝采を、心ゆくまで楽しんでいた。臣下どもが狂っていようが、障害があろうが、泥棒だろうが、物乞いだろうが、それがどうだというのだ！　要するに彼らは臣下であり、彼は帝王だったのだ。それにカジモドに、この連中の皮肉な喝采や、冷やかし半分の尊敬をみんな、真に受けていた。もっとも、人びとの心の底には嘘（うそ）いつわりのない恐怖心も多少はまじっていたことを、言っておかなければならない。というのも、カジモドは、背が曲がっているとはいえ力はあるし、足は悪かったが身軽だったし、耳はよくなかったが意地悪だったからである。こうした三つの特徴のおかげで、すっかり除け者（のけもの）にされてはいなかったのである。

おまけに、この新らんちき法王が自分の感じていることや、他人に与えている感じを、自分自身ではっきりわかっていたとは、とても考えられないのだ。この不自由な体に宿っている精神には、当然、どこか不完全で鈍いところがあった。だから、このとき彼が感じていたことは、彼にとっては、まるで雲みたいな、はっきりしない、とりとめのないものだった。ただ、むやみにうれしくなり、いちずに偉くなった気持でいたのだ。陰気で不幸せな彼の顔からは、後光が射しているように見えるのだった。

ところがこのとき、人びとを少なからず驚かせ、ぞっとさせるようなことが、とつぜん持ちあがった。カジモドがこうして半分酔ったような気分で、意気揚々と柱の家の前に差しかかったとたんに、一人の男が群衆の中から飛び出してきて、激しい怒りをこめたそぶりで、彼の手からからんちき法王権のしるしであるあの金の笏杖（しゃくじょう）をひったくってしまったのだ。

この無鉄砲な男は、さっきジプシー娘の見物人たちの中にまじりこんで、憎しみのこもったおどし文句で哀れな娘をぞっとさせた、あのはげた頭だった。この男は聖職者の服を着ていた。男が群衆の中から飛び出したとたん、グランゴワールはそれが誰だかわかった。それまではちっとも気がつかなかったのだが。「おや！」と、彼はびっくりして叫んだ。「あれはぼくの学問の先生だ。司教補佐のクロード・フロロ神父だ！　あの隻眼（せきがん）野郎をいったいどうしようってんだろう？　逆に食い殺されちまうぞ」

はたして、まわりの人ごみからも恐怖の叫び声があがった。恐ろしいカジモドが輦台（れんだい）からとびおりたのだ。女たちは、カジモドが司教補佐をひき裂くのを見まいとして目をそむけた。

ところが、ひとっとびで司教補佐の前に降りたカジモドは、相手を見ると、その場にひざまずいてしまった。

司教補佐はカジモドの法王冠をひっぺがし、笏杖をへし折り、安ぴかものの祭服をひき裂いてしまった。

カジモドは、ひざまずいたまま、頭をたれて、両手を合わせている。

それから、二人のあいだには身ぶり手まねの奇妙な会話がはじまった。どちらも口をきかないのだ。司教補佐はつっ立ったまま、ぷりぷりした、おどしつけるような、高飛車(たかびしゃ)な態度を示し、カジモドは這(は)いつくばって、うやうやしく哀願している。カジモドならこんな相手なんか、親指の先で間違いなくひねりつぶしてしまえるはずなのだが。

とうとう司教補佐は、カジモドのがっしりした肩を乱暴に揺すぶり、立ちあがって、ついてこいという合図をした。

カジモドは立ちあがった。

らんちき祭り団の役員たちは、法王がだしぬけに法王座から奪われてしまったので、あっけにとられていたが、やがてはっと気がつくと、彼らの法王を守りにかかった。ジプシー勢、泥棒王国勢、法律組合の連中全部は、司教補佐をぐるりと取りまいて、口々にわめきだした。

すると、カジモドは司教補佐の前に立ちはだかり、筋骨隆々とした拳(こぶし)を握りしめて、怒り狂った虎(とら)みたいに歯をギリギリいわせながら、追っ手をはったとにらみつけた。

司教補佐はまた、もとの暗い、重々しい顔つきに戻り、カジモドに合図をすると、黙ってひきあげにかかった。

カジモドは司教補佐の先に立って歩きながら、道をふさぐ群衆を追い散らしている。二人が人ごみをかきわけて広場のはずれまで来ると、野次馬や暇人(ひまじん)の大群があとを追おうとした。するとカジモドは後衛をつとめ、うしろ向きになって司教補佐のあとについていった。ずんぐりした格好で、今にもとびかかりそうな形相(ぎょうそう)を見せ、ぞっとするような姿で、髪を逆だて、手足に力をこめ、イノシシみたいな牙(きば)をなめなめ、野獣のようにうなり声をあげ、身ぶりや目つきで群衆に大きなどよめきを起こさせながら。

みんなは、二人が狭い、真っ暗な通りへはいっていくのを見送っていたが、誰ひとり、あとを追おうという勇気のある者はいなかった。歯をギリギリいわせているカジモドの怪物じみた姿を見ただけで、通りへはいっていこうなどという気持は消しとんでしまうのだった。

「いやはや驚いたもんだ。だがいったいぜんたい、どこへ行ったら夕食にありつけるんだろう?」と、グランゴワールはつぶやいた。

4　夜のまちで美しい女のあとをつけていくと、いやなことに出くわす

グランゴワールは、ままよとばかりジプシー娘のあとをつけはじめた。娘がヤギをつ

れてクーテルリ通りへはいっていくのを見たので、彼もその通りへはいっていった。

「なぜいけないんだ?」と、彼はひとりごとを言った。

パリのまちの実践哲学者であったグランゴワールは、どこへ行くともしれないきれいな女のあとをつけていくほど夢見心地にしてくれるものはない、ということを知っていた。こういうぐあいに、みずから進んで自分の自由意志を投げうち、自分の気まぐれを知らぬ他人の気まぐれにすっかり身を任せてしまうと、そこには、気まぐれなひとり立ちの気持と盲目的な服従とが入りまじった一種の感情が生まれるものである。この何とも言えない隷従（れいじゅう）と自由とのあいだを交差する感情をグランゴワールはお気に召していたのである。なにしろ彼は、もともと折衷的（せっちゅうてき）で、どっちつかずで、複雑で、あらゆる物事の両極端を握り、人間のあらゆる性向のあいだで絶えず宙ぶらりんになり、こうした性向を中和させているという男だったのだから。彼は自分自身を、二つの磁石で反対方向に引っぱられて、上と下、天井と敷石、天頂と天底のあいだで永遠にふわふわ浮いている、マホメットの墓みたいなもんだ、とよく言っていたのである。

グランゴワールが現在生きていたとしたら、古典派とロマン派との、なんとみごとな中間的存在になったことであろうか!

だが、彼は三百年も生きられるほどの原始人ではなかった。残念なことだ。今日（こんにち）、彼がいないということは、なんともさみしいかぎりである。

ところで、グランゴワールがよくやったことなのだが、こんなぐあいに通行人(ことにご婦人)のあとをつけていくには、今晩はどこで寝たらいいかわからない、といった気分ほどぴったり合うものはないのである。

彼は物思いにふけりながら、娘のあとをつけていった。人びとはわが家へ戻っていくし、この日も平日どおり開いていた居酒屋も、もう店を閉めようとしているのを見て娘が足ばやに急ぐと、きれいなヤギもその後からちょこちょこ走っていく。

《そのうちには》と、グランゴワールは考えるともなく考えていた。《あの娘もどこかに泊まるに違いない。ジプシー娘なんて、もともと気がいいものなんだ。ひょっとしたら?……》

この中断符を打った場所は、何か相当にあだっぽい考えが心の中に浮かびはしたものの、まとめあげずにやめてしまった箇所なのだ。

いちばん遅くまで起きていた市民たちが戸口を閉めている前を通りながら、グランゴワールは彼らの会話のはしばしをちらっちらっと耳にして、楽しい空想の糸を断ち切られた。

二人の老人が話し合っている。

「チボー・フェルニクルさん、寒くなってきたのにお気づきですか？」

（グランゴワールは、そんなことはもう冬のはじめから気づいていた）

「知ってますとも、ボニファス・ディゾムさん！　また三年前の八〇年みたいな冬になるんですかねえ？　たしか、あんときは薪が一束八スーもしましたからな？」

「なあに！　チボーさん、あんなのは一四〇七年の冬に比べりゃ何でもありませんよ。あの年は聖マルタン祭から聖母お潔めの祝日まで氷が張ってさ！　なにしろあんまり寒さがきびしかったもんで、裁判所の大広間で仕事をしていた書記のペンが三字書くたびに凍っちまう！　だもんで、とうとう裁判の記録もできなくなるという始末でしたぜ」

その先へ行くと、お隣同士のかみさんが、夜霧でパチパチこまかい火花を散らしているろうそくを手に持って、窓と窓で話している。

「旦那さんからあの事件のことをお聞きなすったかい、ラ・ブードラックさん？」

「いいえ。そりゃまたどんなことなの、チュルカンさん？」

「シャトレの公証人のジル・ゴダンさんの馬がねえ、フランドル人の行列に驚いちゃってさ、セレスチン会修道院の修道士のフィリッポ・アヴリヨさんをころがしちゃったのよ」

「ほんとなの？」

「ほんとですともさ」

「まちの人の馬にね！　そりゃ、騎兵さんの馬にだったら、あきらめもつくだろうがねえ！」

ここまで言って窓は閉められてしまった。が、グランゴワールの想像の糸は断ち切られてしまった。

だが、さいわい、あいかわらず前を歩いていくジプシー娘やジャリのおかげで、切れた糸口をすばやく見つけ、らくに、もとどおりにつなぎ合わせることができた。二つのほっそりした、デリケートな、美しい生き物のあとをつけ、その小さな足や、可愛らしい格好や、やさしい身ごなしを感心してながめているうちに、二つの姿は頭の中でごっちゃになってしまうのだった。頭がよくて、仲のいいのを見ていると、二人の娘みたいに思えてくるし、身軽さや、すばしっこさや、器用な歩きぶりからは、二匹の雌ヤギとも思えるのだった。

歩いているうちに、通りは目に見えて暗さとさびしさを増していった。消灯を告げる鐘の音が鳴ってからだいぶたったし、舗道を歩いている人影にも窓の灯にも、もう、ぽつんぽつんとしか出会わない。グランゴワールはジプシー娘のあとをつけて、路地や四つ辻や袋小路が入り組み、もつれ合った迷宮みたいなところへはいりこんでしまったのだ。それは、古いサン＝ジノサン墓地のまわりの区域で、まるで猫が糸枷をひっかきまわしたみたいにこんがらかっているところだった。「こりゃまた、しごく論理の欠けたまちだわい！」と、グランゴワールはつぶやいた。どの道を行っても、ぐるりとまたもとへ戻ってしまうような気がする、数知れぬ堂々めぐりの道へ、彼はまぎれこんでしまったのだ。だが娘のほうは、ためらいもせずますます足どりをはやめて、なじみの道らしい一本の通りをずんずん進んでいく。曲がり角を通りすぎたとき、市場のさらし台の八角形の姿がちらりと目にはいったが、もしあれが見えなかったら、グランゴワールは自分がいったいどのへんにいるのか、さっぱり見当もつかなかっただろう。さらし台の吹き抜きのてっぺんは、ヴェルドレ通りのまだ灯がついている一つの窓をバックにして、その黒い輪郭をくっきりと浮かびあがらせていた。

ちょっと前から、彼は娘に気づかれていた。娘は何度か彼のほうを不安そうに振り向いた。一度などはぱったりと立ちどまって、半開きになったパン屋の店からもれる光をたよりに、グランゴワールを頭の先から足の先までじっと見つめたのだった。見つめておいてから、娘はグランゴワールに向かってさっき広場でしたような、軽いふくれっつらをして見せたが、またどんどん先へ歩きはじめるのだった。

ふくれっつらをされたグランゴワールは考えこんでしまった。この可愛らしいしかめっつらには、あきらかに、あなどりとあざけりの気持がこもっていた。そこで彼は下を向いて、敷石を数えていたが、こんどは前よりも少しばかり間をおいて娘のあとをつけはじめた。曲がり角へ来て娘の姿がちょっと見えなくなったとき、ふいに鋭い悲鳴が聞こえてきた。

彼は駆けだした。

通りは真っ暗だった。だが、道ばたのマリア像の足もとにある鉄かごの中で、油をしみこませた麻くずが燃えていたので、グラングワールは、ジプシー娘が二人の男につかまえられて、ばたばたもがいているのを見てとることができた。男たちは娘に声をたてさせまいと一所懸命に口をふさぎにかかっている。ヤギは可哀そうにすっかりおろおろしてしまい、角をさげて、メーメー鳴いている。

「たいへんだ、夜警隊、来てくれ」と叫ぶと、グラングワールは勇敢に突進した。娘をつかまえていた男の一人が、グラングワールのほうを振り向いた。それはカジモドの世にも恐ろしい顔だった。

グラングワールは逃げだしはしなかったが、かといって、それ以上まえへ進もうともしなかった。

カジモドは、近よってくると、手の甲ではりとばして、グラングワールを四歩も先の舗道の上に投げたおし、娘の体をまるで絹のショールみたいに軽々と片腕にかけて、すばやく闇(やみ)の中に姿を消した。連れの男もあとを追っていく。可哀そうなヤギも、悲しげに鳴きながら、みんなのあとを追いかけていく。

「人殺し！　誰か来て！」と、可哀そうなジプシー娘は叫びつづけている。

と、このとき、「待て、悪者ども、その女を放せ！」と、隣の四つ辻から急に飛び出してきた一人の騎兵が、雷のような声をはりあげて、いきなり叫んだ。

王室射手隊の隊長だ。頭から足の先まで武装し、手には両刃(もろは)の剣を持っている。

彼はあっけにとられているカジモドの腕からジプシー娘を奪いとると、鞍(くら)の上に横ざまに乗せた。そして、このひどく醜(みにく)い男がはっとわれに返り、獲物を取り戻そうとして隊長にとびかかろうとしたとき、隊長のすぐあとについてきた十五、六人の射手隊員が、両刃の長剣を手にして現われた。パリ奉行(ぶぎょう)ロベール・デストゥートヴィル閣下(かっか)の命令で警備に当たっていた射手隊の一分隊だった。

カジモドは取りかこまれ、つかまえられ、縛りあげられた。彼はほえたて、泡を吹いてたけり狂い、かみついた。もし昼間だったら、怒りでいっそう醜くなった彼の顔を見ただけで、分隊はみんな逃げだしてしまったに違いない。だが夜だったので、カジモドは彼の醜さという、いちばん恐ろしい武器をとりあげられていたのだ。

連れの男はどさくさまぎれに、姿をくらましてしまった。

ジプシー娘は将校の鞍の上でしとやかに体を起こし、両手をこの青年の肩にもたせかけて、立派な顔だちと、親切に差しのべてくれた救いの手にうっとりしてしまったみたいに、しばらくのあいだ、じっと男の顔を見つめていた。が、やがて、自分のほうから口をきって、やさしい声をなおさらやさしくしながら、男にきいた。

「お名前は何とおっしゃいますの、隊長さま?」

「フェビュス・ド・シャトーペール大尉というのさ、べっぴんさん!」と、将校はそり身になって答えた。

「どうもありがとうございました」と、彼女は言った。

そしてフェビュス大尉がブールゴーニュふうの口ひげをひねりあげているあいだに、娘は、矢が地面に突きささるみたいに、するりと馬からすべりおりて、逃げてしまった。目にもとまらぬ早わざだった。

「ちえっ! 女めをつかまえといたほうがよかったのになあ」と、大尉はカジモドの革紐をキュッとしめあげながら言った。

「しかたがないでしょう、大尉殿、ウグイスは飛んでっちまうし、コウモリは残ってるしさ」と、一人の隊員が言った。

5　夜のまちで……（つづき）

投げたおされたときすっかり気を失っていたグランゴワールは、道ばたのマリア像の前の舗道に倒れていた。そのうち、少しずつ意識をとり戻した。はじめのうちしばらくは、夢うつつの境みたいなものの中にふわふわ浮いているような気持だったが、それもけっこう楽しい気分だった。ジプシー娘とヤギの軽やかな姿が、カジモドの重たい握り拳といっしょに目の前に現われた。だがこうした気分もつかのまのことだった。体の敷石に触れている部分がやけに冷えびえしてきて、彼ははっと目をさました。はっきりと意識が戻ってきた。「いったい、どうしてこんなに冷えこむんだろう?」と、彼はふとつぶやいた。と、このとき、自分がどぶの真ん中へんに寝ていることに気がついた。

「独眼のカジモドめ!」と、ブツブツつぶやきながら起きあがろうとした。だが、めまいがひどく、ぶつけたところが痛んで、起きあがれない。このまま寝ているよりしかたがない。ただ手はかなり自由に動かせたので、鼻をつまんで、動くのはあきらめた。

《パリの泥は》と、グランゴワールは考えた（というのも、彼はこのどぶをねぐらにするほかないと信じていたからだが。それに、ねぐらでは何ができよう、物思いでもするほかに)。

《パリの泥はとびきり臭い。揮発性の窒素性塩分を多量に含んでいるに違いない。それにニコラ・フラメル氏(十四―十五世紀のパリ大学筆耕組合員。大金持だったので、錬金術師とうわさされていた)や、ほかの錬金術師たちも、そういう意見だったな……》

するると、「錬金術師」ということばから、司教補佐クロード・フロロのことがふと頭に浮かんできた。さっきちらっと見たあのひどい光景を、ジプシー娘が二人の男につかまえられてばたばたやっていたことや、カジモドに連れのあったことを思い出した。すると司教補佐の陰鬱で尊大な顔がぼんやりと記憶の中を通りすぎた。《変だぞ!》と彼は思った。そして、こうした事実や材料をもとにして、彼は仮定ずくめの幻の建物を、つまり哲学者のお得意の紙の城を建てはじめた。そのうち、またふとわれに返って、「そうだ! おれはこごえそうなんだ!」と叫んだ。

そのとおり、グランゴワールが寝ている場所はますます我慢できないものになってきた。どぶの水の分子がグランゴワールの腰にふれるたびごとに、一カロリーずつの熱が奪いさられていく。体温がどんどんさがって、どぶ水と同じ温度になりだした。

おまけに、こんどはとつぜん別口の心配に襲われはじめたのである。

昔から「宿なしっ子」という不滅の名称をつけられてパリの舗道をうろついている、貧しい野育ちの子供たちがいる。子供だったころ、われわれはみんな、夕方学校のひけどきによく、破れズボンをはいていないからといって、こんな子供たちに、石を投げつけられたものである。ところで、こうした、まるで蜂の群れのような腕白小僧の一群が、グランゴワールの倒れている四つ辻のほうへばらばらっと駆けよってきたのだ。あたり近所の人びとが眠っていることなど、いっこう気にもしないふうで、笑ったり、どなったりしながら、何か不格好な袋みたいなものを引っぱってきたが、木靴の音だけでも死人が目をさましそうな騒々しさだった。グランゴワールはまだ息の根がとまってはいなかったから、半身を起こした。

「おおい、エヌカン・ダンデーシュ！　おおい、ジャン・パンスブールド」と、彼らは声をふりしぼって叫んでいる。「角の金物屋のウスターシュ・ムーボンじじいが死んだんだ。あいつの藁ぶとんを持ってきちゃったぜ。これでかがり火を焚こうじゃねえか。きょうはフランドル日だぞ！」

こう言って、いきなり藁ぶとんをグランゴワールの真上に投げつけた。彼がいることに気づかずにそばまでやってきていたのだ。投げだすと同時に、一人が、藁を一握りとって、マリア像のともし火から火をつけようとした。

「いやはや！　こんどは火であぶってくれようってのか？」と、グランゴワールはつぶやいた。

いよいよおしまいだ。火と水でサンドイッチにされてしまうのだ。彼は死にもの狂いになって力をふりしぼった。にせ金づくりが釜ゆでになるところを逃げだそうとするみたいに。彼は立ちあがると、藁ぶとんを宿なしっ子どもに投げかえして、逃げだした。

「大変だ！　金物屋が化けて出た！」と、子供たちは叫んだ。

そして、子供たちも逃げていってしまった。

結局この場の勝利者は、藁ぶとんということになった。ベルフォレや、ル・ジュージュ神父やコロゼの言うところによれば、あくる日、この藁ぶとんは地区の聖職者によってぎょうぎょうしく拾いあげられ、サン＝トポルチューヌ教会の宝物庫へ運びこまれたそうである。宝物庫の番人は、モーコンセイユ通りの道端のマリア像が一大奇跡を現わした品と称して、これを種に一七八九年にいたるまでかなりの実入りをあげたという。つまり、ウスターシュ・ムーボンという男が、悪魔をからかうために、死にぎわに魂を藁ぶとんの中に隠しておいたところ、一四八二年一月六日から七日にかけてのあの記念すべき夜、マリア像は、そのそばにいたというだけで、その悪魔につかれた魂をふとんの中から追っ払ってしまったというのである。

6　壺を割る

　グランゴワールはしばらくのあいだ、一目散に走りつづけた。どこを走っているのやらさっぱりわからず、通りの角に何度も頭をぶつけたり、どぶをとび越えたり、路地や袋小路や四つ辻を何度もつっきったり、中央市場の古い曲がりくねった舗道を残らず駆けまわって、抜け道や出入口をさがしまわったりしていたのだ。ただもう、うろたえきって、都市勅許状の立派なラテン語が「あらゆる道すじや道や通路」と呼んでいるものを、かたっぱしから探りまわったあげく、われらの詩人グランゴワールは、急にぱったりと立ちどまってしまった。何よりもまず息切れがしてしまったせいだが、それにもう一つは、頭の中にわいて出た両刀論法に襟首をつかまえられたような気がしたからでもあった。「どうやら、ピエール・グランゴワール君」と、彼は額に指を当ててひとりごとを言った。「こんなふうに駆けまわるなんて考えが足りないようだね。あの腕白小僧どももあんたをこわがっていたんだぜ、あんたがあいつらをこわがっていたみたいにね。

あんたが北のほうへ逃げていく最中に、南へ逃げていくあいつらの木靴の音が聞こえたはずだがねえ。ところで、両刀論法の一方に目を向けて、小僧どもが逃げてしまったとしよう。そうとすれば、あいつらが恐ろしさのあまりあわてて忘れていったはずの、あの藁ぶとんこそ、まさにあんたがけさから追っかけている寝心地のいい寝床になるんだ。聖母マリアのために、心からの、あるいは心にもない、お世辞で飾りたてた教訓劇をあんたがつくったので、そのお礼にマリアさまが奇跡を現わして贈ってくださった寝床なんだぜ。両刀論法のもう一方に目を向けて、小僧どもが逃げださなかったものとしよう。その場合には、あいつらはあの火を藁ぶとんにつけたに違いない。とすれば、それこそ、あんたを慰めたり、乾かしたり、暖めたりするのに必要な、素晴らしい火になったはずなんだ。どちらにころんでも、暖かい火か気持のいい寝床を手に入れられたわけで、あの藁ぶとんこそは天からの贈り物だったのだ。モーコンセイユ通りの道端に立っている情け深い聖母像がウスターシュ・ムーボンをあの世へお送りになったのは、ただただ、このためなのだろう。フランス人を見たピカルディー人みたいに、欲しがっていたものをうしろに放りだし、こんなぐあいに尻に帆かけて逃げていくなんて、まったくおかしなことだぜ。あんたは、よっぽどまぬけだよ！」

そこで、彼は道をとってかえした。方向を見さだめたり見当をつけたりしようとして、鼻をうごめかしたり、耳をそばだてたりしながら、天の贈り物のあの藁ぶとんをもう一度見つけだそうと、一所懸命やってみたがだめだった。家と家とが入り組んだところや、袋小路や、道路の集中した辻にぶつかるだけだった。このもつれあった暗い路地の中で、彼は、トゥールネル宮の迷路に踏みこんだとしてもこれほどではあるまいと思えるほど、にっちもさっちもいかなくなって、ただためらったり、うろうろしたりするだけだった。そのうち、とうとう我慢ができなくなって、大見栄をきって叫んでしまった。「いまいましい四つ辻め！　悪魔のやつが自分の熊手の形をまねて、こんなものをつくりやがったんだな」

叫び声を吐き出すと少し胸がすっとしたが、ちょうどそのとき、細長い路地のはずれに赤っぽい火影（ほかげ）みたいなものがちらついているのが見えたので、元気がいよいよわいてきた。「ありがたい！　あそこだぞ！　あの藁ぶとんが燃えているんだ」と叫び、暗い夜の海に沈もうとしている船乗りに自分を見たてて、「ありがたや、ありがたや、海の星（聖母マリア）よ！」と、信心深く言いそえた。

彼はこのひとこまの連禱（れんとう）を聖母マリアにとなえたのだろうか、それとも藁ぶとんにとなえたのだろうか？　そこのところは私にもさっぱりわからない。

この長い路地は舗装されていない坂道で、先へ行くほどますますひどくぬかるみ、坂も急になっていったが、この路地へ五、六歩踏みこんだとたん、何か不審なものが目についた。この通りには人影があったのだ。ぼんやりした異様な形の群れが、みな、つきあたりにちらちらしている火影をめざして、通りのそこここを腹ばいになっていくのが見える。まるで、夜、羊飼いの火にさそわれ、草の葉から葉へ這い移っていくあのカブトムシの群れみたいだ。

ポケットがからっぽのときほど、向こう見ずになれることはない。グランゴワールはどんどん進んでいき、やがて、この幼虫どもの群れの中でも一番のろのろと人の後からくっついていくやつに追いついた。近づいてみると、ほかでもない、両手でぴょんぴょん歩いていく躄者だとわかった。けがをして、足が二本しか残っていないクモといったところだ。人の顔をしたこのクモみたいなやつのそばを通りすぎたとたん、そいつは哀れっぽい声をはりあげて、イタリア語で彼に呼びかけた。「どうかお恵みくだせえまし、旦那さま！　どうかお恵みくだせえまし！」

「きさまなんか犬に食われちまえ。ついでにおれもだ、もしもきさまの寝言がわかったらな！」と、グランゴワールは言った。

そして、どんどん先へ進んだ。

彼はぞろぞろ動いていく群れの中のもう一人のやつに追いついて、よくよくながめてみた。そいつは足が悪く隻腕の者だった。体をささえた松葉杖や木の義足がこんがらがったその姿は、まるで左官屋の足場が歩きだした、とでも呼んでやりたいようすだった。グランゴワールは上品で古典的なたとえを知っていたので、頭の中でこの物乞いをウルカヌス（ローマの火の神）の生きた三脚にたとえてみた。

この生きた三脚は、グランゴワールの通るのを見て挨拶した。つまり、帽子を受け皿みたいにグランゴワールの顎のあたりまで突き出すと、彼の耳に向かってスペイン語でこう叫んだのだ。「旦那さま、パンを一切れ買わしてくんなよ！」

「どうやらこいつも口はきけるらしいな。だが乱暴なことばだわい。自分の言ってるチンプンカンプンがわかれば、おれより幸せというものだ」と、グランゴワールはつぶやいた。

それから急に気が変わって、額をポンと叩いて言った。「ところで、あいつらがけさ、『エスメラルダ』って言ってやがったのは、いったい何のことだろう？」

彼は足を速めていこうとしたが、またもや「何かしら」が現われて、行く手をさえぎった。この何かしら、というより誰かしらは、一人の盲人だった。ユダヤ人づらにひげをはやした背の低い盲人で、自分のまわりを舟をこぐみたいな格好で杖でさぐりながら、大きな犬に引っぱられていたが、その男がハンガリーなまりのラテン語で、彼に向かって鼻声をあげたのだ。

「どうぞお恵みくださりませ！」

「ありがたい！　とうとう、まともなことばを使うやつにお目にかかれたぞ。財布の中がからっけつなのに、こうお恵みをねだられるところをみると、おれもよっぽど慈善家づらをしているに違いない」こうつぶやいてから（盲人のほうを振り向いて）、「ねえ、きみ、ぼくは先週最後のシャツまで売っちまったんだ。つまりだ、きみはキケロ（古代ローマの文人、雄弁家）のことばしかわからんようだから、それで言うとだな」と言って、彼はその意味をラテン語に訳してやった。

そして、彼は盲人に背を向けて、また歩きはじめた。だが、盲人もいっしょに足を速めだした。するとそこへ、さっきの隻腕の者と躄者の二人が、敷石の上に松葉杖やお椀の音をガチャガチャさせながら、息せききって闇の中から現われ出た。そしてぶつかり合ったり、ころがったりしながら、三人そろって哀れなグランゴワールのあとを追い、またもや例のお題目を並べだしたのである。

「どうぞお恵みくださりませ！」と、盲人がとなえる。

「どうかお恵みくだせえまし！」と、躄者。

すると足の悪いやつは、音楽的な調子をいっそうたかめて、

「パンを一切れ！」と繰り返す。

グランゴワールは耳をふさいだ。「まるでバベルの塔だな！」と、彼は叫んだ。

グランゴワールは駆けだした。その後から盲人が追ってくる。足の悪いやつが追ってくる、躄者が追いかけてくる。

そして、通りの奥のほうへはいっていけばいくほど、躄者や、盲人や、足の悪いやつの群れは彼のまわりでうようよとふえていった。それに大勢の隻手の男だの、盲人だの、赤はだの出た病人だのが、あたりの家々や、隣の横町や、地下室の換気窓から出てきて、わめいたり、どなったり、キーキー声をあげたりする。みんな、悪い足を引きずったり、やっとのことで歩いたりしながら、光を目あてに突き進んでいく。雨あがりの日のナメクジみたいに、泥土の中をのたうちながら。

グランゴワールはあいかわらず三人にしつこくつきまとわれ、この先どうなるかほとんど見当もつかず、足の悪いやつをよけたり、躄者をとび越えたり、うようよ群がっているやつらの群れに足をとられたりしながら、びくびくと体をふるわせて歩いていった。カニの群れの中にはまりこんだ、あのイギリスの隊長そっくりな格好だった。

ひきかえそう、という考えも頭に浮かんだ。だがもう手おくれだった。物乞いの一軍団がうしろをふさいでいたし、例の三人が彼をつかまえていたのだ。しかたなく、彼はこのどうしようもない人の波だの、恐ろしさだの、あたり全体のありさまをまるで一場の悪夢のように思わせるめまいだのに押されて、ひたすら歩きつづけた。

とうとう通りのはずれに出た。通りを出たところはだだっぴろい広場で、おぼろな夜霧の中に、無数の光があちらこちらに揺らめいていた。グランゴワールは、うるさくつきまとう三人の男たちから、駆けだして逃れようと思い、いきなり広場へ飛び出した。

「どこへ行くんだ、野郎!」と、足の悪いやつが松葉杖を投げだして、スペイン語で叫んだ。そして、パリの舗道をまともに歩いた足の中でこれほどのものはないと思えるぐらいの立派な足をつかって、追いかけてきた。

一方、躄者はすっくと立ちあがると、鉄を打ちつけた重い椀をグランゴワールの頭にかぶせた。盲人はぎらぎら光る目で彼の顔をにらみつけた。

「ここはどこなんだ?」と、詩人はびくびく声できいた。

「奇跡御殿だ*」と、近よってきた四番目の男が答えた。

* 十三世紀以来、パリの泥棒や物乞いたちの巣窟(そうくつ)となっていた区画。夜になると昼間のつくり傷や身体が悪いふりの変装を取りさって健常者となるので、この名ができた。〔訳注〕

「なるほど、盲人はにらみ、足の悪いやつが走るってわけだな。だがそれなら、救い主さまはどこにいなさるんだ?」と、グランゴワールがまた、きいた。

彼らは、気味の悪い高笑いをあげてこれに答えた。

哀れな詩人はあたりを見まわした。なるほど、彼はあの恐ろしい「奇跡御殿」に来てしまっていたのだ。まともな人間なら、こんな時間にはけっして足を踏みいれたことのないところだ。大胆不敵な手入れを行なったシャトレ（裁判所、警察として使われた）の役人たちやパリ奉行（ぶぎょう）の手の者が、散りぢりになって消えてしまった不思議な一画だ。泥棒どものまちなのであり、パリの顔にできた醜（みにく）いいぼなのだ。都のまちまちにいつもあふれ出る悪人や、物乞いや、宿なしの流れが、朝な夕な流れ出ては、夜になると戻ってきて、悪臭をはなちながらよどむ下水なのだ。社会秩序をかきみだすあらゆるモンスズメバチが、夕方になると獲物をくわえて帰ってくる恐ろしい巣なのだ。ジプシーや還俗（げんぞく）修道士や堕落学生などが、またスペイン人、イタリア人、ドイツ人など、あらゆる民族のごろつきどもや、ユダヤ教徒、キリスト教徒、マホメット教徒、偶像崇拝教徒など、あらゆる宗派のならず者どもが、体をにせ傷だらけにして、昼間は物乞いをやり、夜は強盗に早がわりするいんちきな病院なのだ。つまり一口で言えば、盗みや売春や人殺しなどがパリの舗道の上で演じる、いつの世にも変わらぬあの芝居の俳優たちが、この当時衣装をつけたり脱いだりしていた巨大な楽屋なのだ。

そのころのパリの広場はみなそうだったのだが、この広場もだだっぴろくて、形はいびつで、舗装も満足にできていなかった。火がそこここに輝いていて、まわりにへんてこな人びとの群れがうようよと集まっていた。みんな、行ったり来たり叫んだりしている。かん高い笑い声や、子供の泣き声や、女の声が聞こえてくる。群衆の手や頭が火の輝きをバックにして黒ぐろと浮き出し、無数の奇妙な動きを見せている。明るい火がぼんやりした大きな影にまじって揺らめいている地面の上を、ときどき、人間みたいに見える犬だの、犬みたいに見える人間だのが通りすぎるのが見える。このまちでは、種や類の区別は、地獄の首都でと同じように、消えてなくなるらしい。男も、女も、獣(けもの)も、年も、性も、健康も、病気も、みんなこの群衆のあいだでは同じになってしまうらしい。みんないっしょくたになって、もつれあい、まじりあい、重なりあっている。どいつもこいつも、似たりよったりのやつばかりだった。

ほのかに揺らめく火の光で、グランゴワールは、胸が不安でいっぱいだったとはいえ、このだだっぴろい広場が、古びた家々のきたならしい列でぐるりと取りまかれていることがわかった。虫に食われ、しわだらけになってちぢこまり、それぞれに一つか二つの明かりのついた天窓のある家々の正面は、グランゴワールには、暗闇(くらやみ)の中でばあさんたちのどでかい顔がぐるりとまるく並び、化け物みたいに、しかめっつらをして、まばたきをしながら騒ぎをながめているみたいに見えた。

まるで、見たことも聞いたこともない、不格好で、ぞろぞろ這いまわったり、うじゃうじゃ寄り集まったりしている、へんちくりんな、新しい世界に来たような気がした。

グランゴワールは、ますますおろおろし、物乞い三人にまるで三丁のやっとこではさまれたみたいにつかまえられ、まわりにひしめき合ってわめきたてるほかのやつらの声で、耳がきこえなくなっていた。不運なグランゴワールは、気を落ちつけて、きょうは悪魔の一味が宴会を開くという土曜の夜だったのかな、と思い出してみようとした。だが、いくら考えてもだめだった。記憶の糸や思考の糸は切れてしまっていた。そして、何もかもが疑わしくなり、見ていることから感じていることへふわふわ漂っていきながら、こんな答えられもしない質問を自分自身に問いかけてみるのだった。《おれが生きているとすりゃあ、こりゃあこの世の沙汰（さた）だろうか？　これがこの世の沙汰とすりゃあ、おれはいったい生きてるんだろうか？》

このとき、彼をとりまいてガヤガヤ騒いでいた群衆の中から、はっきりした叫び声が一つあがった。「そいつを王さまんとこへつれていこう！　そいつを王さまんとこへつれていこう！」

「くわばら、くわばら！　ここの王さまってのはきっと、悪魔に違いないぞ」と、グランゴワールはつぶやいた。

「王さまんとこへ！　王さまんとこへ！」と、みんなは口々に繰り返す。

みんなはグランゴワールを引きずりにかかった。われがちに彼につかみかかってきた。だが三人の物乞いは手をゆるめようとせず、「こいつはおれたちのもんだぞ！」とどなりながら、グランゴワールをほかのやつらの手からひったくった。

もうぼろぼろになっていた詩人の胴着は、このもみ合いでとうとう、最後の息をひきとってしまった。

恐ろしい広場を通っていくうちに、グランゴワールのめまいは散っていった。五、六歩あるいたところで、人心地が戻ってきた。彼はその場の空気に慣れだした。はじめしばらくは、詩人グランゴワールの頭から、あるいはおそらく、あっさりと散文的に言ってしまえば、彼のからになった胃袋から、一種の煙か靄（もや）みたいなものが立ちのぼって、それが、まわりのものと彼とのあいだに広がってしまっていたのだ。だから彼は、あらゆる輪郭がぶるぶる震えて見えたり、あらゆる形がへんてこにゆがんで見えたり、ものが寄り集まって途方もない大きな塊（かたま）りになり、ものの姿が怪物みたいに、人間の姿が幽霊みたいに大きくふくれて見える、あの悪夢のつかみどころのない暗い霧か、夢の暗がりの中で、あたりをおぼろげにながめているような気持だったのである。だが、だんだんとこの幻覚は消え失せて、ものの姿がもっとまともに、普通の大きさに見えてきた。

現実がまわりにはっきり姿を現わしてきて、目にぶつかり、足にぶつかり、はじめ自分のまわりを取りまいているものと思いこんでいた、恐ろしい幻を一つずつ打ちこわしていった。地獄の川の中ではなく、泥の中を歩いているのだ、自分の体をこづいているのは悪魔の群れではなくて、泥棒どもだ、ということにいやでも気がついた。危険にさらされているのは魂ではなくて、命そのものなのである、と気がついた（というのも、グランゴワールは、盗賊とまともな人間を、効果てきめんに仲立ちしてくれるあの尊い調停者、つまり財布を持ちあわせていなかったからである）。とうとう、彼は騒々しいらんちき騒ぎの連中を気を落ちつけてしげしげと観察してみて悪魔の宴会なんかではなく、一軒の居酒屋であることがわかった。

「奇跡御殿」は実は一軒の居酒屋にすぎなかったのだ。だがそれは、酒ばかりでなく血でも赤く染まった強盗どもが巣くう居酒屋だった。

グランゴワールは、とうとうぼろをまとった護送隊に目的地まで連れてこられたわけだが、彼の目に映ったその場の光景は、彼に詩情をもよおさせるようなものでは断じてなかった。地獄の詩にさえなりそうにもなかったのだ。これ以上のものはないと思えるほど殺風景で、生（なま）のままの酒場の現実だった。十五世紀の話をしているのでなかったら、グランゴワールはミケランジェロの世界からカロ（十六―十七世紀の彫版家。貧乏人や物乞いをよく描いた）の世界にくだったのだとでもいいたいところだ。

まるい大きな敷石の上に火が盛んに燃えていて、今は何もかかっていない五徳(ごとく)の赤くなった足を炎がなめている。火のまわりのあちこちに虫の食ったテーブルが五つ六つ、でたらめに置いてある。几帳面(きちょうめん)な使用人がテーブルを並行に並べようとしたり、せめて、テーブルどうしがへんなぐあいにくっつかないようにと気をつけたりしたようすは微塵(みじん)もない。どのテーブルの上にも、ブドウ酒やビールをあふれるほど注いだ壺が、ぴかぴか光っていて、壺のまわりには、火と酒で真っ赤になった酔っ払いの顔がたくさん集まっている。腹の出っぱった陽気な顔の男が、太ったぶよぶよの娼婦(しょうふ)を抱きかかえて、騒々しくさわいでいる。隠語で「にせ傷兵」といわれるにせ兵士が、口笛を吹きながら「にせ傷」の包帯を解き、朝から包帯をぐるぐる巻いて固く締めあげていた、健康でたくましい膝(ひざ)を伸ばし、しびれをなおしている。反対に、一人の「できもの物乞い」はクサノオウ(ケシ科の越年草)と牛の血を塗りつけて、あすの「神の足」(にせ傷だらけの足)をつくりあげている。二つ先のテーブルでは、ちゃんとした巡礼衣装を着こんだサント＝レーヌ参りがサント＝レーヌの巡礼歌をぽつりぽつりとうたっている。一本調子なうたい方や鼻声を忘れずに。また、べつのところでは、若い聖ユベール参りが年とった「にせ病人」から病気の授業を受けている。つまり、にせ病人が、シャボンの塊りをかみくだいて泡を吹く術をさずけているのだ。そのそばでは、水腫をよそおっている物乞いがにせの腫れをひかせている。その臭さに鼻をつまみながら、四、五人の女泥棒が、同じテーブルで、夕方さらってきた子供を奪い合っている。こうしたことはどれも、それから二世紀のちの「宮廷人には、はなはだ滑稽に見えたらしく、国王のお慰みに供され、また、四部に分けられてプチ＝ブールボン宮の劇場で上演された夜会用の宮廷バレエの序幕にも仕組まれた」と、ソーヴァルは言っている。「いまだかつて奇跡御殿が姿をときどき突然に変えていく様がこれほどみごとに演じられたことはない。バンスラード（十七世紀の宮廷詩人。バレエの筋もたくさん作った）が、すこぶる優美な詩句をもって、前口上をのべた」と、一六五三年に実際にそれを見た人物がなお言っている。

あっちでもこっちでも、どっと笑い声があがり、みだらな歌が聞こえる。誰も彼も、隣のやつに耳をかそうともせず、文句をつけたり、悪態をついたりして、てんでに勝手な熱を吹いている。酒壺をあげて乾杯だ。すると、壺と壺とがぶつかったとたん、喧嘩がおっぱじまる。そして、壺のふちが欠けたといって、ぼろ着のちぎり合いがはじまる。

大きな犬が一匹、尾を巻いてすわりながら、火の燃えるのを見つめている。このらんちき騒ぎには、子供も何人かまじっていた。さらわれてきた子供は泣き叫んでいる。四つになる太った子供が一人、高すぎる腰かけにすわって、両足をぶらんぶらんさせ、テーブルの端に顎をひっかけるような格好で、ひとことも言わずにいる。もう一人の子供は、ろうそくからどろどろ溶けてくる蠟(ろう)を、まじめくさったようすで、テーブルの上になすりつけて広げている。もう一人は、これはちびっ子だが、大鍋(おおなべ)の中にほとんどすっぽりはいりこみ、中の泥の上にしゃがみこんで、瓦(かわら)で鍋をガリガリひっかきまわし、ストラディヴァリウス(十七―十八世紀のイタリアのヴァイオリン製作者)が気絶してしまいそうな音をたてている。火のそばに酒樽(さかだる)が一つ置いてあって、その上に物乞いが一人のっかっている。これこそ玉座にましますま王さまなのだ。

グランゴワールをつかまえていた三人の物乞いは、彼をこの樽の前に引っぱっていった。すると酒場じゅうのらんちき騒ぎは、一瞬ぴたりとやんだ。ただ、ちびっ子のはいりこんでいる大鍋だけが、キーキー音をたてている。

グランゴワールは息をつくこともできず、目をあげる勇気もなかった。

「おい、シャッポを脱げ」と、彼をつかまえていた三人のならず者の一人がスペイン語で言った。そしてグランゴワールが、言われたことばの意味が何だかわからないでいるうちに、もう一人の男が彼の帽子をひっぺがしてしまった。みすぼらしいビコケ帽ではあったが、まだ照る日降る日にけっこう役にたっていたのだ。グランゴワールは溜息(ためいき)をついた。

するとこのとき、王が洒樽の上からグランゴワールに声をかけた。

「この野郎はいったい何なんだ？」

グランゴワールは身震いした。おどかし調子の大声だったが、この声を聞くと、彼は、朝、見物人の真ん中で「恵んでやってくだせえまし！」と鼻声をあげて、聖史劇に最初の打撃を与えたあの声を思い出した。グランゴワールは顔をあげた。案の定、あのクロパン・トルイユフーだった。

クロパン・トルイユフーは王章をつけていたが、そのほかは朝とちっとも違わないぼろ着姿だった。腕の傷はきれいに消えていた。手には、そのころ裁判所の警吏が群衆を押しのけるのに使った「ブーライユ」という白い革紐つきの鞭を握っている。てっぺんの締まった、たが入り帽みたいなものをかぶっているが、それは子供がけがをしないようにかぶる帽子なのか、王冠なのか、見わけるのがなかなか難しかった。それほど、この二つは似ていたのだ。

一方、グランゴワールは、奇跡御殿の王さまがあの大広間にいた、いまいましい物乞いだとわかって、なぜとはなしに、何か希望みたいなものがまたわいてきた。

「親方」と、彼はもじもじしながら呼んでみた。……「殿下……陛下……何とお呼びすればよろしいんで？」と、とうとうクレッシェンドのてっぺんまで昇りつめてしまったグランゴワールは、上りも下りもできなくなって叫んだ。

「殿下でも、陛下でも、おまえでもいい。何とでもてめえの好きなように呼べ。だがさっさと言え。さあ申しひらきがあるんなら言ってみねえか？」

《申しひらき！》と、グランゴワールは考えた。《こいつは面白くないぞ》彼は口ごもりながら言った。

「ぼくは、けさ、あの……」

「つべこべぬかすな！」と、クロパンがさえぎった。「名前だ！　この野郎、名前だけ言やいいんだ。いいか。てめえはな、三人の偉え王さまのご前にいるんだぞ。まずこのおれだ。おれは泥棒王国の最高君主、大帝陛下のおあとを継いだ、チュニス王（チュニス王とは施し物をもらう物乞い王の意味。同時に、アフリカの町チュニスの王という意味も含ませている）クロパン・トルイユフーだ。つぎはエジプト公兼ボヘミア公（ジプシー公）マチヤス・アンガディ・スピカリさま。あそこにおられる、頭にぞうきんを巻きつけた黄色いお年寄りだ。それからガリラヤ皇帝ギヨーム・ルソー陛下。こっちの言うことなんぞには耳をかさず、あまっちょを可愛がっていなさる、あの太ったお方だ。この三人がてめえのさばき役だ。てめえは泥棒王国の国民でもねえくせに、泥棒王国に入りこんできやがった。つまり、おれたちのまちの特権を侵しやがったんだ。てめえがカポンでも、フラン・ミトウでも、リフォデでもねえとすりゃ、つまり、しゃばのことばで言やあ、盗人でも、物乞いでも、宿なしでもねえとすりゃだ、てめえはおしおきを受けなきゃなんねえ。てめえは、なんかこんなふうな者なんか？　さあ、申しひらきをしろ。てめえの身分をはっきりと申しあげろ」

「だめです！」と、グランゴワールは言った。「ぼくにはそんな立派な資格なんかありません。ぼくは作家なん……」

「それだけ聞きゃあたくさんだ」と、グランゴワールの言い終わるのも待たずに、トルイユフーはさえぎった。「てめえは縛り首だ。わけはしごく簡単だ、しゃばの旦那方！　おれたちの国にとびこんだが最後、こちとらがしゃばで遭うようなこっぴどい目に、てめえ方を遭わしてくれるんだ。てめえたちは宿なし取締り法ってなものをつくりやがったが、宿なしのほうだって、ちゃんとてめえたち向きの掟をつくってるんだぞ。こちとらの掟が親切でねえのは、てめえたちが悪いからなんだ。ときにゃあ、しゃばの旦那のしかめっつらが、麻の首輪にブランコするのも見てえもんじゃねえか。すりゃあ、ものの道理もたつってもんだ。さあ、着ているぼろをあのあまっこどもに、くよくよせずに分けてやっちまいな。宿なしどものお慰みに、やつらにてめえをぶらさげさせてやるからな、酒代のしるしにやつらに財布を渡しちまいな。何かお祈りみてえなまねでもやらかしてえんなら、あそこの説教壇の中に、おあつらえ向きの石の神さまがあるぜ。

サン＝ピエール＝オ＝ブー教会からかっぱらってきたやつだ。てめえの魂を神さまにおあずけする前に、さ、四分間待ってやるぞ」

身の毛のよだつような大演説だ。

「うまいぞ、うまいぞ！　クロパン・トルイユフーの説教ぶりは法王さんそっくりだ」と、ガリラヤ皇帝が叫んだ。酒壺をぶっこわして、かけらをテーブルの支えに入れながら。

「皇帝陛下さま方や王さま方」と、グランゴワールは落ちついて言った（どういうわけでこんな勇気が戻ってきたのか知らないが、なにしろ決然たる態度で話ができたのだ）。「あなたさま方は考え違いをしておられます。ぼくはピエール・グランゴワールといって、けさ裁判所の大広間で上演された劇をつくった詩人なんです」

「ああ！　あれをつくったのはてめえか！　おれもあそこにいたんだぜ、ほんとによ！　なあ！　てめえ、けさあんな退屈（てえくつ）な芝居を見せやがったくせに、今晩絞められるのを許してくれなんて、勝手が過ぎるじゃねえか？」と、クロパンが言った。

《こいつはなかなか逃げられそうもないぞ》と、グランゴワールは思った。それでも、もうひとふんばりしてみた。「どうもわかりませんね、どうして詩人が宿なしの仲間に入れてもらえないのか。だってアイソポス（イソップ）は宿なしだったし、ホメロスは物乞いだったし、メルクリウス（ローマ神話の商業、窃盗の神。文学、数学などの神とも言われている）は泥棒だったし……」

クロパンはことばをさえぎった。「チンプンカンプンなことをぬかして、おれの頭をこんぐらがらせようってんだな。さあ、ぐずぐず言ってねえで、はやくぶらさげてもらえ！」

「失礼ですが、チュニス王陛下」と、グランゴワールは言い返した。まさに、つばぜり合いといったところだ。「まあちょっとお聞き……ほんのちょっと！……ぼくの申しあげることもお聞きください。……こちらの言いぶんも聞かずにおしおきとは、ちとひどすぎますよ……」

彼の哀れな声は、事実、まわりのガヤガヤした騒ぎにかき消されてしまっていた。あのおちびさんは、大鍋を前よりもなお躍起（やっき）になってひっかいている。おまけに、一人のばあさんが、油のいっぱいはいったフライパンを赤くなった五徳の上にのっけたので、油は、お面をかぶったカーニヴァルの男を追いかける子供たちの群れがあげるキーキー声みたいな音をたてて、はねだしたのである。

一方、クロパン・トルイユフーは、エジプト公とへべれけに酔っぱらったガリラヤ皇帝とにちょっと相談をもちかけたようすだった。それから彼はかん高い声で、「やい、静かにしねえか！」とどなった。だが、大鍋もフライパンも彼の言うことなどきかず、あいかわらず二重唱をつづけているので、彼は樽からとびおりると、大鍋をどかんと蹴(け)とばした。鍋は子供をいれたまま十歩も先へころがっていった。それからフライパンにもひと蹴りくれたので、中の油はすっかり火の中にこぼれてしまった。こうしておいて、クロパンはまじめくさった顔つきで玉座に戻った。おちびさんの泣きじゃくりや、夕食を白いきれいな炎にされてしまったばあさんのブーブー言う声など気にもとめないで。

　トルイユフーが合図をすると、エジプト公とガリラヤ皇帝と、それから泥棒王国の立法者たちとにせ病人たちが彼のまわりに集まってきて、馬蹄形(ばていけい)に並んだ。その真ん中には、グランゴワールがあいかわらず荒々しくふんづかまったまま、ひきすえられている。ぼろや、つづれや、安ぴかものや、熊手や、斧(おの)や、千鳥足(ちどりあし)や、でっぷりしたむきだしの腕や、きたなくて色つやの悪いまぬけづらなどが、ずらりと半円になって並んだのだ。この物乞いどもの円卓会議の真ん中には、クロパン・トルイユフーが、居酒屋元老院の総督、居酒屋領の王、居酒屋枢機卿(すうききょう)会議の法王といったようすで、樽の高みから、尊大で、残忍で、恐ろしい、なんとも言えない顔つきで、目をきらきら光らせ、なみいる宿なしどもの獣づらよりも、すごみのある荒々しい横顔を見せて、一同を見おろしている。豚(ぶた)づらの中のイノシシづらとでも言えようか。

「やい聞け」と、彼はたこだらけの手で不格好な顎をなでながら、グランゴワールに向かってどなった。「てめえがぶらさげられなくてもいいわけなんぞ、ありゃしねえ。そりゃあ、てめえにとっちゃ、ありがたくねえ話だろうが、だがなあに、てめえたち、まちの人間がこうしたことに慣れてねえってだけのことよ。絞められるってのを、てえしたことみてえに考えてるからさ。つまりその何だ、悪いようにゃしねえつもりだ。さしあたり、てめえがこの場をきり抜ける道が一つある。てめえ、おれたちの仲間になる気はあるか？」

こう言われて、グランゴワールがどんな気持になったかは容易に察しがつく。彼は、いよいよもうだめだ、とあきらめかけていたのだった。だから、気をとりなおして、懸命に助け船にしがみついた。

「ありますとも、間違いなく、誓って」と、彼は言った。

「てめえはな、きんちゃく切りの仲間になるのを承知するんだな？」と、クロパンがききつづける。

「きんちゃく切りにですって。ええ、承知しましたとも」と、グランゴワールが答えた。

「免税市民の一人であることを認めるか？」と、チュニス王がまたきいた。

「認めます」

「泥棒王国の臣民であることを認めるか？」

「認めます」

「宿なしになる気なんだな？」

「なりますとも」

「心からだな？」

「心からですとも」

「そいでもやっぱり、てめえはぶらさげられるんだぞ」と、王が言った。

「ええっ！」と、詩人が叫んだ。

「ただよ」と、クロパンは落ちつきはらって、「もっと後になってぶらさげられるんだ。もっと四角ばって、ちゃんとしたパリ市の費用で、石の立派な絞首台に、まっとうなお方たちの手でだよ。ありがたいこったろう」と、ことばをつづけた。

「おおせのとおりです」と、グランゴワールが答えた。

「それに、もっといい目にあえるんだぞ。免税市民になりゃ、パリの市民みんなにかかってくる塵芥税だの、貧民税だの、街灯税だの、そんなもんを払わなくてすまあな」

「よろしい、承知しました」と詩人が言った。「宿なしだろうが、泥棒王国の臣民だろうが、免税市民だろうが、きんちゃく切りだろうが、なんでもおおせのとおりの者になりますよ。それにもともと、ぼくはそんなふうなものだったんですよ、チュニスの王さま。それというのも、ぼくが哲学者だからなのです。『そして、哲学はあらゆる物を含み、哲学者はあらゆる者を含む』と申しますでしょう」

チュニス王は額に八の字をよせた。

「やい、てめえはおれを何だと思ってやがるんだ？　何をつべこべハンガリーのユダヤ人みてえにさえずってやがるんだ？　おれはヘブル語なんて知らねえんだぞ。泥棒だからって、ユダヤ人だとはかぎらねえんだぞ。おれはもう泥棒なんて卒業しちゃって、今じゃ人殺しなんだ。喉切り（のどき）だ。いいか。きんちゃく切りなんてつまらんもんじゃねえんだ」

グランゴワールは、怒りのためにますます激しさを加えていくこの啖呵（たんか）の中へ、なんとか言い訳のことばを割りこませようと大骨を折った。「失礼ですが、陛下、ヘブル語じゃございません。ラテン語なんで」

「いいか」と、クロパンはかんかんになって言った。「おれはユダヤ人なんかじゃねえんだ。てめえなんぞぶらさげさせてくれるぞ、この野郎め！　てめえのそばにいるそのユダヤのちび、にせ破産野郎とおんなじにな。そのいんちき野郎はな、いつかそのうちに、にせ金みてえに、カウンターの上に釘（くぎ）づけになりゃあいいと思ってるんだ！」

こう言いながらクロパンは、ひげづらで背の低いハンガリーのユダヤ人を指さした。さっきグランゴワールに「どうぞお恵みくださりませ」とねだったやつだった。この男は、ラテン語以外はわからないので、チュニス王の怒りがわが身にふりかかってきたのを、ただきょとんとしてながめている。

とうとう、クロパン陛下の怒りも静まった。

「やい！　じゃあ、ほんとに宿なしになるつもりなんだな？」と、彼はわれわれの詩人にきいた。

「もちろんですとも」と、詩人は答えた。

「なるつもりだけじゃ、だめなんだぞ」と、クロパンがむずかしい顔つきで言った。「食いてえと祈ったところで、棚からぼた餅が落っこってくるわけじゃあねえ。天国へ行こうってんならお祈りもよかろうが、泥棒王国は天国たあ、わけが違うんだぞ。泥棒王国に入れてもらうにゃ、てめえが何かの役に立つってことを、みんなにちゃんと見せなきゃなんねえ。それにゃあまず、人形のポケット探しをやらにゃあならねえんだぞ」

「探してみせますよ、なんでもおっしゃるものをね」と、グランゴワールが言った。

クロパンは合図をした。物乞いどもが五、六人半円の列を離れていったが、すぐにまた戻ってきた。彼らは柱を二本運んできたが、柱の足の先には木組のへらがついていて、柱がらくに地面に立てられるようにできている。二本の柱のてっぺんからてっぺんへ、泥棒どもは梁を一本かけわたした。できあがったところを見ると、これはまことにみごとな移動絞首台だ。あっというまに、この絞首台はおみごと千万にもグラングワールの面前に立てられてしまった。実に申しぶんのない代物で、綱までみごとに梁の下にぶら揺れている。

《やつらはいったい、これをどうしようってんだろう？》と、グラングワールはいくらか不安になって考えた。ちょうどそのとき、チリンチリンと鈴の音がしたので、不安な気持にかられ、われに返った。宿なしどもが一つの人形の首を綱にひっかけている。人形は鳥よけのかかしそっくりで、赤い服を着ていたが、体じゅうところきらわず、鈴だの小さな鐘だののがくっついている。これだけの鈴があれば、カスティリャ種のラバ三十頭をめかしこませることもできるくらいだ。この数かぎりない鈴はしばらくのあいだ、綱の揺れるままに鳴りつづけていた。が、やがて、だんだん静まって、とうとう鳴りやんでしまった。水時計や砂時計にとってかわった振り子のあの原理に従って、人形が静止の状態に戻ったのだ。

すると、クロパンは人形の下におかれた、すわりの悪い古い腰かけをグラングワールに指さして、「あいつに乗っかるんだ」

「とんでもない！」と、グランゴワールはことばを返した。「首の骨を折っちまいますよ。あの腰かけはまるでマルティアリス（一世紀のローマの風刺詩人）の二行詩みたいにアンバランスですからね。片っぽうは六脚で、もう一方は五脚のあの詩句みたいにね」

「乗っかるんだ」と、クロパンがまた言った。

グランゴワールは腰かけの上に乗った。そして、頭や腕をよたよたさせながらも、どうにか重心をとることに成功した。

「さあ、てめえの右足を左すねに巻きつけて、左足の爪先で立つんだ」と、チュニス王がことばをつづけた。

「陛下、あなたはぼくの足がへし折れなきゃ、どうしても気がおすみにならないんですか？」と、グランゴワールがきいた。

クロパンは頭を横にふった。

「聞け、おい、てめえ口数が多すぎるぞ。つまり、なんだ、こうするんだ。いま言ったようにな、爪先で立ってみろ。そうすりゃあ、人形のポケットに手が届くだろう。届いたらポケットを探ってな、中にある財布を引っぱりだすんだ。チリンともいわせずにやってのけられたら、めでたしめでたしよ。てめえは宿なし仲間に入れるんだ。一週間ぶちのめされるだけですむんだぞ」

「めっそうな！　そんなこと、やりたくないですよ。で、もし鈴が鳴っちまったら？」

と、グランゴワールがきく。

「そのときゃ、ぶらさげられるんだ。わかったか？」

「さっぱりわかりませんよ」と、グランゴワールが答えた。

「聞け、もういっぺん言ってやる。人形のポケットを探って、財布を抜きとるんだ。

探っているうちに、チリンとでも鳴ったら、てめえはぶらさげられるんだ。わかったか？」

「ええ、そこまではわかりました。で、それから？」と、グランゴワールがきいた。

「鈴を鳴らせねえでうまく財布がかっぱらえたら、てめえはちゃんとした宿なしになれるんだ。してな、一週間のべつまくなしにぶんなぐられるんだ。さあ、こんだあ、きっとのみこめたろうな？」

「いいえ、陛下、やっぱりわかりません。ぼくの得になることはどこにあるんです？　やりそこなえばぶらさげられるし、うまくやってもぶんなぐられる……」

「宿なしになれるんだぞ」と、クロパンは言った。「宿なし仲間に入れるってのは、てえしたことじゃねえのか？　ぶんなぐるのは、てめえのためを思ってなんだ。ぶんなぐられても平気でいられるようにしてやろうってんだ」

「いやはやありがたいことで」と、詩人が答えた。

「さあ、さっさと片づけよう」と、王はすわっている樽を足で蹴とばして、言った。樽は大太鼓のような音をたてて鳴りわたった。「人形のポケットを探るんだ。早くやっちめえよ。念のためにもういっぺん言っとくが、チリンとでも鈴が鳴りゃ、てめえは人形と入れかわりだぞ」

居合わせた物乞いどもは、クロパンのことばにやんやと喝采を送って、絞首台のまわりをぐるっと取りかこんだ。みんな、まったく血も涙もないみたいにゲラゲラ笑っているので、グランゴワールは、自分がすっかり彼らの慰みものにされてしまっていて、そのうえ、もう恐ろしい目に遭わされるばかりなのだ、ということがわかった。だから、命じられた恐ろしい仕事をうまくやりとげるという万に一つの運を当てにするほか、助かる希望はもうなかったのだ。彼はこの冒険をやってみようと覚悟を決めた。だがその前にまず、これから財布を抜きとろうとする人形に、熱のこもった祈りを捧げたのである。人形のほうがあの宿なしどもよりはまだしも、自分を可哀そうに思ってくれるだろう、と考えたのだ。小さな銅の舌がついた数かぎりもない鈴は、グランゴワールには、ちょうどシューシューいってかみつこうとしているマムシのあんぐり開いた口のように見えるのだった。

「ああ！　あの鈴の中のいちばん小さいやつがちょっとひと揺れしただけで、ぼくの命がなくなるなんて、本当のことだろうか！」と、グランゴワールは蚊（か）の鳴くような声でつぶやいた。そして両手を合わせて祈りながら、「ああ！　鈴よ、どうぞ鳴らないでくれ！　小鈴よ、どうぞ鳴らないでくれ！　鈴よ、どうぞ震えないでくれ！」と、言いそえた。

彼はトルイユフーに向かって最後のひと押しをしてみた。

「で、もし風でチリンと鳴ったら？」と、彼がきいた。

「ぶらさげられるだけよ！」と、相手はためらいもなく答えた。

猶予（ゆうよ）も延期も言い訳もきかないとわかったので、彼は男らしく腹を決めた。右足を左すねに巻きつけ、左足だけで立って、腕をのばした。だが手が人形に触れたとたん、三本しか足のない腰かけの上に一本足で立っていた体が、ぐらっとよろめいた。彼は思わず人形によりかかろうとしてバランスを失い、ドシンと地面にころげ落ちた。人形にくっついていた数かぎりもない鈴は命とりの震えをはじめて、グランゴワールの耳を聾（ろう）するほどのものすごい音で鳴りわたった。人形のほうは手で押されて、まずくるりとひと回りしたが、二本の柱のあいだで、ぶらんぶらんとおごそかな格好で揺れていた。

「しまった！」と、彼はころげ落ちながら叫んだ。そして地面に顔を押しつけて、死んだみたいになっていた。

　そのあいだに、頭の上からは恐ろしい鈴の音や、ごろつきどもの憎らしい笑い声や、「そいつを起こして、こっぴどくぶらさげちまえ」と言っているトルイユフーの声が聞こえてきた。

　グランゴワールは起きあがった。彼に身代わりになってもらうために、人形はもうとりはずされていた。

　泥棒王国の国民たちはグランゴワールを腰かけの上にのぼらせた。クロパンがやってきて、首に綱をかけ、肩をポンと叩いて言った。「あばよ、若え(わけ)の！　こうなっちゃもう逃げられねえぜ、たとえ法王さんと同じぐれえ偉くってもよ」

「どうぞ命ばかりは」ということばが出かかったが、それも唇の上で消えてしまった。あたりを見まわしてみたが、助かりそうなようすはまったくない。どいつもこいつも笑っているばかりだ。

「ベルヴィーニュ・ド・レトワル」と、チュニス王が呼ぶと、雲を突くばかりの大男が列の中から出てきた。「てめえ、梁の上にのぼりねえ」

　ベルヴィーニュ・ド・レトワルはするすると梁の上にのぼった。まもなくグランゴワールが目をあげてみると、男が真上の梁の上にうずくまっているので、ぞっとしてしまった。

「さあ」と、クロパン・トルイユフーがまた言った。

「おれが手を叩いたらな、アンドリ・ル・ルージュ、てめえはすぐさま膝で腰かけを蹴っとばすんだぞ。フランソワ・シャント＝プリュー ヌ、てめえはな、野郎の足にぶらさがるんだ。それから、ベルヴィーニュ、おめえはやつの肩にとびおりるんだ。三人いっしょにやるんだぞ、わかったか？」

グランゴワールはぞっと寒けを感じた。

「用意はいいか？」と、クロパン・トルイユフーは三人のごろつきどもに言った。三人は一匹のハエをねらう三匹のクモみたいに、グランゴワールにとびかかろうと身がまえている。哀れな死刑囚は、死刑の前の恐ろしい一瞬を味わっている。一方クロパンは落ちつきはらって、まだ火の燃えうつらないブドウの枝づるを、足先で火の中につっこんでいる。「用意はいいか？」と繰り返すと、クロパンは合図をしようとして両手を開いた。あと一秒で、万事休すだ。

だがこのとき、ふと何かが頭に浮かんだらしく、手を叩くのをやめた。「ちょっと待て！」と、彼は言った。「忘れていたわい！……野郎どもをぶらさげるときにゃ、その前に、そいつを欲しがる女がいるかどうかきくのが決まりだったっけ。――やい、これがてめえの最後の命の綱だぞ。宿なし女と連れそうか、それとも首綱と連れそうか」

この宿なし仲間の掟は、みなさんにはたいへん奇妙にみえるかもしれないが、今でもイギリスの古い法律にはちゃんとくわしく書いてあるのだ。『ピュアリントンの所見』を読まれたい。

グランゴワールはほっと溜息をついた。三十分前からこれで二度目の命拾いだ。だから、あまり当てにする気にはなれなかった。

「おい！」とクロパンはまた、樽の上にのぼってどなった。「おい！　女どもや、雌(めす)めら、魔女だろうが猫だろうがかまわねえが、この助平(すけべい)野郎が欲しいちゅう助平女はいねえかな？　おい、コレット・ラ・シャロンヌ！　エリザベット・トルーヴァン！　シモーヌ・ジョドゥイーヌ！　マリ・ピエドブー！　トンヌ・ラ・ロング！　ベラルド・ファヌーエル！　ミシェル・ジュナイユ！　クロード・ロンジュ＝オレイユ！　マチュリーヌ・ジロルー！　イザボー・ラ・チエリ！　見にこい、見にこい、やってこい！　どうせ、ただで買える男だ！　誰か欲しいやつあいねえもんかな？」

グランゴワールは見るも無残なありさまだったから、もちろん女にもてそうなようすはしていなかった。宿なし女どもは、こんな申し出などにはあまり気がのらないらしい。哀れなグランゴワールの耳には、女どもがこんなふうに答えるのが聞こえてきた。「いらないよ！　いらないよ！　ぶらさげちまいな。あたしたちみんなの目の保養になるからさ」

それでも大勢の中から女が三人進みでて、グランゴワールを嗅ぎにやってきた。最初のやつは角ばった顔をした、でぶでぶの娘だった。娘は哲学者のみじめな胴着を念入りに調べた。ぼろ服はすり切れてしまって、栗の実を炒るフライパンより、なお穴だらけというありさまだ。女は顔をしかめた。「おんぼろ軍旗みたい！」とつぶやくと、グランゴワールに向かって、「マントをお見せ」「なくしちゃったんです」とグランゴワール。「帽子は？」「とられちゃいました」「靴は？」「底が抜けそうなんで」「財布は？」「すみません！　一文なしなんで」と、グランゴワールはおずおず言った。「ありがたくぶらさげられちゃいな！」と、宿なし女はくるりと背を向けながらやっつけた。

二番目に出てきたのは真っ黒な老女だ。奇跡御殿の中でさえきたないしみに見えそうな、ふた目と見られない醜さだった。ばあさんはグランゴワールのまわりをぐるりとひと回りした。グランゴワールは、この女が自分を欲しがりはしないかと、びくびくしていた。だが女は、「痩せっぽちすぎるね」とつぶやくと、その場を離れていってしまった。

三番目はまだかなりういういしくて、それほど醜くもない娘だった。「助けてくださいよ！」と、哀れなグランゴワールは小声で娘にたのんだ。娘はしばらく、可哀そうに、といった顔つきで彼を見つめていたが、やがて目を伏せ、スカートにひだをつけはじめた。決めかねているのだ。グランゴワールの目は彼女の一挙一動を見まもっている。頼みの綱はこの女だけなのだ。「だめだわ」と、娘はとうとう言った。「だめだわ！　きっと、ギヨーム・ロングジューさんに叩かれるわ」娘はみんなの中へ戻っていってしまった。

「おめえさん、女運がねえなあ」と、クロパンが言った。

やがて、樽の上に立ちあがったかと思うと、「もうお要りの方はないかね？」と、競売物評価官の口調をまねて叫んだ。みんなはワーワー言って面白がっている。「お要りの方はないかね？　一つ、二つ、三つと！」そして絞首台のほうを振り向いて、「ほい、こっちに落ちた！」と頭で合図した。

ベルヴィーニュ・ド・レトワルと、アンドリ・ル・ルージュと、フランソワ・シャント＝プリューヌがグランゴワールのほうへ近よってきた。

と、このとき、ごろつきどものあいだから叫び声があがった。「エスメラルダだ！　エスメラルダだ！」

グランゴワールは思わず身震いをして、叫び声の聞こえるほうを振り向いた。ごろつきどもが脇へ寄って道をあける中を、清らかな、目もさめるような美女がやってくる。あのジプシー娘だった。

「エスメラルダだって！」と、グランゴワールは感動にさいなまれながらも、びっくりして言った。この不思議なことばが、その日一日の思い出をそのとたんにすっかり結びあわせてくれたのである。

世にもまれなこの美女は、奇跡御殿の中でさえ、その魅力と美しさで威力をふるっているらしい。男も女も、おとなしくエスメラルダの通路に並び、彼女がちらりと見るたびに、獣づらをほころばせるのだった。

娘は例の軽い足どりで死刑囚に近づいた。きれいなジャリもついてくる。グランゴワールはもう生きた心地などなかった。エスメラルダは黙ったまま、しばらく彼を見つめていた。

「この人をぶらさげちゃうの？」と、重々しい口ぶりでクロパンにきいた。

「そうだよ、おめえが亭主にしてえってんなら話はべつだが」と、チュニス王が答えた。

娘は下唇を突きだして、例の可愛いふくれっつらをしてみせた。

「この人を亭主にするよ」と、娘は言った。

グランゴワールはこれを聞いて、けさからずっと夢を見ていたんだ、これはそのつづきなんだ、と決めこんでしまった。

粋な情況の変化ではあったが、あまりにも激しい移り変わりだった。

首輪は解かれ、詩人は腰かけから下ろされた。が、へたへたとすわりこんでしまった。感動があまりにも激しすぎたのだ。

エジプト公は黙りこくったまま、粘土製の壺を持ってきた。ジプシー娘はそれをグランゴワールに差し出した。「これを地面に投げつけるのよ」と、娘は言った。

壺は四つに割れた。

「兄弟、この娘はおめえの女房だ。おい、おめえさん、こいつはおめえさんの亭主だ。向こう四年間はな。さあ、よろしくやりねえ」と、エジプト公が二人の額に手を一本ずつのせて言った。

7 婚礼の夜

まもなく、われらの詩人グランゴワールは、交差リブ形の天井をした、閉めきった、ほかほかと暖かい、小さな部屋に、テーブルを前にしてすわっていた。テーブルのすぐそばにはハエ帳が一つ吊ってあり、それから料理をテーブルに運ぶだけの段取りになっている。きれいな娘とは差し向かいだし、どうやら寝心地のよさそうなベッドまでととのえてあるらしい気までしてくるのだ。今までのできごとを思うと、まるで魔法にかけられているみたいだった。彼は本気で自分をおとぎ話の中の人物のように思いはじめた。翼のある二頭の噴火獣に引かれた火の車がまだそのへんにありはしないかと探してでもするように、ときどきあたりに目をやった。噴火獣の車ででもなければ、こんなにすばやく彼を地獄から天国へ運べるものではないのだから。またときどきは、しきりに胴着の穴を見つめている。現実にしがみついていたい、足を大地からすっかり離してしまいたくはない、こう思ったからだった。彼の理性は、空想の世界をあちらこちらと揺り動かされるので、こうでもしなければ、つなぎとめておけないのだ。

娘はグランゴワールのことなど、ちっとも気にとめていないようすだった。部屋の中を行きつ戻りつして、ときどき腰かけにぶつかっては、ぐいと押しやってしまう。ヤギとおしゃべりをしたり、ときどき例のふくれっつらをしたりしていた。が、やっとテーブルのそばに来てすわったので、グランゴワールもゆっくり相手をながめられることになった。

みなさん、あなたも昔は子供だったものだし、もう一度、子供のころにかえれたら幸せだと思われるであろう。みなさんは、緑色や空色のきれいなトンボが、いきなりすいっすいっと向きを変えたり、木々の枝に片っぱしから口づけをしたりしながら飛んでいくのを追いかけて、よく晴れた日、藪から藪へ、あるいはさらさらと流れる小川のへりを、夢中で駆けまわったことが、一度や二度は必ずあるはずだ(私などは、そんなふうにして一日じゅう過ごしたことがよくあったが、そんな日がこれまでのうちで一番ためになったと思う)。赤や空色の羽ですいすい風を切りながら飛びまわっている、この小さなつむじ風のような感じのする虫を、みなさんは目も心も奪われて、ただうっとりと、もの珍しげにながめていたことを思い出されるであろう。このつむじ風の真ん中には、ぽっかりと体らしいものが浮かんでいるが、それも速度がはやすぎるので、はっきりとは認めにくいのだ。震え動く羽を透してぼんやりと見える空気の精のような体は、みなさんの目には、きっと触れることも見ることもできない夢の国の生き物のように見えたことであろう。だがやっとそのトンボが葦の葉先に羽を休めたとき、その長い紗のような羽や、エナメルを塗ったような長い衣や、水晶のような両眼を、息をこらしながら観察して、あなたはどんなに大きな驚きを感じたことだろう! また、その姿がふたたび目の先から闇の中に飛びたって、夢のような物になってしまうことをどんなに心配しただろう！　そんなときの気持をどうか思い出していただきたい。そうすればグランゴワールが、それまでただ踊りと、歌と、騒々しい群衆という旋風(せんぷう)を透して、かすかにながめていただけだった、あのエスメラルダが、はっきり目に見え、手でさわれる姿で間近にいるのをつくづく見て、どんなふうに感じたかを、容易にお察しになれるであろう。

　グランゴワールはますます物思いに沈んでいく。「なるほど、これが『エスメラルダ』って女なんだろうか？」と、ぼんやり娘の姿を目で追いながらつぶやいた。「天女(てんにょ)のように美しい女だ！　が、その実、しがないまちの踊り子なんだ！　月のように美しいが、ジプシーの娘だ！　けさ、おれの芝居にとどめをさしたのもこの女だったし、今晩、命を救ってくれたのもこの女なんだ。おれの悪霊なんだ！　と同時に、救いの天使というわけだな！――が、たしかに美しい娘だ！――だが、こんなふうにおれを亭主にしたところをみると、きっと首ったけなんだな。――それはそうと」と、ここまで言ってグランゴワールはふいと立ちあがった。彼の気質と哲学との基調をなしているあの真理探究癖がまたもや首をもたげたのだ。「どうしてこうなったのかよくわからないが、とにかくおれは、この女の亭主に違いないんだ！」

　頭にも目にもこういう考えを浮かべて、彼は色好みの兵隊さんよろしくといった格好で、つかつかと娘のそばに近づいていった。娘はけおされて、後ずさりをした。

「何かご用？」と、娘は言った。

「いとしいエスメラルダさん、今さらそんなことを？」と、グランゴワールは、われながらびっくりするような情熱的な口調で答えてしまった。

ジプシー娘は大きな目をぐっと見ひらいた。「なんのことかさっぱりわからないわ」

「なんだって！」と、いよいよ血が頭にのぼってしまったグランゴワールは言った。要するに相手は奇跡御殿の生娘にすぎんじゃないかと思いながら。「ねえ、ぼくはきみのもの、きみはぼくのものじゃなかったのかい？」

　そうしておいて、娘の体を何の気なしに抱いた。

　ジプシー娘の体は、まるでウナギの皮を着ているみたいに、するりと彼の両手の中ですべった。エスメラルダはさっと部屋の向こうの端に駆けていき、身をかがめていたかと思うと、小さな短刀を握って、立ちあがった。目にもとまらぬ早わざで、グランゴワールは、その短刀がどこからとび出してきたのかわからなかった。怒りに燃え、つんと高ぶり、唇をふくらませ、鼻孔を開き、頬をリンゴのように赤くし、瞳をきらきら光らせている。それと同時に、白いヤギも娘の前に身をかまえ、金色の恐ろしくとがった二本のきれいな角のある額をグランゴワールに向けて戦闘態勢をとった。あっという間のできごとだった。

トンボがスズメバチに身を変え、今にも刺そうとしているのだ。われらの哲学者は、うつろな目をヤギから娘へ、娘からまたヤギへと移しながら、ただおろおろしていた。

「やれやれ！　そろいもそろって気が強いんだなあ！」と、驚きからやっと立ちなおって口がきけるようになったグランゴワールは言った。

娘のほうも黙ってひっこんではいない。

「あんたは、あつかましいわ！」

「失礼しました、どうも。が、それならいったいどうしてぼくを亭主になどしたんです？」と、グランゴワールはにやにや笑いながらきいた。

「あんたがぶらさげられるのを黙って見ていろというの？」

「それじゃあ、ただぼくの命を助けたいばっかりに、ぼくと結婚してくれたんですね？」と、詩人はつやっぽい望みを裏切られ、ちょっとがっかりして言った。

「それとも、何かほかに考えでもあったと思うの？」

グランゴワールは唇をかんだ。「じゃあ、まだ恋の道で思っていたほどの勝利を得たわけじゃなかったんですね。だがそうすると、あの壺を割ったのは何のためなんです？」

話をしているあいだも、エスメラルダの短刀とヤギの角とは、あいかわらず防御体勢をとったままだ。

「エスメラルダさん、さあ仲直りしましょう」と、詩人が言った。「ぼくはシャトレ裁判所の見習い書記なんかじゃありません。だから、あなたが市長さんの禁止命令を無視して、そんなふうにパリのまちなかを短刀を持って歩いていたって、それを法律問題にしようなんて気はありませんよ。だけどあなたは、ノエル・レクリヴァンが一週間ほど前に、短刀を持って歩いていたために、パリ金十スーの罰金を払わされたことを知ってるでしょうね。が、まあ、そんなことはどうだっていい。肝心のことを話しましょう。神かけて誓いますが、お許しがないうちはけっしてそばに近よりません。だが、何か食べさせてくださいよ」

本当は、グランゴワール氏はデプレオー氏（十七―十八世紀の古典主義文学の代表的理論家ニコラ・ボワロー＝デプレオー）と同じように「色好みには縁のうすい」人間だった。襲撃して娘を奪う騎兵や銃士の種族には属していなかった。ほかの点でもそうだったのだが、色恋沙汰（いろこいざた）にかけても、喜んで好機を待つ主義であり、中道を進むのを得意としていた。可愛い（かわい）女の子と差し向かいでうまい夕飯を食べるのは、ことに腹がすいてもいたので、彼には、恋の冒険の序幕と終幕のあいだにくる、素晴らしい幕間（まくあい）のように思えたのだった。

ジプシー娘はちっとも返事をしない。人を軽蔑したような例の可愛いふくれっつらをし、小鳥みたいに頭をつんと立てたが、やがて、いきなり大声で笑いだした。小さな短刀は、出てきたときみたいなすばやさで、どこかへ消えてしまった。グランゴワールは、蜂がどこへ針を隠したのか、さっぱりわからなかった。

まもなく、テーブルの上に、黒パンと、ベーコン一切れと、しなびたリンゴがいくつかと、水さし一杯のビールが並べられた。グランゴワールはがつがつ食べはじめた。鉄のフォークと瀬戸物の皿とがたてる、カチャカチャというすさまじい音を聞いていると、色気がすっかり食い気に変わってしまったみたいだった。

前にすわった娘は、彼が食べるのを黙って見ている。あきらかに何かほかの考えごとにふけっているらしく、ときどきほほえみを浮かべる。両膝のあいだにそっとはさんだヤギの利口な頭をやさしい手でなでながら。

黄色いろうそくが、この食い気と夢想の場面を照らしている。

そのうちに、グーグー鳴っていた胃袋がやっと静まった。グランゴワールは目の前にもうリンゴが一つだけしか残っていないのを見て、ちょっとばかり恥ずかしそうなようすをした。「あなたは食べないのですか、エスメラルダさん？」

娘は首を横にふってそれに答え、物思わしげな目を小部屋の天井にじっと注いだ。

《いったいぜんたい何を考えてるんだろう?》と、グランゴワールは思った。そして相手が見つめているものを自分も見ながら、《まさか、天井のかなめ石に彫りつけてある、あの小人のしかめっつらに気をとられているわけでもあるまい。ちくしょう! あんなものとだったら、このおれだって張り合えるぞ!》

彼は大声で呼んだ。「エスメラルダさん!」

聞こえないらしい。

彼はいっそう声をはりあげて、また呼んだ。「エスメラルダさん!」

だめだ。娘の心はお留守になっていて、グランゴワールの声にも呼び戻す力はなかったのだ。さいわい、ヤギが加勢にはいってくれた。ヤギは主人の袖(そで)をやさしく引っぱりはじめたのだ。「なんだい、ジャリ?」と、ジプシー娘は、はっと目がさめたみたいに、勢いこんできいた。

「おなかがすいているんですよ」とグランゴワールは、話の糸口がつかめたので、うれしくなって言った。

エスメラルダはパンを細かくちぎりはじめた。ジャリはちぎったパンを手のひらから、可愛らしい格好で食べた。

グランゴワールのほうは、娘がまた夢想にはいってしまってはたいへんだと考えた。

ままよとばかり、きわどい質問をしてみた。

「じゃあ、あなたはぼくを亭主にする気はないんですね？」

娘は彼をじっと見つめて言った。「ないわ」

「恋人にする気は？」と、グランゴワールがまたきいた。

娘は例のふくれっつらをして答えた。「ないわ」

「友達にする気は？」と、グランゴワールがねばった。

娘はまたじっと彼を見つめ、ちょっと考えてから言った。

「したげるかもしれないわ」

哲学者の愛するこの「かもしれない」ということばを聞いて、グランゴワールは勢いづいた。

「あなたは友情ってどんなものか知ってますか？」と、彼はきいた。

「知ってるわ、兄と妹みたいになることでしょ。二つの魂が触れあいはするけれど、一つに溶けあってはしまわない。二本の指みたいなものよ」と、ジプシー娘は答えた。

「じゃあ、恋とは？」と、グランゴワールがつづけてきいた。

「ああ！　恋ですって！」と、娘が言った。声は震え、目はきらきら輝いている。「それは、二人でいながら、一人になってしまうことだわ。男と女がいっしょになって、一人の天使になることだわ。天国だわ」

こんなふうにしゃべっているとき、このまちの踊り子の顔は独得の美しさをおび、それが奇妙にグランゴワールの胸を打った。その美しさは、彼女の東洋的とも言えそうな情熱のこもった話しぶりと、ぴったり釣り合っているように思えるのだった。バラ色の清らかな唇は笑うともなく笑っている。あどけない、はればれとした額は、鏡が息で曇るように、ときどき何かの思いで曇る。伏せられた長い黒いまつ毛からは、なんとも言えない一種の光がもれ、それが横顔にこの上もないやさしさを漂わせている。のちにラファエッロが処女性と、母性と、神性との神秘的な交流点を表わすのに苦心して発見した、あのやさしさだ。

グランゴワールは、なおもつづけてきいた。

「あなたのお気に入るには、どんな人間でなきゃならないんですか？」

「男でなきゃ」

「じゃあ、ぼくはいったい何なんです？」と、グランゴワールがきいた。

「頭には兜(かぶと)、手には剣、かかとには金の拍車、そんな男でなくちゃ」

「なるほど」と、グランゴワールは言った。「馬に乗らないと男じゃないってわけですね。――誰か好きな人でもあるんですか？」

「恋人？」

「そうです」

娘はちょっと考えこんでいたが、やがて一種変わった顔つきをして言った。「もうじき、わかるわ」

「なぜ今晩じゃいけないんです？」と、詩人がやさしくききつづけた。「なぜぼくじゃいけないんです？」

娘は彼にしかつめらしい目つきをちらっと向けた。

「あたしを守ってくれるような人でなくちゃ、好きにはなれないわ」

グランゴワールは赤くなって、なるほどもっともだと思った。娘は、二時間ほどまえ危ない目にあったとき、グランゴワールが頼りにならなかったことを、こうほのめかしているに違いない。その晩つぎつぎと起こった意外なできごとのためにかき消されていたあの思い出が、ふとよみがえってきた。グランゴワールは額を叩いた。

「そうそう、エスメラルダさん、あのことをまず、おききしなきゃならなかったんでしたね。ついうっかりしていて申しわけありません。ところで、あのカジモドにつかまっていたのに、どうやって逃げられたんですか？」

こうきかれて、娘は身震いした。

「ああ！　あの恐ろしい男！」と、娘は両手で顔を覆いながら言った。ぞっと寒けがきたみたいに、ぶるぶる震えている。

「ほんとに恐ろしいやつだ！」と、グランゴワールは言い、なおも質問の手をゆるめずに、「だが、どうしてあいつから逃げられたんですか？」

エスメラルダはほほえんだかと思うと溜息(ためいき)をつき、そのまま口をつぐんでしまった。

「なぜあいつがあなたのあとをつけたのかご存じですか？」と、グランゴワールがまたきいた。まわり道をしてもとの質問に行きつこうというわけだ。

「知らないわ」と娘は言った。そして激しい口調で言いそえた。「だけど、あんただってあとをつけたじゃないの。なぜつけてきたの？」

「それがねえ、ぼくにもほんとに、なぜだかわからないのですよ」と、グランゴワールは答えた。

しばらく沈黙がつづいた。グランゴワールはナイフでテーブルに切り傷をつけはじめた。娘はほほえみを浮かべて、何か壁の向こう側にあるものをながめてでもいるみたいなようすだ。と、とつぜん、娘はあまりはっきりしない声でうたいはじめた。

　　色とりどりの小鳥らが

さえずりをやめるとき、そして陸地が……


ふいにうたうのをやめると、娘はジャリをなではじめた。

「可愛いヤギですね」と、グランゴワールが言った。

「あたしの妹なの」と、娘が答えた。

「なぜみんなは、あなたを『エスメラルダ』って呼ぶんですか？」と、詩人がきいた。

「知らないわ」

「でも何かわけがあるのでしょう？」

娘は、センダンの実の鎖（くさり）で首からさげていた細長い小袋みたいなものを、胸から引っぱり出した。樟脳（しょうのう）の香りが袋からぷんぷんもれてきた。緑色の絹で包んであって、真ん中にエメラルドまがいの大きな緑色のガラス玉がついている。

「きっと、この袋を持っているので、エスメラルダと呼ばれるのでしょう」と、娘が言った。

グランゴワールが小袋を手にとろうとすると、娘は後ずさりした。「さわっちゃだめ。お守りなのよ。お守りがきかなくなるわ。でなきゃ、あんたにばちが当たるわ」

詩人はますます好奇心にかられた。

「誰にもらったんです?」

娘は指を口に当てて、お守りを胸にしまいこんでしまった。グランゴワールはほかのことをいろいろ問いかけてみたが、相手はもうあんまり答えようとはしなかった。

「エスメラルダっていうのはどういう意味なんですか?」

「知らないわ」と、娘が答えた。

「何語なんですか?」

「きっとエジプト語よ」

「そうじゃないかなと思ってました。じゃあ、あなたはフランス生まれじゃないんですね?」と、グランゴワールがきいた。

「そんなこと知らないわ」

「おとうさんやおかあさんはいるのですか?」

娘は古い歌のメロディにあわせてうたいだした。

とうさんは小鳥、
かあさんも小鳥、
舟がなくても川わたる、

船がなくても海わたる。
かあさんは小鳥、
とうさんも小鳥。

「いい歌ですね。いくつのときフランスへ来たのですか？」と、グランゴワールがきいた。

「ちっちゃいときよ」

「パリへは？」

「去年よ。法王門からまちにはいってきたとき、ヨシキリが列をつくって空を飛んでいくのが見えたわ。八月の末だったわ。あたし、『この冬は寒さがきびしいでしょうね』って言ったのよ」

「ひどい寒さでしたね」と、グランゴワールが言った。まともに話のやりとりができるようになって有頂天だ。

「指にハーハー息を吹きかけどおしでしたよ。それじゃあ、あなたは予言ができるんですね」

娘はまた、あまりしゃべらなくなってしまった。

「できないわ」

「あなたがエジプト公って呼んでいたのは、あなたの一族のおかしらですか？」

「そうよ」

「ぼくたちを結婚させたのは、とにかくあの人ですよ」と、詩人はおそるおそる言ってみた。

娘はまた例の可愛らしいふくれっつらをした。「でもあたし、あなたの名前さえ知らなくってよ」

「ぼくの名前ですって？　ききたかったら教えてあげましょう。ピエール・グランゴワールっていうんです」

「もっと立派な名前を知ってるわ」と、娘が言った。

「意地悪だなあ！」と、詩人が言った。「が、まあいい、それぐらいのことじゃ怒りやしませんよ。ねえ、ぼくのことがもっとよくわかれば、きっと好きになってくれるでしょう。それに、あなたはあんなにざっくばらんに身の上話をしてくれたんですから、ぼくの身の上も少しはお話ししなけりゃならんでしょう。ぼくはピエール・グランゴワールといって、ゴネスの公正証書係のせがれなんです。おやじはブールゴーニュ人に縛り首にされちまいましたし、おふくろもピカルディー人に腹を裂かれて死んじまいました。

二十年前、パリが包囲されたときのことです。だから六つのときには、もう孤児になって、パリの舗道をはだしでうろついていたんです。六つの年から十六までのあいだを、どうやって生きのびてこられたのかわかりません。こっちの果物屋のおかみさんからはプラムを一つもらい、あっちのパン屋のおやじさんからは、パンの皮を投げてもらうといったありさまでした。夜は、よく二百二十人組の警官につかまってブタ箱に放りこまれ、そこでやっと一束の寝藁にありついたもんです。そんな生活をしながらもとにかく、ごらんのように、ひょろ長く伸びるだけは伸びました。冬はよくサーンス邸の門前で日なたぼっこをしました。そして聖ジャン祭のかがり火を土用までとっておくなんて、なんてくだらないことだと思ったもんです。十六のとき、何か仕事をしたくなりました。つぎからつぎへと手あたりしだいにやってみました。兵隊になりました。だがそれほど勇敢じゃないので、だめでした。修道士になりました。だがそれほど信心深くないので、だめでした。それに酒もたくさんは飲めないたちでしたし、やけっぱちになって、とうとう大工の仲間にはいって仕事を習いだしたんです。だがそれほど力もないので、だめでした。どちらかといえば、ぼくは学校の先生向きだったんです。もちろん字がろくに読めなかったことも事実です。そんなことを気にする必要はなかったんでしょうがね。だが、こんなふうにして日をすごしているうちに、とうとう、何をやるにしてもぼくにはどこか一本抜けたところがあるのだ、ということに気がついたんです。そこで、結局なんの役にもたたない人間なんだと悟って、喜び勇んで詩人兼作曲家になったというわけです。詩人だの作曲家だのというのだったら、風来坊ならいつでもなれる商売で、泥棒よりまだましですからね。ぼくの友達の泥棒むすこたちもそう言ってましたがね。さいわいなことに、ある日偶然ノートル＝ダムの司教補佐をやっておられるクロード・フロロ師にお会いしました。あの方はぼくに同情してくださいました。ぼくが今のようにひとかどの学のある人間になれたのは、あの方のおかげなんです。おかげでぼくは、ラテン語にかけては、キケロの『義務について』からセレスチン会の修道士たちの弔い演説にまで通じていますし、またスコラ哲学や、詩学や、韻律学や、学問の中の学問である錬金術にかけても、まったくの素人ではありません。きょう裁判所の大広間で、山のような見物人から割れるような大喝采を受けたあの聖史劇を書いたのも、実はこのぼくなのです。ぼくはまた、一四六五年に現われたあの不思議な彗星、そう、気の狂った男をひとり生みだしてしまったあの彗星についても、本を書きましたよ。できあがればおそらく六百ページにもなるでしょう。そのほかにも、いろいろな仕事を立派にやりとおしました。大砲をつくる技術もちょっとばかり心得ているもんですから、あのジャン・モーグの大臼砲の製造にも加わりました。ご存じでしょう、シャラントン橋で試射をやった日に破裂して、野次馬連を二十四人殺してしまった大砲です。どうです、ぼくも結婚の相手としちゃ、そうつまらん男ではないことがおわかりでしょう。とても人に喜ばれそうな、いろんな芸当もたくさん知っていますから、そいつをあなたのヤギに教えてやりましょう。たとえば、パリ司教の物まねなんかいかがです。あいつは、とんでもない偽善家なんですよ。それに、あいつの水車ときたら、ムーニエ橋を渡る通行人に息つくひまも与えず水をひっかけやがるんですよ。それから、ぼくの聖史劇からもうんとお金がはいってきますよ。もっとも払ってくれればですがね。そうです、ぼくはあなたのお望みのことなら何でもします。この体も心も、学問も、文才もみんな差しあげます。ねえエスメラルダさん、ごいっしょに暮らせるなら、あなたのお気に召すように、清らかにでも、あるいは陽気にでも暮らすつもりです。よろしければ、夫婦として、それとも、兄弟のほうがいいとお思いなら、兄弟として、いっしょに暮らそうじゃありませんか」

グランゴワールは口をつぐみ、長ながしい口説きおとしの効果を待ちかまえていた。娘はじっと地面を見つめている。

「フェビュス」と、娘は小声で言った。そして詩人のほうを振り向いて、「フェビュスというのはどういう意味なの？」

グランゴワールは、彼のふるったちょっとした演説とこの質問とのあいだにいったいどんな関係があるのか、よくはわからなかったが、ここで学のあるところをひけらかすのも悪い気持ではなかった。彼は胸をはって答えた。「それは『太陽』って意味のラテン語ですよ」

「太陽！」と、娘はおうむがえしに叫んだ。

「それにね、美男の射手の姿をした神さまの名前でもあるんですよ」と、グランゴワールは言いそえた。

「神さま！」と、ジプシー娘はまたもや叫んだ。その声の調子には、何か物思わしげで、情熱的なものがこもっていた。

そのとき、娘の腕輪が一つはずれて床に落ちた。グランゴワールは拾おうとして、いそいで身をかがめた。体を起こしてみると、もう娘とヤギの姿は消えうせていた。かんぬきをかける音が聞こえた。きっと隣の小部屋に通ずる小さなドアが外側から閉められた音だったのだろう。

「せめてベッドにだけは、ありつかせてくれるだろうなあ？」と、われらの哲学者は言った。

小部屋の中をぐるりとひと回りしてみた。ベッドの代わりになりそうなものといえば、かなり長い木の箱が一つあるだけで、おまけに、ふたには彫刻がしてある。その上に横になってみたグランゴワールは、もしミクロメガース（ヴォルテール作の同名の小説の主人公。地球に来たシリウス星の巨大な住人）がアルプス山脈の上に長ながと寝てみたらさぞこんなだろう、と思えるような気分を味わった。

「まあよかろう」と、彼はできるだけ体が楽になるように工夫しながら言った。「あきらめが肝心だ。だが本当にへんてこな婚礼の夜だわい。残念だなあ。壺を割るあの結婚式には、なんとなく素朴で原始的なところがあって気に入ったんだが」

第三編

1　ノートル＝ダム

パリのノートル＝ダム大聖堂は、疑いもなく、今日でもなお、荘厳で崇高な建造物である。だが、古い建物としてはいかにもみごとに保存されてきているとはいえ、最初の基石をすえたシャルルマーニュや、最後の石を置いたフィリップ＝オーギュスト（十二―十三世紀の名君フィリップ二世のこと。ノートル＝ダム大聖堂の建造を促進した）への敬意などすこしも持たずに、時の流れと人の手が力を合わせてこの尊敬すべき記念物の上に加えた無数の損傷や破損の跡を見ると、思わず溜息が出たり、憤りに駆られたりせずにはいられないのである。

フランスの大聖堂の中での老女王とも呼べるこの大聖堂の顔面には、しわと並んで必ず傷跡が見られる。

「時はかじるが、人はなおひどくかじる」私はオウィディウスのこの句をこう訳してみたいような気がする。

「時は無分別だが、人は愚かだ」

もし私に暇があって、みなさんといっしょに、この古い教会に加えられたさまざまな破壊の跡を一つひとつ調べていったならば、破壊に対して「時」が果たした役割はごくわずかなものであり、それより悪いのは人間、ことに芸術家であったことがおわかりになるであろう。ここでは「芸術家」ということばを使わざるをえなかったが、そのわけは、建築家と称する人間が出てきたのは、最近二世紀間のことだからである。

まず、主(おも)だった二、三の例を拾いあげてみただけでも、この大聖堂の正面ほどみごとなものは、建築史のどのページにも容易に見あたらないことがはっきりする。順を追って述べれば、交差リブ形にくりぬかれた三つの玄関、その上にのびた、王像を安置していた二十八個の壁龕(へきがん)の美しいぎざぎざの直線、助祭と副助祭を従えた司祭といった格好の、中央の巨大な円花窓(えんかそう)とその両側のわき窓、その上にある、細い列柱の上に重い展望台をのせている、クローバー形装飾のある高くてきゃしゃなアーケードの柱廊、最後に、スレートのひさしのついた二つの黒いどっしりした塔。こうした調和のとれた部分部分が巨大な五層に積みあげられて素晴らしい正面全体を形づくり、一つの集合体をなし、しかも乱れを見せずに一度に目の前に広がるのだ。彫像、木彫り、金彫り、こうした数かぎりない細部も、建物全体がかもしだす、豪壮で、落ちついた姿に力強く融合してしまっている。言ってみれば、巨大な石造の交響楽なのだ。また、一人の人間、一つの民族の手から生まれ出た一大作品と呼んでもいいであろう。『イリアス』やこの建築の兄弟である『ロマンセロ』（中世スペインの叙事詩、年代記などの集成）と同じように、全体がまとまって一つの複雑な統一を見せているのだ。一時代のありとあらゆる人間が、めいめいの分担金を払いこんでつくりあげた素晴らしい作品であり、一つひとつの石には、芸術家的な霊感にきたえられた職人の幻想が、無数のやり方であざやかに浮き出しているのが見える。ひとことで言えば、神の行なった天地創造と同じように、力強く豊かな人間の創造物であり、人間は神の創造物から多様性と永遠性という二重の性格を盗みとって、この大聖堂をつくりあげたように思われるのだ。

ここでこの大聖堂の正面について言っていることは、大聖堂全体にも当てはまる。さらに、このパリ司教座聖堂について言うことは、中世のキリスト教の聖堂のすべてに当てはまるのである。自分自身を基盤として発展したこの芸術では、すべてがたがいに関連していて、論理的で、よく釣り合いがとれている。足指の大きさを測ることは、とりもなおさず巨人の大きさを測ることになるのだ。

重々しく力強いノートル＝ダムの姿に敬虔（けいけん）な気持で見とれるとき、この大聖堂の正面が今なおどんなふうに、われわれの目に映るかということに話を戻そう。年代記作家たちは、「そのどっしりした姿で見る者に恐れをいだかせる」と言っているが。

昔あった三つの重要なものが、今ではこの正面から消え失せている。その第一は十一段あった階段で、この階段があったために、その昔、この聖堂の正面は地面よりもだいぶ高いところにあったのだ。つぎは三つの玄関の壁龕にはめこまれていた下段の彫像の列。それから初期フランス王二十八人の彫像を並べた上段の列。これは二階の回廊を飾っていたもので、シルドベールからフィリップ＝オーギュストまでの諸王が手に「帝王球」を持ってずらりと立っていた。

階段をなくしたのは「時」の力なのだ。中の島(シテ)の地表がどうしようもない力でじりじりとせりあがってきて、とうとう今のようになってしまったのだ。だが、「時」の力は、こうしたパリの舗道(ほどう)の上げ潮によって、大聖堂を高く立派に見せていた十一段の階段を一段また一段と地下にのみこませてしまいはしたが、その一方、おそらくこの大聖堂から奪いとった以上のものを、この聖堂にまた返しもしたのである。というのも、正面をくすんだ時代色で一面に覆い、建物の古めかしさをもとにして独得の美しさにつくりあげたのも「時」だからだ。

だが、さっき言った二列の彫像は、誰が取りこわしてしまったのだろう？　誰が壁龕をからっぽにしてしまったのだろう？　誰が中央玄関のまん真ん中に、あの新しい折衷式の交差リブをつくったのだろう？　誰が、ビスコルネットのアラベスク装飾のそばに並べて、ルイ十五世時代の彫刻をした、味もそっけもない、ぶざまな木のドアをとりつけてしまいなどしたのだろう？　人間なのだ。つまり、その後の建築家や芸術家のしわざなのだ。

　さて、建物の中にはいってみたとしよう。誰があの聖クリストフの巨像を倒してしまったのだろう？　あの像こそは、裁判所の大広間が広間のうちですこぶる有名であり、ストラスブールの尖塔が鐘楼のうちでもよく知られているように、いろいろな彫像の中で世に知れわたったものだったのだが。それに、本堂と内陣の柱間という柱間に置かれていた数えきれないほどのあの彫像、ひざまずいたもの、立ったもの、馬に乗ったもの、男、女、子供、国王、司教、軍人、石像、大理石像、金像、銀像、銅像、いや蠟像までを乱暴にも取り払ってしまったのは、いったい誰なのだろう？　これはけっして「時」のやった仕事ではないのだ。

　また、いくつもの聖遺物箱や遺物箱をみごとにのせたゴチックふうの古い祭壇に代えて、ヴァル＝ド＝グラース陸軍病院かアンヴァリッドにでもちょうど向きそうな、場違いの、天使の顔と雲形を彫りつけた重苦しい大理石のお棺をすえつけたのは、いったい誰なのだろう？　誰がいったい、エルカンデュスのつくったカロリング朝時代の床に石をはめこむというおろかな時代錯誤をやってのけたのだろう？　ルイ十三世のおろかな宿願を、ルイ十四世が成就してしまった、というわけではないだろうか？

　また、大玄関の円花窓と後陣の交差リブとのあいだでわれわれの祖先が感嘆してながめいった「色あざやかな」ステンドグラスをはずして、冷やかな感じの透きガラスをはめたのは、いったい誰なのだろう？　また近ごろの野蛮な大司教たちが大聖堂をみごとに黄色く塗りあげてしまったのを、十六世紀の聖歌隊長助手が見たら、なんと言うだろうか？　死刑執行人が「監獄」の建物を同じ色に塗りあげたのをきっと思い出すだろう。ブールボン元帥の反逆事件がもとで、プチ＝ブールボン宮がこれもまた、べたべたと黄色く塗りたくられたことを思い出すだろう。「要するにこの黄色ははなはだ質がよく、またはなはだ評判のよいものであったから、一世紀以上たっても、まだ色があせなかった」と、ソーヴァルは言っている。きっとこの聖歌隊長助手は、聖堂が不名誉な場所になったのだと思って、逃げだしてしまうだろう。

　さて、こうしたあらゆる種類の、数えきれないほどの破壊の跡を一応見すごして、大聖堂の上にのぼったとしよう。本堂と外陣との交点の上に立っていたあの美しい小さな鐘楼、隣のサント＝シャペル礼拝堂の尖塔(これもまたこわされてしまったが)に劣らず弱々しく、それでいてのびのびとした、すらりとした、鋭い、鐘の音のよく響く、透かし造りの姿を二つの塔よりも高く空に突き出していた、あの鐘楼はどうなってしまったのだろう？　ある趣味のよい建築家があっさりちょん切ってしまって（一七八七年のことだ）、その傷跡にまるで鍋（なべ）のふたみたいな大きな鉛の膏薬（こうやく）をべったりはりつけ、さて、これで傷口は隠せたと安心してしまったのだ。

ほとんどの国でそうだったのだが、ことにフランスで、中世の素晴らしい芸術が受けた扱いはざっとこんなぐあいだったのだ。こうした破壊の跡には三種類の原因による損傷を見わけることができるが、三つはそれぞれ異なった深さに達している。まず第一は「時」だが、これは知らず知らずのうちにあちらこちらに欠け目をつくり、表面全体を錆（さ）びさせてしまった。第二は政治上や宗教上の革命だ。こうした革命は、もともと盲目的で怒りっぽいものだから、どっと襲いかかってきて、建物の立派な衣装ともいうべき木彫りや金彫りをうちこわしたり、円花窓を破ったり、首飾りにもたとえられる唐草（からくさ）模様や小彫像をうちこわしたり、やれ司教冠をつけているからとか、やれ王冠をつけているからとかいって因縁をつけ、たくさんの彫像をひったくっていってしまったのだ。第三は、ますますグロテスクに、おろかになってきた流行だ。これは「ルネサンス」の混乱した、だが素晴らしい方向転換以来つぎつぎと移り変わって、建築術をいやおうなしに堕落させてきたのだ。流行は革命よりももっと大きな害悪をおよぼした。流行は建築の急所に切りこんだ。芸術の骨組を攻めたてた。建築物の形式も、象徴も、論理も、美も、みんな切りきざみ、ばらばらにし、殺してしまった。こうめちゃくちゃにしておいてから、さて流行は初めからやり直しにかかったのだ。こんな大それた抱負は、「時」の力も革命もけっして持とうとしなかったものなのである。流行はずうずうしくも、「よい趣味」を看板にして、ゴチック建築の傷口にその日かぎりの情けない安ぴか物だの、大理石のリボン形飾りだの、金属の房飾りだのをはりつけたのだ。卵形飾り、渦形飾り、縁飾り(ふちかざ)り、ひだ形飾り、花飾り、房へり飾り、石造の炎、青銅の雲形飾り、太っちょのキューピッド、ふくらんだケルビム天使、いやはや見るもおぞましい装飾技法だ。この「よい趣味」はカトリーヌ・ド・メディシスの小聖堂で芸術の顔を食いはじめ、二世紀後にはデュ・バリ夫人(ルイ十五世の愛人)の私室で、芸術を責めさいなみ、その顔をしかめさせて、ついに息をひきとらせてしまうのである。

つまり、今まで述べたことを簡単に申しあげれば、三種類の荒廃が今日(こんにち)のゴチック建築を醜(みにく)いものにしているのだ。この建築の表皮にしわだの、いぼだのをつくったのは、「時」のしわざだし、この芸術に暴行だの蛮行だのを加えて打撲傷だの骨折だのをつくったのは、ルターからミラボーにいたるまでのいろいろな革命のやった仕事なのである。

切断や切除や手足の脱臼、つまり「修復」は、ウィトルウィウス（前一世紀のローマの建築家）やヴィニヨーラ（十六世紀のイタリアの建築家）の流れをくむ先生方のギリシア式か、ローマ式か、野蛮式かの作業の結果なのだ。ヴァンダル族が生み出した素晴らしい芸術をアカデミー派の先生方が殺してしまったのである。世紀の流れや、さまざまな革命は、破壊を行なうにしても、少なくとも公平であり、偉大であった。だがそこへ認許され、組合員となり宣誓を行なった、いわゆる流派に属する建築家たちがわんさと押しよせてきて、悪趣味な分別でせっかくの芸術を台なしにし、ゴチックふうの透かし鉄細工を、ルイ十五世時代のキクジサ装飾にかえ、パルテノン神殿（アテナイのアクロポリスにある古代ギリシアの神殿）の名声をいやがうえにも高めてしまったのだ。これこそ死にかけているライオンに加えられたロバの一撃だ。古いカシワの木がうら枯れ、おまけに、毛虫の群れに刺されたり、かまれたり、ぼろぼろにされたりしているみたいなものだった。

ロベール・スナリスがパリのノートル＝ダム大聖堂を、「古代の異教徒によってあれほどもてはやされ」エロストラトスの名を不朽なものにした、エペソスのあの有名なディアナの神殿（エペソス人エロストラトスは前四世紀ごろ、この神殿に火をつけて、自分の名を不朽なものにしようとした）と比較して、このゴールの大聖堂のほうが「奥ゆきも、間口も、高さも、構造もすぐれている」*と言ったあの時代から、なんと多くの年月が過ぎ去ったことだろう。

＊『フランス教会史』第二巻三章一三〇葉、第一ページ。〔原注〕

それに、パリのノートル＝ダム大聖堂は、一定の建築様式にきちんとくり入れられるような建物ではけっしてないのだ。もうロマネスク式聖堂とも呼べないし、またゴチック式聖堂とも呼べないのだ。この建物は一つの典型ではないのだ。パリのノートル＝ダム大聖堂には、トゥールニュの修道院に見られるような、半円アーチを基本とする建物の重々しくどっしりした横幅や、丸い大きな天井や、冷やかでむきだしなたたずまいや、壮大な簡素さはまったく見あたらないのだ。また、ブールジュの大聖堂に見られるような、交差リブ式建築の持ち味をなしているあの壮麗、軽快、変化、錯雑、林立(りんりつ)、開花の趣きも認められない。この大聖堂を、暗くて、神秘的で、背が低くて、まるで半円アーチの重さに押しつぶされたように見える聖堂の、古い一族の中にくり入れることは不可能だ。この一族は、天井のほかはほとんどエジプトふうだ。すべてが神聖文字的で、聖職者的で、象徴的なのだ。装飾には菱形やジグザグ模様が主として使われ、つぎに多いのが花模様、つぎが動物の模様、そのつぎが人の姿だ。要するに、建築家というよりむしろ司教がつくったもので、神政的で軍隊的な規律の跡がはっきり認められる芸術の初期の変態で、東ローマ帝国に根をおろし、ウィリアム征服王の時代に歩みをとめた建築なのだ。が、そうかといってこの大聖堂を、高くて、軽快で、ステンドグラスや彫刻でみごとに飾られた、あのもう一つの聖堂の一族、つまりゴチック建築の系列の中に数えあげることも不可能だ。ゴチック建築の特徴は、鋭いとがった形と大胆な構えをもつ点に認められる。政治的シンボルとしては共同体的、市民的であり、芸術作品としては自由で、気まぐれで、気ままだ。もはや神聖文字的でも、不変でも、聖職者的でもなく、芸術的で、進歩的で、民衆的な、建築の第二期の変態であり、この建築は十字軍の帰還にはじまり、ルイ十一世時代に終わっている。パリのノートル＝ダム大聖堂は、はじめに述べたような純粋なロマネスク式建築に属するものでもないし、後に述べたような純粋なアラビア式建築（ここではゴチック式建築）に属するものでもないのだ。

ノートル＝ダム大聖堂は過渡的様式の建築なのだ。サクソン人の建築家が本堂の最初の柱の群れを建て終えたとき、十字軍がもち帰った交差リブがやってきて、半円アーチしかのらないようにできていたあの大きな柱頭の上に、いばりくさっておさまってしまったのだ。交差リブはそれいらい支配権を握り、聖堂の残りの部分はこのアーチに釣り合うように建築されたのである。だが、はじめてのことで経験もなく臆病でもあったので、交差リブは末広がりになったり、横幅が広くなったりちぢこまってしまったり、のちにたくさんの素晴らしい大聖堂で行なわれたように、高々と上にのび、先をとがらせたアーチとなって、そびえ立つだけの勇気はまだなかったのだ。隣近所の重々しいロマネスク式柱列に気兼ねでもしているみたいだった。

なおまた、こうしたロマネスク式からゴチック式への過渡的様式の建物は、研究の対象として、純粋に典型的な建物に劣らないほど貴重な価値をもっている。こうした建物が保存されているからこそ、旧芸術から新芸術へのおもむろな変化のさまが、はっきりとうかがわれるのである。半円アーチに交差リブをつぎ木したとでも言える建物なのだ。

パリのノートル＝ダム大聖堂はとくにこうした変化を物語る珍しい見本だ。この尊敬すべき建物の一つひとつの面、一つひとつの石が、フランス史の一ページを表現しているばかりでなく、学問や芸術の歴史の一ページを表現しているのだ。たとえば、ここでは主だった細部を示すだけにしても、あの小さな「赤門」が十五世紀のゴチック芸術の精巧さの限りをつくした作品であるのに対して、本堂の柱のどっしりした重々しい感じには、はるか昔の建物、つまりあのサン＝ジェルマン＝デ＝プレ＝シャルルマーニュ会修道院の建築様式を思わせるものが認められるのである。本堂の柱が建てられたときから、赤門が建てられたときまでには、六世紀の年月が流れたということは、見る者の目にはあきらかであろう。錬金術師(れんきんじゅつし)たちまでが、大玄関の表わす象徴の中に、彼らの学問の申しぶんのない要約があると思ったのだ。錬金術といえばサン＝ジャック＝ド＝ラ＝ブーシュリ教会がその完全な象徴だったのだが。つまり、ノートル＝ダム大聖堂には、ロマネスク式修道院、錬金術式教会、ゴチック式芸術、サクソン式芸術、グレゴリウス七世（十一世紀のローマ法王。法王権の帝王権に対する優位を確立した）を思い出させるどっしりとした円柱、ニコラ・フラメルがルターに先だってとなえた錬金術的象徴主義、ローマ法王の統一性、教会分立、サン＝ジェルマン＝デ＝プレ修道院の姿、サン＝ジャック＝ド＝ラ＝ブーシュリ教会の姿、こうしたありとあらゆる諸要素が溶かされ、化合され、混合されているのである。パリの古い教会の中心となり母体となったこの大聖堂は、一種の噴火獣（キマイラ）のようなものだ。この教会の頭、あの教会の手足、また別の教会の尻（しり）、といったぐあいに、あらゆるもののいくらかずつを備えているのである。

繰り返して申しあげるが、こうした雑種建築も、芸術家や、考古学者や、歴史家からみれば、けっこう興味があるのである。こうした建築を見ると、また、エジプトのピラミッドや、インドの塔のような巨大な遺物を見ると、建築術の最も偉大な成果というものは、個人個人がつくったというより、社会がつくったのだということがわかる。建築術がどの程度まで原始的なものであるかを悟らせてくれるのである。そうした建築は、天才の頭から生まれたものというより、むしろ営々として働いた諸民族の努力の産物であり、民族が残した沈殿物であり、いくつもの世紀が積み重ねたものであり、人間社会がつぎつぎと発散させていったものの残り滓（のこりかす）なのである。ひとことで言えば、さまざまな種類の生成物なのである。時代時代の潮の流れはそれぞれの沖積土を積みあげ、一つひとつの民族は彼らがつくった記念建造物に自分の層を積み重ね、一人ひとりの人間はそれぞれ自分の石を持ってくるのである。こんなふうにビーバーもやっているし、ミツバチもやっているし、人間もやっているのだ。建築術の偉大な象徴であるバベルの塔は、ミツバチの巣なのだ。

大きな建築物は、大きな山みたいなもので、何世紀もかかってできあがるものだ。建物がまだできあがっていないのに、つまり「工事が中止されている」あいだに、芸術が変わってしまうことがよくある。建築は、変化をとげた芸術に従って黙々とつづけられていく。新しい芸術は、古い芸術の手でつくられた建物を未完成のまま譲りうけ、自分の流儀で好きなように手を加え、それを自己に同化し、発展させ、できれば仕上げてしまう。そして、こうした改革は自然で静かな法則に従い、混乱も、努力も、反動もなしに、なしとげられる。つぎ木がつき、樹液が循環し、ふたたび生長がはじまるのだ。一つの建築物の上に、いくつもの高さに、いくつもの芸術がつぎつぎと継ぎ足されていくこの種の溶接作業を検討してみたならば、たしかに、とても大きな本を何冊も書いたり、ときには世界史を書きあげたりするだけの材料が見いだされるのだ。人間も、芸術家も、個人も、作者名のないこうした大建築物の中に溶けこんで消えてしまっている。人間の知能がここに要約され、集計されているのだ。要するに「時」は建築家であり、民衆は石工なのだ。

オリエントの大きな石造建築物の妹分であるキリスト教ヨーロッパの建築だけをここでは見ることにしても、われわれにはこの建築がつぎつぎに積み重なった、継ぎ目のはっきりした三つの層に分けられる巨大な構成体であることがわかるのである。つまりロマネスク層、ゴチック層、ルネサンス層だ。最後の層を私はギリシア＝ローマ層と呼びたいのだが。いちばん古くていちばん深いロマネスク層は半円アーチがその基調をなしているが、その半円アーチは、後年ルネサンスという近代的な上部層に、ギリシアふうの円柱にささえられて、また現われたのである。交差リブ*はいま述べた二つの層のあいだにある。この三つの層のどれかだけに属している建物はほかの層の建物とは完全に異なった、申しぶんのない典型をなしている。ジュミエージュの修道院、ランスの大聖堂、オルレアンのサント＝クロワ大聖堂などはこうした建物である。だがこの三つの層は、太陽スペクトルの色のように、境目のところでまじりあったり、いっしょになったりすることが多い。こんなわけで、複雑な建物が、様式間の橋渡しをつとめる過渡的様式の建物が生まれるのである。足はロマネスク式、胴はゴチック式で、頭はギリシア＝ローマ式といった建物もあるが、これは建てるのに六百年もかかったからだ。だがこんなに豊かな変化に富んだ建物はめったにない。エタンプ城の天守閣はその見本だ。だが、二つの層がまじりあった建物のほうはもっと数多く見いだされる。交差リブ式建物であるパリのノートル＝ダム大聖堂がそうである。交差リブ式建物なのだが、普請(ふしん)のはじめに立てられた柱は、サン＝ドニ礼拝堂の正面玄関やサン＝ジェルマン＝デ＝プレ修道院の本堂と同じように、ロマネスク式建築の時代に建てられたものなのである。ボシェルヴィル修道院の半ばゴチック式の美しい参事会広間もそうで、この建物はロマネスク層が体半分のところまできている。ルーワンの大聖堂もそうで、もし中央尖塔の頂をルネサンス層の中に浸(ひた)していなければ完全にゴチック式な建築物と呼んでもいいだろう。**

＊　これはロマネスク層という呼び名のほかに、それが建てられた国々、諸地方によって、ロンバルディア層、サクソン層、ビザンツ層という三種の呼び名をもっている。が、建てられた場所場所に応じた特有の性格を備えこそすれ、四種ともよく似た姉妹建築で、いずれも半円アーチという共通の原理を基調にしている。

その顔はみんな同じではないが、
しかし、ひどく異なっているわけではない。すなわち……
（オウィディウス『変身物語』二・一三）〔原注〕

＊＊　この尖塔の頂は木材でつくられていた。一八二三年の落雷で焼け失せたのは、ほかならぬこの頂なのである。〔原注〕

ところで、こうしたおもむろな変化や差異はみな、ただ建物の表面だけに現われているにすぎない。芸術の表皮が変わっただけなのだ。キリスト教の教会の構造自体は変化をこうむることはなかったのである。内部の骨組も各部分の論理的構成も昔からずっと同じなのだ。大聖堂の彫刻や装飾をほどこした表皮がたとえどのように変化しようとも、一枚めくれば下には必ずローマふうのバジリカ会堂が認められる。どんな教会でもこうした会堂の萌芽（ほうが）や初歩的な要素は欠かしたことがないのだ。大聖堂という建物は、いつの世でも、同じ法則に従って、地上に発展していく。二つの本堂が十字形に交わり、いちばん奥の端が半円形の後陣となって、そこに内陣ができる、という構造は、どんなことがあっても変わらないのだ。聖堂の中の行列や聖歌隊のために、側面遊歩道みたいな側廊が必ずあり、柱間によって本堂につながっている。こうした配置はいつの世にも変わりがないのだが、礼拝堂だの、正面玄関だの、鐘楼だの、方尖塔（オベリスク）だのの数は、時代や、民衆や、芸術の好みに従って限りなく変わっていくのである。礼拝を行なうのにさしつかえない程度にまで建ててあげられたのちは、建築術が好きなようにすればいいのだ。彫像だの、ステンドグラスだの、円花窓だの、アラベスク模様だの、ぎざぎざ飾りだの、柱頭だの、浮彫りだのといった装飾類はみな、建築術がその建物に適した対数に従って組み合わせればいいのだ。こうしたわけで、この種の建物は、根底には秩序と統一がしっかり根づいているのに、外観のほうは驚くほど変化に富んでいるのである。木の幹は不変なのだが、枝葉が好き勝手にのびるのだ。

2 パリ鳥瞰（ちょうかん）

私はこれまで、パリのノートル＝ダム大聖堂の昔の素晴らしい姿を、みなさんにお伝えしようと努めてきた。今はもうなくなってしまったが、十五世紀ごろにはまだこの大聖堂が備えていた美しい眺めの数々を、おおよそながらお話ししてきた。だが、肝心なことがまだ一つ残っている。つまり、昔この大聖堂の塔の頂から見おろした当時のパリの眺めである。

鐘楼（しょうろう）の厚い壁を垂直に貫いている暗いらせん階段の中を長いあいだ手さぐりでのぼっていったあげく、日の光と大気をいっぱいに浴びた二つの塔のどちらかの頂にいきなり出たとたん、目の前一面にぱっと広がる光景は、まさにみごとな一枚の絵であった。これは「他に比べようのない独得の」眺めなのだが、もしみなさんの中に無傷で、完全で、まじりけのないゴチックふうの都市というものを幸いにもごらんになった方があれば、たやすくこの眺めを頭に描くことができるであろう。そうした都市は、たとえばバイエルンのニュルンベルクや、スペインのビトリアのように今でもまだいくつか残っているのである。あるいは、もっと小さくはなるが、昔のおもかげをよくとどめているものとして、ブルターニュのヴィトレやプロイセンのノルトハウゼンを挙げることもできよう。

　今から三百五十年前のパリ、つまり十五世紀のパリは、すでに巨大な一都市を形づくっていた。われわれパリっ子は、その当時から今日（こんにち）までにパリがどのくらい大きくなったかについて、たいてい思い違いをしている。パリは、ルイ十一世の時代以来、三分の一とちょっとくらいしか大きくなっていないのだ。たしかなことは、大きくなった割に比べて、ずっと多くの美しさを失ってしまったということだ。

　パリのはじまりは、ご承知のように、揺りかごの形をした、あの古い中の島（シテ）である。この島の砂浜が最初の城壁であり、セーヌの流れが最初の堀であった。パリは数世紀のあいだ島であった。島の北と南に一つずつ橋があり、城門でもあり城砦（じょうさい）でもある橋頭が、二つつくられていた。右岸にあるのがグラン＝シャトレ、左岸にあるのがプチ＝シャトレと呼ばれていた。やがて最初の王朝の時代に、パリは島の中ではどうにも窮屈でやりきれず、寝返りもうてなくなったので、流れを越えて外へはみ出した。こうして、グラン＝シャトレを越え、プチ＝シャトレを越えて、最初の城壁や塔がセーヌ河の両側の平野を侵しはじめたのである。この古い城壁の跡が、前世紀にはまだいくらか見られたが、今ではその思い出と、ボーデ門とかボードワイエ門——「ポルタ・バガウダ（盗賊門）」——とかの言い伝えがあちらこちらに残っているだけである。まちの中心から外側に向かって絶え間なく押しよせる家々の潮の流れは、少しずつこの城壁からあふれ出し、城壁を浸食し、すりへらし、とうとう消し去ってしまった。フィリップ＝オーギュストはパリに新しい堤防を築いた。彼は太くて高くて堅固（けんご）な塔の輪をつくって、その中にパリを閉じこめた。一世紀以上にわたって、家々はこの輪の中でひしめきあい、重なりあって、ちょうど貯水池の水がかさを増していくように、だんだん高くなっていった。家々はものすごい高さになりはじめた。階に階を重ね、家の上に家を重ね、横に広がるのを止められた樹木のように、上へ上へとのびていった。まるで、われがちに隣の家々の上に頭を突き出して、ちょっとでも空気にありつこうとしているみたいなありさまだった。通りもだんだん谷底のようになり、狭くなっていった。広場もみな家で埋まって、なくなってしまった。とうとう家々はフィリップ＝オーギュストの城壁をとび越え、まるで脱走者の群れのように、てんでんばらばらに、うれしそうに平野の中へ散っていった。逃げ出した家々は平野の中でゆうゆうと落ちつき、野原の一部を区切って庭をつくり、ほっと息をつくのだった。一三六七年には、城外の町や村がもうひどく広がってしまったので、とくに右岸に、新しい城壁をつくらねばならなかった。シャルル五世（十四世紀のフランス王）がこれを築いた。だがパリのような都市は果てしもなく成長するものである。一国の首都となるのは、こうしたたくましい都市だけなのだ。それは、一国のあらゆる地理的、政治的、道徳的、知的傾向や、一国民のあらゆる自然的傾向がそこに集中している、漏斗のようなものなのだ。商業、産業、知能、人口、一国民のあらゆる活力、あらゆる生命力、あらゆる魂が、一滴また一滴、世紀から世紀へ、絶え間なく滲みとおって、たまっていく、いわば文明の井戸、または文明の下水と呼んでもよろしかろう。というわけで、シャルル五世のつくった城壁もフィリップ＝オーギュストの城壁と同じ運命をたどった。十五世紀の末にはもう、家々は城壁をまたぎ越してしまい、城外町や村はさらに遠くまで広がっていた。十六世紀になると、シャルル五世の城壁はちょっとながめたところ、後ずさりして、だんだん旧市街の中へもぐりこんでいくように見えた。外側の新市街の発育ぶりがそれほどたくましかったのである。こうして、背教者ユリアヌス帝（四世紀のローマ皇帝）の時代に、グラン＝シャトレとプチ＝シャトレの中に、いわば芽を出していた同心円の三重の城壁を、十五世紀には、今も申しあげたように、パリはもう使い古してしまっていたのである。この力強い都市は、ちょうど育ちざかりの子供が去年の服を着破ってしまうみたいに、四つの城壁の帯をつぎつぎに引き裂いてしまったのである。

ルイ十一世の時代には、家々の大海のあちらこちらに、昔の城壁のくずれた塔の群れが頭を突き出しているのが見られたが、それは洪水のときに山々の峰が水面に突き出ているとも、また、新しいパリの下に沈んでいる古いパリが群島のように散らばっているとも呼べるような格好だった。

それからのちも、われわれの目には残念ながら、パリはさらに変わった。だが、その後パリが乗り越えた城壁はただ一つ、ルイ十五世（十八世紀のフランス王）が築いたものだけである。これは泥と唾（つば）でつくられた、まことにひどい代物（しろもの）で、つくった王にふさわしく、また、

　パリを囲む城壁は、パリが不平を鳴らす種（ル・ミュール・ミュラン・パリ・ラン・パリ・ミュルミュラン）

とうたった詩人にもふさわしいものであった。

十五世紀当時のパリは、はっきりと別々になった三つの区に分かれていて、それぞれが独自の外観や、特性や、風俗や、慣習や、特権や、歴史をもっていた。中の島（シテ）と大学区（ユニヴェルシテ）と市街区（ヴィル）とである。セーヌ河の中の島はいちばん古い部分で、いちばん狭く、他の二つの部分を生んだ母体なのだが、その二つの部分にはさまれたところは、こんなたとえを許していただければ、大きくなった美しい娘ふたりによりそわれた、背の低いおばあさんといった格好であった。大学区は、セーヌ左岸のトゥールネル塔からネール

塔までのあいだに広がっていた。今のパリで言えば、酒市場から造幣局までの地帯である。大学区の城壁は、ユリアヌス帝がかつて浴場を建てたあの野原のほうへ相当大きく三日月形に突き出ていた。サント＝ジュヌヴィエーヴの丘もこの城壁の内側になっていた。城壁が描く曲線のいちばん出っぱったところが法王門であったが、これはほぼ現在のパンテオンのある場所に当たる。パリの三つの部分のうちでいちばん大きな市街区は、セーヌの右岸を占めていた。河岸通りは、ところどころでとぎれたり、邪魔されたりしながらも、セーヌ河に沿ってビイ塔からボワ塔までつづいていた。つまり、いま公設穀物倉庫があるところからチュイルリ宮のあるところまでである。首都の城壁がセーヌの流れで断ち切られているこの四つの点、つまり左岸のトゥールネル塔とネール塔、右岸のビイ塔とボワ塔は、とくに「パリの四塔」と呼ばれていた。市街区は、大学区より河筋からもっと遠くまで広がっていた。市街区を囲む城壁（シャルル五世の城壁）の弧線の頂点にサン＝ドニ門とサン＝マルタン門があったが、その位置は現在でも変わっていない。

さきほども申しあげたように、パリを大きく三つに分けたそれぞれの部分は、どれもが一つの都市であったが、いずれもあまりに特殊であったため、一人前の都市とはなれず、他の二つの部分の助けをかりないわけにはいかなかった。だから三つとも外観はまったく異なっていた。中の島には教会が、市街区には宮殿が、大学区には学校がいやというほどあった。昔のパリのあまり重要でない変わったところとか、道路行政権のでたらめさかげんとかについては、ここでは触れないこととして、一般的な見地から、当時まだ混乱状態にあったパリの裁判管轄権（さいばんかんかつけん）をごく大づかみに分けてみれば、中の島は司教の、右岸はパリ市長の、左岸は大学総長の管轄下にあったのである。この三人の上に、市の役人ではなく、王の役人であるパリ奉行（ぶぎょう）が立っていた。中の島にはノートル＝ダムがあり、市街区にはルーヴル宮と市庁舎が、大学区にはソルボンヌがあった。市街区には中央市場も、中の島にはパリ市立病院も、大学区はプレ＝オ＝クレールの原もあった。学生が左岸で、たとえばプレ＝オ＝クレールで罪を犯すと、中の島の裁判所で裁判され、右岸にあるモンフォーコンの刑場で処刑された。だが、大学総長が、大学の勢力が優勢で、王権が弱いと見てとった場合には、こうした司法権に干渉することもあった。なにしろ、大学区で絞首刑になるのが学生の特権だったのだから。

（もちろんいま言った学生の特権などよりもっと値打ちのある特権もあったわけだが、ついでに申しあげると、こうした特権のほとんどは、反乱だの反抗だのによって、王から無理やりに奪いとったものなのである。こうした物事の歩みはずっと大昔からつづいているのだ。人民がひったくらなければ、王はその権益を手ばなさないのである。忠節ということについて、正直に本当のことを語っている、古い憲章の一節がある。――「王に対する忠節は、ときどき反乱によって中断されたために、多くの特権を人民にもたらした」）

十五世紀にはセーヌ河はパリの城壁内に五つの島を浮かべていた。一つはルーヴィエ島で、ここにはそのころは木が茂っていたが、今は材木があるだけだ。それからヴァシュ島とノートル゠ダム島。二つとも廃屋が一軒あるだけの無人島で、二つとも司教の領地であった（十七世紀にこの二つの島は合わせて一つにされ、その上に建物が建てられた。今のサン゠ルイ島である）。最後に中の島と、その先にあったパスール・オ゠ヴァシュという小島。この小島はその後ヌフ橋の土手の下に沈んでしまった。中の島には、当時、橋が五つかかっていた。三つは右岸にあった。石造のノートル゠ダム橋とシャンジュ橋と、それに木造のムーニエ橋である。二つは、つまり石造のプチ橋と木造のサン゠ミシェル橋は左岸にかかっていた。どの橋も、上に家が立ち並んでいた。大学区には、フィリップ゠オーギュストがつくった六つの城門があった。トゥールネル塔のほうから数えていくと、サン゠ヴィクトル門、ボルデル門、法王門、サン゠ジャック門、サン゠ミシェル門、サン゠ジェルマン門である。市街区にも、シャルル五世がつくった城門が六つあった。ビイ塔のほうから数えていくと、サン゠タントワーヌ門、タンプル門、サン＝マルタン門、サン＝ドニ門、モンマルトル門、サン＝トノレ門の順になる。こうした城門はどれも堅固で、しかも美しかった。美しいことと堅固なことは、けっこう両立するのである。広くて深く、冬の増水期には勢いよく水の流れる堀が、パリをぐるりと取りまく城壁のすそを洗っていた。この堀はセーヌ河の水をとりいれていたのである。夜になると、城門はしめられ、セーヌ河には市の両端のところで太い鉄の鎖が張り渡された。こうして、パリのまちは枕を高くして眠ることができたのである。

高みから見おろすと、中の島、大学区、市街区の三つの区は、どれも、通りがごちゃごちゃと変にもつれ合って、こんがらかった編み物のように見えた。だがこの三つの部分が集まって一体をなしているのだということは、ひと目でわかった。並行した二本の長い通りが、途中で切れたり乱れたりせず、ほとんど一直線に走っているのがすぐ目に映る。この二本の通りは、セーヌの流れと直角に、南から北へ走り、三つの区のどれをも端から端まで貫いている。通りはこうして三つの区をつなぎあわせ、まぜあわせ、人びとを絶えず区から区へ行き来させ、行き交わせている。だから三つの区はパリという一つの都市を形づくっているのである。二本の通りのうちの一つは、サン＝ジャック門からサン＝マルタン門まで走っていて、大学区ではサン＝ジャック通りと呼ばれていたが、中の島ではジュイヴリ通りと名前が変わり、市街区ではサン＝マルタン通りとまた名前が変わった。この通りはセーヌ河を二度渡っているが、ここにかけられているのが、プチ橋とノートル＝ダム橋である。もう一つの通りは、左岸ではアルプ通り、中の島ではバリユリ通り、右岸ではサン＝ドニ通りと呼ばれ、セーヌ河の一方の分かれをサン＝ミシェル橋で、もう一方をシャンジュ橋で渡って、大学区のサン＝ミシェル門から市街区のサン＝ドニ門までつづいていた。ところで、いろいろの名で呼ばれながらも結局、じっさいは二本の通りがあるにすぎなかったのだが、しかしこの二本は、ほかの通りを生み出す母体となる通りであり、パリの二本の大動脈であった。パリの三つの区の血管ともいうべきあらゆる通りは、ここから流れ出たり、この二つの通りに注ぎこんだりしていたのだ。

パリの横幅を端から端まで貫く直径のような、全市共通の、この二つの主要な通りとは別に、市街区と大学区にはどちらにもそれぞれの大通りがあって、市区の長さの方向に、つまりセーヌの流れと並行して走り、二本の「大動脈をなす」あの大通りを直角に横切っていた。この大通りは、市街区ではサン＝タントワーヌ門からはじまってまっすぐにサン＝トノレ門までのび、大学区ではサン＝ヴィクトル門からサン＝ジェルマン門まで走っていた。この二つの大通りが、さきに申しあげた二本の通りと交差して骨組となり、それに、四方八方でびっしりとつながったパリの通りの迷路のような網細工がくっついていたのである。なおまた、このごちゃごちゃとしてわけのわからない網目模様をよくよく目をこらしてながめてみると、一つは大学区の中へ、もう一つは市街区の中へ、先を広げた二つの花束(はなたば)のように、広い通りの二つの束がセーヌ河の橋々から城門に向かってしだいに広がっているのがわかった。

こうしたパリの構図は、今日(こんにち)でもまだいくらか残っている。

ところで、一四八二年というこの年に、ノートル＝ダム大聖堂の塔の頂からながめたパリの全景は、どんな姿だったのだろうか？　これからそれをお話ししてみよう。

息を切らせながら塔の頂にのぼりついた人は、無数の屋根や、煙突や、通りや、橋や、広場や、尖塔(せんとう)や、鐘楼などが繰り広げられているのを見て、まず目のくらむような思いをするに違いない。しきたりどおりにつくられた切妻(きりづま)、とがった屋根、壁の角(かど)にぶらさがっているように見える尖塔、十一世紀時代の石造りの尖塔、十五世紀に建てられたスレート造りの方尖塔(オベリスク)、天守閣の丸い裸の塔、教会の装飾のついた四角な塔、大きいのや、小さいのや、どっしりしたのや、かろやかなのが一度にどっと目をとらえるのだ。われわれの目はしばらくのあいだ、こういうこんがらがった迷宮の深みに沈みこんでしまう。そこには、その独創性なり、言い分なり、個性味なり、美しさなりをもたない建物は何ひとつなく、正面に色を塗って彫刻をし、木組を外に見せ、扁円(へんえん)の戸口をつけ、階ごとに前へせり出している、ごく小さな家から、そのころは塔が柱廊のように並んでいたルーヴル宮にいたるまで、芸術の手から生まれていないものは一つもなかった。だが、やがて目が雑然と並ぶこうした建物に慣れてくると、つぎのような、建築物の主な群れが見わけられるようになる。

まず中の島だ。ソーヴァルによれば――彼は駄文ばかり書く男だが、たまにはこういう名文も書くのだ――

「中の島は、セーヌの真ん中で泥の中に突っこみ、流れの途中で座礁（ざしょう）した大きな船といった格好をしている」さきほど申しあげたように、十五世紀には、この船は五つの橋によって河の両岸につながれていた。この船の形は紋章学者たちにもヒントを与えたのであった。というのも、ファヴァン（十六―十七世紀の歴史家）やパキエ（十六―十七世紀の法学者）の説によれば、パリの古い紋章に船が描かれていたのは、ここからきていたのであって、ノルマン人のパリ包囲攻撃に由来するものではなかったのである。解読できる者にとっては、紋章学は代数学であり、一つの言語である。中世後半の歴史全体は紋章学に書かれている。ちょうど中世前半の歴史がロマネスク式教会の象徴主義に示されているように。神政政治の象形文字の後に、封建制度の象形文字が現われたと言ってもさしつかえないであろう。

というわけで、中の島がまず船尾を東に、船首を西にして目に映る。船首のほうを向くと、目の前に無数の古い屋根屋根が羊の群れのようにひしめきあい、その上に、サント゠シャペル礼拝堂の鉛ぶきの後陣が、ちょうど塔をのせた象の尻（しり）のような丸い大きな姿を浮かばせている。ただ、ここから見ると、サント゠シャペルの塔は、これまでその透かし鉄細工の円錐体（えんすいたい）から青空を透かして見せているさまざまな尖塔のうちでも、いちばん大胆奔放な、いちばん手のこんだ、いちばん細工のこまかい、いちばん輪郭のデリケートなものに見える。すぐそばの、ノートル゠ダム大聖堂の真ん前では、三つの通りが前庭に流れこんでいたが、この前庭は古い家々に囲まれた美しい広場だった。この広場の南側には、パリ市立病院のしわだらけな無愛想な正面が、おできやいぼがいっぱいできたみたいな屋根をのっけて、前のめりにつっ立っていた。さてそれから、右にも左にも、東にも西にも、中の島というこの狭くるしい地区の中に、サン゠ドニ゠デュ゠パ礼拝堂、いわゆる「グラウキヌスの牢獄（ろうごく）」の背の低い、虫の食った、ロマネスク式の鐘楼から、サン゠ピエール゠オ゠ブー教会や、サン゠ランドリ礼拝堂のほっそりした鐘楼にいたるまでの、あらゆる時代、あらゆる様式、あらゆる大きさの二十一の礼拝堂や教会の鐘楼が、ところ狭しとひしめきあっていた。ノートル゠ダム大聖堂の北側のうしろには、ゴチック式回廊のある修道院がのび、南側には、半ばロマネスク様式の司教館があった。東側は河の中に突き出た三角形のあき地で、テランと呼ばれていた。こうしてぎっしり詰めこまれた家々の中に、シャルル六世の時代にパリ市がジュヴェナル・デ・ジュルサン（十四―十五世紀のパリ市長）に贈った邸宅がなお目についた。この屋敷の屋根の上にあった、透かしのある石造の高い煙突覆いの列が、当時は大邸宅のいちばん高い窓の列よりも一段と高く上に突き出ていたからである。それから少しばかり先には、パリュス市場のタール塗りのバラック。それに、一四五八年に継ぎ足されてフェーヴ通りの一端に突き出してしまったサン＝ジェルマン＝ル＝ヴィユ礼拝堂の新しい後陣。それから、あちらこちらに、人でいっぱいの四つ辻。通りの片隅に立っているさらし台。フィリップ＝オーギュストがつくらせた立派な舗道の一部――これは、馬がすべらないようにと、道路の真ん中に縞のように敷かれた素晴らしい石だたみだったが、あいにくなことには、十六世紀になって「旧教連盟の舗道」と言われた情けない砂利道にとりかえられてしまった――。さらに人けのない裏庭には、十五世紀のころよくはやった、階段のついた透きとおった感じの小塔――こうしたたぐいの塔の一つは、現在なおブールドネ通りに残っている――。またさらに島の西側をのぞむと、サント＝シャペル礼拝堂の右手には、裁判所が水ぎわから一群の塔をそびえ立たせていた。中の島の西端を占めている国王の庭園の森は、うっそうと茂っているので、パスール島はこれに隠れて見えない。ノートル＝ダム大聖堂の塔の上からは、中の島の両側のセーヌの流れはほとんど見えなかった。流れは橋の下に隠れ、橋は家々の下に隠れてしまっていた。

橋の上の家々は、まだそう古くもないのに、河からたちのぼる湿気でカビがはえて、屋根が緑がかって見える。目がそこを通り越して、左手の大学区のほうに向かうと、まず視線にぶつかるのは、太くて低い塔の群れだ。これがプチ＝シャトレで、この城砦の大きく開いた玄関口は、プチ橋のたもとをのみこんでいるように見える。それからさらに、東から西へ、つまりトゥールネル塔からネール塔のほうへ視線を走らせると、目に映るのは、梁に彫刻をし、窓に色ガラスをはめこんだ家々の長い長いつらなりだ。二階三階と、だんだんに舗道の上へせり出している家々の町家ふうの切妻が描くジグザグな線が、果てしもなくつづいている。だが、この線も横の通りのあるところでたびたびとぎれているし、またところどころで、石造の大邸宅の正面や角に妨げられて、とだえている。こうした大邸宅は、大勢の農民の上に君臨する大領主のように、ぎっしりと立てこんだ平民どもの家々のあいだに、中庭、庭園、翼室、本館をちゃんとそろえて、ゆうゆうとふんぞりかえっていたのである。河岸通りには、トゥールネル塔の隣の広い敷地をベルナール校と共有していたロレーヌ邸からはじまってネール邸にいたるまで、こうした大邸宅が五つか六つあった。ネール邸の主塔はパリ市の境界をなしていたし、この塔の屋根はとがっていたので、一年のうち三か月のあいだというものは、緋色に沈んでいく夕日が、黒い三角形の屋根に三日月形に切りこまれて見えるのだった。

なおセーヌの左岸は、右岸に比べると商業的な区域ではない。職人よりも学生連中の声や姿でにぎわっていた。そして本当の意味で河岸通りと呼べるのは、サン＝ミシェル橋からネール塔までのあいだだけであった。河べりの他の部分は、ベルナール校の向こう側にのびているような、ただの砂浜のままか、二つの橋のあいだの岸に見かけられるような、水の中に土台を浸した家々が、ごちゃごちゃと立てこんでいるばかりなのである。河べりからは洗濯女たちのかしましい声が聞こえてきた。水際で、朝から晩まで、叫んだり、しゃべったり、うたったりしながら、洗濯物をバタバタ叩くのだ。今日とまったく同じである。だがこれも、パリに欠かせない陽気な風景の一つなのだ。

大学区は、見た目にもはっきりとした一ブロックをなしていた。端から端まで同じような形の家が、ぎっしり詰まっているのだ。びっしり寄り集まった、角々だらけの、たがいにぴったりくっつきあっている無数の屋根の群れは、ほとんど全部が、同じ幾何学的要素から成り立っていて、高いところから見ると、まるで同じ物質が結晶でもしてしまったように見える。谷間のような通りが何本も気ままにまちを切って走っているが、家々の立てこんだこの区画が、そのために、でたらめの大きさに区切られてしまっているわけではない。四十二の学校が、かなりまんべんなくそこここに散らばっていて、区内のどこを見ても学校が目に映る。学校の立派な建物のいろいろと変わった面白い屋根も、まわりにあるそれよりも低い、普通の屋根と同じ様式でできていて、要するに、同じ幾何学的図形を平面的に、あるいは立体的に大きくしたものにすぎなかった。だから、こうした建物で、全体の眺めは複雑になりながら乱雑にはならず、完全なものになりながら重苦しくはなっていなかった。幾何というものはもともと調和の上に成り立っているのだ。また、いくつかの立派な大邸宅が、左岸の絵のような屋根裏部屋の群れの上のあちらこちらに、堂々とした姿を一段と高くきわだたせていた。ヌヴェール邸、ローム邸、ランス邸などだが、こうした邸宅は今日ではもう姿を消し去っている。それからクリュニ邸だが、これは今も生き残っていて美術家を慰めているが、五、六年前に塔の上部はとり除かれてしまった。まったくおかしなまねをしたものだ。クリュニ邸のそばに見える、美しい半円アーチのついたあのローマふうの建物は、ユリアヌス帝の浴場だったのだ。また邸宅よりももっと敬虔な美しさと重々しい大きさを備え、しかも美しさや大きさそのものではけっして邸宅にひけをとらない修道院の建物がたくさんあった。まず目についたのは、鐘楼が三つあるベルナール会修道院。つぎにサント＝ジュヌヴィエーヴ修道院。これは四角な塔が今も残っていて、なくなった部分を惜しませるようすがとなっている。それから半ば学校で半ば修道院だったソルボンヌ。これは、素晴らしくみごとな身廊が今も見られる。それからマチュラン修道院の美しい四角な建物。その隣にはサン＝ブノワ修道院。この修道院の塀の中で、本書の第七版が出てから第八版*が出るまでのあいだのことだが、にわか作りの芝居が上演されたことがあった。それから、大きな切妻を三つ並べた聖フランチェスコ会修道院。つぎにアウグスチノ会修道院。この修道院の優雅な尖頭鐘楼は、パリのこちらの側では、西のほうから数えて、ネール塔につづいて二番目に、のこぎりの歯のようなぐあいにそびえている塔なのである。学校というものは、そういえば、修道院生活と世俗社会を結びつける輪なのだが、建築のぐあいからみても、やはり大邸宅と修道院との混血児のような姿を見せていた。つまり、きびしい中にもやさしさが漂い、大邸宅のものほど軽薄でない彫刻、修道院ほどには堅苦しくない建築物といったところだった。残念ながら、こうした学校の建物はほとんど残っていない。学校建築には、ゴチック芸術が豊麗な邸宅建築と簡素な修道院建築とを五分(ごぶ)五分(ごぶ)につきまぜたありさまが認められたのだが。教会の群れは（大学区には教会がたくさんあって、どれもみごとであった。また、そこにはサン＝ジュリヤン教会の半円アーチからサン＝セヴラン教会の交差リブにいたるまでの、あらゆる時代の建築様式が一つ残らずそろっていた）、あたりの建物に君臨していた。そして全体の大きな調和に、もう一つの調和をつけ加えようとでもしているみたいに、大空にくっきりと切りこんだ尖塔や、吹きぬけの鐘楼や、ほっそりした尖頭鐘楼の切妻の群れが描くぎざぎざを、つぎつぎと空に突き出していた。だがこうしたぎざぎざな線も、普通の家々のとがった屋根の線を素晴らしく誇張したものにすぎなかったのだ。

＊ 本書の初版は一八三一年三月に刊行されているが、この翻訳は翌年十二月刊行の第八版（決定版）によっている。巻頭の「覚え書」参照。〔訳注〕

大学区は起伏に富んでいた。サント＝ジュヌヴィエーヴの丘が南東部に巨大なこぶのように盛りあがっていた。ほうぼうを走っている、狭い曲がりくねったたくさんの通り（今日(こんにち)の「ラテン区」）や、家々の塊(かたま)りも、ノートル＝ダム大聖堂の頂から見ると、なかなか面白い眺めだった。家々の群れは丘の上からあらゆる方向に散らばり、てんでんばらばらなありさまで、ほとんど垂直に水際までつづいている。ころげ落ちそうに見えるのもあり、もう一度よじのぼろうとしているように見えるのもある。どれもこれも上のものにしがみついて、落っこちまいとしているみたいだ。無数の黒い点々の絶え間ない流れが舗道の上で交差し、あたりのものがみな動いているように見える。こんな遠くの高いところから見ると、通行人たちはこんなぐあいに見えるのである。

さて最後に、大学区のはずれに、折れたり、よじれたり、ぎざぎざな姿を見せたりして気まぐれな線を描いてつらなる無数の屋根や尖頭鐘楼や高低さまざまな大邸宅の合い間合い間に、コケのはえた大きな壁面や、太くて丸い塔や、城砦らしく銃眼をつけた市の城門がちらりちらりと目に映る。これこそフィリップ＝オーギュストのつくった城壁なのだ。この城壁の外には緑の牧場がひらけ、牧場を横切って道路がほうぼうへ走っていた。道路ぞいに城外町の家並みがまだいくらかつづいていたが、家は遠ざかるにつれて、しだいにまばらになっていた。こうした城外町や村の中には重要なものもいくつかあった。トゥールネル塔のほうから挙げていくと、まずサン＝ヴィクトル町。ここには、ビエーヴル川をひとまたぎで越えている橋や、ルイ・ル・グロ王の碑銘のある修道院や、それに、まわりに十一世紀の小尖塔を四つつけた八角の尖頭鐘楼（同じようなのがエタンプの町にもあって、このほうはまだこわされていない）のある教会があった。つぎにサン＝マルソー町。ここにはこの当時もう教会が三つと修道院が一つあった。それから、ゴブラン織り場の水車と四つの白壁を左手に見ていくと、サン＝ジャック町。ここには、彫刻をした美しい十字架が四つ辻に立っていたし、このころはゴチック式の建物で、空に突きたった美しい姿を見せていたサン＝ジャック・デュ・オ＝パ教会や、ナポレオンがまぐさ置き場に使った十四世紀のみごとな身廊のあるサン＝マグロワール教会（帝政時代、教会は倉庫のような役目も果たした）や、ビザンツふうのモザイクで飾られたノートル＝ダム＝デ＝シャン教会などがあった。さらに、野原の真ん中に立っているシャルトルー会修道院——これはパリ裁判所と同じ時代にできた立派な建物で、小さく仕切られた庭がたくさんついていた——と、人びとがこわがってよりつかなかったヴォーヴェール城の廃墟(はいきょ)（悪人たちの巣窟となったと言われる）をすぎると、西のほうで、サン＝ジェルマン＝デ＝プレ修道院の三つのロマネスク式尖頭鐘楼が見えてくる。サン＝ジェルマンは当時すでに大きな町で、町のうしろには十五本か二十本の通りが走っていた。サン＝シュルピス教会のとがった鐘楼は、この町の一隅にそびえ立っていた。そのすぐそばにはサン＝ジェルマンの市場の四角な囲いが見えたが、現在、市(いち)がたつのもやはりここなのである。それから、修院長のさらし台。これは鉛のとんがり帽子を行儀よくかぶった、きれいな、可愛(かわい)い円塔だった。瓦焼場(チュイルリ)はもっと遠くのほうにあった。それから、フール通りが領主のパン焼きかまど(フール・バナール)（中世では、領主のもので、領民は使用料を払って使用させてもらった）まで通じていて、小高い丘の上には風車が見え、ぽつんと一軒立っているハンセン病の病院がかすかに目に映った。だが、この地域で何よりも強く目をひき、長く目をとどめさせるのは、サン＝ジェルマン＝デ＝プレ修道院そのものだった。教会としても領主館としても堂々とした外観をそなえていたこの修道院、パリ司教が一晩とめてもらうのを光栄と思っていたこの修院長館、建築技師が大聖堂を思わせる雰囲気をつくりあげ、美しく飾り、素晴らしい円花窓(えんかそう)をはめこんだ大食堂、優雅な聖母礼拝堂、広壮な共同寝室、広々とした庭園、落とし格子(ごうし)、はね橋、まわりの牧場の緑に刻み目をつけて見せる銃眼の帯、金色の祭服の群れに武人の姿が入りまじって輝いている中庭、すべては、ゴチック式後陣の上にどっしりと建てられた半円アーチのついた三本の高い尖塔を中心に寄り集まっている。この大修道院はこうした堂々たる雄姿を地平にそびえ立たせていたのである。

さて、こうして長いあいだ大学区のほうをごらんになってから、こんどはセーヌ右岸へ、つまり市街区のほうへ目をお向けになったとしよう。眺めはがらりと変わってしまうのだ。市街区は、事実、大学区よりもはるかに大きかったが、一つの都市としてのまとまりにはいっそう欠けていた。ここは、ひと目見ただけで、奇妙にはっきりと異なったいくつかの部分に分かれていることがわかった。まず東のほうの、昔カミュロジェーヌ（ゴールの隊長。カエサルとの戦いで、ルテキア〔パリの古称〕防衛戦で敗れ、戦死した）がカエサルの軍を立ち往生させた沼地にちなんで、今もなおマレ地区と呼ばれている部分だが、ここには宮殿や大邸宅がひしめき合ってそびえていた。こうした建物の塊りはセーヌ河の岸辺までのびていた。ジューイ、サーンス、バルボー、女王邸の四邸宅はほとんどくっつき合っていて、すらりとのびた小塔がところどころに立っているスレート屋根の群れをセーヌの水に映していた。この四つの大邸宅は、ノナンディエール通りから、尖頭鐘楼が切妻や銃眼の輪郭をしとやかに空に浮かばせているセレスチン会修道院までの地域をいっぱいに埋めていた。こうした豪華な邸宅の前に、青ゴケのはえたぼろ家が五、六軒、河岸に突き出て立っていたが、べつに目ざわりにはならなかった。そんなものには妨げられずに、館の美しい正面や、十字形の石枠をつけられた四角い大きな窓や、彫像をいっぱいに飾った交差リブ形の玄関や、どの部分を見てもあざやかな形につくられている、壁の鋭い角や、そのほか、ゴチック芸術が絶えず新しい工夫をこらしてでもいるように感じさせる、建築の思いがけない美しさを、一つ残らず楽しむことができたのである。こうした宮殿や大邸宅のうしろには、あの驚くべきサン＝ポール宮（シャルル五世が生涯の大半を過ごした王宮）の、とてつもなく大きな、さまざまな形をした塀が、あるところでは城砦のように分岐していたり、柵をそえられたり、銃眼をつけられたり、またあるところではシャルトルー会修道院みたいに大きな木々で覆われたりして、四方八方にのびていた。このサン＝ポール宮は、フランス国王が王太子なみ、もしくはブールゴーニュ公なみの位をもった二十二人の王侯たちと、その召使いや、おつきの者ども全部を堂々と宿泊させるに足りるだけの広さをそなえていた。一般の大諸侯をもてなすことなどぞうさないことだったし、神聖ローマ皇帝がパリ見物にやってきたときの宿泊にも間にあったのだ。ライオンまで、この王館の中に、別棟になった屋敷をもっていた。ここでおことわりしておくが、当時の王侯の住居はどんな小さなものでも、謁見用の大広間から祈禱室におよぶまでの大きな部屋を、十一はそなえていた。

もちろん、その中には回廊だの、浴室だの、発汗室だの、そのほか普通の住居にはみなついている「余分な場所」だのは含まれていない。また、国王の客の一人ひとりに当てられる、たくさんの庭園も含まれていない。このほかに料理場、酒倉、配膳室、大食堂があったことは言うまでもない。それに、パン焼き場から御酒所（みきどころ）まで二十二の一般の仕事場があった付属の建物。ペルメル遊戯だの、テニスだの、バーグ遊戯だのといったさまざまな遊びの施設。鳥類飼育場や、養魚場や、家畜小屋や、馬小屋や、牛小屋。図書館や、兵器庫や、溶鉱場。これが当時の王宮であり、ルーヴル宮であり、サン＝ポール宮なのであった。まさに都市の中の都市である。

　われわれがいま立っているノートル＝ダムの塔の上から見ると、サン＝ポール宮は、さきほど申しあげた四つの大きな邸宅のかげになって、半分ほど姿を隠している。それでも、なおたいへんな大きさで、見る目を驚かせた。シャルル五世がサン＝ポール宮の本館にステンドグラスと小列柱で飾った長い回廊でつなぎ合わせた三つの建物は、うまくつないではあったが、やはり昔は離ればなれの建物であったということがよくわかった。まずプチ＝ミュス邸だが、これは透かし細工の手すりで、屋根のまわりを上品にふちどられていた。つぎに、サン＝モール会修院長館は、まるで城砦のような格好で、太い塔や、狭間（はざま）や、銃眼や、鉄の側面堡塁（そくめんほうるい）があって、はね橋を上げ下げするための壁面の二本の溝のあいだにあるサクソンふうの大きな門の上に、修院長の小さな盾形紋章がついていた。つぎのエタンプ伯邸は、天守閣の頂がこわれて丸くなり、鶏のとさかみたいにぎざぎざがついていた。屋敷内のあちこちに三、四本ずつ集まってはえ、巨大なカリフラワーみたいに葉を重ね合わせているカシワの老木。養魚池の光と影のひだ模様を織りなす澄んだ水の上で、ときどきバタバタッと羽ばたきをする白鳥の群れ。絵のように美しい端々が目に映るたくさんの中庭。ロマネスクふうの短い柱の上に低い交差リブをのせ、鉄の落とし格子をはめこんだライオン屋敷。そこからひっきりなしに聞こえてくるライオンの咆哮。こうしたものの上をずっと通りすぎて、その向こうに目をやると、アヴェ＝マリア会女子修道院のうろこのような屋根の尖塔。左手に、みごとな透かし細工のある塔を四隅につけたパリ奉行邸。真ん中の奥のほうには、サン＝ポール宮の本館。この本館はいくつもの正面をもち、シャルル五世の時代以来、つぎつぎと装飾をつけ加えられ、二百年ものあいだ建築家たちの気まぐれな手で、それからそれへとくっつけられてきた、ちぐはぐな、おできのような細工でふくれあがっていた。それに、屋敷内にいくつもある礼拝堂の後陣も、回廊のたくさんの切妻も、数えきれないほどの風見も、並んで立った二本の高い塔も、すっかり見えた。塔は、円錐形の屋根のすそを銃眼でとりまかれていて、ちょうど、とんがり帽子の縁をめくりあげてかぶっているみたいだった。

こうした大邸宅の群れは、目路(めじ)はるかなところまで、階段講堂のようにいくつもの段々をなしてのびているが、この段々をどこまでも目で追っていき、市街区の屋根屋根のあいだにできている深いくぼ道――これがサン＝タントワーヌ通りに当たっていた――を越えると、あくまで主要な建物だけを挙げることとして、アングーレーム邸が見えてくる。この屋敷はいく時代もかかってつくりあげられた広大な建物で、建物の一部には、つい最近加えられた、よごれていないところも見受けられた。そして、そうした部分は、どうしても全体の調子となじまず、ちょうど青い胴着に赤いつぎを当てたようなちぐはぐな感じを与えた。新館の屋根は並はずれて鋭く、高く、細工をほどこした樋(とい)のへりをにょきにょきと突き出し、屋根を覆っている鉛板の上いちめんには、きらきら光る金色の銅の象眼細工(ぞうがんざいく)で、奇妙な唐草(からくさ)模様が無数に描かれていた。へんてこな象眼細工をされたこの屋根は、古い建物の褐色の廃墟のただ中から、品のよい姿を空に向かって突き出していた。旧館の古い太い塔は、長年のあいだ雨風にさらされて、まるで酒樽(さかだる)のようにふくれあがり、よる年波にぐんにゃりとのびきってしまったように見える。おまけにてっぺんから下まで破れ目がいくつもできているので、太鼓腹のおやじが服のボタンをはずしでもしたように思われた。アングーレーム邸のうしろには、トゥールネル宮の尖頭鐘楼の群れが林立していた。こんな魔術のような、夢のような、幻惑的な眺めは、世界じゅうどこにも、たとえシャンボール（ロワール河中流の村。塔の林立する城がある）にだって、アルハンブラ（モール人がスペインのグラナダに建てた王宮）にだって、なかったであろう。尖塔、小尖塔、煙突、風見、らせん階段、回（まわ）り梯子（ばしご）、きりで突かれたみたいに小穴がいっぱいあいて透けて見える頂塔、別棟、錘（つむ）の形の小塔、つまり、当時のことばで言えば櫓（やぐら）など、形も、高さも、構えも、それぞれみな異なったものが無数に集まって、まるで大樹林のような光景を見せていたのである。駒をいっぱい並べた巨大な石の将棋盤とも言えそうな格好だった。

トゥールネル宮の右手に見える、インクのように真っ黒な、あの巨大な塔の群れ。塔はおたがいに入り組みあっていて、まわりの堀で、いわば、ひとからげにされている。天守塔には窓より銃眼のほうがたくさんある。はね橋はいつもあがったままで、落とし格子はいつもおりたままだ。あれがバスチーユ（十四世紀に城砦として建てられ、ほどなく牢獄となった。フランス革命の糸口となった牢獄）なのだ。銃眼と銃眼のあいだに黒いくちばしみたいに突き出ているものは、遠くからは樋のようにも見えようが、実は大砲なのである。

大砲の弾道の下に当たる、恐ろしいバスチーユの建物の足もとに、サン＝タントワーヌ門が、二つの塔のあいだに隠れるようにしているのが見える。

トゥールネル宮の向こうは、シャルル五世の城壁までずっと耕地や王室牧場のビロードの敷物のような緑がつづいていて、ところどころに野菜や草花のみごとな畑があった。そしてそのちょうど真ん中に、ルイ十一世がコワチエに与えた有名なデダリュス園のあるのが、木々や小道が迷路のように入り組んだようすで見分けられた。コワチエ博士の天体観測所は、まわりの迷路を見おろして、太い一本柱みたいに、にょっきりと突っ立ち、柱頭の代わりに小屋をてっぺんにのっけていた。この研究室で恐ろしい占星学ができあがったのである。

この場所は現在のプラス・ロワイヤルに当たる。

ごく主だった点に触れただけではあったが、とにかくそのあらましのようすをみなさんにお伝えしようと努めてきた、宮殿や大邸宅の集まっているこの区域は、今も申しあげたように、東のほうでシャルル五世の城壁が、セーヌの流れとまじわってできた角の部分一帯を占めていた。市街区の中心部は一般の人びとの家々でぎっしり詰まっていた。事実、この中心部こそは、中の島の右岸にかかっていた三つの橋が、セーヌ右岸に通行人の流れを吐き出すところで、中の島からやってきた通行人は王宮地区に出る前に、どうしてもこういった住民地区の前を通らなければならなかったのである。蜂（はち）の巣の中の小穴みたいに、すきまもなくびっしりとひしめきあって立っていた町家の群れにも、それなりの美しさがあった。首都となるような大都会では、家々の屋根が大海の波のように広がって、一大偉観を繰り広げるものである。まず、たくさんの通りが、交差したり、もつれ合ったりして、この区域に無数の面白い模様を描いていた。中央市場のまわりは、数かぎりもない光線を放射している星みたいだった。サン＝ドニ通りとサン＝マルタン通りは、たがいに枝葉をからみ合わせる二本の大木のように、数えきれないほどの枝道を出しながら、競い合うようにして北へ北へとのびていた。そこへ、プラートルリ通りや、ヴェルリ通りや、チクスランドリ通りなどの曲がりくねった線がうねうねと重なっていた。しかし、家々の切妻が、動きをとめた海の波のようにうねうねと起伏しているこの市街区にも、この家並みを貫いてひときわ高くそびえ立っているみごとな建物の姿もいくつか認められるのだ。まず、シャンジュ橋――この橋の向こうに、セーヌ河がムーニエ橋の水車で白く泡立っているのが見えた――のたもとに立っていたシャトレ城砦だ。この城砦は十五世紀当時には背教者ユリアヌス帝の時代のローマ式な塔ではなくなり、十三世紀の封建時代の塔につくりかえられていて、つるはしで三時間たたきつづけても、げんこつほどのかけらも落とせまいと思われるような硬い石でできていた。つぎは、サン＝ジャック＝ド＝ラ＝ブーシュリ教会の角ばったみごとな鐘楼だ。この鐘楼は十五世紀にはまだできあがっていなかったのだが、彫刻で四つの角がすっかり丸みをおびて、もうすでに素晴らしいものになっていた。そのころまだできていなかった部分としては、とくにあの四つの怪物像があるが、これは今でも鐘楼の屋根の四隅にすわって、新しいパリに古いパリの謎(なぞ)を問いかけている四つのスフィンクス、とでも言えそうな顔つきを見せている。彫刻家のローがこの群像を刻んで屋根にすえつけたのははるか後年、つまり一五二六年のことだが、この男は謝礼として、たったの二十フランしかもらえなかった。つぎは、あのグレーヴ広場に面して立っていた「柱の家(メゾン＝オ＝ピリエ)」。この建物については、先にもう、いくらかお話しした。それから、「良き趣味の(ド・ボン・グー)」玄関がつくられたために、すっかりおもむきをなくしてしまったサン＝ジェルヴェ教会。まだほとんど半円アーチに近い旧式の交差リブをもったサン＝メリ教会。素晴らしい尖頭鐘楼で世間によく知られていたサン＝ジャン教会。そのほか、暗くて狭くて底知れない無数の通りのもつれ合った網目の中にみごとな姿を惜しげもなく埋没させている歴史的な建物が、数えきれないほどあった。さらにまた、四つ辻ごとに絞首台よりもふんだんに見られた、彫刻のある石の十字架。はるか彼方(かなた)に家々の屋根の波を見おろして、何かの建築物かと思われるような塀を見せていたサン＝ジノサン墓地。コソヌリ通りの二本の煙突のあいだから、てっぺんをのぞかせていた中央市場のさらし台。いつもそこの四つ辻には人が黒山のようにたかっていた、クロワ＝デュ＝トラオワールのさらし台の階段。穀物市場の輪形に並んだあばら屋の群れ。家々の波にのまれながら、あちらこちらでそれと見わけられた、フィリップ＝オーギュストの古い城壁の断片。城壁の塔は木蔦にむしばまれ、門はこわれ、壁面はくずれていびつになっていた。それから無数の商店や、血なまぐさい皮はぎ場がずらりと並んでいる河岸通り。ポ＝ロ＝フォワンからフォル＝レヴェックまで船をいっぱい浮かべているセーヌ河。これだけお話しすれば、一四八二年ごろ、市街区の台形をなしていた中心部がどんなようすを見せていたかを、ぼんやりとながら頭に描くことができるであろう。

邸宅地域と住宅地域、この二つと並んで、市街区にはもう一つ別の眺めがあった。つまり市街区の周辺を東から西へほとんど余すところなく、ぐるりとふちどっていた修道院の細長い地帯である。この地帯は、パリを守っていた城壁に沿って、修道院や礼拝堂からできた、内側の、いわば第二の城壁となっていた。たとえば、まずトゥールネル宮の庭園のすぐそばのところ、サン＝タントワーヌ通りと昔のタンプル通りのあいだに、サント＝カトリーヌ会女子修道院があった。この修道院は広大な耕地をもっていて、それがパリの城壁の足もとまでずっとつづいていた。昔のタンプル通りと、新しいタンプル通りとのあいだには、タンプル会修道院があった。これは、暗い感じのする塔が束ねたように立っている修道院で、銃眼をつけた広大な塀に囲まれて、ぽつねんと高くそびえ立っていた。ヌーヴ＝デュ＝タンプル通りとサン＝マルタン通りのあいだには、いくつもの庭に囲まれたサン＝マルタン会修道院があった。防御工事を施された立派な教会があって、それをとりまいている塔の群れや、頂を飾っている鐘楼は、力強さからいっても、美しさからいっても、ほかのどの教会にもひけをとらなかった。ただしサン＝ジェルマン＝デ＝プレ教会は別として。サン＝マルタン通りとサン＝ドニ通りのあいだには、トリニテ病院の敷地が広がっていた。さらに、サン＝ドニ通りとモントルグイユ通りのあいだには、フィーユ＝ディユ会女子修道院があった。その横には奇跡御殿の腐った屋根や、敷石をはがしてしまった敷地が見えた。これは、信心深い修道院が連なってつくっている鎖の中にまぎれこんだ、ただ一つの俗世の輪であった。

　最後に、右岸の屋根屋根の群れの中からはっきり浮き出して、城壁とセーヌ下流の岸辺とでできている西の一角を占めていた、第四の地域があった。それはルーヴル宮（オーギュストの時代に起工、ナポレオン三世時代に今日の形になった王宮。現在は美術館）の足もとにひしめきあって立っていた宮殿や邸宅のもう一つの塊りである。フィリップ＝オーギュストがつくった古い歴史をもつルーヴル宮、つまり、太い塔がまわりに二十三本の側妾塔（そくしょうとう）を従え、そのほかに数知れぬ小塔をはべらせていた、あのとてつもなく大きな建物は、遠くからは、アランソン邸とプチ＝ブールボン宮のゴチック式の屋根組の中にはめこまれているみたいに見えた。二十四の頭を絶えず高くもたげ、鉛板やスレートのうろこを張ったいくつもの巨大な背中を持ちあげ、金属的な反射光を全身からきらきら放っている、パリの巨大な守護者とも言えそうなこの怪物のような塔は、人をびっくりさせるほどの姿で、市街区の西端をぴたりと閉ざしてしまっていた。

こうして、ローマ人が「集落」と呼んでいた町家の密集地域は、左右両側を、一方はルーヴル宮を、もう一方はトゥールネル宮を中心とする二つの邸宅群で囲われ、北のほうは、たくさんの修道院や庭園がつらなる長い帯でふちどられ、全体は渾然(こんぜん)とした一体となって目に映った。瓦(かわら)やスレートの屋根屋根が順々にうしろの屋根屋根の上に奇妙な鎖型模様を描いているこうした無数の家々の上に、右岸の四十四の教会の、入れ墨をされたり、ひだをつけられたり、格子模様をつけられたりしたみたいな鐘楼が、頭を突き出していた。それに、数かぎりもなく縦横に走る通り。一方のまち境は四角な塔をいくつも並べた高い城壁で仕切られ(大学区のほうの城壁の塔は円筒形であった)、もう一方のまち境には、橋で区切られ、たくさんの船を浮かべたセーヌ河。これが十五世紀の市街区の姿だったのである。

この市街区を囲んだ城壁の向こうには、城門のすぐそばにいくつかの町や村が広がっていたが、その数は大学区の外側にあった城外町や村ほど多くはない。まず、バスチーユのうしろの、珍しい彫刻のあるクロワ＝フォーバン村と控え壁のあるサン＝タントワーヌ・デ・ジャン修道院のまわりに小ぢんまりと集まっていた二十軒ほどのあばら屋。それから、麦畑にうずまったポパンクール村。それから、酒場がいくつもある陽気な町だったクールチーユ。教会の鐘楼が、遠くからはサン＝マルタン門のとがった塔の一つみたいに見えたサン＝ローラン町。サン＝ラードル・ハンセン病病院のだだっぴろい敷地があったサン＝ドニ町。モンマルトル門の外側には、白い塀で囲まれたグランジュ＝バトリエール。そのうしろに、白亜の坂の両側に並んだモンマルトル町。ここには当時風車小屋と同じくらいたくさんの教会があったが、いま残っているのは風車小屋のほうだけだ。というのも、世間の人びとが、今日ではもう、肉体を養うパンだけしか欲しがらなくなったからである。さらに、ルーヴル宮の向こうには、牧場の中に、そのころもうすでに相当大きくなっていたサン＝トノレ町が広がっているのや、プチット＝ブルターニュ村が青々としているのや、豚市場が広々とのびているのが見えた。豚市場の真中には、にせ金づくりを釜ゆでにした恐ろしいかまどがすえつけられていた。さきほどクールチーユとサン＝ローランとの方面をごらんになったとき、この二つの町のあいだに、人けのない広野にしゃがみこんだような丘がぽつねんとそびえ、この丘の頂に、何か建物らしいものが立っていたのにお気づきになったことと思う。この建物は、遠くから見ると、根もとの露出した土台の上に立っている柱廊の廃墟かとも思われた。だが、実は、パルテノンでもなければ、オリンポス山のユピテルの神殿でもなく、モンフォーコンの絞首台だったのである。

さて、できるだけ簡略にと心がけはしたものの、昔のパリのあらましの姿をお伝えしようとして、あまりにたくさんの建物をつぎつぎと説明したため、みなさんの頭の中で、あのパリの姿がかえってこわされてしまったかもしれない。だがもし幸いにしてこわされていなかったら、もう一度かいつまんでおさらいをしておこう。まず中心に中の島。島は大きなカメのような格好をしていて、屋根屋根でできた灰色の甲羅の下から、瓦のうろこで覆われた橋を足みたいに突き出している。セーヌ左岸には、一枚岩のような、しっかりした、目のこんだ、すきまのない、髪を逆だてた、台形みたいな大学区。右岸には、パリの他の二つの部分よりも庭園だの記念的な建築だのをはるかに多く含んでいた、巨大な半円形の市街区。いま述べた中の島、大学区、市街区の三区を貫いて、大理石の模様のように街路が縦横無尽に走っている。デュ・ブルール神父が「養い親のセーヌ」と言ったセーヌ河が、ところどころで島や橋や船に妨げられながら、この都市を端から端まで貫いて流れている。そしてまわりには、千差万別の田畑に仕切られた野原が広々とのび、美しい村々が点々と見える。左岸の野には、イシ、ヴァンヴル、ヴォージラール、モンルージュ、まるい塔と四角い塔のあるジャンチイなどなど。右岸にも、コンフランからヴィル゠レヴェックにいたる多数の村々。地平には、盆地のへりのようにたくさんの丘がぐるりと円を描いて連なっている。さらに、はるか東のほうには、七つの四角な塔をもったヴァンセンヌの城。南のほうには、とがった小塔のあるビセートル城。北のほうには、サン゠ドニ町の尖頭鐘楼。西のほうには、サン゠クルーの城館と天守閣。ノートル゠ダムの塔の頂に、一四八二年のころ巣くっていたカラスの目に映ったパリ風景とは、まずこのようなものだったのである。

ところが、ヴォルテールは、「ルイ十四世以前のこのまちには四つしか美しい建物はなかった」などと、おろかなことを述べているのである。ヴォルテールの述べた四つの建物とは、丸屋根をもったソルボンヌと、ヴァル゠ド゠グラース会女子修道院と、新しいルーヴル宮と、四つ目は何か知らないが、きっと、リュクサンブール宮あたりだろう。だがこんなことを述べたヴォルテールもまた一方では、『カンディード』（啓蒙的風刺小説。一七五九年刊行）のようなすぐれた作品を残しているし、人類史の長い系列につぎつぎと現われた偉人の中で、悪魔的な笑いというものを、いちばんよく知っていた男なのである。つまりこれは、どんな大天才でも自分の畑以外の芸術に対してはまるっきりわからないこともある、という事実の証拠なのだ。モリエールのような大作家でも、ラファエッロやミケランジェロを、「あの当時の甘ったるい絵」などと呼んで、大いに尊敬しているつもりでいたではないか?

十五世紀のパリに話を戻そう。

当時のパリは、ただ美しい都市だというだけではなかった。パリは、まじりもののない都市であり、中世の建築術と歴史の産物であり、石でできた年代記だった。それはローマネスク層とゴチック層という二つの層だけからできているまちであった。というのも、ローマ層はもうずっと昔に姿を消してしまっていて、ただユリアヌス帝の浴場だけが、中世の厚い地殻を破って頭を出していたからである。ケルト層は、深い穴を掘っても、もうそのかけらさえ出てこないほど、深く埋没してしまっていたのである。

五十年ほどたってルネサンス時代がはじまり、簡素ではあるが変化に富んだこのパリという統一体に、ルネサンス時代のさまざまな気まぐれや方式という、目もくらむばかりに豪華な建築法、つまりローマ式半円アーチ、ギリシア式列柱、ゴチック式扁円アーチという混乱した形式や、優雅で空想的な彫刻や、アラベスク模様や、アカンサス飾りに対する特別な好みや、ルターと時代を同じくする異端的な建築法、こうしたものがつけ加えられたのである。その結果、まちは、目にも心にも調和を欠いて映るようになったが、おそらくいっそう美しくなったのである。だが、この華麗な時代はほんのわずかしかつづかなかった。ルネサンスの精神は公平ではなかった。建設するだけでは足りず、破壊もやりたがったのだ。羽をのばす場所が必要だったということも事実だが。だから、ゴチックふうのパリは完成されたかと思うと破壊されてしまったのだ。サン＝ジャック＝ド＝ラ＝ブーシュリ教会ができあがるかできあがらないうちに、古いルーヴル宮のとりこわしがはじまるというしまつだった。

このとき以来、この大都市は、一日一日とへんてこな格好に変形されていった。ロマネスク式パリを追い払ったゴチックふうのパリが、こんどは自分が消え去る番になったのだ。だが、つぎに現われたパリを何式と呼んだらいいのだろう？

チュイルリ宮*（昔のフランスの王宮。諸革命の際に民衆の襲撃で破壊され、パリ・コミューンの乱で焼失）には、カトリーヌ・ド・メディシス時代のパリのおもかげが認められる。市庁舎には、アンリ二世時代のパリが認められる。この二つはどちらもまだ堂々とした趣味の建物だ。プラス・ロワイヤルには、アンリ四世時代のパリが認められる。この広場のまわりには、正面が煉瓦（れんが）造（づく）りで角々（かどかど）に石を使い、屋根をスレートぶきにした三色の家々が並んでいる。ヴァル＝ド＝グラース会女子修道院には、ルイ十三世時代のパリが認められる。これは押（お）し潰（つぶ）されたような、ずんぐりした建物で、かごの取手（とって）のように穹窿（きゅうりゅう）が左右についていて、柱はなんだかふくらんだ腹みたいな格好をし、丸屋根は大きいこぶを思わせる。アンヴァリッドには、ルイ十四世時代のパリが認められる。この建築は壮大で堂々としていて、金ぴか塗りで、冷やかな感じがする。サン＝シュルピス教会には、ルイ十五世時代のパリが認められる。つまり渦形装飾だの、リボン結びの装飾だの、雲形装飾だの、そうめん模様だの、チコリー模様だのが、みな石でできているのだ。パンテオン（聖ジュヌヴィエーヴに捧げられた教会。大革命後、国家に功労した人びとをまつるようになった）には、ルイ十六世時代のパリが認められる。これは、ローマのサン・ピエトロ教会（ローマの壮麗な大教会）の不器用な模造品だ（ぶきっちょに石を積み重ねてあるだけで、輪郭が整えられていない）。医学校には、共和政府時代のパリが認められる。貧弱なギリシア＝ローマ趣味の建物だが、ちょうど共和暦三年の憲法（一七九五年、国民公会が制定した憲法）がミノス王の法典（クレタ島の伝説上の王ミノスの定めた名法）とは比べものにならないように、コロセウムやパルテノンには似ても似つかぬ代物で、建築界ではこれを「収穫月趣味（グー・メシドール）」と呼んでいる。ヴァンドーム広場には、ナポレオン時代のパリが認められる。この時代のパリは崇高で、この広場には、敵軍からぶんどった大砲を鋳（い）つぶしてつくった青銅の記念柱が立っている。株式取引所には、王政復古時代のパリが認められる。真っ白な列柱の上にすべすべした帯状装飾（フリーズ）がのっかっている。全体が四角な構造で、建てるのに二千万フランかかった。

＊　私はこのみごとな宮殿の増築や改造や改築、つまりは破壊が企てられるのを見て、悲しく、また腹だたしく思ったものだ。現代の建築家たちには、ルネサンスのこうしたデリケートな作品に手を加えられるような手腕などまったくない。そんな愚かな考えは捨ててもらいたい

ものと、私はいつも願っている。おまけに、チュイルリ宮をそんなぐあいに破壊することは、今日(こんにち)では、酔っ払った野蛮人でも顔を赤らめるような恐ろしい暴挙であるばかりでなく、一つの反逆行為ともなるのだ。チュイルリ宮はもはや十六世紀の芸術の一傑作であるばかりではなく、十九世紀の歴史の一ページなのである。この宮殿は現在ではもう、国王のものではなくて、国民のものなのだ。そっとそのままにしておこうではないか。わが国の革命は、二度までもこの建物の額(ひたい)に烙印(らくいん)を押した。二つある正面の一方は、八月十日の弾丸を撃ちこまれ、もう一方は七月二十九日の弾丸を撃ちこまれている。神聖な建物なのだ。

一八三一年四月七日、パリにて〔第五版の原注〕

こうした一時代を代表している建物に、好みも、造りも、構えも似かよった家々が、市内のあちこちの地区に散在している。こうした家々は専門家が見ればすぐそれとわかり、建てられた年代もぞうさなく察しがつくのだ。目のきく人なら、戸口のノッカーを見ただけで、この建物がつくられた時代の精神や、この当時フランスを治めていた国王の顔までも見破ることができたのだ。

こういうわけで、現在のパリには一般的な特徴というものがまったくない。要するに、現在のパリは数世紀にわたってさまざまな建築様式の見本を集めたようなまちだし、おまけにそのうちの最も美しい建築はなくなってしまっているのである。今のパリはただ家数がふえるばかりなのだ。しかも、その家々ときたら、一体なんというぶざまな代物だろう！　この調子でいくと、パリは五十年ごとにすっかりようすを変えることになるだろう。こうして、パリの建築の歴史的な意味は、日一日と消え去っていく。前時代を記念するような建物の数は、だんだんと減っていき、こうした意義ある建物は、新しく建てられた家々の波に沈みこんで、しだいに姿を消していくように見える。われわれの祖先は石造りのパリをもっていたが、われわれの子孫は漆喰（しっくい）のパリをもつことになるだろう。

新しいパリにできた近世の歴史的建築物のことは、できれば話をしないでおきたいような気がする。そうしたものを素直に褒（ほ）めるのが、いやだというわけではない。スーフロ氏がつくったサント＝ジュヌヴィエーヴ修道院は、たしかに、今まで石でつくった建築の中でいちばん美しいサヴォワ菓子のような感じがする。レジヨン・ドヌール宮も、たいへん風味の高い菓子だ。穀物市場のドームは、イギリスの競馬騎手の帽子を高い梯子の上にのっけたみたいだ。サン＝シュルピス教会の塔は、二本の太いクラリネットだ。そしてこのクラリネット型というのも、もう今日（こんにち）では立派に通用する一つの型なのである。曲がった、しかめっつらの信号機がその屋根に可愛らしい模様を描いている。サン＝ロック教会には立派な正面玄関があるが、このみごとな姿に比べられるものとしては、サン＝トマ＝ダカン教会しかない。ここにはまた、地下納骨所に丸彫（まるぼ）りのキリストはりつけ像もあれば、金箔塗りの太陽をかたどった聖体顕示台もある。この二つもまた素晴らしくみごとなできばえなのである。植物園の迷路にある頂塔も、なかなか気のきいた作品だ。株式取引所の建物は、列柱はギリシア式で、入口や窓の半円アーチはローマ式で、扁円の大穹窿はルネサンス式だが、疑いもなく規則どおりにつくられた純正な建築物だ。その証拠には、てっぺんにアテナイでさえも見られなかったような屋階がついているし、屋階の描く美しい直線があちこちで暖炉の煙突によって優雅に断ち切られているのである。なお言いそえておきたいのだが、建物の構造はその建物の使用目的に適応しているべきであり、外観をちょっと見ただけで、それが何に使われているのか、ひとりでにわからせるようにするのがきまりであるとすれば、この建物が、王宮とも、自治体会議所とも、市庁舎、学校、馬術練習所、アカデミー、倉庫、裁判所、博物館、兵営、霊廟、神殿、劇場、そのほか何とでも見えるということは、まことに驚きいったしだいである。ところで、この建物は株式取引所なのだ。なおまた、建物というものはその土地の気候に適合していなければならないのだが、株式取引所はあきらかに、とくに、パリの寒い、雨の多い気候を頭において建てられている。屋根は東方の国々に見られるようにほとんど平らである。だから、冬になって雪が降ると、人びとは屋根の雪を掃くことができる。もともと屋根というものは、掃くようにつくられていなければならないのだ。さきほど申しあげた使用目的について言えば、この建物はそれをみごとに果たしている。ギリシアでなら神殿の役目をつとめただろうが、フランスでは株式取引所の役割を立派につとめられるのだ。建築家がこの建物の正面にかかっている時計の文字盤を隠そうとして、大いに苦心したことは事実だ。というのも、この文字盤が見えたのでは、正面の清楚な直線美が損なわれてしまう危険があったからである。だが、こうした欠点の埋め合わせは、この建物のまわりに並んだみごとな柱廊が果たしてくれている。そしてこの柱廊の下では、祭日や祝日の日には、仲買人やブローカーの喧々囂々たる熱狂ぶりが展開されることもあるのである。

今まで申しあげてきた近世の建築物が、みなとても素晴らしいものであることは疑えない。それに、たとえばリヴォリ通りのような愉快な、変化に富んだ、たくさんの美しい通りをつけ加えてみよう。気球に乗って空からパリを見おろしたばあい、この都市はきっとわれわれの目の下に、美しい豊かな線や、数かぎりない細部の面白さや、千差万別な眺めや、また碁盤を思わせるようなあの何かしら壮大な簡素さや、思いもかけぬ美しさを繰り広げることであろう。

だが現在のパリがみなさんにたとえどんなに素晴らしく見えるにせよ、とにかく十五世紀のパリを想像してみていただきたい。頭の中で再建してみていただきたい。あの驚くばかりに林立する尖頭鐘楼や塔や鐘楼の群れをとおして日の光をながめてみていただきたい。ヘビの皮よりもすばやく色を変えるセーヌ河が、広大な都市の真ん中を悠然と流れ、島々の突端で二つに裂け、橋のアーチのもとで緑や黄色によどみながら、ひだをつくるありさまを思い描いてみていただきたい。あの昔のパリのゴチック式プロフィルを、地平の青空にくっきりと浮きあがらせてみていただきたい。数知れぬ煙突にうるさくまといつく冬の日の濃霧の中に、古いパリの輪郭を浮かべてみていただきたい。また、昔のパリの姿を真っ暗な夜の中に沈め、もつれ合った家々のあいだに見られるあの闇と光の奇妙な戯れをごらんになっていただきたい。また、その上へ月の光を投げかけて、パリのまちのおぼろげな輪郭を浮き出させ、霧の中からたくさんの塔が大きな頭を持ちあげるのをごらんいただきたい。あるいはまた、そのパリの黒いシルエットをもう一度とりあげ、尖塔や切妻が描く無数の鋭い角々を薄暗さで塗りなおし、鱶の顎よりぎざぎざの多いその姿を、赤い夕焼け空を背景に浮き出させてみていただきたい。――さてそれから、こうした昔のパリの姿を今日のパリの姿と比べてみていただきたいのだ。

　ところで、今日のパリからはもう得られそうにもない、昔のパリの印象を味わってみたいとお思いになるなら、大祭日の朝、たとえば復活祭とか聖霊降臨祭とかの日の夜明けに、全市をひと目で見わたせるような、どこか高いところにのぼって、暁の鐘声に耳をかたむけられることをおすすめする。空からの合図で——太陽が顔を出すのがその合図だが——、パリじゅうの無数の教会が、鳴りはじめる鐘の音にいっせいに身震いするのをごらんになるがよい。はじめは、演奏家たちが合奏をはじめるとき少しばかり弾いて打ち合わせをするのと同じように、一つの教会からもう一つの教会へと間遠に鐘の音が伝わっていく。だがとつぜん、見給え。あらゆる鐘楼からいっせいに音の柱か、ハーモニーの煙みたいなものが立ちのぼるのが見える。まったく、ときによっては耳にも物が見えるものなのである。一つひとつの鐘の音は初めのうち、まっすぐに、ほかのものとまじり合わず、いわばただ一人で、素晴らしい朝空に向かって昇っていく。やがて、一つひとつがだんだん太くなって、たがいに溶け合い、まじり合い、入り組み合い、ついに渾然としたみごとな合奏となる。こうなるともう、無数の鐘楼から絶え間なく流れ出る、いんいんたる音響の一つの塊りというほかはない。この塊りはパリの頭上で漂い、波立ち、とびはね、渦を巻き、地平のはるか彼方まで、耳を聾する振動の輪を広げていく。しかもこのハーモニーの大海は少しもにごったり乱れたりはしていない。とても大きくて深いにもかかわらず、あくまで透きとおっているのだ。みなさんは、このオーケストラから逃れ出た、いくつもの異なった調子のグループが、別々になって身をうねらせながら、大空を進んでいくのにもお気づきになるだろう。クレセル鐘のかん高い叫びと大釣鐘の重々しいうなりが、何やら対話を行なっているのも聞こえてくるし、八音階が鐘楼から鐘楼へと移るのも、おわかりになるであろう。銀鐘から流れ出るオクターヴは羽があるみたいに、口笛を吹くように軽やかに舞いあがり、木鐘の音は不安定で、へなへなと地にくずおれていくのがおわかりになるだろう。こうしたさまざまな八音階の中を、サン＝トゥスターシュ教会の七つの鐘の豊かな音階が絶え間なく下がったり上がったりするのを、ことにみごととお思いになるであろう。また、澄んだ、すばやい調べがさっと空を横ぎり、きらきら光るジグザグを三つか四つ描いて、稲妻のように消えていくのも、おわかりだろう。あちらから聞こえてくる歌声は、するどいひび割れしたような声をあげるサン＝マルタン会修道院の鐘の音だ。こちらに聞こえる無気味な、気むずかしい声は、バスチーユの鐘だ。パリの西の果てにそびえ立つルーヴル宮の太い塔は、ロー・バリトンでうなっている。この王宮の組み鐘は、きらきら光るトリル（装飾音の一つ）をひっきりなしに、四方八方にまき散らしている。その上へ、ノートル＝ダム大聖堂の鐘楼から、重々しい片打（クープテ）の鐘の音が、規則正しい間をおいて落ちてくる。するとトリルは、まるでハンマーで叩かれた鉄床（かなとこ）みたいに火花を散らす。サン＝ジェルマン＝デ＝プレ修道院でやる三重連打から流れ出た、さまざまな形の鐘声がときどき通りすぎていくのも、ごらんになるだろう。それからまた、この荘厳な連打の音は、音の塊りを半分ほど開いて、星でつくったとさかのようにきらきらと輝くアヴェ＝マリア会女子修道院のストレッタ（フーガなどに使われる一種の手法、または部分）に道をあけてやる。下を見れば、この合奏のいちばん底のところには、そこここの教会のブルンブルン震えている丸天井のすきまから立ちのぼってくる聖歌の歌声を、おぼろげに認めることができる。――たしかに、これは耳をかたむける価値のあるオペラだ。おしなべて昼間のパリからもれてくるざわめきは、この都市の話すことばだ。夜もれてくるつぶやきは、この都市の寝息だ。だが、いま聞くこの鐘の音は、パリの歌声なのである。だから、この鐘楼たちの総奏（トゥッティ）に耳をかしていただきたい。そして五十万の市民のつぶやきや、セーヌの流れの永遠の嘆きや、やむことのない風の息吹（いぶき）や、地平の四つの丘の上に巨大なオルガン箱のように据えられた四つの森の荘重で、はるかな四部合奏などをこのオーケストラの上にちりばめてみていただきたい。中心となっている鐘の合奏のあまりにしゃがれたところや鋭いところを、ぼかしをかけて和（やわ）らげてみていただきたい。そのうえでさて、このにぎやかな鐘の音、この音楽のるつぼ、高さ百メートルの石のフルートの中でいっせいにうたうこの一万もの青銅の声、オーケストラそのものとなってしまったこのパリ、嵐のように鳴り響く交響楽、こうしたものより豊かで楽しげで、金色燦然（こんじきさんぜん）たるものを、何かこの世でご存じかどうか、おっしゃっていただきたいのだ。

第四編

1　気のいい女たち

話は十六年ほど前にさかのぼる。よく晴れた白衣の主日（カジモド）の朝のことだったが、ノートル＝ダム大聖堂のミサがすんだ後で、聖堂の前庭の左手の壁にはめこんで固定されたベッド板の上に、何か生き物が一つ置かれていた。場所はちょうどあの聖クリストフの「巨像」と向かいあったところだ。騎士アントワーヌ・デ・ゼサール殿の石像が、一四一三年以来ひざまずいて聖クリストフを見あげていた。その年に人びとは聖人も信者であある騎士もとりこわしてしまおうと思ったのだ。このベッド板の上に捨て子を置いて、世の情けにすがるのが、そのころのならわしだった。欲しい人は誰でも、こうした子供たちを拾っていった。ベッド板の前には、施しを受けるために銅の皿が置いてあった。

一四六七年の白衣の主日（カジモド）の朝、この板の上に横たわっていた生き物みたいなものは、まわりに寄り集まっている大勢の人びとの好奇心をひどくそそっているようだった。集まっていたのはたいてい女で、ほとんど年寄りばかりだった。

いちばん前の列で、いちばん深くベッド板の上にかがみこんでいるのが四人いるが、司教服みたいな、灰色のフードつきの袖(そで)なし外套(がいとう)を着ているところから見ると、どうやらどこかの信徒団の団員らしい。どうして、このつつましやかで、ありがたいご婦人たちの名前が歴史の伝えるところとならなかったのか、私にはさっぱりわからない。四人はアニェス・ラ・エルム、ジャンヌ・ド・ラ・タルム、アンリエット・ラ・ゴーチエール、ゴーシェール・ラ・ヴィオレットといい、みんな未亡人で、聖母被昇天会の礼拝堂の寡婦会員だった。きょうはお説教を聞くために、会長の許しを得、ピエール・ダイイの定めた規制に従って、会の家から出てきたところだった。

ところで、この律儀(りちぎ)な聖母被昇天会の未亡人たちは、この日ピエール・ダイイの律法にこそ忠実であったが、一方、ミシェル・ド・ブラシュやピーザの枢機卿(すうききょう)の律法のほうは、てんから踏みにじってかえりみなかった。あれほど無慈悲な沈黙令が規定されているというのに、彼女たちはさかんにしゃべりあっていたからである。

「これはいったい何でございましょうねえ、あなた?」と、アニェスが小さな生き物をじっと見ながら、ゴーシェールに言った。さらし者になっている子供は、大勢にじろじろながめられてすっかりおびえてしまい、ベッド板の上でかん高い泣き声をあげながら、身をよじっている。

「生まれた赤ちゃんを、こんなふうに捨ててしまうなんて、このさき世の中はどうなるんでございましょうねえ？」と、ジャンヌが言った。

「赤ちゃんのことはよく存じませんけど、こういうものを見るのはきっと罪に違いございませんわ」と、アニェスがまた言った。

「これは赤ちゃんじゃございませんわよ、アニェスさま」

「できそこないの猿でございますわ」と、ゴーシェールが言った。

「奇跡でございますわ」と、アンリエット・ラ・ゴーチエールが言った。

「そうすると四旬節第四主日から、これで三つ目の奇跡でございますわね。巡礼たちをからかった男がオーベルヴィリエのマリアさまの御像から神罰を受けた、あの奇跡からまだ一週間もたちませんのにねえ。たしか、あれがこの月の二つ目の奇跡でございましたわね」と、アニェスが言った。

「この捨て子みたいなの、ほんとにいやらしいお化けですわ」と、ジャンヌがまた言った。

「ギャーギャー、ギャーギャー泣きわめいて、これじゃ聖歌隊の方がただって音がきこえなくなってしまいますよ。お黙りったら、この泣き虫小僧！」と、ゴーシェールが言った。

「ランスのまちの大司教さまが、こんな化け物をパリの大司教さまのところへ送ってよこされたんですって！」と、ラ・ゴーチエールが合掌しながら言いそえた。

「わたくしはねえ、これ、獣だと思いますわ、動物だと思いますわ、きっとユダヤ人が雌豚に産ませたものなんですわ。とにかくキリスト教徒ではございませんから、水か火の中へ投げこんでしまわなければなりません」と、アニェス・ラ・エルムが言った。

「きっとこんなもの、拾ってやろうなんて人は誰もおりませんわ」と、ラ・ゴーチエールがまた言った。

「まあ、いやだこと！　あの路地を川下に向かっていった突きあたりに、司教さんのお屋敷にすぐ隣り合って、孤児院がございますでしょ。あそこの乳母さんたちのところへこのちっちゃなお化けをつれていって、乳を飲ませてやってくれって言ったら、あの人たち、どんな顔をするでしょう！　わたくしでしたら、吸血鬼にでもおっぱいを吸われたほうがまだましですわ」と、アニェスが叫んだ。

「まあ、ラ・エルムさんて、なんて呑気なんでしょう！」と、ジャンヌが言った。「ねえラ・エルムさん、あなた、おわかりにならないの、このちっちゃなお化けはどう見ても四つにはなっていて、あなたのおっぱいなんかより焼き肉でも欲しそうな顔をしているのが」

　なるほど、「このちっちゃなお化け」（まことにこう呼ぶよりほか、しようのないものだったが）は生まれたての赤ん坊ではなかった。小さな、ごつごつした、むくむく動く塊りが、当時のパリ司教、ギヨーム・シャルチエ殿の頭文字を印刷した麻袋の中に閉じこめられて、顔だけ外に突き出しているのだ。その顔はだいぶ、ぶざまなものだった。もじゃもじゃした赤毛と、目が一つと、口と歯だけしか見えなかった。目は涙を流し、口はギャーギャー泣き叫び、歯はしきりに何かをかみたがっているみたいだった。体ぜんたいが袋の中でバタバタもがいている。まわりに群がった人びとはだんだん数がふえ、絶えずいれかわり、ただあっけにとられてながめているだけだった。

　ちょうどこのとき、金持で貴族のアロイーズ・ド・ゴンドローリエ夫人という女が、六つぐらいの可愛い女の子の手をひき、とがった帽子の金色の先から長いヴェールを垂らして、通りがかりにベッド板の前でたちどまった。そして、しばらく可哀そうな子供をながめていた。そのあいだ、絹ずくめ、ビロードずくめのきれいな女の子フルール＝ド＝リ・ド・ゴンドローリエは、ベッド板にいつもかけてある「捨て子」という掲示板の文字を可愛い指でさしながら、一つひとつ読んでいた。

「ほんとに、ここに置くのは人間の子供だけだと思っていたのに」と、夫人は不愉快そうに顔をそむけながら言った。

夫人はフロラン銀貨を一枚皿の中へ投げこんで、背を向けた。銀貨は銅貨ばかりの中へ落ちてチャリンと景気のいい音をたてた。聖母被昇天会の礼拝堂のおばあさんたちは、貧乏人だけに目を丸くして驚いている。

そのすぐ後から、謹厳で博学な国王録事官、ロベール・ミストリコルが、片腕にどでかいミサ典書をかかえ、もう一方の腕に細君(ギユメット・ラ・メーレス夫人)の腕をかかえこんで、通りかかった。つまり自分の両わきに聖俗両方の調節器をかかえてきたわけだ。

「捨て子だわい！　きっと、地獄の川の欄干の上からでも拾ってきたのだ！」と、彼はじっとベッドのものを見て、言った。

「目が一つしかありませんわ。いぼがかぶさって、もう一つは見えませんことよ」と、ギユメット夫人が言った。

「あれはいぼではない。卵なんじゃ。あの中にはあの子供にそっくりな悪魔がおるんじゃ。そいつがまた卵をもちおって、その中にまた小悪魔がおる。その小悪魔がまた卵を、といったあんばいになっとるんじゃ」と、ロベール・ミストリコル先生が言った。

「どうしてそんなことがわかるんですの？」と、ギユメット・ラ・メーレスがきいた。

「ちゃんとわかっとるんじゃ」と、録事官が答えた。

「大法官さま、このにせ捨て子は何の前兆でございますか？」と、ゴーシェールがきいた。

「とてつもなく大きなわざわいの前兆ですわい」と、ミストリコルが答えた。

「やれやれ！　困ったことだ！　それに、去年はひどいはやり病（やまい）があったし、イギリス兵たちが大勢アルフルーに上陸するってうわさだし」と、聞いていた一人のばあさんが言った。

「そしたら、王妃さまは九月にパリにいらっしゃれないでしょう。商売はもうすっかりあがったりだし！」と、別の一人が言った。

「わたくしはこう思いますの。こんなちっちゃな魔法使いは、板の上よりも火あぶり台の薪（たきぎ）の上に寝かされてたほうが、パリの方がたのためだって」と、ジャンヌ・ド・ラ・タルムが叫んだ。

「ボーボー燃えてる薪の上にねえ！」と、ばあさんが言いそえた。

「そうしたほうが後あとのためじゃ」と、ミストリコルが言った。

ちょっと前から、一人の若い司祭がばあさんたちの議論や録事官の宣告にじっと聞きいっていた。きびしい顔つき、広い額、奥深いまなざしをもった男だった。男は黙って群衆をおしのけ、「ちっちゃな魔法使い」をじっと見つめていたが、急にそのほうに手を差し出した。危機一髪というところだった。というのも、信心深い女たちはみんな「ボーボー燃えてる薪の上にねえ」という考えに、もうすっかり有頂天になっていたからだ。

「わたしがこの子を養いましょう」と、司祭が言った。

彼は子供を祭服の胸に抱きあげて、連れ去ってしまった。あたりの人びとは目をまるくして、司祭のうしろ姿を見送っている。司祭の姿は、そのころ聖堂から修道院へ通じていた赤門を通って、たちまち見えなくなってしまった。

ジャンヌ・ド・ラ・タルムは初めのうち、あっけにとられていたが、やがて、ふとわれに返り、ラ・ゴーチエールの耳もとに身をかがめて、ささやいた。

「わたくしの申しあげたとおりでしょ、あなた。あの若い司祭さまね、クロード・フロロさんとおっしゃる、あの方、やっぱり魔法使いですわ」

2　クロード・フロロ

ジャンヌも言ったとおり、クロード・フロロは普通の人間ではなかった。彼は前世紀のあまり適切でないことばでむぞうさに上流ブルジョワとか小貴族とか呼ばれていた、中流の家庭の生まれであった。彼の生家はパクレ兄弟からチルシャップの領地を相続していたが、この領地はパリ司教の管轄（かんかつ）下にあり、そのうち二十一軒の家作（かさく）は十三世紀には、たびたび訴訟（そしょう）の対象となって宗教裁判所の判事の前にもちだされたものであった。この領地の所有者として、クロード・フロロは、パリとその近郊で地代を取りたてている「百四十一人」の領主の一人になっていた。だから、彼の名は、こうした領主として、サン＝マルタン・デ・シャン修道院に保管されている記録簿の中に、フランソワ・ル・レ殿所有のタンカルヴィル邸と、トゥール校とのあいだに記録されているのが、長いあいだ見られたのである。

　クロード・フロロは子供のときから聖職につくように両親に仕込まれていた。彼はラテン語を読むことを教えられた。目を伏せて、小声で話すようにしつけられた。ほんの子供のころ、父親は彼を大学のトルシ校に閉じこめてしまった。彼はそこで、ミサ典書とギリシア語の辞書を糧(かて)にして、成長したのである。

それに、彼は沈んだ、落ちついた、まじめな少年で、熱心に勉強するし、覚えも早かった。遊び時間にも大声をだして騒ぐようなことはしなかったし、フーワール通りで学生たちがやっていたらんちき騒ぎにもめったに付き合うこともなかったし、「びんたをくわせて髪の毛をむしりあうということ」がどういうことかも知らなかったし、年代記の編集者たちが「大学の六回目の騒動」という標題で厳粛に記録している、あの一四六三年の暴動にも決して加わらなかった。モンタギュの貧しい学生たちが「短い(カペット)マント」を着ているのを――このため彼らはカペットというあだ名で呼ばれていたのだが――冷やかすことなどめったになかったし、ドルマン校の給費生たちが頭のてっぺんを丸くそり、ペール色、つまり青紫色――カトル＝クーロンヌ枢機卿(すうききょう)の免許状のことばでは「くすんだ青か紫」――の、三つ組の外套(がいとう)を着ているのを冷やかしたりもしなかった。

そのかわり、サン＝ジャン＝ド＝ボーヴェ通りにあった大小の学校へは熱心に出席した。サン＝ピエール・ド・ヴァル修院長は教会法の講義にとりかかろうとするとき、自分の席の真ん前で、サン＝ヴァンドルジュジール校の柱にぴったりくっついてすわっている学生がいつも最初に目についた。これがクロード・フロロであった。角製(つのせい)のインク壺をそばに置き、ペンの先をかんで、すり切れた膝でならし、冬ならば指を息であたためて待っている。教会学博士ミル・ディリエ先生は毎月曜日の朝、シェフ＝サン＝ドニ校の門が開くと同時に息せききってまっさきにやってくる聴講生を見ていたが、これもクロード・フロロであった。こんなぐあいだったから、十六歳のときにはもう、この若い神学生は、神秘神学では教会の神父と、カノン神学では教義会の神父と、スコラ神学ではソルボンヌの博士と張り合うぐらいの学識を身につけていた。

神学を終えると、彼は教令集の研究にとびこんだ。「命題集の師」（十二世紀のイタリア生まれの神学者ペトルス・ロンバルドゥス）の著作から『シャルルマーニュの勅令集』に手をのばした。それから、知識欲のおもむくままに、つぎからつぎへと教令集をむさぼり読んだ。ヒスパリスの司教テオドルスの『教令集』、ヴォルムスの司教ブーシャールの『教令集』、シャルトルの司教イーヴの『教令集』、つぎにはシャルルマーニュの『勅令集』の後を受けたグラティアヌスの『教令集』、つぎにグレゴリウス九世が編集した『教令集』、ついでホノリウス三世の書簡『鏡について』。彼は、中世の無秩序の中で、民法と教会法が世の混乱と戦いながら営々として自らをつくりあげていった、あの不安と動揺の長期にわたった時期、つまり六一八年に司教テオドルスが開き、一二二七年に法王グレゴリウスが閉じた時期のいきさつを明らかにし、これに通じるようになった。

教令をものにしてしまうと、彼は医学と学芸の研究にとびこんだ。薬草学や膏薬学も学んだ。熱病や打ち傷や切り傷やできもののエキスパートになった。ジャック・デスパール（十五世紀の名医）は彼を内科医として認めただろうし、リシャール・エラン（十五世紀の大学医学部長）なら彼を外科医として認めたであろう。彼はまた諸芸、諸学の学士号、修士号、博士号をみな身につけた。またラテン語、ギリシア語、ヘブル語を学び、そのころはほとんど訪ねる人のなかったこの三古典語の聖域に遊んだ。学問なら何でも学んで覚えこんでしまいたいという熱病に、文字どおりとりつかれていたのだ。十八歳のときには神学、法学、医学、芸術の四課程はもう彼の頭におさまっていた。青年クロードにとっては、学ぶことが人生のただ一つの目的であるようにみえたのだ。

ちょうどこの時分のことだった。一四六六年の夏は極端に暑かったので、あのペストの大流行が起こり、パリ子爵領では四万人以上の犠牲者がでた。その中には「大変正しくて、賢くて、気持のいい人であった王室天文学者アルヌール殿もいた」と、ジャン・ド・トロワは言っている。大学区（ユニヴェルシテ）には、チルシャップ通りがとくにひどくやられた、というわさが広がった。ところでこの通りは、クロードの両親が所有していた領地の真ん中にあたるところで、彼らはここに住んでいたのだった。若い学生のクロードはとても心配して、父の家に駆けつけた。が、家にはいってみると、父も母も前の晩に死んでいた。うぶ着を着たちっちゃな弟だけがまだ生きていて、揺りかごの中に置き去られたまま泣いていた。クロードの肉親は、天にも地にもこの弟だけということになったのだ。クロードはこの子を腕に抱きあげて、物思いに沈みながら父の家を出た。それまではただ学問の世界にだけ生きていたのだが、いよいよ、本当の人生に踏み出すことになったのだ。

この大きな不幸はクロードの人生の危機だった。孤児で、長男で、十九歳で家長になったクロードは、学校での夢想から乱暴にこの世の現実に呼び戻されたような気持だった。すると、弟をふびんに思った彼の心には、この幼い弟への激しい愛情と、身を粉にしても育ててあげたいという気持がわき起こった。それまで本だけしか愛したことのない彼の胸に、人間に対する愛情が芽ばえたのは、思えば奇妙なことでもあり、ほほえましいことでもある。

この愛情はおかしなほど激しいものになった。浮き世のことを何も知らないクロードのような男にとっては、これは初恋みたいなものだった。クロードは、まだろくに両親の顔も覚えていない子供のときから、親もとを離れ、閉じこめられ、いわば本の壁にとり囲まれて、何よりもまず学んだり、覚えたりすることに夢中になっていたのだった。そのときまでは、学問によって知能をみがき、文芸によって想像力を成長させることにひたすら努めてきたので、若い学生のクロードは、可哀そうにも、まだ人間に対する愛情を感じる暇がなかったのである。だがこのとき、父も母もないこの弟が、このちっちゃな子供が、いきなり天から腕の中へ降ってきたために、彼はすっかり人間が変わってしまったのだ。世の中にはソルボンヌの思弁やホメロスの詩句以外のものがあること、人間には愛情が必要なこと、やさしさや愛のない人生は、油がきれてキーキー音をたてる、いたましい機械仕掛けにすぎないこと、こうしたことに気がついたのである。ただ彼は、空想を追い払ってもその後にはまた空想が生まれてくるという年ごろだったので、必要なのは肉親の愛、家族の愛だけだ、可愛い弟がいればそれだけでもう自分の人生にはじゅうぶんだ、と考えたのだった。

そこで、彼は初めから、深い、燃えるような、ひたむきな情熱をこめて、幼いジャンへの愛に一身をうちこんだ。この可愛い、ブロンドで、バラ色で、ちぢれっ毛の、哀れな、弱々しい赤ん坊、みなし子の兄のほかには何の身寄りもないこのみなし子のことを考えると、クロードの心はたまらないほどいとしさに駆られるのだった。そして、クロードはまじめにものを考えるたちだったので、かぎりない情けをこめて、ジャンの身の上をあれこれと考えはじめた。彼は、赤ん坊に対して、まるで、何かとてもこわれやすい、とてもだいじなものでも扱うみたいに気をつかい、注意を払った。彼は赤ん坊にとっては兄以上のものになった。母親になったのだ。

ちっちゃなジャンは、母を失ったとき、まだ乳飲み子だった。クロードはジャンを里子に出した。チルシャップの領地のほかに、彼はジャンチイの角塔に所属する「風車場」の領地を父から相続していた。風車場はヴァンシェストル城（ビセートル村）の近くの丘の上にあった。その粉ひき小屋にはまるまる太った乳飲み子を育てているかみさんがいたし、そこは大学から、遠くなかった。クロードはこのかみさんのところへ、自分で赤ん坊のジャンをつれていった。

それからというもの、クロードは肩にかかる重い責任を覚えて、真剣に人生を考えるようになった。可愛い弟のことを考えるのが楽しみになったばかりか、勉強の目標にさえなった。クロードは弟の将来のためには一身を犠牲にしようと決心し、きっと弟を幸福にしてみせると神に誓った。弟の幸福のためならば、結婚もせず、子供も持たぬ覚悟だった。そこで聖職者としての天職にいっそう身を入れた。才能もあり、学問もあり、パリ司教の直接の家臣という身分でもあったので、彼の前には聖職界での出世の門が大きく開かれていた。二十歳のとき、法王庁から任命されて司祭となり、ノートル＝ダム大聖堂づき司祭団の最年少者として、ミサが遅くはじまるので「なまけ者の祭壇」と言われていた祭壇を受けもつことになった。

司祭になっても彼はますます好きな本に熱中し、風車場の領地へ駆けつけるための、日に一時間をのぞいては、本を手から放さなかった。年齢に似あわぬ学識と謹厳な人格で、彼はたちまち同僚の聖職者たちの尊敬と賞賛の的(まと)になった。彼が学者であるという評判は院内から世間へも伝わったが、世間へはちょっと曲がって伝えられ、彼が魔法使いだということになってしまった。こうしたことは、そのころはよくあったものなのだが。

クロードが、捨て子用のベッド板のまわりで金切り声をあげてしゃべっているばあさんたちの群れに気をひかれて立ちどまったのは、前にも申しあげたように、白衣の主日(カジモド)の朝のことだった。聖母像寄りの右手の身廊に通ずる聖歌隊の間(ま)のそばにあった祭壇で、「なまけ者のミサ」をやりおえて戻ってきたところだったのだ。

彼が、ひどく嫌われたり、おどされたりしているあの可哀そうな、ちっちゃな子供に近づいたのは、そのときのことだった。あの悲しいありさま、あの醜(みにく)い顔、あのうち棄てられた姿、自分の弟のこと、もし自分が死ねば、可愛い、小さなジャンもこんなふうに捨て子の板の上にみじめに捨てられてしまうだろうという、そのときふと胸をかすめた思い、こうしたことが一度にどっと心に浮かび、ふびんでたまらなくなって、彼は捨て子をつれ去ったのだった。

袋から出してみたが、案の定、ずいぶんひどい子供だった。左目の上にいぼがあり、頭は両肩のあいだに埋まり、背骨は弓なりに曲がり、胸骨はとび出し、脚はよじれている。ただ、いかにも元気があり、何語をしゃべっているのかさっぱりわからないが、泣き声には力と健康とが認められる。ぶざまなこの子の姿を見て、クロードはますますふびんだと思った。そして、弟のためにこの子供を育てようと心に誓った。つまり、小さなジャンが先ざきどんなあやまちを犯そうとも、弟のために行なわれたこの慈善によって償（つぐな）われるように、というわけだ。いわば弟の身の上に実を結ぶように善行の種（たね）をまいておくのだ。弟がいつの日にか、天国の通行税納付所で受け取ってもらえるただ一つの貨幣、つまり善行が足りなくて困ることがないように、今からどんどんためておいてやろうというのだ。

　クロードは拾ってきた子供に洗礼をほどこして、「カジモド」という名をつけた。拾いあげた日にちなんだものだったが、また、この名が、可哀そうな赤ん坊のほとんど人間の形をなしていない姿をよく表わしているとも思ったからだ。事実、独眼で、背中にこぶがあり、X脚のカジモドは「ほぼ」（カジモド）人間の形をした生き物であるとしか言いようのない子供だった。

3 「怪獣の群れの番人で、怪獣よりものすごい」

　さて、この物語の年、一四八二年のころまでにはカジモドもすっかり成人していた。彼は養父クロード・フロロの口ききで、数年前からノートル＝ダムの鐘番をつとめていた。クロード・フロロは主君ルイ・ド・ボーモン閣下（かっか）のおかげで、ジョザの司教補佐になっていた。ルイ・ド・ボーモン閣下は、後援者オリヴィエ・ル・ダン（ルイ十一世の侍従兼王室理容師）のおかげで、ギヨーム・シャルチエの死にともなって、一四七二年にパリ司教になっていた。オリヴィエ・ル・ダンというのは、天運に恵まれて、国王ルイ十一世陛下の王室理容師をつとめた人である。

　こういうわけで、カジモドはノートル＝ダムの鐘番になっていたのである。

　やがて、この鐘番と大聖堂とのあいだには、なんとも言えない親しいきずなみたいなものが結ばれるようになった。哀れなカジモドは、素性（すじょう）のわからぬ子だったし、また生まれつき障害者だという二重の宿命のために世間からまったく隔てられ、子供のときから、この越えることのできない二重の輪の中に閉じこめられていたので、自分が育てられた暗い大聖堂の壁の向こうの世界のことは何ひとつ見ないような癖がついてしまった。ノートル＝ダム大聖堂は、カジモドにとっては、彼が大きくなり成人していくそのときどきに応じて、卵となり、巣となり、家となり、祖国となり、宇宙となったのだ。

そういえば、たしかに、カジモドとこの建物とのあいだには、不思議で、前の世から存在していたような一種の調和が見られたのである。まだがんぜない子供のカジモドが聖堂の丸天井の暗がりの下を、体をよじ曲げたりぴょんぴょんはねたりして動いていくのを見ていると、そのようすは、顔は人間だが手足は獣（けもの）といった格好のせいもあって、ロマネスク式の柱頭がたくさんの怪しい影模様を投げかけている、あのじめじめした薄暗い敷石に巣くうヘビかトカゲのように思えてくるのだった。

その後、彼がはじめて塔の綱に無意識にしがみつき、それにぶらさがって、鐘を揺り動かしはじめたとき、養父のクロードは、まるで子供の舌がまわりだして、物を言いはじめたみたいに喜んだ。

こんなふうにして、いつも大聖堂の型にはめられて成長し、その中で生き、眠り、ほとんど外に出ず、四六時ちゅう建物の不思議な圧力を身に受けているうちに、とうとうカジモドは、少しずつ建物に似てきた。言ってみれば、建物に象眼（ぞうがん）されて、その一部になってしまったのである。こういうたとえ方を許していただきたいのだが、彼の体の出っぱったところが、建物のひっこんだところにぴたりとはまりこんでしまった、と言ってもさしつかえないだろう。そして彼はただこの大聖堂の住人だというだけではなく、もとからの中身みたいに思われてきたのである。カタツムリが殻の形に体を合わせるように、彼は大聖堂に体を合わせたのだ、と言っても言いすぎではあるまい。この建物は彼の住居であり、巣窟（そうくつ）であり、外皮でもあった。この古い大聖堂とカジモドとのあいだには、深い本能的な交感や、磁気的な親和力や、物質的な類似性が認められた。いわばカメが甲羅（こうら）にくっついているみたいに、彼はこの建物にぴったりとくっついてしまったのだ。ざらざらした大聖堂はカジモドの甲羅だったのだ。

人間と建物とのあいだに認められる、釣り合いのとれた、直接的な、ほとんど同質的とも言えそうな不思議な合一状態を説明するために、私がここでやむをえず使った比喩（ひゆ）を、もちろんみなさんは、そのまま文字どおりにはお受けとりにならないであろう。カジモドが、長いあいだ親しくいっしょに暮らしてきた大聖堂全体にどんなに親密になっていたかということも、また申しあげるまでもないことと思う。ノートル＝ダム大聖堂は彼のものだった。カジモドはこの聖堂のどんなに奥深いところにも足を踏み入れていたし、どんなに高いところにもよじ登っていた。彫刻の凹凸（おうとつ）だけをたよりに、建物の正面を相当な高さまでよじ登ったこともたびたびあった。垂直に切り立った壁をするする登っていくトカゲみたいに、塔の表面を這(は)いあがっていくカジモドの姿がよく見られたが、高くて、威圧的で、恐ろしい、ふた子の巨人のような塔を仰ぎ見ても、カジモドはめまいもおぼえず、恐ろしいとも思わず、頭がぐらぐらして気を失うようなこともなかった。彼の手にかかってすっかりおとなしくなり、やすやすとよじ登られている塔を見ると、まるで塔は彼に飼いならされでもしてしまったみたいだった。この巨大な大聖堂の上で、深淵(しんえん)にとり囲まれて、とんだり、よじ登ったり、はねまわったりしたおかげで、彼は、いわば猿かカモシカみたいになっていた。ちょうど、歩く前に泳ぎ、赤ん坊のときから海で遊ぶカラーブリア（イタリア南端の地方）の子供のように。

それに、体は大聖堂にかたどって成長したみたいだったが、そればかりでなく、精神もまた同じような育ち方をしたのだった。あの発育不良の肉体の中で、あの野性的な生活の中で、彼の魂がどんなふうになっていったか、どんな癖がついていったか、どんな形になっていったかは、簡単にはつきとめられないであろう。カジモドは生まれながらの隻眼(せきがん)で、背中が弓なりになっていて、片足が悪かった。クロード・フロロは、彼にことばを教えこんで、どうにかしゃべれるようにしてやるのに、たいへんな苦労と忍耐を味わった。だが、不幸はどこまでもこの哀れな捨て子につきまとった。十四歳でノートル＝ダムの鐘番になった彼に、また新しい故障が襲いかかってきて、彼を完全な聾者(ろうしゃ)にしてしまったのだ。鐘の響きで鼓膜が破れて、聾者になってしまったのである。自然が彼のためにこの世に向かって大きく開いたままにしておいてくれた聴覚というただ一つの戸口が、いきなり永遠に閉ざされてしまったのだ。

耳がきこえなくなると同時に、それまでは聴覚をとおしてカジモドの心の中に浸(し)みこんできた唯一の光明、唯一の喜びもまったく失われてしまった。彼の魂は深い闇(やみ)の中に沈んでしまったのだ。哀れなカジモドの暗い心は、彼の体と同じように、もう手のつけようのないものになってしまった。おまけに、聾者になったために、彼はまるで口もきけないみたいになった。耳がきこえなくなってからは、人に笑われるのがいやさに、人前では口をきくまいと、かたく決心したからだった。しゃべるのはただ、自分ひとりのときだけだった。というのも、クロード・フロロがあんなに苦労してほどいてやった舌を、自分から結んでしまったのだ。こういうわけで、どうしてもしゃべらなければならないはめになっても、彼の舌はちぢこまってしまい、よたよたとしか動かず、まるで肘(ひじ)金(がね)の錆(さ)びついた扉みたいになるのだった。

さて、彼の体の厚くて硬い皮を通りぬけて、魂のあるところまでもぐりこんでみるとしよう。彼の体の深いところを探ることができるものとしよう。松明(たいまつ)をかかげて、光を通さない内臓器官のうしろをのぞき、この不透明な人間の真っ暗な内側を探り、暗い隅(すみ)

ずみや、途方もない袋小路などを調べてまわって、いきなり明るい光を、この洞窟(どうくつ)の奥に縛りつけられている魂に投げかけることができるものとしよう。きっと、この不幸な魂が、何かみじめな、いじけた、脊柱湾曲症にかかったみたいなようすでうずくまっているのが、われわれの目に映るに違いない。天井も低く狭苦しい石の牢獄(ろうごく)の中で体を二つに折り曲げたまま老いさらばえていった、あのヴェネツィアの鉛牢の囚人みたいに。

障害者は、その精神もまた萎縮(いしゅく)しがちになる。カジモドは自分の姿と同じような魂が体の中でめちゃくちゃに動いているのを、はっきりと感じることさえできなかった。まわりの物体の印象は、彼の観念の中にはいりこむ前に、ひどい屈折作用を受けてしまう。彼の頭はほかの人間の頭とはいっぷう変わった働きをする。この頭を通過して出てくる考えは、みんなよじれている。考え方が屈折するので、必然的に、ばらばらで、ゆがんだものになってしまうのだ。

したがって、彼の視覚は錯覚を起こしやすかったし、判断もあやまりに陥りがちだった。思考も異常であったり、おかしかったりして、つねに穏当を欠いている。

こういった不運な肉体が生んだ第一の結果は、彼の物を見る目を曇らせたことだった。カジモドの視覚は、物の姿をじかに反映するということがほとんどない。彼にとって外界は、われわれが見るよりもずっと遠いところに存在しているように思われたのだ。

この不便な肉体が生んだ第二の結果は、彼が意地悪になったことだった。

彼はじっさい意地悪だったが、それは彼が人間嫌いだったからだ。人間嫌いだったのは醜かったからだ。彼の性格ができあがるのも、われわれの場合と同じように、はっきりと筋が通っていたのだ。

おまけに、人並はずれて力が強かったので、これがまた意地悪になる原因にもなった。「たくましい子供は意地悪だ」と、ホッブズも言っている。

だが、彼もきっと生まれつき意地悪だったのではない、ということを認めてやらねばならない。人間の社会に顔を出すとすぐに、彼は、自分が侮辱され、いやしめられ、嫌われるのを感じていたが、やがてそれを現実に経験した。人間の話すことばは、彼からみると、いつも冷やかしか、呪いのことばばかりだった。大きくなっても、身のまわりで出会うのは憎しみばかりだった。彼はその憎しみを自分の心にたくわえた。人の世の憎しみというものをわがものにしてしまった。人が彼を傷つけた武器を拾いあげて、自分のものにしたのだ。

要するに、人に顔を向けるのもいやになってしまったのだ。大聖堂があればじゅうぶんだった。大聖堂には国王や、聖人や、司教の大理石像がたくさんあったが、こうした彫像は少なくとも、彼の鼻先でゲラゲラ笑ったりなどせず、静かに優しく彼をながめているだけだった。そのほかの怪物や悪魔の彫像もカジモドに対しては憎しみなどもっていなかった。彼が自分たちに似ているので、憎めなかったのだ。彼らはかえって、満足な人間たちをあざ笑うのだった。聖人たちは彼の友達で、彼を祝福してくれたし、怪物たちも彼の友達で、彼を守ってくれた。だからカジモドは、よく彼らの前で長ながと自分の気持を打ち明けた。ときには、何時間もつづけざまに彫像の前にうずくまって、一人ぼそぼそしゃべっていることもあった。そんなとき、誰かがふいにやってくると、恋しい女の窓の下でセレナーデをうたっているところを見つかった男みたいに、こそこそ逃げていった。

大聖堂はカジモドにとって、ただ人の住む社会であったばかりでなく、宇宙であり、さらには全自然でさえあったのだ。いつもいっぱい花を咲かせているステンドグラスがあったから、果樹の垣根仕立てなど見たいとも思わなかったし、サクソン式柱頭の茂みの中で、小鳥をいっぱいに遊ばせて開いている石の葉飾りのかげがあったので、自然の木かげのことなど考えたこともなかった。聖堂の巨大な塔が彼にとっては山にひとしかったし、目の下に広がってざわめいているパリが大洋だった。

母ともいえるこの建物の中で彼が何よりもいちばん愛していたもの、彼の魂を呼びさまし、ほら穴の中でみじめにもじっとたたみこんだままにしていた哀れな羽を開かせ、ときには彼を幸福な気持にもさせてくれたのは、大聖堂の鐘だった。彼は鐘を愛し、可愛がり、鐘に話しかけ、鐘の気持を理解した。外陣の方尖塔にある一組の鐘から正面玄関の大鐘まで、彼はどの鐘にも愛情を寄せていた。外陣の鐘楼と二つの塔は、彼からみれば、三つの大きな鳥かごみたいなものだった。彼が育てあげた鐘は、このかごの中で、彼のためにだけ、小鳥のようにうたうのである。彼の耳をきこえなくしてしまったのは、まさにこうした鐘にほかならなかった。だが母親というものは、いちばん手がやける子供ほど可愛がりがちなものである。

それもそのはず、カジモドの耳にきこえる音といっては、今ではただ、鐘の音だけだったのだ。こういう意味で、大鐘は彼の恋人だった。祭りの日ごとに彼のまわりで騒ぎたてる騒々しい娘たちみたいなこの鐘の一族の中で、彼はこの大鐘がいちばん好きだった。この大鐘はマリーという名で、ジャクリーヌという自分より小さい妹鐘といっしょに、南側の塔にさみしく吊るされていた。ジャクリーヌはマリーの囲いと並んだ小さな囲いの中に閉じこめられていた。ジャクリーヌという名は、この鐘を大聖堂に寄進したジャン・ド・モンタギュ殿の夫人の名にちなんでつけられたものだが、こうした善行のかいもなく、モンタギュ殿はモンフォーコンの刑場で首をはねられてしまった。二番目の塔には鐘が六つ吊るされていた。最後に、いちばん小さな鐘が六つ、一つの木鐘といっしょに、後陣の上の鐘楼に吊るされていた。この木鐘が鳴らされるのは、聖木曜日の午後から復活祭の朝までのあいだにかぎられていた。カジモドは、その後宮に十五の愛する鐘をかかえていたわけだが、その中でも太っちょのマリーが一番のお気に入りだった。

鐘がいっせいに鳴らされる日のカジモドの喜びようときたら、ちょっと考えられないくらいだ。司教補佐から、「さあやれ！」とお許しがでると、とたんに彼は、鐘楼のらせん階段を、ほかの人が降りてくるよりも、もっと速く駆けのぼっていく。息せききって、空高くにあるあの大鐘を吊りさげた部屋にはいる。しばらく黙ってしげしげと、いとおしそうに鐘をながめる。そして、これから長距離レースに出る愛馬にでも向かうように、やさしく話しかけ、軽く叩いたりなでたりしてやる。鐘がこれからひと苦労しなければならないのを、ふびんに思っているのだ。こうした愛撫（あいぶ）をすますと、塔の下の段にひかえている助手たちに、さあはじめろ、とどなる。助手たちが綱にぶらさがると、巻きろくろがきしり、大きな鐘はゆっくりと揺れはじめる。カジモドは、胸をどきどきさせながら、鐘の動きを目で追っている。鐘の舌（ぜつ）と内側とがガーンとぶつかると、彼の乗っかっている木組がぶるんぶるん震える。カジモドの体も鐘といっしょに震えている。「ウワーッ！」と、狂ったような高笑いをする。そのうちに大鐘の動きはだんだん速くなり、揺れ方が大きくなっていくにつれて、カジモドの目もだんだん大きく見ひらかれ、きらきらと光り、燃えたってくる。そのうちに大聖堂の鐘がみんないっせいに鳴りだす。塔全体が、木組も鉛板も石材も、ぶるぶる震える。基礎の杭から、てっぺんのクローバー形の装飾まで、みんないっせいに鳴り響く。するとカジモドは、口からぶつぶつ泡を吹きながら、行ったり来たりする。塔といっしょに、彼も頭から爪先まで震えている。解き放たれ、たけり狂った鐘は、青銅の口を塔の両側の壁にかわるがわる向けて、十六キロも先からきこえる、あの嵐のような息を吐き出す。カジモドはあんぐり開いた鐘の口の前に陣どって、鐘が押しよせてくるとしゃがみこみ、戻っていくと立ちあがる。ガンガン響く鐘の息を吸いこみ、人の群れが蟻みたいにうようよしている六十メートルあまりも下の広場と、一秒ごとに耳もとにどなりにやってくるばかでかい銅の舌とを、かわるがわるながめている。この鐘の音こそ、彼がきくことのできるただ一つのことばだったし、宇宙の沈黙を破ってくれるただ一つの音だった。小鳥が日の光を楽しむように、カジモドは鐘の音にうっとりしている。と、とつぜん、荒れ狂う鐘の魂が彼にのりうつって、目の色が不思議な光をおびはじめる。クモがハエをねらうみたいに、鐘が近づくのを待ちかまえていたかと思うと、いきなり必死になってとびつく。そして、深淵の上に宙づりになり、鐘の恐ろしい揺れでふり動かされながら、青銅の怪物の耳をつかみ、両ひざで胴を締めあげ、両方のかかとで拍車をかけ、とびついたショックと全身の重みとで狂気じみた鐘の響きをますます激しくする。塔はゆらゆら揺れる。カジモドは叫び声をあげ、歯をギリギリいわせる。赤毛は逆だち、胸は鍛冶屋のふいごみたいな音をたて、目は炎をふき出し、怪物じみた鐘は彼の体の下であえぎながらいななく。こうなるともう、ノートル＝ダム大聖堂の鐘でもなければ、カジモドでもない。夢か、つむじ風か、嵐だ。音にまたがっためまいだ。空とぶ馬の尻にしがみついた精霊だ。半人半鐘の奇怪なケンタウロス（ギリシア神話中の半人半馬の怪物）だ。生きた青銅の不思議な翼のある鷲頭馬身の怪物に運ばれていく恐ろしいアストールフォ（アリオストの叙事詩『狂えるオルランド』中の人物）みたいなものだ。

　こんな並はずれた人間がいたおかげで、大聖堂全体には、何か生の息吹みたいなものが漂っていた。民衆の根拠のない話は大げさになるものだが、とにかく彼らの言うところによれば、カジモドからは一種の不思議な放射物が出ていて、それがノートル＝ダムのすべての石に生気を与え、この古い大聖堂の奥まった場所場所を息づかせているらしかった。カジモドがこの聖堂に住んでいるのを知っただけで、回廊や正面玄関にある無数の彫像が生きて、動いているように見えてきた。事実、彼の手にかかると、この大聖堂も、おとなしい、すなおな生き物みたいに見えてくるのだった。大聖堂は彼の命令を待ってはじめて大声をあげた。大聖堂は、ちょうど守り神につかれているみたいに、カジモドにとりつかれ、満たされていた。彼がこの巨大な建物を息づかせているのだ、とも言えそうだった。じっさい、彼はこの建物のどこにでもいた。建物のあらゆる場所に神出鬼没に現われた。塔のいちばん高いところに現われて、よじ登ったり、身をくねらせたり、四つんばいになったりし、外側の深淵も見おろしながら降りてきて、建物の突起から突起へひょいひょいととび、怪物像の腹の中を探りにいく変な小人の姿を見かけて、人びとはよくぞっと寒けを感じたものだが、これこそ、カラスを巣から追い出しにいくカジモドだった。ときには、聖堂の薄暗い片隅にうずくまってしかめっつらをしている、生きた噴火獣(キマイラ)みたいなものにぶつかることがあったが、これは物思いにふけっているカジモドだった。またときには、鐘楼の下で、どでかい頭とひと塊(かたま)りのごちゃごちゃした手足が綱の端に夢中でぶらさがって揺れているのを見かけたものだが、これはカジモドが晩の祈りかお告げの祈りを知らせる鐘を鳴らしている姿だった。夜などよく、塔の頂を飾ったり後陣のまわりをふちどったりしている、透かし鉄細工の弱々しい手すりの上を、気味の悪い格好をしたものがさまよっているのが見られたが、これもまた、ノートル＝ダムのカジモドだったのだ。近所の女たちの話によれば、こんなときには大聖堂全体が何か幻みたいな、この世のものとは思えない、恐ろしいものに見えてきたそうだ。たくさんの彫像があっちでもこっちでも目を開けたり、口を開いたりしたそうだ。

怪物みたいな大聖堂のまわりで首をのばし口を開けて、昼も夜も張り番をしている石の犬だのヘビだの怪獣だのの吠えるのが聞こえたそうだ。クリスマスの夜、大鐘があえぐような音をあげて、信者たちをろうそくの光であかあかと照らされた真夜中のミサに招いているときなど、大聖堂の暗い正面には、いとも不思議な妖気が漂って、信者たちは正面の大玄関にむさぼり食われるような気がしたり、円花窓にじろじろながめられたりしているような気がしてくるのだった、それもこれも、みんなカジモドのせいだった。エジプト人なら、彼をこの神殿の神だと勘違いしたかもしれない。中世の人は、彼をこのノートル＝ダムの守護霊だと信じていた。カジモドはこの大聖堂の魂だったのだ。

こんなわけで、カジモドがここに住んでいたことを知っている者の目には、今日のノートル＝ダムは、さびれた、活気のない、死んでしまっているような場所に見えるのだ。何か歯のぬけたようなさびしい感じがする。この巨大な肉体はからっぽなのだ。骸骨なのだ。魂がとび去って、ぬけがらだけが残っている、ただそれだけなのだ。目がおさまっていた穴はまだ残っているが、もうまなざしというものを失った、しゃれこうべみたいなものなのだ。

4　犬と飼い主

カジモドはあらゆる人間に悪意と憎しみをもっていたが、たった一人だけ例外があった。彼はその人を大聖堂と同じくらい、いや、おそらくそれ以上に愛していた。その人とは、クロード・フロロだった。

理由は簡単だった。クロード・フロロが彼を拾いあげ、引きとり、養い、育ててくれたからだ。ほんの小さいとき、犬に吠(ほ)えられたり、子供たちにはやしたてられたりして、いつも逃げこんできたのは、クロード・フロロの膝(ひざ)の上だった。クロード・フロロは彼に話すことや、読むことや、書くことを教えてくれた。クロード・フロロはさらに、彼を鐘番にしてくれた。ところで、カジモドに大鐘をめあわせることは、ロミオにジュリエットをくれてやるようなものだったのだ。

だからカジモドは、クロードに、深くて、熱烈で、かぎりない恩義を感じていた。養父の顔色はよく曇り、険しくなったし、ふだんの口のきき方も、ぶっきらぼうで、きびしく、横柄(おうへい)だったが、それでもこの感謝の気持は一瞬も揺らいだことはなかった。カジモドは司教補佐のこのうえもなく素直な奴隷であり、おとなしい使用人であり、このうえもなく用心深い番犬だった。鐘番が可哀そうにも耳がきこえなくなってしまったとき、彼とクロード・フロロとのあいだには、不思議な、二人だけにしかわからない身振りのことばができあがった。こうして司教補佐は、カジモドが意思を伝えることのできるただ一人の人間になったのだった。カジモドは、ノートル＝ダムとクロード・フロロという二つのものをのぞけば、この世界のどんなものとも、かかわりがなくなっていたのだ。

司教補佐の鐘番に対する支配力、鐘番の司教補佐に対する愛着、これは世にも無類のものだった。クロードがちょっと合図をし、それが主人を喜ばせることなのだとわかれば、カジモドはノートル＝ダムの塔のてっぺんからでもとびおりたことだろう。カジモドが、異常なまでに発達した肉体の力を何の考えもなくすっかり主人に用立てていたのは、注目すべきことである。そこにはおそらく、孝行な子供が親にかしずいたり、使用人が主人に仕えるときの気持が働いていたのだろう。また、魂が魂に魅惑されていたのだ。みじめで、ゆがんだ、ぶきっちょな肉体が、気高くて奥深く、力強くてすぐれた知能の前で、頭をたれ、哀願のまなざしを浮かべていたのだ。要するに、何よりも、それは感謝の気持だったのだ、ほかの何ものにも比べようのない、極端にまで押し進められた感謝の気持だったのだ。感謝の美徳の見本というものは、人間社会ではそうざらにお目にかかれるものではない。そして、私はこう言おう。カジモドはどんな犬も、どんな馬も、どんな象もかつてその主人を愛したことがないほど、深く司教補佐を愛していたのだ、と。

5　クロード・フロロ(つづき)

一四八二年には、カジモドはかれこれ二十歳になり、クロード・フロロはおよそ三十六歳になっていた。一人は成人し、一人は年を重ねていた。

クロード・フロロは、もうトルシ校の純な学生でも、小さな子供のやさしい保護者でもなく、たくさんのことを知っていながら、たくさんのことを知らない、若い空想的な哲学者でもなくなっていた。きびしい、きまじめな、気むずかしい聖職者になっていたのだ。人の魂をひき受ける人間になっていたのだ。モンレリ、シャトーフォールの修院長と百七十四人の地方主任司祭の上に立つ、ジョザの司教補佐殿であり、司教の第二侍祭になっていたのだ。彼は、威厳のある、陰気な人物になっていた。彼がおごそかに、考えにふけりながら、腕を組み、はげあがった高い額(ひたい)だけしか見えないぐらいに顔を深く胸の上に伏せて、内陣の高い交差リブの下をゆっくり通りすぎていくと、白衣やジャケットを着た聖歌隊の子供たちも、聖歌隊の下級役員たちも、サン＝トーギュスタン会の修道士たちも、ノートル＝ダムの早朝ミサの神学生たちも、みんな恐れをなして震えるのだった。

だが、クロード・フロロ師は生涯の二つの仕事、つまり学問と弟の教育をやめてしまったわけではなかった。しかし、時がたつにつれて、あんなに楽しみだった二つの仕事にも、苦しみがまじってきた。「いちばん上等のベーコンでもしまいには腐る」と、ポール・ディヤクル（八世紀のフランスの歴史家、詩人）は言っている。弟のジャン・フロロは、育った場所にちなんで「風車場」という添え名をちょうだいしていたが、クロードが望んでいたようなぐあいには育っていなかった。兄は、弟が素直で、おとなしく、博学で、立派な学生になることを期待していた。ところが弟のほうは、庭師の努力を裏切って、どうしても空気と日光のやってくる方向へだけのびる若木のように、ただもう怠惰と、無知と、道楽のほうへばかり成長し、繁茂し、ふさふさと葉をつけたみごとな枝を伸ばしていくのだった。まったくふしだらな、しようのないやつになってしまったので、これにはクロード師も眉（まゆ）をひそめた。だが、とても滑稽（こっけい）な、とてもぬけめのないやつでもあったので、これには兄もほほえんでしまうのだった。クロードは、自分がはじめて勉学と黙想の数年を送ったあのトルシ校へ弟をあずけていた。が、昔はフロロ家の誉れが高かったこの学校の体面に、同じフロロ家の人間が泥を塗ってばかりいるのが、クロードの悩みの種だった。そのことで、彼はときどきジャンに、ひどくきびしい、長ながとしたお説教を聞かせたが、弟のほうはそれに我慢強く耐えた。要するにこの若いならず者も、喜劇によく出てくる悪者みたいなごく人のいい男だったのだ。だが、お説教が過ぎてしまうと、また平気で兄を裏切り、とっぴょうしもない騒ぎを繰り返すのだった。ときには、「青二才」(大学の新入生はこう呼ばれていた)を、歓迎のしるしだといってこづきまわした。今なお、こういったありがたい習慣は学生たちのあいだに大切に保存されている。ときには、学生仲間の音頭とりになって、「ラッパの音に勇みたったみたいに」堂々と酒場を襲撃し、酒場のおやじを「攻撃的棍棒で」ぶんなぐっておいて、わいわいはしゃぎながら酒場を略奪し、しまいには地下室のブドウ酒の大樽の底を抜いてしまったりした。すると、トルシ校の副復習監督生が、欄外に「喧嘩。一番上等のブドウ酒を飲んだのが主たる原因」というあの痛ましい書きこみのある、ラテン語のみごとな報告書を、気の毒そうにクロード師のもとへ持ってくるのだった。そのうえさらに、十六の子供にしてはそら恐ろしいことだが、ジャンはすっかり堕落してしまい、よくグラチニ通りの娼婦のところに行くという話だった。

こんなわけで、クロードはひどく胸を痛め、人間を愛することに失望し、前にも増した熱烈さで、学問の腕の中に身を投げるのだった。学問というわれわれの妹は、少なくとも、目の前で人をあざ笑うようなことはしないし、手がけた苦労には必ず報いてくれるものだ。もちろんその報いは、ときとして多少中身のうつろなものであることもあるが。そこで彼はますます博学になり、それと同時に、当然のなりゆきとして、聖職者としてはますますきびしく、人間としてはますます悲しげになっていった。われわれ人間の知性と品性と人格のあいだには対応関係みたいなものがあって、この関係は絶えず発展しており、よほど激しい生活の大動揺でもないかぎり、破れはしないのだ。

クロード・フロロは若いときから、おおやけに認められている学問はほとんどすべて、あらゆる方面にわたって研究しつくしてしまったので、「この世界の果て」で立ちどまってしまうのでないかぎり、どうしてもそこからさらに踏み出して、満足することを知らない彼の知能の活動に対する新しい糧（かて）を求めなければならなかった。自分のしっぽをかんでいるヘビという古くからの象徴は、ことに学問にはよく当てはまる。クロード・フロロはこうしたことを身をもって感じていたようだ。彼は人間の知識の中の「人間に許された部分」をくみつくしたのち、大胆にも「人間に許されていない部分」の中へ踏みこんでいったのだ、と断言するまじめな人もたくさんいた。彼らの話によれば、フロロは知識の木の実をつぎつぎに味わいつくしてしまったので、うまかろうが、うまくなかろうが、とうとう禁断の木の実に食いつかざるをえなかったというのだ。彼はソルボンヌの神学者たちの集会にも、聖イレール像のそばでの文学部学生たちの集会にも、聖マルタン像のそばでの教会法博士たちの討論会にも、「ノートル＝ダム大聖堂の聖水盤のそばでの」医師たちの会合にも、つぎつぎに出席していた。四学部と呼ばれるあの四つの大きな調理場が入念に調理して、人間の知能の前に供することのできた、世に認められ、許されたあらゆるご馳走を、彼はみながつがつとたいらげ、こんなものはもうたくさんだと思うまでになっていたのだが、肝心の腹はまだいっぱいになっていなかったのだ。そこで彼は、もっと先へ、もっと深く、完成された、形而下の、有限な、あらゆる学問のもっと下へ掘り進んだのだ。彼はおそらく魂を賭けていたのだ。そして洞窟の中で錬金術師や占星術者たちが集まる、あの神秘なテーブルにすわるようになったのだ。中世の学者アヴェロエス（十二世紀のアラビアの哲学者。アリストテレスの注釈者）やギヨーム・ド・パリス（十三―十四世紀の哲学者。パリ司教）やニコラ・フラメルはこういった学問の最後を飾る大家であるが、この学問の起源は、あの有名な七枝の燭台（ユダヤ教の祭事に使われる燭台）に照らされた東洋の神秘家たち、ソロモンやピュタゴラスやザラスシュトラ（ペルシアのゾロアスター教の祖）にまでさかのぼるのである。

当たっていたかいなかったかはわからないが、世間では彼がやっていたことを、こんなふうに想像していた。

たしかに、司教補佐はたびたびサン＝ジノサン墓地を訪れた。なるほどこの墓地には、彼の両親が、一四六六年のペストで倒れたほかの人びとといっしょに葬られていたことは事実だ。だが、彼は両親の墓の十字架などより、すぐそばに建てられているニコラ・フラメルやクロード・ペルネル（フラメルの妻。一五四頁の「ニコラ・フラメル氏」を参照）の墓碑に刻まれた奇妙な模様のほうを、はるかに深く崇拝しているようすだった。

彼がロンバール通りをとおって、エクリヴァン通りとマリヴォー通りとの角に立っている小さな家へこっそりはいっていく姿を人びとがよく見かけたことも、たしかだった。それはニコラ・フラメルが建て、一四一七年ごろ彼が死んだ家であった。それ以来ずっと空き家になったままだったので、そろそろ崩れかけていた。というのも、錬金術師だの化金石師だのがほうぼうの国からやってきて、壁にむやみやたらに自分たちの名を彫りつけたので、壁がすっかりだめになってしまったのである。あるとき換気窓からのぞいてみたら、補強柱にニコラ・フラメル自身の手で無数の詩句や神聖文字が書きなぐってある、あの二つの地下室で、クロード司教補佐が土を掘りおこしたり、とりのけたり、すいたりしていた、と断言する近所の人も何人かいた。世間では、フラメルがこの地下室に化金石を埋めたものだと想像していたのだ。二世紀もの長いあいだ、古くはマジストリからパシフィック師にいたるまで、数知れぬ錬金術師たちが穴ぐらの地面をめちゃくちゃにほじくりかえしたので、無残きまわる発掘沙汰の対象となったこの家は、とうとう土台をすっかりやられてしまったのである。

　なおまた、司教補佐がノートル＝ダム大聖堂の象徴的な正面玄関に異常な情熱を燃やしていたこともたしかだった。つまり、ギヨーム・ド・パリス司教の手になる、あの不可解な彫刻のことだが、ギヨーム・ド・パリスは、建物の他の部分が永遠にうたいつづけている神聖な詩にこんな悪魔じみた口絵をつけたかどで、きっと地獄に落とされたに違いない。クロード司教補佐はまた聖クリストフの巨像や、そのころ聖堂の広場の入口に立っていて、人びとがあざけって「灰色殿」と呼んでいた、あの謎めいた、丈の高い彫像の秘密にも通じていると思われていた。だが誰もが気がついていたことは、よく彼が広場の欄干に腰をおろして、何時間もつづけざまに正面玄関の彫像をながめていたことだった。逆さになったランプを手にした思慮の浅い乙女たちをじっとながめているかと思うと、こんどはまともに立てたランプを持った思慮深い乙女たち（「人間はすべて神の裁きに心構えを備えておかねばならぬ」という聖書の教え。「マタイ伝」二五の一―一三）に目を注ぐ、といったあんばいで。左手の正面玄関にとまったあのカラスの像の視線の角度を測っていることも、よくあった。カラスの視線は大聖堂の、ある神秘的な一点に注がれているが、そこにはたしかに化金石が隠されているのだ、もしこの石がニコラ・フラメルの地下室にないとすれば。ついでに申しあげておくが、そのころのノートル＝ダムが、クロードとカジモドというまるで似ても似つかない二人の人間に、おのおの異なったやり方で、こんなにまで愛されていたのは、奇妙な運命だった。本能的で野性的な、人間ばなれしているカジモドからは、この聖堂はその美しさや、高さや、堂々とした全体の構えからかもし出される調和を愛されていた。博学で情熱的な想像力に恵まれたクロードからは、建物がもっている意義や、神話や、秘めている意味を愛されているのだ。羊皮紙の文章のところどころに最初に書いて削りとられた文章がちらちら残っているように、正面のさまざまな彫刻の下にちらほらと見られる象徴を、クロードは愛したのだ。つまり大聖堂が永遠に知性に向かって差し出している謎を愛したのである。

さらにもう一つ、司教補佐が、グレーヴ広場を見おろしているほうの塔の中の、鐘を吊るしてある囲いのすぐそばに、小さな部屋を整えさせたこともたしかだった。誰もはいれないまったくの密室で、彼の許しがなければ司教でも入れてもらえないのだ、という話だった。この小部屋は、むかし司教ユゴー・ド・ブザンソン*が塔の頂上のすぐ下の、カラスの巣でいっぱいなところにつくったもので、司教は生前ここで呪いのまじないをやったのだった。この小部屋に何がおいてあるのかは、誰にもわからなかった。だが、テランの岸辺あたりにいると、夜、塔のうしろ側に当たるこの部屋の小さな明かりとりから、断続的な変てこな赤い光が、短い規則的な間をおいて、ついたり、消えたり、またついたりするのがたびたび見えた。ふいごの激しい息づかいに調子を合わせているみたいな光で、明かりではなく、炎から出る光らしかった。こんな真っ暗闇の高みに火が見えるのだから、とても薄気味悪い感じで、ばあさんたちはこんなことを言うのだった。「ほら、司教補佐さんが火をおこしていなさる。地獄の火があそこでパチパチはねているよ」

＊　ブザンソンの第二代ユゴー司教のこと（在職一三二六—一三三二年）。〔原注〕

いくらこんなことがあっても、魔法を使っているのだということの確かな証拠には、どっちみちなるわけがなかった。だが、昔から火のないところに煙は立たぬたとえで、司教補佐はずいぶん恐ろしい評判をたてられていた。ここで断わっておくが、ノートル＝ダムの宗教裁判所のお歴々たちはエジプトの神秘学や、降神術や、悪魔の助けなど少しも借りないまったく罪のない魔術みたいなものに対してさえ、類のないほどの激しさでこれを敵視し、情け容赦なく告発したのであった。裁判官たちはクロードの所業を本当にこわがっていたのだろうか、それとも、「泥棒だ！　泥棒だ！」と叫びながら逃げ出していく盗人のたけだけしさから、そう思ったのだろうか。とにかく司教補佐は、司教座聖堂参事会の学のある連中からは、地獄の玄関をのぞきこんだ人間であるとか、降神術の洞窟に迷いこんだ人間であるとか、神秘術の暗がりの中で手探りをしている人間であるとかいうふうに思われていたのだ。一般の人びとも見そこなってはいなかった。ちょっとでも頭の働く人間なら誰も、カジモドは悪魔で、クロード・フロロは魔法使いだと思っていた。鐘番は一定の期間、司教補佐に仕えなければならないが、期限がくればきっと、報酬として司教補佐の魂をもっていってしまうだろうと人びとは思っていた。だから、司教補佐はとてもきびしい生活をしていたのに、善男善女のあいだでは悪い評判をたてられていたのだ。そしてどんなに無経験な女信者の鼻でも、司教補佐が魔法使いであることをすぐかぎつけてしまうのだった。

こんなふうに、年をとるにつれて、彼の学問には深淵（しんえん）ができていったが、同時に彼の心にもまた、深い淵（ふち）のようなものが生まれたのである。暗い雲をとおしてしか魂の輝きを見せないあの顔をよくよくながめると、どうしてもそんなふうにしか思えないのだった。どうして額があんなにはげあがってしまったのだろう、どうしてあんなぐあいにいつも頭をたれているのだろう、どうしてあんなに胸から溜息（ためいき）ばかりついているのだろう？　これから戦おうとする二頭の牛みたいに額に八の字をよせながら、一方では口もとにあんな苦しそうなほほえみを浮かべるなんて、いったいどんなひそかな考えごとにふけっているのだろう？　はえ残った髪の毛は、どうしてもう、あんなに白くなりだしたのだろう？　ときどき目がきらきら光り、まるで大かまどの腹にあけた穴みたいになることがあるが、いったい心の中にどんな火が燃えているのだろう？

司教補佐の激しい精神的な不安を示すこうしたいろいろなしるしは、この時分、ことにいちじるしくなっていた。聖歌隊の子供が、彼が聖堂に一人でいるのを見て、おじけづいて逃げていったことも一度や二度ではなかった。それほど彼の目つきは、怪しげにきらきら光っていたのだ。内陣で、聖務日課の時間に、聖職者席で隣り合った同僚が、彼がグレゴリオ聖歌に「いろいろな調子で」わけのわからない文句をはさみこむのを聞いたことも、一度や二度ではなかった。「参事会の洗濯」を引き受けていたテランの洗濯女が、ジョザの司教補佐さまの白衣に爪（つめ）やひきつった指でひっかかれた跡を見つけてぞっとしたことも、一度や二度ではなかった。

だがその一方、彼はますます行ないを慎しみ、文句のつけようのないような、聖職者の模範となっていた。身分からも性格からも、彼はずっと女から遠ざかって暮らしていたが、今ではそれまでにも増して、女を嫌っているようにみえた。絹の下着が揺れ動く音を聞いただけで、フードを目深（まぶか）にかぶってしまうのだった。この点での厳格さと慎重さときたら、もう、ひととおりのものではなかった。だから、一四八一年十二月に国王の息女ボージュー侯妃がノートル＝ダムの修道院を訪れたときも、一老若、貴賤を問わず」いかなる婦人にも修道院に近づくことを禁じた一三三四年聖バルテルミー祭前日の日付のある、『黒書』（魔術や降神術についての本）中の規定を司教に指摘して、侯妃のはいってくることを厳粛に反対したのであった。これに対して、司教はやむをえず、ある種の身分の高い婦人、「避ければどうしても問題とならざるをえない、ある種の身分の高い婦人」を例外として認めた、法王特使オドの命令を引用してみせた。司教補佐はそれでもなお、法王特使の命令が出されたのは一二〇七年であり、『黒書』より百二十七年も昔にさかのぼる、したがって『黒書』の出たことにより事実上それは廃止されたのだ、と主張して、あくまでも異議をとなえた。そして王女の前に挨拶に出るのを拒絶してしまった。

それにまた、人びとはしばらく前から、彼がジプシーたちに対する嫌悪をますますつのらせていることに気づいていた。彼は司教をうながして、ジプシー女たちが大聖堂の前の広場へ来て踊ったり、太鼓を叩いたりするのを厳禁する法令を出させた。そしてそのころから、彼は、ヤギや雌豚や雌ヤギと共謀して魔法を行なったかどで、火刑または絞首刑に処された男女の魔法使いの事例を集めるために、宗教裁判所のカビくさい古文書類を調査しはじめたのである。

6　憎まれっ子

前にも申しあげたように、司教補佐と鐘番は、大聖堂のまわりでは、金持からも貧乏人からもあまり好かれていなかった。クロードとカジモドはよくいっしょに外出したが、主人と使用人の二人がノートル＝ダムのまわりの冷えびえした、狭い、暗い通りを歩いていくと、悪口だの、いやみたっぷりなからかいの声だの、軽蔑した冷やかしだのがたびたびとびだしてきて、彼らを悩ませるのだった。もっともクロード・フロロが――めったにないことだが――顔をまっすぐにあげて、険しい、神々しいと言ってもいいほどの額をしゃんと見せて歩きでもすると、冷やかしたちも口がきけず、うろたえてしまうのだったが。

二人とも、この界隈では、ちょうどレニエ（十六―十七世紀の風刺詩人）がうたっている「詩人」みたいなものだった。

　どいつもこいつも、詩人のあとを追っかける、ヨシキリが、鳴きながらフクロウのあとを追うように。

命がけでカジモドのこぶに針を突き刺して、なんとも言えない痛快さを味わおうとする陰険な腕白小僧がいる。若い、器量よしのあばずれが現われでて、娘にしてはもってのほかのずうずうしさで司教補佐の黒衣にそっとさわり、鼻っ先で「ヤーイ、ヤーイ、悪魔がつかまった」と、からかうようにうたいのけることもある。ときには、きたならしいばあさんの群れが玄関の階段の薄暗いところにずらりとしゃがみこんで、司教補佐と鐘番が通るのに何かぶつくさ言っていたかと思うと、いきなりこんなひどい歓迎のことばを投げつけることもあった。「へん！　お供の体みたいな魂をもったお方が来なさったよ！」駒並べをして遊んでいた学生や歩兵の一群がいっせいに立ちあがって、ラテン語のお上品な嘲罵（ちょうば）を浴びせかけることもあった。「ほら！　ほら！　クロード（クラウディウス・クム・クラウド）が足のおかしなやつを連れてきたぞ！」

だが、たいてい、司教補佐も鐘番もこうした悪口には気がつかなかった。カジモドは耳がきこえなかったし、クロードはいつも思いにふけっていたので、こうしたありがたいことばの数々も、さっぱり耳にはいらなかったのだ。

第五編

1　サン＝マルタン修院長

クロード師の名声はこのころすでに広く知れわたっていた。ボージュー侯妃に会うのを断わったのと同じころの話だが、ある人が、わざわざ訪ねてきたことがあった。そしてこの訪問の思い出は、その後長いあいだ彼の記憶に残っていた。

ある日の夕暮れだった。彼はミサを終えノートル＝ダム修道院の自室に帰ってきた。部屋は、変わったところも、おかしなところも、何もない普通の部屋だった。ただ片隅（かたすみ）に小さなガラスびんが五、六本放り出してあって、びんには錬金粉にそっくりな、なんだかえたいの知れない粉がいっぱい詰まっていた。壁の表には、ところどころ文字が書きこまれていたが、見ればみな、立派な著作から抜き出された、学問上や信仰上の箴言（しんげん）ばかりであった。司教補佐は写本がいっぱいはいっている大きな長持（ながもち）の前にちょうど腰をおろしたところで、火口の三つある銅製のランプが、彼のまわりを照らしていた。彼は、大きく開かれたホノリウス・ドータンの著書『救霊予定および自由意志について』の上に肘をつき、じっと考えこんだまま、持ってきた二折版印刷本のページを繰っていた。これはこの部屋にあるただ一冊の印刷本だ。考えにふけっている最中に、ドアをノックする音が聞こえた。「どなたじゃ?」と司教補佐は、飢えた番犬が骨をかじっているところを邪魔されたみたいなつっけんどんな口調で叫んだ。外で答える声がした。「ジャック・コワチエですよ」司教補佐はドアを開けに立った。

名のったとおり、国王の侍医ジャック・コワチエだった。五十歳くらいの人物で、きびしい顔つきをしており、ずるそうな目の色がいくらかその印象をやわらげていた。連れが一人いた。二人とも、リスの毛皮のついたスレート色の丈の長い服を着こみ、革帯を締め、ボタンをきちんとかけている。そこへ、同じ生地で、同じ色の縁なし帽をかぶっている。二人とも、手は袖の中に隠れ、足は服の裾に隠れ、目は帽子のかげに隠れて見えなかった。

「いや、これはこれは!」と、司教補佐は二人を部屋へ通しながら言った。「このような時刻にようこそおいでくださいましたな」そして、こんなふうにいかにも愛想よくしゃべりながらも、彼は不安げな、探るようなまなざしを侍医からその連れのほうへ移していった。

「チルシャップのクロード・フロロ師のような大学者をお訪ねするのに、もう時間が遅いから、などと言ってはおられませんですよ」と、コワチエ博士は答えた。フランシュ＝コンテ（フランス東部の昔の州）なまりのせいで、博士がひとことしゃべるたびに、語尾がまるで長裾つきの長衣みたいにおごそかに引きずった。

それから、侍医と司教補佐のあいだには、そのころの習慣で学者同士が用談にはいる前にかわすことになっていた、お世辞のやりとりがはじまった。たとえ腹の底から憎み合っている学者同士でも、こうしたやりとりをやったものなのだ。いや、今日でもやはり同じことで、学者が学者に向かって言うお世辞には、甘ったるいことばのうしろに鋭い針が隠されているのである。

クロード・フロロはジャック・コワチエに、主にこの立派な侍医がもっているさまざまな物質的特権に触れて賛辞を述べたてた。まことに羨ましいお仕事だ、王さまが病気になられるたびにたんまりふところが肥える、化金石の探究なんかよりははるかにすぐれた、確実な錬金術を心得ているようなものだ、などなど。

「そうそう！　コワチエ博士どの、甥ご殿ピエール・ヴェルセ閣下の司教職ご就任をうけたまわって、たいそううれしく存じました。たしか、アミヤンの司教でございましたな?」

「さようです、司教補佐殿。神のお恵みをもちましてな」

「クリスマスの日には、会計検査院の方がたをお引き連れになって、まことにご立派なお姿でございましたなあ、院長殿?」

「いや、クロード殿、副院長ですよ。いやはや！　わたしはそれ以上の者ではありませんわい」

「サン＝タンドレ＝デ＝ザルク通りのあの素晴らしいお屋敷は、どのくらいまでできあがりましたかな?　あれはまるでルーヴル宮ですな。戸口にアンズの木(ラブリコチエ)を彫りつけて、『コワチエ宅(ア・ラブリ＝コチエ)』という愉快なしゃれがそえてあるのなんぞは、ことに気にいりましたよ」

「いやはや！　クロード殿、ああいった石の建物はひどく金を食いましてな。できあがるにつれて、こちらの身代がつぶれていくという始末ですよ」

「ご冗談を！　監獄からも、パリ裁判所からも実入り(みい)がおありじゃありませんか?　それに城内の家作(かさく)だの、肉屋だの、売店だの、屋台店だのの賃貸料がごっそりはいってくるじゃありませんか?　張りきった乳房から乳をしぼるようなものですよ」

「ポワシの領地からは、今年など、なんにもはいってきませんでしたよ」

「でも、トリエルやサン＝ジェムスやサン＝ジェルマン＝アン＝レの通行税は、いつも間違いなく、たっぷりあがりましょう」

「たったの百二十リーヴルです。それもパリ・リーヴルじゃないのですよ」

「博士は国王顧問官のお役目も仰せつかっておいでしたな。このほうからは定収入がおありでしょう」

「さよう、クロード殿、でもあのポリニの領地ときたら、人は何だかんだと申しますが、平均すれば年に六十金エキュにもならんのですよ」

クロード師がジャック・コワチエにふりまいたお世辞には、皮肉で、とげとげしく、それとなく冷やかしているような調子が見られた。すぐれた才能をもちながら運に恵まれない男が、うまく成功した俗物をちょっと気ばらしにからかっているときの、あのもの悲しく残忍なほほえみが窺(うかが)われた。だが、相手はそんなことには気づいていなかった。

「まことに」と、クロードはとうとう侍医の手を握りながら言った。「あいかわらずご壮健で何よりですな」

「ありがとうございます、クロード殿」

「それはそうと、国王陛下のご病気はいかがですか?」と、クロード師は大きな声できいた。

「どうも医師へのお手当てがじゅうぶんではありませんでしてな」と、博士は連れの男を横目で見ながら答えた。

「本当にそう思いますか、コワチエ殿?」と、連れの男がきいた。

驚きと非難の調子をおびたこのことばを聞いて、司教補佐はあらためてこの見知らぬ人物に注意を向けた。もっとも、この見なれぬ人物が部屋にはいってきたときから、司教補佐はこの男のことをずっと頭の片隅に置いてはいたのだが。クロード師が、国王ルイ十一世の侍医で全権力を握っているジャック・コワチエ博士のご機嫌をとり、こうして人を連れてやってきたのを迎え入れたりしたのも、実にさまざまなわけがあってのことだった。だからジャック・コワチエがつぎのように言ったときにも、けっしていい顔は見せなかったのである。

「ところで、クロード殿、友人をひとり連れてまいったのです。ご高名をしたって、ぜひお目にかかりたいと申されるので」

「学問をおやりの方ですか?」と司教補佐は、コワチエが連れてきた男に持ち前の鋭いまなざしを注ぎながらきいた。司教補佐は、その男の眉(まゆ)の下に、自分の目にも劣らないほど鋭い、疑心にみちた目が光っているのを見てとった。

おぼろげなランプの光の中で見たところ、年齢は六十ぐらいの中背(ちゅうぜい)の老人で、かなり病身で老いぼれているようすだった。横顔はひどく町人くさいが、どことなく力強い、きびしいところがある。瞳（ひとみ）は奥深い上眉の下で、ほら穴の底の光のようにきらきら輝いている。鼻の上まで目深（まぶか）にかぶった帽子の下には、天才の額（ひたい）から生まれる大きな計画が渦まいているのが感じられる。

男は、みずからすすんで司教補佐の問いに答えた。

「先生」と、彼は落ちついた声で言った。「ご高名を拝聞いたし、ご相談願いたいことがあって参上いたしました。わたくしはつまらない田舎（いなか）貴族でございまして、博学の士の門を叩くにあたりましては、本来ならば、まず靴を脱ぐべき者でございます。まず名前を申しあげねばなりません。わたくしは、トゥーランジョーと申します」

《貴族にしては妙な名前だ！》と、司教補佐は思った。だが、彼は何か力強くて、もののしいものの前に立っているような気持がした。彼の高い知性から出る本能が、トゥーランジョー氏の毛皮の帽子の下に、同じように高い知性が潜んでいるのを見ぬいたのだ。そして、この男の重々しい顔を見ているうちに、ジャック・コワチエに対したとき司教補佐の気むずかしい顔に浮かんだ皮肉な薄笑いは、たそがれの薄明かりが夜の地平に吸いこまれるように、しだいに消え失せていった。彼は、沈んだようすで、黙って、また肘（ひじ）掛け椅子（いす）に腰をおろし、テーブルのいつものところに片肘をついて、額を手のひらでささえた。しばらくじっと考えこんでいたが、やがて二人の客に腰をおろすように手ぶりですすめ、トゥーランジョー氏に話しかけた。

「相談があって参られたとおっしゃったが、どんな学問についてですかな?」

「先生」と、トゥーランジョー氏が答えた。「わたくしは病気なのです。とても重いのです。先生が現代の偉大なアスクレピオス(ギリシア神話の医学の神)だとうかがったものですから、医学上のご助言をうけたまわりたいと存じて、参上いたしたしだいなのです」

「医学ですと!」と、司教補佐は頭を横に振りながら言った。しばらく考えこんでいるようすだったが、また口を開いた。「トゥーランジョー殿とおっしゃいましたな。どうぞ、うしろをごらんください。わたくしのお答えはすっかりその壁に書いてあります」

トゥーランジョー氏は言われたとおりにうしろを向き、頭の上の壁に彫りつけられていることばを読んだ。

「医学は妄想の産物である。——ヤンブリコス(三—四世紀のギリシアの哲学者)」

一方、ジャック・コワチエ博士は、連れてきた男の質問をいまいましげに聞いていたが、クロード師の答えは、彼のいまいましさをますます募らせてしまった。彼はトゥーランジョー氏の耳もとに身をかがめ、司教補佐に聞こえないように小声で言った。「気が狂っていると、ちゃんと申しあげておきましたでしょう。それなのにお会いになりたいなんて！」

「ひょっとしたら、この男の言うことが正しいのかもしれんぞ、ジャック博士！」と、トゥーランジョー氏はあいかわらず落ちついた口調で、皮肉な笑みを浮かべて答えた。

「ご勝手になさいまし！」と、コワチエはそっけなく答えた。それから司教補佐に向かって話しかけた。「あなたはどうも物事をてきぱきと片づけすぎますな、クロード殿。猿がハシバミの殻をむくほどの手間もかけないで、ヒポクラテス（古代ギリシアの医者。医学の父と呼ばれる）を片づけておしまいになる。医学が妄想だなんて！　もし薬屋や医者がこの場にいたら、石で打ち殺されてしまわないともかぎりませんぞ。ではあなたは、媚薬が血液におよぼす作用や、膏薬が肉体におよぼす作用を否定なさるのですな！　世界と称する、種々の花々や金属類からなる、この永遠の薬局を否定なさるのですな！　これこそ、人間というこの永遠の病人のために、わざわざつくられているのですぞ！」

「わたくしは薬局も病人も否定はいたしません。医師を否定いたすのです」と、クロード師は冷やかに答えた。

「では、なんですね」と、コワチエは興奮して言った。

「痛風は体内の水泡疹だという説も、大砲の傷は焼いたハツカネズミをつければ治るということも、若い者の血液を適当に輸血すれば老化した静脈を若がえらせることができるということも、みんな嘘だとおっしゃるのですな。二たす二は四だということも、後弓反張（破傷風などの症状で体がうしろにそり返る病気）は前湾性破傷風（破傷風などの症状で屈筋が攣縮して体が前に曲がる病気）を併発するということも、嘘だとおっしゃるのですな！」

司教補佐は落ちついて答えた。「わたくし流に考えねばならぬことも、ままありましてな」

コワチエは怒って真っ赤になった。

「まあ、まあ、コワチエ殿、腹をたてるのはよしましょう。司教補佐どのはわたくしたちの友人ですよ」と、トゥーランジョー氏が言った。

コワチエは小声で、「要するにこいつは気が狂っているんだ！」とブツブツ言いながらも、ようやくおさまった。

「いやはや、クロード先生」と、トゥーランジョー氏は、ちょっと間をおいてまた口を開いた。「そういうご返事では、ほとほと困ってしまいます。わたくしは二つのことでご意見をうかがいたくて参ったのです。一つはわたくしの健康について、もう一つはわたくしの星まわりについてです」

「トゥーランジョー殿」と、司教補佐は答えた。「そんなおつもりでしたら、なにもわざわざここの階段を息を切らしてお登りになっていらっしゃることはなかったのですよ。

わたくしは医学を信用しておりません。占星学も信用しておりません」

「これは、これは！」と、トゥーランジョー氏は驚いて言った。

コワチエは、とってつけたような笑いを浮かべた。

「あいつが狂っていることがこれではっきりおわかりでしょう。占星学も信じてはおりませんのですよ！」と、彼はトゥーランジョー氏にそっとささやいた。

「愚かな考えですよ」と、クロード師はことばをつづけた。「星の光線が一本一本、糸みたいに人間の頭につながっているなんて！」

「では、いったい何を信じておられるのですか？」と、トゥーランジョー氏が叫んだ。

司教補佐はちょっとのあいだ、ためらっていたが、やがて、自分のことばを打ち消しでもするような陰気なほほえみをもらして答えた。「神を信じます（クレド・イン・デウム）」

「われらの主なる神（ドミヌム・ノストルム）を信じます」と、トゥーランジョー氏も十字を切りながら言いそえた。

「アーメン」と、コワチエも言った。

「先生」と、トゥーランジョー氏がまた口をきった。

「ご信心のほどをうかがって、まことにうれしく存じます。だが、先生ほどの大学者になられると、もう学問などは信じられぬものでございましょうか？」

「とんでもない」と、司教補佐はトゥーランジョー氏の腕をぐっと握って言った。彼の生気のない瞳には、このとき熱情のきらめきがぱっと輝いた。「とんでもない、わたくしは学問を否定などいたしません。ずいぶん長いあいだ腹ばいになり、地に爪(つめ)を立てて、学問のほら穴の数知れぬ支脈の中を這(は)いずりまわってまいりましたのも、はるか先の、暗い坑道のつきあたりに一条の光を、一つの火を認めたからこそであります。忍耐強い人びとや賢明な人びとが神に接したという、何かしら光り輝く学問の殿堂の反映とも思われるものを認めたからこそであります」

「で、結局、真実で確実なものは、なんだとお考えですか？」と、トゥーランジョー氏が話をさえぎった。

「錬金術です」

コワチエが異議をとなえた。「いやはや、クロード殿、錬金術もきっと真実なものではありましょう。だが、なぜ医学や占星学をけなされるのですか？」

「空(くう)です、人間の体を研究する学問なんて！　空(くう)です、空(そら)の星を研究する学問なんて！」と、司教補佐は頭ごなしに言ってのけた。

「エピダウロス（古代ギリシアの都市。前出のアスクレピオス〔医学の神〕の聖所があった）もカルデア（バビロニアの古名。占星学の発生地）も、くそくらえ、というわけですな」と、医者があざ笑いを浮かべて言った。

「まあ、お聞きください、ジャック殿。まじめにお話ししているのです。わたくしは国王の侍医でもなければ、星座を観測するために陛下からデダリュスの園をいただいた覚えもありません。——お怒りにならずに、まあお聞きください。——で、医学のほうはあまりにもお粗末ですから、まあ問題にはなりませんが、占星学の研究から博士はいったいどのような真理を発見なさいましたか？　垂直牛耕運動(ブーストロフェドン)(行を左右交互に書きはじめるギリシアの古文書の書き方。「占星学のブーストロフェドン」の意味は不明)にどんな効能があるのか、ジリュフだのズフィロッドだのという数からどんなありがたいことがわかったのか、ひとつお教え願いたいものです」

「それでは『クラヴィキュル』(「小さな鍵」という意味。誤ってソロモン著とされている魔術の本)の感応力も、そこから神秘な力が出るという事実も否定なさるわけですね？」と、コワチエがきいた。

「でたらめですよ、ジャック殿！　あなたのお説は、どれもこれも真理とは無関係です。それにひきかえ、錬金術のほうはいろいろな発見をやっております。錬金術のあげた成果を二つ三つ申しあげてみましょう。まさかこれに文句をおつけにはなりますまいな？——氷は一千年のあいだ地中に封じこめられると水晶になる。——鉛はすべての金属の祖先である(というのも金は金属ではなくて光だからです)。——鉛は、鉛の状態から赤砒素(せきひそ)の状態に、赤砒素から錫(すず)に、錫から銀にとつぎつぎと変わっていくのに、各二百年を一期とする計四期を要するにすぎない。——これは立派な事実でしょう？　だが、クラヴィキュルだの、実線だの、星だのを信じるのは、中国人といっしょになって、コウライウグイスがモグラに変わったり、小麦の粒がコイ科の魚に変わったりすると信じるようなもので、まったく笑止の沙汰なのです！」

「わたくしは錬金術も研究いたしました」と、コワチエが叫んだ。「誓って申しあげますが……」

勢いこんだ司教補佐は、コワチエに終わりまでしゃべらせなかった。「わたくしだって医学も、占星学も、錬金術もみな研究しましたよ。だが真理はここにだけあるのです（こう言いながら、彼はさっきお話ししたあの粉がいっぱい詰まっている小さなびんを一つ、長持の上から手にとった）。光はここにだけあるのです！　ヒポクラテスなんか夢です。ウラニア（ギリシア神話の天文学と幾何学の女神）なんか夢です。ヘルメス（ヘルメス・トリメギストス。新プラトン主義者や神秘主義者によって、魔術や占星学の本を書いた）なんか夢想です。黄金こそ太陽なのです。黄金をつくることは、神になることなのです。錬金術こそは唯一の学問なのです。申しあげたように、わたくしは医学にも占星学にも首をつっこみました！　空です、空です。人間の体のことなど、なんにもわかりはしません、空の星のことも、なんにもわかりはしません！」

こう言って、彼は力強い、霊感に打たれたようなようすで、また椅子に腰をおろした。トゥーランジョー氏は黙ってその姿を見守っていた。コワチエはわざとらしい冷笑を浮かべ、わかるかわからないほどちょっと肩をそびやかして、何度もつぶやいた。「おかしなやつめ！」

「それで」と、トゥーランジョー氏が出しぬけに言った。「先生はその驚くべき目的を達成なさったのですか？　黄金をおつくりになられたのですか？」

「もしつくっておりましたなら、今ごろフランス王は、ルイではなくて、クロードと呼ばれていたことでありましょう」と司教補佐は、もの思いにふけっている人がするように、一語一語をゆっくりと発音しながら答えた。

トゥーランジョー氏は眉をしかめた。

「なんとつまらぬことを申したのでしょう？」と、クロード師はさげすむようなほほえみを浮かべて、ことばをつづけた。「黄金をつくることができたら、東ローマ帝国を再建することもできるでしょうに、フランスの王位など何でしょうか！」

「まことに結構なお話ですな！」と、トゥーランジョー氏が言った。

「可哀(かわい)そうに！　狂っているぞ！」と、コワチエがつぶやいた。

司教補佐はなおもしゃべりつづけた。もう、われとわが思いに答えているとしか見えない。

「だめだ、わたくしはまだ泥の中を這いずりまわっている。地下道の石ころで、顔だの膝（ひざ）だのをすりむいている。ちらちらした光が見えるだけで、光の正体はつかめない！　奥義（おうぎ）を読みとることなどできはしない。拾い読みが精一杯のところだ！」

「で、お読みになれるようになったら、黄金をおつくりになれますか？」と、トゥーランジョー氏がきいた。

「もちろんです」と、司教補佐が答えた。

「それでは、聖母マリア（ノートル＝ダム）もご承知のことですが、わたくしははなはだしく金銭に不自由いたしておりますので、あなたのそのご本を読むすべをぜひ会得いたしたいものでございます。ところで、先生、あなたの学ばれている錬金術は、聖母マリアに逆らい申したり、そのご機嫌を損ねたりするものではありますまいな？」

こうきかれて、クロード師は落ちついた、尊大な態度で、「わたくしが誰に仕えているのだとお思いですか？」と答えただけだった。

「なるほど、ごもっともです、先生。それでは先生！　お教えいただけますでしょうか？　その書物の拾い読みとやらを、ごいっしょにやらせてくださいませんか」

クロードは、まるでサムエル（イスラエルの士師。大司祭としての威令は、イスラエル全土に及んだ）のようなおごそかな、司教然とした態度をとった。

「ご老人、この神秘の世界への旅を企てるためには、あなたはあまりにも年をとりすぎておられます。おつむも、もう真っ白だ！　錬金術の洞窟（どうくつ）から出てくるときには髪はいやでも白くなっておりますが、中にはいっていくのは髪の黒いうちでなければなりません。学問をやっていくその苦労だけでも、人間の顔は深いしわができ、色があせ、かさかさになってしまうのです。年をとらなくても、顔はしわだらけになってしまうのです。だが、そのお年からでも勉学にとりかかり、賢人たちの難しく厄介な文字を読み解きたいという、たってのお望みであれば、わたくしのもとに、来られるがよろしい。おひきうけいたしましょう。ひとつやってみましょう。ご老体に向かって、ヘロドトス（古代ギリシアの歴史家）が語っておりますピラミッドの墓室とか、バビロンの煉瓦（れんが）の塔とか、エクリンガのインド寺院の白大理石でできた巨大な内陣とかを訪ねてごらんなさい、などとは申しません。わたくしとてもあなたと同じで、シクラ（インドの尖塔のついた丸い塔）の聖なる様式で建てられたカルデアの石造建築も、破壊されたソロモンの神殿も、こわれたイスラエル諸王の墓の石の扉も見たことは一度もないのです。わたくしたちは、ここにあるヘルメスの書物の断片だけで満足せねばならんでしょう。種（たね）まく人の象徴である聖クリストフの彫像や、サント＝シャペル礼拝堂の正面玄関にある二つの天使像の秘密についてご説明いたしましょう。天使像の一つは手を瓶（かめ）の中に入れ、もう一つは手を雲の中に入れているのですが……」

このとき、司教補佐の勢いこんだやり返しでぺしゃんこにされていたジャック・コワチエは、馬首を立て直し、学者が商売敵（しょうばいがたき）の誤りを指摘するときのあの勝ち誇った口調で、司教補佐のことばをさえぎった。「間違っていますぞ、クロード殿。象徴は数ではありません。あなたは、オルペウスをヘルメスだと勘違いしておられる」

「あなたこそ間違っておられる」と、司教補佐は重々しい調子で言い返した。「ダイダロスは土台、オルペウスは壁、ヘルメスは建物なのです。それで、すべてがそろうのです。――お気が向いたら、いつでもおいでください」と、司教補佐はトゥーランジョーのほうを向いて、ことばをつづけた。「ニコラ・フラメルのるつぼの底に残っていた金のかけらをお見せしますから、ギヨーム・ド・パリスのつくった黄金とお比べになってください。ギリシア語の『ペリステラ』(鳩、クマツヅラ)ということばに秘められた効力もお教えいたしましょう。だが手はじめにまず、大理石につづられたアルファベット文字、つまり秘密の書物の石のページともいうべきものを順々に読む方法をお教えしましょう。ギヨーム司教の正面玄関やサン＝ジャン＝ル＝ロンの正面玄関からサント＝シャペル礼拝堂へ、それからマリヴォー通りのニコラ・フラメル邸へ、つぎにサン＝ジノサン墓地にある彼の墓へ、モンモランシ通りの彼の二つの施療院へとご案内しましょう。サン＝ジェルヴェ施療院の正面玄関とフェロヌリ通りにある、四つの大きな鉄製の薪台（まきだい）に刻まれた象形文字も読ませてさしあげましょう。それからまたサン＝コームや、サント＝ジュヌヴィエーヴ＝デ＝ザルダンや、サン＝マルタンや、サン＝ジャック＝ド＝ラ＝ブーシュリといった教会の正面もごいっしょに読み解いてみましょう……」

トゥーランジョーはいかにも頭のよさそうな目つきをしてはいたが、もうだいぶ前からクロード師の言うことがさっぱりわからなくなってしまったらしい。彼は司教補佐のことばをさえぎった。

「いやはや！　先生の言われる書物とはいったい何のことなのですか？」

「ここに、その一冊が見えます」と、司教補佐は答えた。

そして部屋の窓を開けると、ノートル＝ダムの巨大な聖堂を指さした。大聖堂は二つの塔と、石の壁と、怪物のような臀部(でんぶ)との黒いシルエットを星空にくっきり浮きたたせていて、まるでパリの真ん中にとてつもなく大きな双頭のスフィンクスがすわりこんでいるみたいに見えた。

司教補佐はしばらく黙ってその巨大な建物をながめていたが、やがて溜息(ためいき)を一つつくと、右手を、テーブルに広げてあった書物のほうへのばし、左手を、ノートル＝ダム大聖堂のほうへ差し出して、悲しげな目を書物から建物へ移しながら言った。

「ああ！　これがあれを滅ぼすだろう」

コワチエは、いったい何の本だろうと急いでそばへよってきたが、思わず大声をあげて言った。「おやおや！　なんだってまた、この本がそんなに恐ろしいとおっしゃるんですか？　『聖パウロ書簡集注釈、ニュルンベルク、アントニウス・コーブルガー刊、一四七四』とありますな。目新しいものではない。『命題集の師』ペトルス・ロンバルドゥスの書いた本じゃありませんか。印刷されているから恐ろしいと言われるのですか？」

「そのとおりです」と、クロードは答えた。彼は何か深い瞑想にふけっているようすで、ニュルンベルクの名高い印刷機で刷りあげられた二折版の本の上に、折り曲げた人さし指を置いて、じっと立ちつづけていた。やがて彼は、こんな謎のようなことばを言い添えた。「恐ろしいことじゃ！　小さなものが大きなものをうち負かすのだ。一本の虫歯も体ぜんたいを朽ちさせる。ナイル河のネズミはワニを殺し、メカジキはクジラを殺し、書物は建築物を滅ぼすことになるだろう！」

ジャック博士が「あいつは狂っているんでございますよ」という例のお得意の文句を連れの耳にまたささやいていたとき、消灯を告げる修道院の鐘が鳴り響いた。とうとう連れの男もこんどは、こう答えざるをえなかった。「そうらしいな」

外来者はみな修道院から出ていかなければならない時間がきたのだ。二人の客は帰り支度をはじめた。「先生」と、トゥーランジョー氏は司教補佐にいとまごいをしながら、言った。「わたくしは学者や大人物を敬愛いたす者です。とりわけあなたのことは崇敬いたしております。あすトゥールネル宮へおこしください。そして、サン＝マルタン・ド・トゥール修院長に会いたい、とおっしゃってください」

司教補佐はびっくりして部屋へ戻った。トゥーランジョー氏とはどういう人物かがやっとのみこめたのである。サン＝マルタン・ド・トゥール修道院の記録集にあるつぎのような一節を思い出したのだ。「サン＝マルタン修院長、『すなわちフランス王』は、慣習により司教座聖堂参事会員である。そして、聖ウェナンティウスの得る少額の収入を受けとり、財務官の座につかねばならない」

このとき以来、ルイ十一世がパリを訪れたときには、司教補佐は陛下とたびたび会談したということである。クロード師に対する信任がはなはだ厚くなり、オリヴィエ・ル・ダンやジャック・コワチエは出しぬかれたような格好になったので、コワチエは、彼一流のやり方で、王に当たり散らしたという話である。

2　これがあれを滅ぼすだろう

司教補佐は先ほど「これがあれを滅ぼすだろう。書物が建物を滅ぼすだろう」という謎（なぞ）のようなことばをもらしたが、このことばの中には、いったいどんな意味が隠されているのだろうか、そのへんのところを、とくに女性の読者のみなさんのお許しを得て、ここでちょっと探ってみたいと思う。

私の考えによれば、このことばの意味には二つの面があったようだ。まず一つの面は聖職者としての考えである。印刷術という新興勢力の前におののく聖職者たちの恐れを表わしている。グーテンベルク（ドイツの活字印刷の創始者）の輝かしい印刷機を目前にした、神に仕える人びとの恐怖と驚嘆の気持を示している。説教と写本、つまり話されたことばと書かれたことばの、印刷されたことばに対する不安のおののきである。一羽のスズメが、天使の軍団が六百万の翼をいっせいに広げるのを見たとしたら、きっと肝（きも）を潰（つぶ）して腰を抜かしてしまうに相違ないが、何かしらそれに似たような精神の状態である。信仰という鎖から解放された人類がざわめき群がり集まる気配をはやくも耳にした予言者の悲痛な叫び、ゆくゆくは知性が教義の足もとを掘りくずし、世論が信仰をその王座から蹴おとし、世界がローマを揺り動かすことを見てとった予言者の悲痛な叫びである。人類の思想が印刷機によって気化され、神政政治の容器から蒸発してしまうのを見こした哲学者の予想である。敵兵の手にした青銅の破城槌をつくづく見て、「この塔も、そのうちには倒されてしまうだろう」と口ばしる兵士の恐怖である。一つの力が去り、代わって他の力が現われようとしていたことを意味していたのである。つまり「印刷術は教会を滅ぼすだろう」ということだったのである。

だが、いま挙げた第一の、おそらくしごく簡単な考えのほかに、いっそう近代的な考えがもう一つ隠されていたように、私には思われる。これは、第一の考えから必然的に出てくる結論だが、それほどたやすくは気づかれず、またいっそう異論を招きやすいもので、もう聖職者ばかりではなく、学者や芸術家といった人びともいだくところの、深い哲学的見解なのである。つまり、人間の思想はその形態が変わるにつれて表現様式も変わっていくのだ、新しい時代の代表的思想はいつまでも古い時代と同じ材料や方法では記録されない、さすがにじょうぶで持ちのよい石の書物も、さらにいっそうじょうぶで持ちのよい紙の書物にとって代わられることになるのだ、という予感なのである。この点から言えば、司教補佐の漠然としたことばには第二の意味が含まれていたのだ。つまり一つの技術がもう一つの技術を追い払おうとしている、という意味があったのだ。言い換えれば、印刷術は建築術を滅ぼすであろう、ということなのである。

事実、世界のはじまりからキリスト紀元の十五世紀の末までは、建築は人類の持っていた偉大な書物の役目をつとめてきた。能力や知能のさまざまな発展段階にあった人間の主な思想表現の手段となってきた。

太古時代の諸民族が、後世に残すべき思い出があまりにも多すぎると感じたとき、人類の思い出の荷物があまりに重く複雑になったために、ことばというむきだしでとび散りやすい形式にたよったのでは途中でなくなってしまう恐れが生じたとき、人びとは頭の中にあった記憶を、いちばんよく見え、いちばん長持ちし、いちばん自然なやり方で、地上に記録しておいたのである。人びとは一つひとつの言い伝えを記念碑という様式の中に封じこんだのだ。

人類史に現われた最初の記念碑は、モーセの言う「鉄をまじえない」岩の塊(かたま)りにすぎなかった。建築術は、文字を書く術とまったく同じようなぐあいにはじまった。まずはじめにできたのはアルファベットであった。人びとが石を一本立てると、それがすなわち一つの文字であった。ところでこの文字は象形文字であり、一連の思想が、ちょうど円柱の上の柱頭のように、それぞれの象形文字の上に表わされていた。このように、太古の諸民族は、地球の表面のいたるところで、同じ時期に、同じような記念碑を立てた。ケルト人が立てた「石柱」は、アジアのシベリアにも南アメリカの大草原にも見いだされる。

　時代がくだると、人類はこうした建築物で単語をつくるようになった。石を積み重ね、花崗岩（かこうがん）の音節を結び合わせ、動詞は何か文のようなものをつくろうとしはじめた。ケルト人のつくった巨石墳（ドルメン）や巨石碑（クロムレック）、エトルスキ人の古墳（チュミュリュス）、ヘブル人の石塚（ガルガル）などは、みな単語にもたとえられるべき記念碑である。その中のあるもの、ことに古墳（チュミュリュス）などは固有名詞である。ときには、石がたくさんあって敷地に使う浜辺も広いばあいには、人びとは文をつくりさえした。カルナック（ブルターニュ地方の村。付近に巨石記念物が多数ある）の巨石群などは、もう立派な文章である。

　そのうちとうとう、人びとは建築物で書物をつくるようになった。いろいろな伝承はもうこのころまでにたくさんの象徴を生み出していたが、そうした象徴のかげに、伝承は姿を隠してしまっていた。ちょうど木の幹が生い茂った葉のかげに隠れてしまうように。そして人類が信じていたこうした象徴はどんどん成長し、増加し、たがいに交差し、ますます複雑になっていった。こうなってくると、原始的な記念碑では、とうていこうした象徴を表現するわけにはいかない。あらゆる部分から象徴はあふれ出るようになった。こうした記念碑は、記念碑そのものと同じように単純で、むきだしで、地面にころがっている原始的な伝承をさえ、もう表現しかねるようになった。こうした象徴を表現するためには巨大な建築物が建てられねばならなくなった。このようなわけで、建築術は人間の思想とともに発展したのである。建築は無数の頭や無数の腕をもった巨大な姿となり、永遠不滅の、目に見え手で触れることのできる形態のもとに、浮動するあらゆる象徴を定着させたのである。力を表わす建築の神ダイダロスが測量を行ない、理知を表わす楽神オルペウスが歌をうたうにつれて、文字の役目をつとめていた柱や、音節の役を演じていたアーケードや、単語の役をつとめていたピラミッド、こうした建築の諸要素は幾何学と詩学の法則に促されて、いっせいに活動を開始し、群れをなし、組み合わされ、混合し、地にくだり、天にのぼり、地上に並び、または階を重ねて天にそびえ、ついに一時代の時代思想の命ずるままに、数々の素晴らしい書物を生み出すようになったのである。つまり、素晴らしい建築物ができあがったのである。インドのエクリンガの塔や、エジプトのラ・メス王の廟（びょう）（エジプト王ラ・メス二世がテーベに建てた廟）や、ソロモン（古代イスラエルの王。エルサレムの神殿を建てた）の神殿などがこれである。

基本的思想、つまりことばは、単にこうした建築物の基底となっていただけではなく、形態そのものともなっていた。たとえば、ソロモンの神殿は、ただ聖なる書物の装丁だったのではなくて、聖なる書物そのものだったのである。聖櫃（モーセの律法を刻んだ石版を保存してあった箱）を中心として幾重にもつくられた囲壁の一つひとつに、聖職者たちは、目に見えるものとして表わされたことばを読みとることができた。彼らは、ことばが変わっていくのを追って聖所から聖所へと進み、ついに最後の神殿にはいっていく。そして「聖櫃」という、これまた建築物であるしごく具体的な形をしたことばを理解したのである。こんなふうに、ことばは建造物の中に閉じこめられてはいたが、その姿は、ミイラの棺に描かれた死者の顔のように、建造物の外形そのものに表われていたのである。

いや建物の外形ばかりではない。建築に選ばれた土地のありさまさえもが、建物の言おうとするところを物語っている。表現しようとする象徴が優雅であるか、陰気であるかによって、建てられている場所も違ってくる。ギリシア人は、目に快く映る神殿で山頂を飾った。インド人は、山の横腹をえぐって、花崗岩の象の巨大な行列にささえられた、奇怪な塔をほら穴の中に刻みこんでいる。

こんなわけで、世界がはじまってから六千年のあいだ、太古のヒンドスタンの塔からケルンの大聖堂にいたるまで、建築は人類の書いた偉大な文字の役目を務めてきたのだった。これは少しも疑えない事実であり、宗教的象徴は言うまでもなく、人類が抱いたありとあらゆる思想は、記念碑や巨大な建築物の中に記入されていると言ってよろしい。

地上のあらゆる文明は神政政治ではじまって、民主主義に終わりを告げる。統一のつぎに自由がくるというこの法則は、建築にも現われている。というのも、このことはとくに強調しておきたいのだが、石造建築術が神殿を建てたり、神話や宗教的象徴を表現したり、象形文字で石のページに法の神秘な表を写したりするだけの力しかない、などと思ってはならないからである。もしそうだとすれば、今や宗教的象徴は自由思想に圧迫されて衰滅し、人間は聖職者の束縛から自由になり、哲学や諸科学のおできが宗教の顔を台なしにしてしまうようなときが、あらゆる人間社会にやってきているのだから、建築術は人間精神のこうした新しい状態を写し出すことができないはずである。建築というう書物の片側のページはいっぱい書きこまれても、それに向かいあったページは空白のままで終わらねばならないはずである。作品は未完のままとなり、書物は不完全なものとなってしまうであろう。ところが、そうではないのだ。

中世を例に引いてみよう。中世はいっそう現代に近いから、それだけはっきり事情がわかる。中世のはじめに、神政政治がヨーロッパを組織していたとき、ヴァティカン宮が、カピトリウム神殿（ローマのカピトリウムの丘に建てられたユピテルの神殿）のまわりにくずれて横たわっていた古代のローマから新しいローマをつくるため、種々の要素を集めて再分類していたとき、つまりキリスト教が古い時代の文明の残骸（ざんがい）の中へ出かけていって社会のあらゆる階級を探し求め、そうした残骸でもって、聖職者をかなめ石とする新しい階層世界を再建していたとき、この混乱の中で、まずはじめに何かが湧き出る音が聞こえ、ついでキリスト教の影響下に、滅びた建築の瓦礫の中から、ギリシア＝ローマ式の、あの神秘的なロマネスク建築が蛮族の手によって、しだいしだいに姿を現わすのが見られたのである。ロマネスク建築は、エジプトやインドの神政政治的な石造建築物の妹であり、純粋なカトリック教の不変の象徴であり、法王による統一を表わす不変の象形文字であった。当時のあらゆる思想は、事実、この陰気なロマネスクという建築様式に表現されている。この様式には、どの部分にも権威や、統一や、不可知や、絶対や、グレゴリウス七世（法王権の皇帝権に対する優位を確立した十一世紀のローマ法王）の姿が感じられる。どの部分にも聖職者の影が感じられ、人間らしいところはまったくない。どの部分も階級のにおいばかりして、民衆のにおいは感じられない。だがそのうち、十字軍の運動が起こった。これは民衆の手によって起こされた偉大な運動だった。偉大な民衆運動というものは、その原因や目的が何であれ、せんじつめたところからは必ず自由の精神を発散するものである。新しい思想が生まれようとしていたのだ。今や、農民暴動、プラーグ反乱（一四四〇年、シャルル七世の政策に反抗した封建諸侯の反乱）、リーグ（政治的目的を達するための結社）などの騒々しい時代の幕が切って落とされたのだ。権威は揺らぎ、統一は分裂した。封建制が神政政治に分け前を要求する。そこへ、いやでも民衆が割りこんできて、例によって、ライオンの分け前を取るのである。「なぜなら、わたしはライオンと呼ばれているのだから」こうして領主の権利が教権の下に現われ、民衆の権利が領主権の下に現われた。ヨーロッパのありさまは変わった。そうだ！　建築のようすもまた変わったのだ。文明が変わるとともに建築も新しいページを開き、時代の新しい精神は、その精神の命じるままに建築がページをうめようとしていることを認めるのである。十字軍から、各国民が自由をもって帰ったように、建築は交差リブをもって帰ってきた。ローマ法王の威信は日増しに地に堕ち、ロマネスク建築は壊滅に瀕していた。象形文字は大聖堂を捨て、封建制度に威厳をそえるために、諸侯の居城の天守閣の紋章に使われるようになった。かつてはあれほど専横であった大聖堂も、これ以後、市民や自治体や自由思想に侵略され、聖職者の手からすべり落ちて、芸術家の手に握られるようになった。芸術家たちは、好みにまかせて聖堂を建てるようになった。神秘よ、神話よ、掟よ、さらばである。その代わりに、作家の幻想や気まぐれが支配するようになったのだ。聖職者は、会堂と祭壇さえもてれば、ありがたいと思わなければならなかった。四面の壁はみな芸術家のものになってしまった。建築という書物は、もう聖職者だの、宗教だの、ローマ法王だののものではなくなってしまった。想像力や詩想は、民衆の手に移ったのである。こんなわけで、その後わずか三世紀のうちに、民衆のものとなったこの建築は、急速に、おびただしい変化をとげた。これは、その前の六、七世紀間にわたるロマネスク建築のよどんだような停滞ぶりを思うと、まことに驚くほかはない。このあいだにも、芸術は長足の進歩をとげつつあった。前には司教たちのやっていた仕事を、民衆の天分と独創力がやるようになった。どの世代も建築という書物に自分の手で一行を書き加えて、去っていった。彼らは大聖堂の正面に記されていた古いロマネスク風の象形文字を削りとってしまったので、むかしの教理は、民衆が新たに記しこんだ新しい象徴の下から、ところどころ頭を出しているばかりのありさまになってしまった。民衆がかけた幕に覆われて、その下に宗教の骨組のあることはほとんどわからなくなってしまった。当時の建築家たちが、教会堂に対してさえ、どんなに好き勝手なまねをしたかは、ちょっと考えもおよばないくらいだ。パリ裁判所の暖炉の間(ま)などには、あられもない格好で抱き合っている修道士と修道女の姿で飾られた柱頭がいくつもある。ブールジュの大聖堂の正面大玄関には、ノアの物語（ノアはブドウ酒に酔い裸で寝ているところを、その子ハムに見られた。「創世記」九の二〇―二七）が「ありのままの露骨な調子で」彫刻されている。ボシェルヴィルの修道院の洗面所には、ロバの耳をした酔っ払い修道士が、手にグラスを持って、信者たちをゲラゲラあざ笑っている図が描かれている。当時、石で書かれる思想には、今日(こんにち)の出版の自由とまったく変わらない自由の特権が与えられていたのだ。これは「建築の自由」とも呼びうるものであろう。

この自由は極端なものになった。ときには正面玄関や、正面や、教会堂全体が、宗教とは縁もゆかりもない、いや教会に敵対しさえする象徴的意味を表わしたこともあった。ギヨーム・ド・パリスは早くも十三世紀に、ニコラ・フラメルは十五世紀に、こうした反抗的なページを建築の書物に書き加えた。サン＝ジャック＝ド＝ラ＝ブーシュリ教会などは、全体が反宗教の塊りといった格好だった。

そのころは、思想を自由に表現するには、こんなやり方しかなかったのである。だから、思想はすべて建物という書物だけにしか、じゅうぶんには書かれなかったのだ。建物という形をとらなければ、思想は写本という形にならなければならず、うっかり写本などになったら、まちの広場で死刑執行人に焼き捨てられてしまったであろう。教会の正面玄関に表現された思想が、書物に書かれた思想の処刑されるのを見物することになったであろう。こんなわけで、石造建築という方法によらなければ世に出ることができなかったので、思想は四方八方から建築の中にとびこんできた。そこで、無数の大聖堂がヨーロッパ全土を覆うに至ったのである。その数はあまりに多くて、はっきり確かめてからでも、なかなか信じられないほどである。社会のあらゆる物質力とあらゆる知力が、建築という一つの点に集中してしまったのだ。そこで、神に捧げる教会を建てるのだという口実のもとに、芸術はすさまじい勢いで発展したのである。

当時、詩的才能をもって生まれた者は、誰もかれも建築家になった。そのころの民衆の中に散らばっていた天才は、まるで青銅の盾を頭の上に「亀甲形に連ねられでもした」（頭上に亀甲形に盾を連ねて天井をつくる、ローマの兵士たちが用いた攻撃隊形）みたいに、すっかり封建制のもとに抑えつけられていて、建築の分野にはけ口を見いだすよりほかに仕方がなかった。そこで民衆の『イリアス』（トロイア戦争を扱った大叙事詩。ホメロス作）は大聖堂という形をとるようになったのである。ほかのあらゆる芸術は建築に服従し、その訓練をうけた。あらゆる種類の芸術家が建築という大業に従事したのだ。建築家なり、詩人なり、親方なりは、建物の正面を飾ってくれる彫刻も、ステンドグラスの配色をやってくれる絵画も、鐘を揺り動かし、オルガンを奏してくれる音楽も、みな自分で総括したのである。写本としてどうにか生きつづけてきた哀れな芸術、いわゆる詩歌といわれるものも、芸術として世に認められるためには、聖歌や「続誦」（韻のついた、長さの一定でない詩句からなるラテン語の聖歌）という形で聖堂建築の一部に組みこまれなければならなかった。要するに、アイスキュロスの悲劇がギリシアの宗教的祭典でつとめた役割や、「創世記」がソロモンの神殿でつとめた役割を買って出なければならなかったのだ。

こんなわけで、グーテンベルクが現われるまでは、建築は思想を記録するためのいちばん重要で一般的な手段であった。建築というこの花崗岩の書物は、古代東方諸国によって書きはじめられ、古代ギリシア＝ローマによって受け継がれ、中世がその最後のページを書きこんだのである。なおまた、私が先ほど中世建築のところで申しあげた、民衆的な建築が階級的な建築の後をうけて起こるという現象は、歴史上のあらゆる重要な時代に、人間の知性の中にまったく同じような動きをもって現われるのである。ここに一つの法則が存在する。この法則を詳説しようとすれば数冊の書物を必要とするだろうが、ここでは簡単にその要点を示すにとどめよう。原始時代の人類文化の揺籃（ようらん）の地、古代東方では、ヒンドスタン建築の後にアラブ建築のあの豊かな母であるフェニキア建築が現われた。古代ではエジプト建築——エトルスキ様式や巨大な記念建造物などはその変種にすぎない——の後にギリシア建築が現われた。——ローマ様式はギリシア建築の延長で、ただカルタゴ式のドームを加えたものにすぎない——近代では、ロマネスク建築の後にゴチック建築が現われた。さてここに挙げた三つの組をそれぞれ二つに分けてみると、姉に当たるほうの三つ、つまりヒンドスタン建築、エジプト建築、ロマネスク建築には、いずれも同じような象徴が見られるであろう。つまり神政政治、階級制、統一、教義、神話、神である。また妹に当たるほうの三つ、フェニキア建築、ギリシア建築、ゴチック建築にも、持ち前の性格からくる形の相違がそれぞれに認められるにせよ、やはり共通した意味が読みとれるであろう。つまり自由、民衆、人間性である。

ヒンドスタンや、エジプトや、ロマネスクの石造建築には、バラモンと呼ばれようと、マーギ「ゾロアスター」教祭司と呼ばれようと、法王と呼ばれようと、とにかく聖職者の存在が強く感じられる。聖職者のほかには何も感じられないのだ。だが、民衆の手から生まれた建築は、これとはようすが異なっている。宗教建築よりももっと豊かな感じはするが、神聖な感じには乏しい。フェニキア建築には商人の、ギリシア建築には共和主義者の、ゴチック建築には市民の匂いが感じられるのだ。

　神政式建築の一般的性格は、不変性、進歩に対する嫌悪、伝統的方針の保持、原始的基準への崇敬の念、人間や自然のあらゆる形態を幻想的で不可解な象徴でいつも表現しようとする習慣などである。奥義（おうぎ）を極めた人たちだけが判読できる難解な書物である。おまけに、建物のあらゆる形態が、極めて不格好な部分さえもが、ここではある意味をもち、神聖で侵すべからざるものとなっているのだ。ヒンドスタンや、エジプトや、ロマネスクの石造建築に、構想の改革や、彫像法の改善を求めてもむだである。改良はすべて不敬行為なのである。こうした建築では、硬直した教義が石の上にまで広がり、石をいっそう固くしてしまったような感じがする。――これに反して、民衆の手から生まれた石造建築の一般的性格は、多様性、進歩、独創性、豪奢（こうしゃ）、永遠の運動などである。こうした建築は、宗教とはほとんど無縁になってしまったので、美観ということを頭におき、その美を大切に手入れをし、彫像や唐草（からくさ）模様の装飾を絶えず改善することができる。時代精神を表現する建築なのだ。神聖な象徴のもとに建てられたことに変わりはないが、その象徴に絶えず人間的なものを加えているので、全体としてどことなく人間性が感じられるのである。だから、こうした建物は、すべての人びとの心情や知性や想像力に訴えることができ、神政式建築に認められる象徴性はまだ残っているが、自然と同じように容易に理解できるものなのである。神政式建築と、こうした建築とのあいだには、宗教語と民衆語、象形文字と芸術、ソロモンとフェイディアス（古代ギリシアの彫刻家）ほどの違いがある。

私の所説の裏打ちをなす無数の引証や、細かい点について世の人があげそうなさまざまな反論、こうしたものはすべて省いてしまったが、これまで私がごく大ざっぱに述べてきたところを、さらに簡潔に申しあげれば、こういうことになる。建築は十五世紀になるまでは人類の思想を書き記した重要な帳簿の役目をつとめてきたのであり、十五世紀以前には、人類のいだいた少しでも複雑な思想はみな、建築という形式によって表現されていたのである。民衆の思想も、宗教上の掟もすべて、これを象徴し記念する建物によって表現されたのだ。そして人類はついには、石で書けることのほかには、重要なことは考えなくなってしまったのである。なぜだろう？　つまり宗教的なものであれ、哲学的なものであれ、思想というものはすべて永遠に残されることを望むからである。

一世代の心を動かした思想に、後世の人びとの心をも動かし、その跡を残したいと願うのである。ところで、写本の上に残された思想の生命は、ごくわずかのあいだしかつづかないのだ！　これに反して、建物ははるかに堅固で、持ちのよい、じょうぶな書物なのだ！　紙に書かれたことばを滅ぼすには、松明一本とトルコ人ひとりで事足りる。だが、建築という書籍に記されたことばを滅ぼすには、社会革命か天変地異でも起こらなければならない。ローマに侵入した蛮族たちはコロセウムの上を通りすぎたが、この円形大演戯場はこわれなかった。ノアの大洪水もピラミッドを破壊できなかっただろう。

しかし、十五世紀になると、すべてが変わった。

人間の思想は、永遠に生きるために、建築よりもさらにじょうぶで、持ちがよいばかりか、もっと簡単で容易な手段を発見したのである。建築は王座から追われてしまった。グーテンベルクの鉛の文字が、オルペウスの石の文字にとって代わったのである。

「書物は建物を滅ぼそうとしていた」のである。

印刷術の発明は歴史上の一大事件である。あらゆる革命の母となる革命である。これによって、人間の表現形式はすっかり変わってしまった。人類の思想は、それまでの表現形式を捨てて新しい形式をとるようになったのだ。アダムいらい知性を表わしていた象徴のヘビが、その古い皮を完全に脱ぎ捨ててしまったのだ。

思想は印刷されることによって、かつてなかったほど不滅なものとなった。空気のような、つかみどころのない、こわすことのできないものになってしまった。思想は空気に溶けこんでしまったのだ。建築が人知を代表していた時代には、思想は山のような建物に表現されて、ある時代と、ある場所を力強く占領していた。だが、思想は、今や鳥の群れと化して風のまにまに四方に飛び散り、世界じゅうのあらゆる場所をいっぺんに占めてしまうようになった。

繰り返して申しあげるが、印刷という形で表現されるようになってからは、思想ははるかに滅びにくいものになった。誰がこれに異議をさしはさめよう？　むかしは硬い石で表わされていた思想は、根強い生命力をもつものになった。長持ちするものから不滅の生命をもつものになったのだ。石を積んだものはこわすことができるが、地上のあらゆる場所を占める印刷物を根絶やしにすることなど、どうしてできよう？　洪水が起こって山が波の下に隠れてしまってからでも、鳥はなお長いあいだ空を飛んでいることができる。大洪水の水面に箱船が一艘（いっそう）でも浮かんでいれば、鳥たちはその上にとまり、船とともに波間に漂い、船とともに水がひくのを待つことができよう。そして、この大洪水の後から姿を現わす新しい世界は、目をさましたとき、水に呑（の）みこまれてしまった古い世界の思想が、翼をもち、生き長らえて、頭上を舞っているのを見るであろう。

この思想表現形式が、何よりもいちばん保存がきくばかりか、いちばん簡単で、便利で、誰にも利用できるものだということがわかれば、また、この方法がかさばった荷物だの、重い道具だのを必要としないことを思えば、また、思想を建物として表現するには、四つも五つもの部門の芸術や、何トンという金(きん)や、山のような石材や、森のような材木や、一国民ほどもの労働者を動員しなければならないことを考えれば、また、それに比べて、思想を書物とするには、わずかの紙と、わずかのインクと、ペンが一本あればそれでよいのだということを思えば、人間の知性が建築を捨てて印刷術をとりあげたことに、どうして驚くことがあろう？　川の底に接してそれより低い位置に水路を掘り、いきなり底を切ってみ給え。流れはもとの道筋を去ってしまうであろう。

そんなわけで、印刷術が発明されて以来、いかに建築が、しだいに色つやを失い、痩(や)せ衰え、裸になっていったかをごらんになるがよろしい。水位がさがり、樹液がなくなり、時代の思想や諸民族の思想が建築から離れていくのが、いかにありありと感じられたことだろう！　だが、こうした熱のさめ方は十五世紀にはまだほとんど感じられなかった。当時の印刷術はまだ弱々しくて、力強い建築からありあまった生命力を吸いとるぐらいがせいぜいだった。だが十六世紀になると、もう、建築の病気ははっきり目に見えるようになった。建築はもう社会そのものを表現する主役ではなくなった。哀れにも古典芸術と化してしまったのだ。ゴチック建築に示されたゴール精神、ヨーロッパ精神、民族生粋（きっすい）の精神は失われ、建築はギリシア＝ローマのまねをするようになってしまった。つまり、真実で近代的な様式から、まがい物の古典的様式に退化してしまったのである。この退廃的傾向がルネサンス式と呼ばれるものである。だが、これは絢爛（けんらん）たる退廃でもあった。というのも、今やマインツ（ドイツ西部のグーテンベルクの生地）の巨大な印刷機のかげに沈んでいこうとしていた太陽、すなわち古いゴチックの精神が、なおしばらくのあいだ、その最後の光を、ラテン式アーケードとコリント式柱廊とでできていた混合様式である、このルネサンス建築に投げかけていたからである。

ところで、われわれはこの沈んでいく夕日を暁（あかつき）の光と勘違いしているのだ。だが、建築がほかの芸術なみの芸術としてしかとり扱われなくなったとき以来、つまり総合芸術、最高芸術、専制君主的芸術として認められなくなったとき以来、建築は他のいろいろな芸術を手もとに引きとめておく力をもうもたなくなってしまった。そこで他の芸術は自由の身になり、建築家のくびきをふりはらって、それぞれ気に入った道を歩きはじめた。芸術はみな、こうして建築と手を切ったことから利益を得た。孤独はあらゆるものを育てる。教会彫刻は彫像術に、宗教画は絵画に、典文（てんぶん）（ミサ中の聖体への祈り）は音楽に進化した。アレクサンドロス大王の死でその帝国が分解し、各地方が独立の王国になったようなものである。

ラファエッロ、ミケランジェロ、ジャン・グージョン（十六世紀フランスの彫刻家、建築家）、パレストリーナ（十六―十七世紀のイタリアの作曲家）などの燦爛たる、十六世紀を飾った大天才の出現は、こうしたことから説明される。

芸術と同時に、思想もまたそれぞれ自由になった。中世の異端の唱道者たちは、そのころまでにもうカトリック教に大きな傷を負わせていた。十六世紀になると宗教の統一は破壊されてしまった。印刷術が発明される前には、宗教の改革は教会分立を生み出しただけだったが、印刷術は改革を革命にまでおし進めた。印刷機をとりあげてしまえば、異端の火の手は衰える。神の御心にかなったことかどうかわからぬが、とにかく、グーテンベルクはルターの先駆者だったのである。

そのうちに、中世の太陽もすっかり沈んでしまい、ゴチックの真髄も永遠に芸術の世界から消えてしまうと、建築は日増しにつやを失い、色があせ、影が薄れていった。建物をむしばむ虫と呼んでもいい印刷書が、建物の血をすすり肉をむさぼったのである。建物は、皮をはがれ、葉を落とされて、目に見えて痩せ細っていった。安っぽくて、みすぼらしくて、一文の価値もないものになりさがってしまった。建築はもう何も表わさなくなった。昔の芸術の記憶さえも表現しなくなった。人間の思想から見捨てられてしまったので、他の諸芸術からも相手にされず、建築は孤独の運命に甘んじなければならなくなった。芸術家たちから見捨てられたので、へたな職人なんかに助けを求めねばならなくなった。ステンドグラスに代わって、ただのガラスがはめられた。石切り作業員が彫刻家の後がまにすわった。さらば、芸術的熱情よ、独創性よ、生命よ、知性よ、である。仕事場から仕事場へさすらい歩くあわれな物乞い(ものごい)さながらに、建築は模倣から模倣へと身をおとしていった。はやくも十六世紀に建築が瀕死(ひんし)のさまにあるのを感じとったミケランジェロは、絶望的な力をふりしぼってこれを救おうとした。この芸術の巨人はパルテノン神殿(前五世紀にアテナイのアクロポリスの丘に建てられた神殿)の上にパンテオン神殿(前二七年にローマに建てられた神殿)を積みあげるといったやり方で、ローマのサン・ピエトロ大聖堂を建てた。この建築こそは、いつまでも真に独創的な作品として残るにふさわしい傑作であり、建築史の最後を飾った独創的な建物である。これこそは、石造建築物の名を並べた巨大な記録簿、今まさに閉じられようとしていたあの記録簿の下側に記された巨人芸術家のサインであった。だがミケランジェロの死後、幽霊か亡者(もうじゃ)のような格好でおめおめと生き恥をさらしていた建築という哀れな芸術は、いったいどんなことをやってのけたのだろうか? ローマのサン・ピエトロ大聖堂を手本にして、その猿まねばかりやっていたのだ。一種の奇妙な流行であり、哀れをもよおさずにはいられなかった。どの世紀にもローマのサン・ピエトロをまねたものがつくられた。十七世紀にはヴァル＝ド＝グラース会女子修道院、十八世紀にはサント＝ジュヌヴィエーヴ修道院といったあんばいだ。どの国にも、ローマのサン・ピエトロまがいのものが建てられた。ペテルブルグにも建てられた。パリには二つも三つも建てられた。ロンドンにも建てられた。死ぬ前に子供の幼稚さにかえった、老いぼれ大芸術のたあいもない遺言であり、臨終のたわごとである。

今まで申しあげたような特徴的な記念建造物はこれくらいにして、十六世紀から十八世紀へかけての建築芸術一般のありさまを調べてみても、やはり同じ衰微と衰弱の現象が認められるのである。フランソワ二世（在位一五五九―六〇年）の時代以来、建物の建築物らしい形はますます消えていき、幾何学的な形が目立つようになった。痩せ細った病人の骨ばった体を見ているような感じなのだ。芸術的な美しい線は消え失せて、その後に冷たいぎすぎすした幾何学的な線がのさばるようになった。建物らしい美しさが失われて、多面体の物質にすぎなくなってしまった。それでも建築家たちはどうにかしてこの醜（みにく）い赤はだかを隠そうとした。ギリシア式の切妻壁（きりづまかべ）をローマ式の切妻壁にはめこんでみたり、またその逆をやってみたりした。が、やはり、パルテノンとパンテオンを組み合わせたような作品、つまりローマのサン・ピエトロまがいの代物（しろもの）しかできあがらなかった。アンリ四世（在位一五八九―一六一〇年）時代の、隅（すみ）ずみに石を使った煉瓦造（れんがづく）りの家々や、プラス・ロワイヤルや、プラス・ドーフィーヌは、みなこうした芸術なのだ。重苦しくて、背が低くて、扁円(へんえん)アーチがついていて、ずんぐりしていて、背中についているこぶみたいなドームをのせている、ルイ十三世(在位一六一〇―四三年)時代の教会もこうした建物なのだ。イタリアふうの建築のまずい模作であるマザランの建てた四国学校(カトル＝ナシヨン)もこの種の建物だ。ぎこちなくて、冷やかで、退屈しごくで、宮廷人を収容する細長い兵舎みたいな、ルイ十四世(在位一六四三―一七一五年)の王宮もこうした建物だ。さらにまた、キクジサ模様だの、そうめん模様だの、いぼだの、こぶだのが、よぼよぼで、歯抜けで、おしゃれな古い建物の顔を台なしにしている、ルイ十五世(在位一七一五―七四年)時代の建築もこうした建物なのだ。フランソワ二世の時代からルイ十五世の時代までこうした悪風は等比級数的にふえていった。芸術は骨と皮ばかりになって、みじめな姿で臨終の息をついていた。

一方、印刷術のほうはどうなったであろうか？　建築から抜け出した生命は、すべて印刷術に吸収されてしまった。建築の水位がさがるにつれて、印刷術の水面はふくれあがり、高まっていった。人間の思想は、それまで建物に費やしていた力を書物に注ぎこむようになった。こんなわけで十六世紀になると、もう印刷は、衰退に向かっていた建築と同じ水準にまで成長し、これと戦って滅ぼしてしまった。十七世紀にはもうしっかり支配権を握り、誇らかにかちどきをあげ、勝利の座にどっかりと腰をすえて、世界を文芸の大世紀の饗宴(きょうえん)に招いた。印刷術は、ルイ十四世の宮廷で長いあいだ休んでいたが、十八世紀にはふたたびルターの古い剣を握り、それをヴォルテールに手渡し、以前に建築によって思想を表現することをやめさせてしまったあの古いヨーロッパめがけて、騒々しい声をあげてとびかかっていった。十八世紀が終わるころには、印刷術は古いヨーロッパをすっかり破壊してしまった。十九世紀には再建にかかろうとしている。

ところで、ここでおうかがいしたいのだが、建築術と印刷術とのどちらが、この三世紀以来、人間の思想を実際に表現してきただろうか？　どちらが忠実に思想を写しとってきただろうか？　人間の精神の文学的な、また学問的な熱狂ばかりでなく、その広く、深く、世界的な動きを、どちらが真に表現してきたであろうか？　どちらが千の足をもった怪物にもたとえられる人類の歩みに、絶えず一致した行動をとることができただろうか？　建築術だろうか？　それとも印刷術だろうか？

印刷術なのだ。お間違えにならないように、はっきり申しあげるが、建築は死んでしまったのである。永遠に死んでしまったのだ。印刷書によって滅ぼされてしまったのだ。印刷書より持ちが悪く、しかも高くつくために滅ぼされてしまったのである。大聖堂を一つ建てるには十億フランの金がかかる。とすれば、建築という書物を書き直すには、どのくらい資金がいるか、ちょっと想像してみていただきたい。数千という大建築を新たに地上に出現させるためには、ある目撃者が「世界が身をゆすって古い衣服を振り落とし、教会という白い衣を着ようとしているみたいだ」（グラベル・ラドゥルフス（九〇〇—一〇四六年までの『年代記』五巻を書いたフランスの年代記作者））といったほど大建造物が群がり立っていたあの時代をもう一度迎えるためには、どのくらい途方もない資金を用意しなければならないか、想像してみていただきたい。

書物は簡単に刷ることができ、金もあまりかからず、どんな遠くへも運ぶことができる！　人間のあらゆる思想が書物によって表現されるようになったのも、驚くにはあたらない。とはいえ、建築芸術が、これからもなお、あちらこちらでみごとな記念建造物を、いわば孤立した傑作をつくりだすだろうということを認めないわけではない。印刷術の支配する世の中にも、まだまだときには、敵軍からぶんどった大砲を一軍総がかりで鋳つぶして建てたあの円柱（ナポレオン軍が敵から奪った千二百の大砲を鋳造し、ヴァンドーム広場に建立）にも比すべき建物がときにはつくられることもじゅうぶんにありうるであろう。ちょうど、建築術が支配していた時代に、『イリアス』や、『ロマンセロ』や、『マハーバーラタ』（古代インドの大叙事詩）や、『ニーベルンゲン』（中世ドイツの英雄叙事詩）のような文学的傑作が、一民族総がかりで、ありったけの叙事詩をことごとく積みあげ、溶かしこんで、つくりあげられたのと同じように。ダンテのような大天才が十三世紀に現われたのと同じように、二十世紀にも天才的な建築家がひょっこり現われないともかぎらないのである。だが建築はもう社会を代表する芸術でも、集団の芸術でも、支配的な芸術でもなくなるだろう。人類の思想を代表する偉大な詩、大建築、大傑作は、これからはもう建築という形では表現されず、印刷で発表されるであろう。

今後、もし建築が偶然勃興（ぼっこう）するようなことがあっても、もう支配的芸術の役目をつとめることはできないであろう。昔は文字を支配した建築も、将来は文字の掟に従うようになるであろう。建築と印刷の地位はあべこべになるだろう。たしかに、建築が支配していた時代には、詩は数えるほどしかなかったことも事実だが、みな建造物に似ていた。インドのヴィヤーサ（古代インドの聖者。誤って『マハーバーラタ』の作者といわれる）の作品は、塔（パゴダ）のように複雑で、奇怪で、底知れぬ神秘をやどしていた。エジプトの詩はこの国の建物のように、壮大で落ちついた輪郭をもっていた。古代ギリシアの詩はその建物と同じように、美しく、晴れやかで、落ちついていた。キリスト紀元以後のヨーロッパの文学は、カトリック的な荘重さや、素朴な民衆気質や、文化更新の時期を特徴づけるような、豊かな、成長する気分を含んでいた。聖書はピラミッドに、『イリアス』はパルテノンに、ホメロスはフェイディアスに似たところがある。十三世紀のダンテの作品は、滅び去ろうとしていたロマネスク式教会のおもかげをとどめている。十六世紀のシェイクスピアの作品には、末期ゴチックの大聖堂の姿が認められる。

さて、不本意ながらやむをえず、ごく粗(あら)っぽく、大づかみに、これまでいろいろと申しあげてきたが、それをここで要約すれば、つぎのようになる。人類は建築術と印刷術、石の聖書と紙の聖書という、二つの書物、二つの記録簿、二つの遺書を持っていたのである。何世紀にもわたって大きく広げられたこの二つの聖書をつくづくながめるとき、われわれは、あの目に見える花崗岩の荘重な文字が消え失せてしまったのを惜しんでもさしつかえないであろう。柱廊や、塔門や、方尖塔(オベリスク)として表わされたあの巨大なアルファベット、ピラミッドから鐘楼(しょうろう)まで、クフ王（前二六〇〇年ごろのエジプト王。このピラミッドは現存の中では最大）からストラスブールまでの過去の世界を覆いつくしている、人類文化の山々ともいえるあの建築群が失われたのを惜しんでもさしつかえないであろう。こうした大理石のページを読み直して過去をかえりみることは必要である。建築術の記したあの書物を賛美し、絶えずそのページを繰ることは必要である。だが、つぎに登場した印刷術が築きあげた建造物の偉大さを否定してはならない。

印刷術の建てた建造物は途方もなく大きい。ある統計家の計算によれば、グーテンベルクいらい刊行された書物を一冊残らず積み重ねると、地球から月まで届くそうである。だが、私が言いたいのは、こうした意味の大きさではない。それにしても、今日(こんにち)までに印刷機が生み出したすべての書物のひとまとまりになった姿を頭に思い描いてみるとき、そのありさまは、全世界に足場を置いた一つの巨大な建造物のようには見えないだろうか？　人類が休みなく手を加えている建造物、未来という深い霧の中にその巨大な頂を隠している建造物とは見えないだろうか？　この建造物は知性の蟻塚（ありづか）である。あらゆる想像力が、金色のミツバチさながらに、蜜（みつ）を持って集まってくる巣である。無数の階層をもった建造物である。あちらこちらの階段に、学問の暗いほら穴が口を開いているのが見えるが、ほら穴は建物の内部でたがいに入り組みあっているのだ。表面のいたるところに、芸術が豊かな唐草模様や、バラ形模様や、透かし細工をほどこしていて、目を楽しませてくれる。ここでは、あらゆる人間の手から生み出された制作品は、どんなに気まぐれで、ほかのものとは無関係のように見えるものでも、それぞれしかるべき場所にすえられて、その特徴を発揮している。全体が一つの調和を生み出している。この全世界の思想の首府では、シェイクスピアの大聖堂からバイロンの回教寺院にいたるまでの、数知れぬ小尖塔（しょうせんとう）がごちゃごちゃと群がり立っている。土台には、建築が記録できなかった人類の古い文献がいくつか書き加えられている。入口の左手には白い大理石に刻まれたホメロスの古い浮き彫りがはめこまれており、右手には多国語訳の聖書の彫像がその七つの頭を持ちあげている。奥のほうには多頭蛇（ヒュドラ）の形をした『ロマンセロ』の彫像が毛を逆だてており、『ヴェーダ』（古代インドの聖典）や『ニーベルンゲン』のような、雑種的な彫像もいくつか見える。なお、この驚くべき建造物は、いつまでたっても完成されることはないのである。社会のあらゆる知的精力をたゆみなく吸いあげるこの印刷機という巨大な機械は、建築に必要な新しい材料をひっきりなしに吐き出すのだ。人類全体が足場にのぼっている。あらゆる人間が石細工職人なのだ。どんなにつまらない人間でも、穴をふさいだり、石を積んだりしている。レチフ・ド・ラ・ブルトンヌ（十八―十九世紀の作家。放縦で写実的な作品を書いた）は、負いかご一杯の古壁のこわれたくずを運んでくる。毎日毎日、新しい層が積みあげられていく。作家の一人ひとりが独創的な才能を払いこんでいくのだが、これとは別に、何人もの作家たちがまとまって資金を出すこともある。十八世紀は『百科全書（アンシクロペディ）』（ディドロとダランベール監修による二十八巻の辞典。多数の学者が協力した）を、大革命は《モニトゥール》紙（一七八九年から刊行された官報的な新聞）を払いこんだ。たしかに印刷術もまた、らせん状に、果てしもなく高く高く積みあげられていく建造物なのだ。ここにもまた、ことばの混乱が、休みない活動が、疲れを知らぬ労働が、全人類の熱烈な共同作業が見られる。書物もまた新しい大洪水や蛮族の侵入にそなえて、人知を守る使命をもった避難所なのだ。人類の生んだ第二のバベルの塔なのである。

第六編

1　昔の裁判官たちを公平無私な目で見れば

騎士、ベーヌの領主、イヴリおよびサン＝タンドリ・アン・ラ・マルシュ男爵、国王顧問兼パリ奉行ロベール・デストゥートヴィル殿は、紀元一四八二年当時、飛ぶ鳥を落とす勢いだった。国王からこのパリ奉行という立派な官職をちょうだいしたのは、もうかれこれ十七年も前の一四六五年十一月七日で、あの彗星の現われた年だった。＊なおこのパリ奉行というのは、役職というよりは、むしろ領主のような職とみなされていたもので、ジョワネス・レムヌスも「強大な警察権力と多くの権利と特権に結びついた顕職である」と言っている。ルイ十一世の愛人が産んだ姫君がブールボン庶子卿と結婚した当時に辞令をもらったこの貴族が、八二年にまだ国王の信任をつないでいたのは、驚くべきことだった。ロベール・デストゥートヴィルがジャック・ド・ヴィリエに代わってパリ奉行となったその同じ日、ジャン・ドーヴェ殿がエリ・ド・トレット閣下に代わって高等法院長となり、ジャン・ジューヴネル・デ・ジュルサンがピエール・ド・モルヴィリエのあとを襲ってフランス大法官になり、ルニョー・デ・ドルマンがピエール・ピユイに代わって王室参事院常任請願委員になった。ところで、ロベール・デストゥートヴィルがパリ奉行の職について以来、長官だの、大法官だの、委員だのといった役職は、どんなに多くの人びとの手から手へと渡されていったことだろう！　だが、パリ奉行の職はデストゥートヴィルに「管理するように授与された」と国王の公書にも書かれていたくらいである。そしてたしかに、彼はこの職務をよく管理した。お役目にしがみつき、お役目と一体となり、お役目とけじめがつかなくなってしまった。そんなわけで、しょっちゅう役人の入れ替えをやって弾力的な政治をやりたがっていた、疑い深い、意地悪な、働き者の国王ルイ十一世の慢性更迭熱から、彼だけは無事に逃れられていたのだ。そればかりでなく、この律儀な騎士は自分の息子のために役職の世襲権も手に入れていて、もう二年も前から貴族、従士ジャック・デストゥートヴィル殿の名は、パリ裁判所裁判官名簿の筆頭に、父親の名と並んで出ていた。たしかに、まれにみる、このうえもない恩恵だ！　事実、ロベール・デストゥートヴィルはすぐれた武人であったし、王の忠臣として「公益同盟」（ルイ十一世の中央集権政策に反抗し、司教や諸侯が結んだ同盟）に反対して三角旗をひるがえしたし、一四……年に王妃がパリにご入城になったときには、素晴らしい鹿肉のシチューを差しあげもした。そのうえ、彼は近衛憲兵隊司令官トリスタン・レルミット（シャルル七世、ルイ十一世時代の憲兵隊司令官。騒乱期のフランスの治安維持に敏腕をふるい、多数の高官を処刑した）閣下とは親友の間柄だった。こんなわけで、ロベール閣下はたいへん穏やかで愉快な毎日を送っていた。まず第一に給料がたんまりはいる。給料には、鈴なりのブドウの木に後なりの房がぶらさがるみたいに裁判所の民事、刑事両書記課の収入とシャトレ下級裁判所の民事、刑事両法廷の収入がついてくる。そのほか、マント橋とコルベイユ橋の通行税とか、パリ食肉処理場や薪商人や塩商人からの税金のあがりなどがあったことはいうまでもない。なおまた、彼には、市の役人や警吏が着る赤と渋色半々の服の上に、立派な軍服をこれ見よがしに着こみ、頭にはモンレリの戦いででこぼこだらけになった兜をいただき、馬に乗って、はでにパリのまちなかを歩きまわる、という喜びもあった。彼の軍服姿は、ノルマンディーのヴァルモン修道院にある彼の墓石に刻まれているから、今でもごらんになれる。さらにまた、パリ裁判所づきの十二人の警吏、シャトレ裁判所の門衛と監視人、シャトレ裁判所の二人の判事、十六区の警視十六人、シャトレ監獄の看守、封地を与えられた四人の警吏、百二十人の騎馬警吏、百二十人の徒歩警吏、夜警隊長と配下の夜警、副夜警、夜警統率係、夜警見張り係、これだけの人間を手下に使うというのは、たいしたことではないだろうか？　上級裁判も、下級裁判も、顔まわしの刑も、絞首刑も、車びきの刑も、――光栄にも七人の貴族の領地から親王領地に併合されたあのパリ子爵領における初級の、つまり憲章で「第一審」と言われている小裁判権はいわずもがな――みな一存で執行できたというのはたいしたことではないだろうか？　フィリップ＝オーギュスト王がつくった、グラン＝シャトレの大きな、ぺしゃんこの交差リブの下で、判決をくだしたり宣告をしたりして毎日を送るロベール・デストゥートヴィル閣下の生活ほど、気持のいいものが考えられるだろうか？　そして夕方には、奥方のアンブロワーズ・ド・ロレ夫人所有の、パレ＝ロワイヤルの敷地の、ガリレー通りに面して立っている美しい家に帰ってきて、哀れな罪人どもに刑を言いわたした後の疲れをいやす、といった生活ほど気楽なものがあるだろうか？　一方、刑を言いわたされた人間は、「奉行および市の役員が獄舎として使っていた、縦三メートル六十、横二メートル四十、高さ三メートル六十のレスコルシュリ通りの小屋[**]」で夜をすごすことになるのだ。

＊　この星が現われたとき、ボルジヤ(ルネサンス時代のイタリアの権謀術数にたけた政治家)のおじのカリストゥス法王はこの厄を逃れるため、信徒にお祈りを捧げるように命じたが、これこそ一八三五年にまた現われるはずのあの彗星なのだ。〔原注〕

＊＊　一三八三年刊行『藩領史』所収。〔原注〕

それに、ロベール・デストゥートヴィル閣下は、パリ奉行およびパリ子爵として固有の裁判権をもっていたばかりでなく、国王の大裁判にも加わり、くちばしを入れていた。少しでも身分の高い人間で、死刑執行人の手にわたる前に、彼のお世話にならなかった者は一人もいなかった。バスチーユ・サン＝タントワーヌ監獄からヌムール殿（パリ総督。ルイ十一世に反逆し、処刑された）を中央市場へ引きたてて処刑させたのも、サン＝ポール殿（フランス軍元帥。ルイ十一世に反逆し、処刑された）をグレーヴ広場へ連れてこさせたのも、ほかならぬ彼だった。サン＝ポール殿は泣きつらになったり、大声でわめいたりして、この元帥を嫌っていたデストゥートヴィルを大いに喜ばせたのだが。

たしかに、こうした業績には、彼の生涯を、恵まれた高名なものにし、いつの日にか、あの興味深いパリ裁判所の歴史の注目すべき一ページとするのに値するもの、いやそれ以上のものがあった。この歴史をみれば、ウーダール・ド・ヴィルヌーヴがブーシュリ通りに家をもっていたとか、ギヨーム・ド・アンジェストが大サヴォワと小サヴォワの領地を買ったとか、ギヨーム・チブーが、サント＝ジュヌヴィエーヴの修道女たちにクロパン通りの屋敷を寄進したとか、ユーグ・オーブリヨがポル＝ケピック邸に住んでいたとか、そのほかいろいろ個人的な内幕がわかるのだ。

だが、こんなわけで人生の重荷にじゅうぶんに耐えられたり、人生をたっぷり楽しめたりしたはずのロベール・デストゥートヴィル閣下が、一四八二年一月七日の朝、目をさましたときには、はなはだ機嫌が悪く、むしゃくしゃしていた。どうしてこんな気分になったのだろう？　閣下自身にも説明がつかなかったに違いない。空がどんより曇っていたからだろうか？　モンレリの戦いに使った古いベルトの留め金の締まりぐあいが悪く、ベルトが奉行の太った体を軍隊式に締めあげすぎていたからだろうか？　それとも、シャツなしで胴着を着こみ、底抜け帽子をかぶり、ずだ袋と酒びんを腰にぶらさげたごろつきどもが、四人ならんで窓の下の通りを歩きながら、閣下を軽蔑したようなようすを見せたからなのだろうか？　それとも、のちに王位につくシャルル八世が、翌年からパリ奉行の俸給を三百七十リーヴル十六スー八ドニエだけ切りつめることになるのを、虫の知らせで感じとっていたからだろうか？　みなさんは、どうとでもご想像なさるがよろしい。私としては、閣下はご機嫌が悪かった、だからご機嫌が悪かったのだ、とこう簡単に信じておきたい。

　それにこの日は、祭りのあくる日で、誰もが気分の重くなる日だった。ことに、パリの祭りがつくりだしたごみやちり——比喩的な意味ででもだが——をすっかり掃き清めなければならない奉行閣下にとっては、気のめいる日だった。それだけではない。彼はグラン＝シャトレで法廷を開かなければならなかったのだ。ところで、私の知るかぎり、裁判官というものは、一般に公判日と自分たちの機嫌の悪い日とがうまくかち合うように手配するものである。つまり、国王なり、法律なり、正義なりの名によって、自分の胸につかえているものを、思いきりぶちまける相手をつかまえるためだ。

だが、法廷は彼の出席を待たずにもう開かれていた。民事、刑事、特別裁判の彼の代理者が、慣例にしたがって奉行の代わりをつとめていた。朝の八時からもう何十人という男女のパリ市民が、シャトレ下級裁判所のカシワの頑丈な柵と壁にはさまれた傍聴席の薄暗い片隅にぎっしりつめかけて、シャトレ裁判所判事、奉行殿代理、フロリヤン・バルブディエンヌ殿が、いささかごたごたと、まったくいいかげんに行なっていた民事裁判や刑事裁判のさまざまな、愉快な光景をありがたそうにながめていた。

公判廷は低い丸天井をもった小さな部屋だった。ユリの花模様のついたテーブルが奥にあって、そばに彫刻をしたカシワの木製の大きな肘掛け椅子が置いてある。これが奉行閣下の席だが、今はあいている。その左手にフロリヤン判事殿の腰かけ。下側の席では書記が何やらしきりにペンを走らせている。これと向かい合って傍聴人がいる。戸口の前とテーブルの前には、ウールの袖つき胴着を着て白い十字架をつけた裁判所の警吏がおおぜい控えている。二人の市会議所の警吏が、諸聖人の大祝日のときに着る赤青半々のジャケットを着て、テーブルのうしろの奥のほうに見える、低い、しまった戸口の前で見張りをしている。厚い壁にぴったりはめこまれた交差リブのただ一つの窓から一月の薄日が射しこんで、丸天井のかなめ石に釣束飾り(つりつか)として彫りこまれた奇怪な石の悪魔と、部屋の奥のユリの花模様のそばにおさまった裁判官との二つのグロテスクな顔を照らしている。

ちょっとここのところで、奉行のテーブルを前にしたシャトレの判事フロリヤン・バルブディエンヌ氏の姿を頭に浮かべていただきたい。氏は二束(ふたたば)の訴訟(そしょう)書類のあいだに頬(ほお)杖(づえ)をついているのだが、足は茶の無地の法衣のすそを踏んでいる。顔はと見れば、白い子羊の毛皮に包まれているが、眉毛(まゆげ)はちょうどこの毛皮から抜け出してきたように見える。赤ら顔で、見るからに頑固そうなつらがまえだ。さかんに目をしばたたかせている。でっぷりと脂肪ぶとりのした両頬が、いかめしい格好で垂れさがり、顎(あご)の下でぶつかっている。

ところで、判事は耳が遠かった。判事としてはちょっとした欠点だ。フロリヤン殿はそれでも訴えを聞かずには判決をくださなかったし、しかもはなはだ的確な判決をくだした。たしかに、裁判官というものは、ただ聞いているふりさえしていればいいのだ。だから、この尊敬すべき判事どのは、まわりの物音に気をとられる心配が絶対になかったただけに、すぐれた裁判官としてのただ一つの重要な点である、聞くという条件にますますかなっていたわけだ。

そのうえ、判事どのは、傍聴人の中に自分のすることなすことをいちいちきびしく監督してくれる人間をもっていた。わが親愛なる風車場のジャン・フロロ、つまり、きのうもお目にかかったあのちび学生がそれで、この「風来坊」は、学校の教室以外のところなら、パリじゅうどこにでも必ず姿を見せる男なのだ。

「おい」と、ジャンはロバン・プースパンに小声で言った。ジャンが目の前で繰り広げられていくいろいろな光景に注釈をつけているあいだ、この男はそばでせせら笑いを浮かべていたのだ。「ありゃあジャンヌトン・デュ・ビュイソンだぜ。マルシェ＝ヌフのカニャール亭のべっぴんだ！——きっとあの女を有罪にしやがるだろうな、おいぼれめ！　してみると耳がきこえないばかりじゃねえ、目も見えないんだな。じゅず玉飾りを二つばかりくっつけたからって、パリ金十五スー四ドニエの罰金だって！　こいつあちょいとばかし高すぎらあ。『血も涙もねえお裁きだなあ』——あいつは誰だろう？　鎖帷子（くさりかたびらし）師のロバン・シエフ＝ド＝ヴィルだ！——前述の職業の試験を通過し、親方となるためだって？——つまり認可料だな。——おや！　ならず者の中に貴族が二人いるぞ！　エーグレ・ド・ソワンとユタン・ド・マイイだ。宮廷の役人が二人か、『こいつあ驚いた！』そうか！　やつら、サイコロ遊びをしやがったんだ。ところで大学の総長どんがここへ引っぱられてくるのはいつのこったろう？　パリ金百リーヴルを罰金として国王に支払えだって！　バルブディエンヌのやつ、何もきこえないみたいにこっぴどくやりやがる。――おっと、ほんとに耳が悪いんだったんだっけ！――賭けごとがやめられるもんなら、おれも兄貴みたいに司教補佐になりてえ！　昼間賭けて、夜賭けて、賭けに生きて、賭けに死に、シャツまで賭けたあげく魂を賭ける、こんな因果な病がおるもんならよ！――おやおや、なんて大勢の女どもだ！　つぎからつぎへと、おなじみの可愛いのが！　アンブロワーズ・レキュイエール！　イザボー・ラ・ペーネット！　ベラルド・ジロナン！　どいつもこいつも知ってるやつばかりだよ、まったく！　罰金だ！　罰金だ！　金ぴかの帯なんか締めてるとどういうことになるか、今にわかるぜ！　パリ金十スーだ！　ねえちゃんたちよ！　やい！　判事の古だぬきめ！　耳の悪いまぬけめ！　おい！　フロリヤンのうすのろめ！　おい！　バルブディエンヌのげす野郎め！　あんなテーブルにおさまりかえりやがって！　やつめ、訴訟人を食いものにしてやがる、訴訟を食いものにしてやがるんだ。食って、食って、腹いっぱいつめこみやがるんだ。罰金だの、遺失物だの、税金だの、訴訟費用だの、正当費用だの、給料だの、損害賠償金だの、利息だの、拷問だの、監獄だの、牢獄だの、手かせだの、足かせだの、みんなやつにとっちゃクリスマスケーキか、聖ジャン祭のアーモンドの菓子みたいなもんなんだ！　見ろ、あの豚づらを！──あれっ！　ほほう！　またひとり色女めが出てきやがったぞ！　チボー・ラ・チボードだ、まちげえねえ！──グラチニ通りの魔窟からのこのこ出てきやがったばちだろう！──あの小僧は何だろう？　弩弓隊のジエフロワ・マボンヌか。神さまの悪口を言いやがったんだ。──ラ・チボードは罰金にしろ！ジエフロワも罰金にしろ！　二人とも罰金をかけろ！　あの耳の悪いじじいめ！　やつは二つの事件をとっちがえやがったにちげえねえ！　まちげえねえ。あの女にゃ、ばちあたりの罰金を出させて、騎士にゃあ、体を売った罰金を払わせよう、てんだ。──おいおい、ロバン・プースパン！　こんどは誰を引っぱってくるんだろう？　おおぜい警官がやってくらあ！　いやはや！　猟犬の一大隊よろしくってえ格好だな。でっかい獲物にちげえねえぜ。イノシシかな。──そうだ、ロバン！　そうだよ、イノシシだよ。──しかしも素晴らしいやつだ！──『ちくしょう！』ありゃ、きのうのわれわれの王さまだ、らんちき法王だ、鐘番だ、独眼だ、こぶだ、しかめっつらだ！　カジモドだ！……」

まさにそのとおりだった。

カジモドだった。ぐるぐる巻きにして縛りあげられ、厳重に護衛されたカジモドだった。彼をとりまいている警官の一隊には、胸にフランスの紋章、背中にパリ市の紋章の刺繍(ししゅう)のある服を着た騎馬警吏がみずからつきそっていた。カジモドは、醜(みにく)い姿格好をべつにすれば、こんな矛槍(ほこやり)だの火縄銃だのといった道具を持ちだして警戒しなければならないようなようすは、ちっともしていなかった。彼は暗い顔をして、黙って、静かにしていた。ただときたま、その独眼で自分を縛っている縄に、ちらっちらっと陰険な、腹だたしげなまなざしを投げかけるだけだった。

やはり同じ目つきで、彼はあたりを見まわした。だがその目つきがいかにもどんよりしていて、眠っているみたいだったので、女たちはたがいに彼の顔を指さしあって、笑い物にするのだった。

一方、フロリヤン判事殿は、書記が差し出したカジモド起訴の一件書類を一心にめくっていたが、書類に目を通してしまうと、しばらくのあいだ、じっと考えこんでいるようすだった。尋問にとりかかる前にいつもこうして用心深く準備をしたおかげで、彼は、前もって被告人の名や身分職業や罪状を知ることができた。予想される被告人の答弁に対する応答をあらかじめ準備し、自分の耳が遠いのをあまり見破られずに、あらゆるこみいった尋問を、どうにかやってのけることができたのである。訴訟書類は、彼にとっては、盲人の手を引く犬みたいなものだった。たまたま、何かとんちんかんな呼びかけとか、わけのわからない質問とかをやって、聴覚の故障がときどきばれそうになっても、人びとはそれを彼が学が深いからだと思っていた。でなければ、彼がとんまなせいだと思っていた。いずれにしても、裁判官の名誉は少しも傷つけられなかったのだ。裁判官というものは、耳が遠いと言いふらされるより、まぬけだとか博学だとか言われたほうがまだましだからだ。そこで彼は、自分の耳の遠いことを誰にも気づかれないように、たいへんな苦労をしていた。そしていつでも、それをうまくやってのけられたので、しまいには、自分でも耳なんか悪くないのだと思うようになっていた。それに、こういった錯覚は、人が考えるよりたやすく起こるものなのだ。脊柱湾曲症の人はみんな頭を高くあげて歩くし、吃音者（きつおんしゃ）はみんな大声で長ながとしゃべるし、聾者（ろうしゃ）はみんな小声でしゃべる。フロリヤン殿は、自分の耳はちょっとばかり言うことをきかぬわい、というぐらいにしか考えていなかった。彼が率直に反省し、良心に照らしてみたときでさえ、この点で世論に譲歩したのは、ただこの程度までだった。

そこで、カジモドの事件をすっかりのみこんでしまうと、彼は、なおいっそうの威厳と公平無私とを示すために、うしろにふんぞりかえって、目を半分とじた。あまりみごとにふるまったので、この瞬間、いちどきに耳も目も利かなくなってしまった。耳と目がしっかりしていなければ、申しぶんのない裁判官になどなれるものではないのだが。こうした威厳たっぷりな態度で、彼は尋問にとりかかったのである。

「名前は？」

そこで、「法律に決められて」いなかった裁判がはじまったのである。耳の遠い人間が、やはり耳の悪い人間を尋問するのだ。

カジモドは、どんな質問を受けるのか少しも知らされていなかったので、裁判官の顔をじっと見つめたまま何も答えない。裁判官は耳が遠かったし、被告人もやはり、自分同様に悪いことを少しも知らされていなかったので、型どおり答えがあったものと考え、機械かうすのろみたいに落ちつきはらって、尋問をつづけた。

「よろしい。年齢は？」

カジモドはこの問いにも答えない。裁判官は答えがあったものと思いこんで、なおもつづける。

「では、職業は？」

カジモドはあいかわらず、この問いにも答えない。だが、傍聴人たちはひそひそ耳うちをしたり、おたがいに顔を見合わせたりしだした。

「それでよろしい」と、判事は被告人が三度目の質問にも答えたものと思い込んで、落ちつきはらって言った。

「そのほうはつぎの罪状によって当法廷に起訴されておるのじゃ。第一、夜間の騒動。

第二、娼婦に対する暴行。第三、王室親衛隊に対する反抗ならびに不正。以上の点について申しひらきをいたせ。――書記、これまで被告人が申したことを記録いたしたか？」

このあいにくな質問を聞いて、書記席から傍聴席までどっと笑いがわき起こった。ものすごい、異常なほどの笑いが、わっと広がって、あたりいっぱいに響きわたったので、耳の悪い二人もそれに気づかないわけにはいかなかった。カジモドは背中のこぶをそびやかし、人を見さげたようなようすで、振り向いた。フロリヤン殿のほうも同じように驚いたが、見物人があんなに笑っているのは、きっと被告人がふらちな答弁をしおったからに違いない、あのように肩をそびやかしたのでもわかる、と考えた。そこで、かんかんになって相手をしかりつけた。

「たわけ者め、その答えだけでも絞首に値するのじゃぞ！　わしを何と心得ておるのじゃ」

こんなしかりつけ方では、満廷にとどろきわたっていた笑いの爆発をとてもとめることはできない。それどころかこの質問は、みんなにあんまりとんちんかんで、ばかげてみえたので、槍持ちのようにいつもまぬけづらをしているのが相場だった市会議所の警吏までが、腹をかかえてゲラゲラやりだした。カジモドだけがあいかわらずまじめくさった顔つきをしていたが、これはあたりまえの話で、彼はまわりに何が起こったのか、さっぱりわからなかったのだ。裁判官はますますいらだってきて、これは同じ調子でどなりつづけなければだめだと思いこんだ。被告人をおどしつければ、勢い傍聴人のほうも恐れをなして静まるだろうと考えたのだ。

「シャトレ裁判所の判事をおこがましくもないがしろにいたすとは、そのほう、よほどの根性まがりのしたたか者であるぞ。本官はパリ市民の保安に任じ、もろもろの犯罪行為、違反行為、悪行の捜索、あらゆる生業(なりわい)の監督、独占の禁止、舗道(ほどう)の維持、家禽(かきん)、水鳥の小売商人の監視、薪その他の木材の販売、当市の泥土および伝染病を媒介いたす空気の排除に責任を有するものであるぞ。簡単に申せば、報酬もなく、給料を受ける希望もなく、絶えず公共のために尽力いたす責任をもっておるものじゃぞ！　本官はパリ奉行閣下の代理官たるのみならず、パリ裁判所、大法官裁判所、上訴権のない裁判所においても、同様の権限をもって、委員、調査官、監督官、検査官をつとめるフロリヤン・バルブディエンヌと申す者であるぞ！……」

なにしろ、耳の悪い同士がしゃべっているのだから、どこまでつづくかわかったものではない。フロリヤン殿は雄弁術の大空へ全速力で舞いあがってしまい、いつ、どこへ着陸するのか見当もつかなかった。が、ちょうどそのとき、奥の低いドアが不意にあいて、奉行閣下ご自身が姿を現わしたのである。

閣下がはいってきても、フロリヤン殿はぱったり口をつぐんだわけではなく、かかとでくるりと半分体の向きを変えると、今までカジモドをやっつけていた長広舌の矛先をいきなり奉行閣下に向けて、「閣下、わたくしは、これなる被告人が犯しました、ゆゆしい、信じ難い裁判官侮辱罪に対し、応分の罰を科されんことをお願いいたします」と言った。

こう言うと、彼はハーハー息を切らし、大汗をぬぐいながら腰をおろした。額から流れ落ちた汗は、判事の前に広げられていた羊皮紙に涙のようなしみをつくってしまった。ロベール・デストゥートヴィル閣下は眉をしかめ、カジモドに向かって、よく聞け、という手ぶりをした。ひどく命令的で、はっきり意味のとれる手ぶりだったのでカジモドもどうやらそれがわかった。

奉行はきびしい口調でカジモドに問いかけた。「そのほうは何をしでかして、ここへ来おったのじゃ、悪者め？」

哀れな被告は奉行が名前をきいたのだと思い、いつものだんまり癖を捨てて、しわがれた、喉声で答えた。「カジモド」

問いと答えがてんでちぐはぐだったので、大笑いの声がまたそこここにわき起こった。

ロベール閣下は怒りで顔を真っ赤にして叫んだ。「きさまは本官まで愚弄(ぐろう)いたすのか、極道者め？」

「ノートル＝ダムの鐘番でございます」と、カジモドが答えた。てっきり、身分を申しあげねばならないのだと思いこんで。

「鐘番じゃと！」と、奉行は言った。ご承知のように、奉行は、けさ目をさましたときからすこぶる機嫌が悪かったので、こんなとんちんかんな返事で火をつけられるまでもなく、かんしゃく玉が今にも破裂しそうだったのだ。「鐘番じゃと！　しからばパリの辻々を引きまわして、きさまの背中に細棒でみごとな音をたてさせてくれるわ。わかったか、悪者め？」

「わたしの年でござえましたら、たしか、こんどの聖マルタン祭で、二十歳(はたち)になりますだ」と、カジモドが答えた。

こいつは薬がききすぎた。奉行はどうにも我慢ができなくなった。

「なに！　きさまは奉行職を嘲弄(ちょうろう)いたすのか、悪者め！　鞭(むち)を持った警吏諸君、こやつをグレーヴ広場のさらし台にしょっぴいていき、一時間ぐるぐる回しながら、ひっぱたいてやれ。思い知らせてくれるぞ、いまいましい！　また、本判決は、パリ子爵領の七つの裁判区じゅうを四人のラッパ手に触れまわらせてくれい」

書記はすぐさま判決文の作成にとりかかった。

「この野郎！　けっこうなお裁きを受けやがったわい！」と、ちび学生の風車場のジャン・フロロが、すわっていた片隅から叫んだ。

奉行はくるりと振り向き、怒りに燃えた目でカジモドをまたにらみつけた。「こやつは、ただ今『この野郎！』と言いおったようじゃな。書記、不敬のことばを使ったかどをもって、パリ金十二ドニエの罰金を追加せよ。なおサン＝トゥスターシュ教会の財産管理委員会にその半分を寄進いたすようにせよ。わしはサン＝トゥスターシュ教会をとくに敬っておるのじゃ」

まもなく判決文はできあがった。文面は簡単で短かった。パリ裁判所とパリ子爵領の慣習法は、このころはまだ裁判長チボー・バイエや、王室弁護士ロジェ・バルムヌの手で変えられていなかった。裁判は、この二人の法律家によって十六世紀のはじめにこしらえられた、三百代言的な弁論や訴訟手続というあの高くそびえる大樹林に妨げられずに進行した。何もかも明快で、てっとりばやく、はっきりしていた。人びとは目標に向かってまっすぐに進んだ。小道を進んでいくと、藪だのまわり道だのは何にもなく、すぐさきの突きあたりに車責めの車輪か、絞首台か、さらし台かが見えてきた。少なくともどこへ行くのか、それだけはわかっていたのだ。

書記は判決文を奉行に差し出した。奉行はそれに印を押すと、法廷の巡回をつづけるために出かけていった。あんなに不機嫌では、おそらくその日、パリの監獄は一つ残らず満員になってしまったことだろう。ジャン・フロロとロバン・プースパンはくすくす忍び笑いをしていた。カジモドは、なんだか知らんが驚いた、といった顔つきであたりを見まわしていた。

こんどはフロリヤン・バルブディィエンヌ殿が印を押す番だ。だが、彼が判決文を読みにかかったとき、書記は哀れな男が有罪になったのが可哀そうでたまらなくなり、いくらか刑を軽くしてやってもらおうと思って、判事の耳もとへできるだけ近より、カジモドを指さしながら言った。「あの男は耳がきこえないんですよ」

同病のよしみから、こう言えば、フロリヤン殿は受刑人に同情するだろうと考えたのだ。だが、だいいち先ほども申しあげたように、フロリヤン殿は自分の耳が遠いことが人に知れるのをいやがっていた。それに、書記が言ったことなどひとことも聞きとれなかったほどのひどい耳だった。そのために、彼はどこまでもきこえるふりがしたくて、こう答えた。「うん！　うん！　そりゃ違うな。それは知らなかった。それならば、さらし台の刑をもう一時間ふやしてやらねばならぬ」

そして、判決文をそう訂正させて、印を押した。

「ざまあみろ、人をひどい目にあわせやがった罰だ」と、カジモドに恨みをもっていたロバン・プースパンが言った。

2　「ネズミの穴（トルー・オ・ラ）」

ここでみなさんの許しを得て、グランゴワールがきのうエスメラルダを追ってあとにした、あのグレーヴ広場へ戻ることにしよう。

朝の十時だった。どっちを向いても祭りあけの日の匂いがぷんぷんしている。舗道（ほどう）一面にリボンだの、紙切れだの、前立ての羽根だの、松明（たいまつ）の蠟（ろう）のしずくだの、大盤ぶるまいの食い残しだのといった残骸（ざんがい）が散らかっている。大勢の市民たちが、そこここを、今のことばで言えば、「ぶらついている」かがり火のおきを蹴（け）とばしたり、柱の家の前に立ちどまって、うっとりとした面持（おももち）でながめいったりしている。きのう張りめぐらされてあったみごとな幔幕（まんまく）を思い出しているのだ。が、残っているのは釘（くぎ）ばかりで、それでもあの盛んな祭りを思い出して楽しむことはできるのだった。リンゴ酒やビールを売って歩く男たちが、人群れのあいだをぬって、大樽（おおだる）をゴロゴロころがしていく。いそがしそうに通り過ぎていく人びとの姿も見える。商人たちはおしゃべりをしたり、店の前でおたがいに呼びあったりしている。祭りや、使節団や、コプノールや、らんちき法王やの話に誰もかれも花を咲かせている。われがちに、きのうのできごとの解説をやったり、笑いこけたりしている。そのうち、いつのまにか騎馬警吏が四人やってきて、さらし台のまわりに陣どった。そのまわりにはもう、広場に散らばっていた「平民」どもがおおかた集まってきていて、何かちょっとしたおしおきでもあるのではないかと、身じろぎもせず、退屈しながらも立ちつづけている。

さて、みなさんが、もし広場一面に繰り広げられている、この生き生きとした、騒々しい光景をひとわたりながめたのち、西側の河岸の角になっているロラン塔の、あの半ばゴチック、半ばロマネスク式の古風な建物のほうに目を向けられるならば、建物の正面の隅に、極彩色をほどこした大きな公衆用の聖務日課書が置いてあるのに気づかれるであろう。雨にぬれないように小さなひさしがかけてあり、持っていかれないように金網で囲ってあるが、手を差しこんでページが繰れるようになっている。この聖務日課書のそばに、せまい交差リブ形の明かりとりが広場に向かってつけられ、十字に組んだ二本の鉄棒で閉じられている。この明かりとりは、この古い建物の部厚い壁の中につくられた、一階の、出入口のない小部屋に、わずかばかりの空気と日光を送りこむただ一つの口なのだ。この小部屋はパリでもいちばん人通りの激しい、いちばん騒々しい広場に面していて、あたりがガヤガヤとやかましいだけに、いっそう深いやわらぎと陰気な静けさに満ちていた。

この小部屋は、かれこれ三百年も前からパリでは有名になっていた。ロラン塔のロランド姫が、十字軍戦争でなくなった父の喪に服し、閉じこもって一生をすごすために、自分の屋敷の囲壁をくりぬいてつくらせた部屋なのだ。姫は、その立派な御殿のうち、出入口は壁でふさがれ、明かりとりは夏冬あけっぱなしというこの住まいだけを自分のものとし、残りはみんな貧乏人と教会に寄付してしまったのだった。悲嘆にくれた姫は、事実、生きたままはいったこの墓の中で、その後二十年間死の訪れを待っていたのだ。日夜父の魂のために祈り、悔悟のうちに眠り、枕にする石さえなく、黒い懺悔服を身にまとい、通行人があわれんで明かりとりのへりに置いて恵んでくれるパンと水だけで命をつないでいた。すべてを寄進した姫は、こうして施しを受ける身になったのである。死期がいよいよ近づいてあの世の墓に移ろうとしたとき、姫は、母親であれ、未亡人であれ、娘であれ、何か悲しい事情で、人のためにあるいは自分のために祈りたいことがたくさんある女性、そして深い悲しみや強い悔悛の中に生きながら身を埋めてしまいたいと願う女性が、いつまでもこの部屋を使うようにと言い残したのだった。当時の貧しい人びとは涙を流し、祝福を祈りながら、姫のために立派な葬儀をいとなんだ。だが、たいへん残念なことには、後ろ盾がなかったので、この信仰あつい姫も聖者の列には加えてもらえなかった。そこで法王に少しばかり不満をいだいていた人びとの中には、姫はローマでよりも天国でのほうが容易に聖者にしてもらえるだろうと考え、死んだ姫のために、法王にではなく、神さまにお願いした無邪気な者もいた。おおかたの人びとはロランド姫の思い出を神聖なものとして胸におさめ、姫が身につけていたぼろを聖遺物とすることで満足していた。市当局は姫の意志に添うために、公衆用の聖務日課書を寄進したが、この本は小部屋の明かりとりのそばに備えつけられた。こうしておけば通行人も、ただちょっとお祈りをするためだけだとしても、ときどきはここで足をとめるだろう、お祈りをすれば施しをする気にもなるだろう。ロランド姫の後をついでこの小部屋に住みつくおこもり女たちが食べ物もなく、忘れられて死んでしまうことにもなるまい、という考えからだった。

それに、こうした墓みたいなものは、中世の都市ではたいして珍しいものではなかった。人通りのひどく激しい大通りとか、ガヤガヤと大勢の人が集まって騒がしい市場のど真ん中とか、つまり馬の歩く足もとや、荷車や荷馬車が引かれてゆく車輪の下には、よく、穴ぐらや、井戸や、壁でかこって格子をはめこんだ小部屋ができていて、その奥で、尽きせぬ嘆きや、大きな罪滅ぼしにみずから一身を捧げた人間が、夜となく昼となく祈りつづけていたものなのだ。家と墓、墓と都会とをつなぐ鎖の輪にもたとえられるこうした恐ろしい小部屋、人間社会から断ち切られ、もう死者のうちに数えられているあの隠遁者たち、暗闇の中で油の最後の一滴を燃やしているあのランプのような人間、穴の中でゆらゆら揺らめいている残り少ない命、石箱のような部屋の中に聞こえる隠遁者たちの息吹や声や永遠の祈り、永久に別の世界に向けられたままの隠遁者たちの顔、もう別の世界の太陽に照らされている目、墓の壁にぺったりへばりついたままの耳、あのような体に閉じこめられたあのような魂、あのような土牢に閉じこめられたあのような体、肉体と石の二重の包皮の下で苦しむ隠遁者たちの魂のうめき声、こうした不思議な光景が今日のわれわれの胸の中にひき起こすに違いないさまざまな感想を、当時の人びとは何ひとつついだかなかったのである。こと信仰に関してはそれほど理屈っぽくも敏感でもなかった当時の人びとは、宗教的な行ないをそんなに複雑な目では見ていなかったのである。彼らは物事を丸ごと受けとって、犠牲的な行ないを尊敬し、崇拝し、必要とあれば聖化したが、その苦痛を分析したりなどはせず、また、ことさらに気の毒だとも思わなかったのだ。ときどき哀れな苦行者に食べ物を持ってきてやり、まだ生きているかなと穴からのぞきこんだりはするものの、苦行者の名前も知らず、もう何年こんなふうに死ぬのを待っているのかもほとんど知らなかったのだ。そして、見知らぬ人がやってきて、こうした穴ぐらの中で腐っていく生きた骸骨のような人間のことをあれこれきくようなことがあっても、近所の人びとは、中にいるのが男だと「隠者ですよ」、女だと「女の隠者ですよ」と、簡単に答えるだけだった。

そのころの人びとは、すべてをこんなふうに見ていたのだ。むずかしい理屈も考えず、大げさにも考えず、拡大鏡も使わず、自分の目でじかに見ていたのだ。顕微鏡は、物質界を見るためにも、精神界を見るためにも、まだ発明されていなかった時代だった。

それに、人びとはたいして驚きの目を見張らなかったとはいえ、こんなぐあいに都市の真ん中で閉じこもって生活する者は、さっきも申しあげたように、事実、かなり多かったのである。パリにも、神に祈り、苦行をするためのこうした小部屋は相当たくさんあった。そしてどれも、ほとんどふさがっていた。もっとも教会当局が小部屋のあくのを好まず、空室の存在はとりもなおさず世の信仰心の衰えを示すものだとして、苦行者がいないときには難病患者をそこに入れておいた、ということもあるにはあったが。こうした小部屋は、このグレーヴ広場のほかに、モンフォーコンに一つ、サン＝ジノサン墓地の納骨堂に一つ、それから、どこだったか忘れたがもう一つあった。たしかクリション邸だったように思う。まだそのほか、あちらにもこちらにもあったのであって、そうした場所には、もう建物はなくなっていても、言い伝えが残っている。大学区（ユニヴェルシテ）にも一つあった。サント＝ジュヌヴィエーヴの丘で、中世のヨブ（信仰を試すため、汚物まじりの寝藁に伏して生活した旧約聖書中の義人）とも言えそうな男が、雨水だめの底の寝藁（ねわら）にすわって、三十年間、七つの悔罪詩編をうたった。うたい終わると、またはじめから繰り返したのだ。夜は一段と声をはりあげ、「闇を貫く大声で」うたいつづけた。今でも好古家たちは「ピュイ＝キ＝パルル」通りへはいってゆくと、この男の声が聞こえる、と思っている。

　ロラン塔の小部屋に話をかぎることとして、申しあげねばならないのは、ここには、おこもり女の絶えたことがない、ということである。ロランド姫が亡くなってから、ごくまれに一、二年あいたこともあったが、すぐにふさがってしまった。たくさんの女がここに来て、失った両親や、恋人や、犯した罪のために涙を流したすえ、死んでいった。何のかかわりもないことにでも、いちいち鼻をつっこんでかぎまわる、ちゃめっけたっぷりなパリっ子たちの言うところによれば、未亡人の姿はここにはほとんど見られなかったそうだ。

　当時のしきたりに従って、この部屋の外側の壁にはラテン語の碑銘が書きつけられていたので、通行人も多少学問のある者なら、この部屋が宗教的な目的に使われていたことがすぐわかるのだった。ところで、戸口の上に簡単な銘句を刻みこんで建物を説明するという風習は十六世紀の半ばごろまでつづいていた。たとえばフランスでは、トゥールヴィル領主邸ののぞき窓の上に、「黙して望め」とあるのが今でも見られる。アイルランドでは、フォーテスキュー城の大戸口の上に刻みこまれた小型の盾形（たてがた）紋章の下に、「強い盾、将の救い」という文字が見られる。イギリスでは、クーパー伯爵家の来客用屋敷の正面玄関の上に、「あなたのもの」と刻んであった。つまり当時の建物はみな、思想を表現していたのである。

ロラン塔の壁で囲まれた小部屋には戸口がなかったので、誰かが窓の上の壁に太いロマネスク語ふうの文字で、つぎのような二字を彫りこんだのだった。

「なんじ（トゥ）、祈れ（オラ）」

民衆というものは常識的で、物事を細かく観察しないので、「ルイ大王へ」を平気で「サン＝ドニ門」などと訳してしまう。だからその調子で、彼らは、この暗くてじめじめした、ほら穴みたいな部屋に「ネズミの穴（トルー・オ・ラ）」という名をつけてしまった。この名は「トゥ・オラ」に比べおごそかさには欠けるかもしれないが、そのかわり、もっと絵のような生々（なまなま）しい感じを表わしている。

3　トウモロコシのパン種で焼いた菓子の話

　このころ、ロラン塔の小部屋には人が住んでいた。どんな人間が住んでいたのかお知りになりたければ、みなさんに「ネズミの穴」をお教えしたとき、ちょうどその方向へシャトレからグレーヴ広場へ向かって、河沿いに、おしゃべりな奥さんたちが三人やってきたから、あの人たちの話をお聞きになればよろしい。

　三人のうち二人は、上流のパリ市民らしい身なりをしている。白い薄地の襟飾り、赤と青のしまの交織のスカート、わきに色糸の縫いとりのある、足にぴったり合った、白いトリコット編みの靴下、淡黄褐色の革の、底の黒い、角ばった靴、ことに、ロシアの親衛隊の選抜兵と張りあってシャンパーニュの女たちが今でもかぶっている、リボンとレースで飾ったぴかぴか光る角みたいな帽子、こうした身なりからみて、二人はどうやら、使用人たちが「おかみさん」と呼ぶのと、「奥さま」と呼ぶのとのちょうど中間にくる、あの金持の商人階級の婦人らしかった。二人とも指輪もはめず、金の十字架もさげてはいないが、それはお金がないからではなく、ただそんなもののために罰金をとられては、と思ってのことだとはすぐわかる。連れの婦人もほぼ同じようにごてごて着飾っていたが、服装にも身ごなしにも、どことなく田舎(いなか)の公証人の細君といったやぼなところがあった。ベルトを腰高に締めているところから見ても、パリへ来てまだ日の浅いことがわかる。おまけに、ひだのついた襟飾りといい、靴の紐(ひも)の結び方といい、スカートのしまが縦ではなく横についていることといい、そのほか趣味のいい人が腹をたてそうなおかしな点を数えあげればきりがない。

最初にお話しした二人は、おのぼりさんにパリを案内するパリ女だけが見せる一種独特の歩きぶりで足を運んでいる。おのぼりさんのほうは太った男の子の手を引いているが、男の子は手に大きな菓子パンを持っていた。

ちょっと申しあげにくいことだが、なにしろ寒さがひどいので、男の子は舌をハンカチがわりにして、ぺろぺろなめまわしていた。

この子は、ウェルギリウスの言うような「乱れた足どりで」引きずられるようにして歩いてきた。一足ごとにつまずいては、おかあさんからひどいお小言をちょうだいしている。無理もない。足もとよりも手に持った菓子のほうによけいに目をやっているのだから。きっとそれ(パン菓子)にかじりつけない何か重大な理由があるのだ。食べたくてたまらないといったようすなのに、ながめるだけで満足しているのだから。どうみても、このお菓子はおかあさんが持っているべきだった。ほっぺたのまるまるとしたこんながんぜない子供に、タンタロス王の苦しみ（水を飲もうとすると水がなくなり、果実をつかもうとすると枝がはねあがるという、タンタロスが地獄で受けた罰。〔ギリシア神話〕）をなめさせるのは残酷すぎる。

ところで三人の奥さん方（奥さまというのは当時は貴族の夫人にしか使えなかった）は、三人一どきにしゃべりまくっていた。

「急ぎましょう、マイエットさん」と、三人のうちでいちばん若くて、いちばん太ったのがおのぼりさんに向かって言う。「ぐずぐずしてると間にあわないかもしれませんよ。シャトレで言ってたじゃないの、もうすぐ、あれをさらし台に引っぱっていくんだって」

「まあ！　何をおっしゃるの、ウダルド・ミュニエさん？」と、もう一人のパリ女が言う。「あれは二時間もさらし台にさらされるんですよ。時間はたっぷりありますわ。あなた、さらし刑ってごらんになったことおあり、マイエットさん？」

「ええ、ランスのまちでね」と、おのぼりさんが答えた。

「まあ！　なあんだ！　ランスのさらし台ってどんなかしら？　農民ばかりさらす、ちゃちな檻（おり）みたいなもんでしょ。たいしたもんじゃなさそうね！」

「まあ、農民ばかりだなんて！　織物市場にある、あれですよ！　ランスのね！　とてもすごいおしおき人だって見ましたわ。なんでも自分の両親を殺したんですって！　農民ばかりだなんて！　あたしたちを何だと思ってらっしゃるの、ジェルヴェーズさん？」

たしかに、おのぼりさんは故郷のさらし台の名誉のために、今にも怒りだしそうだった。が、さいわい、おとなしいウダルド・ミュニエ夫人がたくみに話題を変えた。

「それはそうと、マイエットさん、あのフランドルのご使者たちはいかがでした？　ランスででも、あんな立派なのがごらんになれて？」

「そりゃもう、あんな立派なフランドル人たちの行列は、パリへ来なくちゃ見られませんわ」と、マイエットが答えた。

「使節団の中にいた、洋品屋さんだというあの背の高いご使者もごらんになって？」と、ウダルドがきいた。

「ええ、まるでサトゥルヌス（ローマ神話の農耕の神）みたいでしたわねえ」と、マイエットが答えた。

「それから、あののっぺりした顔の太った人は？　それから、ほら、目の小さい小男の人、アザミの頭みたいなぎざぎざな毛の生えた赤いまぶたの人よ。あれもごらんになったこと？」と、ジェルヴェーズがきく。

「あの人たちの馬がとても立派でしたわ。ちゃんとお国流に衣装をつけてさ！」と、ウダルドが言う。

「ねえ！　あなた」と、おのぼりさんのマイエットが、こんどこそこっちのものだとばかりに相手をさえぎる。

「六一年に、ランスで王さまの聖別式があったとき――もう十八年にもなりますけどね――、殿さま方や王さまのお供の方がたが乗ってらした馬をお見せしたかったわ！　馬覆いだの、馬飾りだの、びっくりするほどいろいろありましたわよ。黒テンの毛皮をつけた綾織ラシャだの、金色の薄ラシャだの。そうかと思うと、白テンの毛皮の羽根飾りをつけたビロードだの。そうかと思うと、金銀細工や、金や銀の大きな鐘形飾りをいっぱい吊ったのもありましたわよ！　ほんとに、びっくりするほどのものいりだったでしょうね！　それに、馬に乗った可愛らしいお小姓たち！」

「それはそうでしょうけどね」と、ウダルド夫人がにべもなく受けた。「とにかくフランドルのご使節の馬はとても立派でしたわ。それから、あの方たちは、きのう市庁舎で市長さんから素晴らしいご馳走を頂いたんですよ。砂糖菓子だの、香料入りブドウ酒だの、果物の砂糖煮だの、いろいろ珍しいものが出たんですってさ」

「何を言ってらっしゃるの、あなた？　フランドルのお方たちは、プチ＝ブールボン宮で枢機卿さまのご馳走になったのよ」と、ジェルヴェーズが声を高めて言った。

「いいえ、市庁舎ですよ！」

「どういたしまして、プチ＝ブールボン宮ですよ！」

「たしかに市庁舎ですわ。スクーラブル博士がラテン語でなさった演説を聞いて、使節の方はたいそうお喜びになったそうよ。宅はねえ、ご免許の書籍商でしょう。宅がそう言ったんですもの」と、ウダルドがとげとげしい口調で言った。

「たしかにプチ＝ブールボン宮ですわ」と、ジェルヴェーズも負けずに強い口調で言いかえす。「だってあたしは、枢機卿さまの執事があの方たちにどんなものを差しあげたか、ちゃんと知ってるんですもの。白と薄赤と朱の香料入りブドウ酒半リットル入りを十二びん、卵の中にひたしてバターで揚げたリヨン菓子パンを二十四箱、一本二リーヴルの松明を二十四本、白と薄赤のボーヌ産のブドウ酒を二百リットル入りで六樽、それもとびきり上等のですよ。間違いっこありませんわ、うちの人から聞いたんですもの。うちの人は市会議所の五十人組の組長をしてますでしょ。それにうちの人はね、けさ、フランドルのご使節たちと、エチオピア皇帝のご使節たちや、お亡くなりになった王さまの時代にメソポタミアからパリへおいでになったトラブゾン皇帝のご使節たちとをあれこれ比べておりましたもの。なんでも、あのトラブゾンのご一行は耳輪をつけていたそうですがね」

　こう並べたてられても、ウダルドはすこしも驚かない。「なんておっしゃったって、市庁舎でおよばれになったことに間違いありませんわ。肉だの、砂糖菓子のアンズだの、あんなすてきなご馳走は、今まではじめてだそうですよ」

「あのね、いいこと、市のお役人のル・セックさんのお給仕で、プチ＝ブールボン宮でおよばれになったのよ。だからあなた、勘違いしてらっしゃるのよ」

「市庁舎ですってば！」

「プチ＝ブールボンですってば！　だって表玄関の上に刻んである『希望』ってことばを、レンズで照らしてたでしょ」

「いいえ、市庁舎よ！　市庁舎にきまってますよ！　ユソン・ル・ヴォワールさんがフルートを演奏なすったじゃないの！」

「そうじゃありませんってば！」

「あら、そうですってば！」

「そうじゃないってば！」

　人のいい太ったウダルドはやり返そうとしていた。口論の果ては、とうとう帽子のつかみ合いにまでなりそうなあんばいだった。と、ふいにマイエットが叫んだ。

「あら、ちょっとちょっと、あそこの橋のたもとにいっぱい人だかりがしてますわ！　真ん中に何だかあって、ほら、みんなで見てるじゃないの」

「ほんとだわ。タンバリンの音が聞こえるわ」と、ジェルヴェーズが言った。「きっとあのスメラルダさんがヤギにへんてこな芸当をやらせているのよ。さあはやく、マイエットさん！　急いでいらっしゃい、しっかり坊やの手を引いてね。あなたはパリ見物にきたんでしょ。きのうはフランドルの人びとを見たんだしさ、きょうはあのジプシー娘を見なくちゃいけませんわ」

「ジプシー娘ですって！」と、マイエットは叫んだかと思うと、子供の腕をぎゅっと握りしめ、いきなりいま来た道を引き返しにかかった。「まあ、たいへんだ！　きっと坊やをさらっちゃうわ！――さ、いらっしゃい、ウスターシュ！」

母親は河岸沿いにグレーヴ広場のほうへ駆けだし、橋から遠く離れたところまで来てしまった。が、とうとう、引きずられていた子供がつまずいて膝をついたので、おかあさんのほうもフーフーあえぎながら、立ちどまった。ウダルドとジェルヴェーズが追いついてきた。

「あのジプシー娘が坊やをさらうんですって？　まあ、あなたもずいぶんへんてこなことをお思いなのね」と、ジェルヴェーズが言った。

マイエットは物思わしげなようすで、首を横に振った。

「不思議ねえ、お懺悔ばあさんも、ジプシー娘が子供をさらうって思ってるのよ」と、ウダルドが言う。

「お懺悔ばあさんっていったい何のこと?」と、マイエットがきく。

「ほら! ギュデュールさんのことよ」と、ウダルドが言う。

「そのギュデュールさんて、いったい何のことなの?」と、マイエットがまたきく。

「まあ、ギュデュールさんを知らないなんて、さすがにランスからおいでになっただけあるわ! 『ネズミの穴』のおばあさんのことよ」と、ウダルドが答えた。

「なんですって! じゃあ、このお菓子を持っていってあげようという、可哀そうなおこもりさんのことなの?」と、マイエットがきく。

ウダルドは首を縦に振って言った。

「そうよ。もうじきグレーヴ広場に着いて、広場に向いた明かりとりから見られるわ。あの人もやっぱり、あなたのようにね、タンバリンを叩いたり占いをしたりするジプシーのことを憎んだり、こわがったりしてるのよ。なぜあの人がジプシーをあんなにこわがるんだか、わからないけどね。けれどマイエットさん、どうしてまた、あなたは、ジプシーを見ただけで、あんなに一目散にお逃げになったの?」

「だって！　あたし、パケット・ラ・シャントフルーリさんみたいな目にあいたくないんですもの」とマイエットは言って、子供のまるい頭を両手でしっかりと抱きかかえた。

「まあ！　そのお話を聞かせてちょうだいな、ねえ、マイエットさん」と、ジェルヴェーズがマイエットの腕をつかんで言った。

「聞かせてあげますとも。だけど、シャントフルーリさんを知らないなんて、さすがにパリのお方だけあるわ！」と、マイエットが答える。「こういうお話なの、――あら、お話をするのに、なにも立ちどまらなくってもいいじゃないの。――パケット・ラ・シャントフルーリさんは、あたしが娘ざかりの十八だったとき、つまり、今から十八年前のこと、やはりおない年のきれいな娘さんでした。あたしのようになれなかったのは、あの人の心がけが悪かったからだわ。身もちさえよくしていたら、お嫁にだって行けたし、今ごろはこんな子まで生まれて、このあたしみたいな三十六の太った、みずみずしいママさんになれてたでしょうにねえ。それに、十四のときから、もうあの始末じゃねえ！　――あの人はランスの船上吟遊詩人のギベルトーという人の娘さんでした。ギベルトーさんというのは、シャルル七世が聖別式のときにヴェール川をシュリからミュイゾンまでお下りになったとき、この王さまの前で演奏をした方なんです。そのときはジャンヌ・ダルクも王さまのお供をしていたんですがね。パケットさんがまだほんのちっちゃいときに、年とったおとうさんは亡くなりました。だからあの人は、おかあさんだけになってしまったのです。おかあさんは、パリのパラン＝ガルラン通りで真鍮（しんちゅう）や鋳物（いもの）の台所用品を作っていたマチユ・プラドン親方の妹さんでしたが、このプラドンさんも去年亡くなりました。ですから、パケットさんの家柄はなかなかいいんです。ところが、おかあさんというのがあいにく、ごく人のいい方で、パケットさんに、ちょっとリボンやおもちゃを作ることだけしか教えなかったのです。だから、娘さんはずんずん大きくなってはいったものの、おうちはあいかわらず火の車でした。この親子はランスのまちの川沿いのフォル＝ペーヌ通りに住んでいました。そうです、違いありませんよ、こんなところに住んでいたばかりに、パケットさんはすっかり堕落するようになってしまったのです。今の陛下のルイ十一世がご即位になった六一年のころには、パケットさんも成人して、とても陽気で、それはそれは可愛らしい娘さんになっていました。あんまり可愛らしかったので、どこへ行っても、みんなから『うたう花（シャントフルーリ）』という名だけで呼ばれていたのです。――可哀そうに！――あの人は、歯がとてもきれいでした。歯を見せるために、よく笑いました。笑ってばかりいる娘は泣き暮らすようになるものだと言いますが、歯のきれいな娘さんは目を泣きはらして、だいなしにしてしまうものですわ。

『うたう花』のシャントフルーリさんがいい見本ですよ。あの人とおかあさんはとても苦しい生活をしていました。おとうさんの楽師が亡くなってからというもの、すっかり落ちぶれてしまったのです。リボン細工の内職をしたところで、週に六ドニエぐらいのかせぎがせいぜいですもの。ワシ銭二枚の実入りにもなりません。おとうさんのギベルトーさんが聖別式の日、歌を一つうたっただけで、パリ金の十二スーもちょうだいしたころのことは、どうなってしまったのでしょう？　ある冬――やはりあの六一年のことです――二人のうちには薪も、粗朶もなくて、とても寒かったのです。シャントフルーリさんの頬は寒さでとてもいい色になりました。男たちはそれを見てヒナギクちゃん！と呼びました。中にはヒナギクさん！　って呼ぶ者もいました。こんなふうに大騒ぎをされたのでとうとう身を誤ってしまったのです。――ウスターシュや！　お菓子をかじりでもしてごらん、ひどい目にあわせたげるから！――あの人が身を誤ったことはすぐにわかりましたわ。なぜって、ある日曜日のこと、金の十字架を首にさげて教会に来たんですもの。――十四でですよ！　どうでしょう！――まずはじめは、ランスから三キロほどのところに鐘楼のあるコルモントルイユの子爵の若さま。つぎは、国王飛脚のアンリ・ド・トリヤンクールさま。そのつぎは、少し落ちて、近衛兵のシヤール・ド・ボーリリヨンさん。それから、また落ちて、王さまのお給仕係のゲリ・オーベルジョンさん。

それから、王太子殿下の理髪師マセ・ド・フレピュスさん。それから、王家のコック長テヴナン・ル・モワーヌさん。こんなふうに若い人から年寄りへ、身分の高い人から低い人へつぎつぎと移っていって、とうとう手回し琴ひきの吟遊詩人ギヨーム・ラシーヌや、カンテラ屋のチエリ・ド・メールにまで身を任せるようになったのです。そして、あげくの果ては可哀そうに、誰にでも媚を売る女になってしまいました。玉のかんばせもこうなっては、泥まみれというものですわ。ほんとに、なんて言ったらいいかしら？　同じ六一年の聖別式の日に娼婦取締り係のお相手をしたのはあの人だったんですよ。

――同じ年のうちにねえ！」

マイエットは溜息をつき、目にぽっつりと浮かんでいた涙をふいた。

「そんなお話はたいして珍しくもないわ。それに、ジプシーや子供のことは、ちっとも出てこないじゃないの」と、ジェルヴェーズが言った。

「まあまあお待ちなさいよ！　子供のことはこれからよ」と、マイエットが言った。「今月の聖ポール祭でちょうど十六年になりますがね。六六年の聖ポール祭の日に、パケットさんは可愛らしい女の子を産んだのです。可哀そうに！　あの人は大喜びでした。長いあいだ子供を欲しがっていたんですもの。あの人のおかあさんは何しろ人がよくて、年をとって死ぬのを待っているだけみたいな人だったんですが、そのときにはもう亡くなっていました。パケットさんはもう世の中に愛する者も、愛してくれる者もなかったのです。身を誤ってからの五年間というものは、シャントフルーリさんの身の上はとても気の毒なものでした。広い世間にまったくの一人ぼっちで、うしろ指はさされる、まちじゅうではやしたてられる、警官にはぶたれる、ぼろを着た子供たちにはからかわれる、といったふうだったのです。そのうちにあの人も二十歳(はたち)になりましたが、二十歳といえば、娼婦の身にとってみれば、もうおばあさんなのですよ。どんなに体を売ったところで、以前リボン細工でかせいだぐらいをとるのが、せいぜいになってしまったのです。しわの数が一つふえれば、それだけかせぎが減ってしまうのです。あの人には冬がまたつらくなりました。かまどの薪も、パン箱のパンもますます乏しくなるばかり。あの人はもう働けなくなりました。なぜって、自堕落な日々を送っていれば無精になる、無精になればまた輪に輪をかけて自堕落になる、といったふうで、だんだん苦しくなるいっぽうなんですもの。――サン＝レミの司祭さんもたしか、おっしゃってましたっけ、あんなだから、ああいう女の人は、年をとると、ほかの貧乏人よりよけい寒い思いや、ひもじい思いをするんだって」

「ほんとだわ、だけどジプシーのお話はどうなったの？」と、ジェルヴェーズがきいた。

「まあまあお待ちなさいよ、ジェルヴェーズさん！」と、ジェルヴェーズほどせっかちではないウダルドがたしなめた。「お話のはじめにみんな話しちゃったら、おしまいには何にも言うことがなくなっちまわないこと？　さあ、マイエットさん、お話をつづけてちょうだい。でもシャントフルーリさんは、なんて可哀そうな人なんでしょうねえ！」

マイエットはつづけた。

「そんなわけであの人は、ほんとにみじめでした。泣いてばかりいたもんですから、頬がすっかりこけてしまいましてね。けれど、そんな恥ずかしい、自堕落な、一人ぼっちの暮らしをしていながらも、あの人は、もしこの世に、なんでもいいから愛することのできる者、そしてまた愛してもらえる者があったら、きっとすこしは慰められて身もちもよくなるだろうと思えてならなかったのです。それは子供でなければなりませんでした。子供だけが、無邪気に心を慰めてくれるものですからね。――あの人がそのことに気がついたのは、泥棒を男にもってからなの。だってその男だけしか、もうあの人を相手にしなくなったんですもの。でもじきに、その泥棒にも軽蔑（けいべつ）されていることがわかったんですよ。――ああいう商売の女の人には、心のさびしさをなくすために、男か子供がどうしてもいるんですね。でないと、みじめでやりきれないんですわ。――男がもてなくなったので、こんどは子供ばかり欲しがるようになりましたの。まだ神さまだけは信仰していたので、子供が授かるように、しょっちゅうお祈りしていました。神さまも哀れにお思いになって、女の子をお授けになりました。あの人の喜びようといったら、ほんとに、どう言っていいかわかりませんわ。涙をぽろぽろ流して、無我夢中で抱きしめたり、キスしたり、自分でおっぱいをやり、ベッドに一枚しかなかった掛けぶとんで、うぶ着をつくってやりました。それでいて、寒いともひもじいとも思わなかったんですよ。子供ができてから、パケットさんは美しさを取り戻しました。年増女（としまおんな）に子供ができると、若々しくなるものなんです。美しさが戻ってくると、男たちもまたシャントフルーリさんのところへやってきました。売り物にまたお客がついたんです。それで、そうしてかせいだお金で、うぶ着だの、ずきんだの、よだれかけだの、レースの胴着だの、サテンの可愛いボンネットだのを作ったんです。自分の新しい掛けぶとんなんか買おうともしないで。——ウスターシュや、お菓子を食べるんじゃないって言ったでしょ。——ほんとにちっちゃなアニェスは——アニェスというのがその子の名だったんですよ。洗礼名ですけどね。家の姓なんかシャントフルーリさんには、もうずっと前からなかったんですよ——、ほんとにちっちゃなアニェスは、王太子さまのお姫さまにも負けないくらい、リボンだの刺繡（ししゅう）だのにくるまっていましたわ！　中でもあの可愛い靴といったら！　ルイ十一世さまだって、きっとあんなにきれいなのをおはきになったことはないでしょう！　その靴はおかあさんが自分で縫って、刺繡をし、きれいなリボン飾りを丁寧につけて、まるでマリアさまの着物でも作るみたいに、念入りに仕上げたものだったのです。あんな可愛いバラ色の靴は、誰も見たことがなかったでしょうね。せいぜいあたしの親指ぐらいの長さで、赤ちゃんがはいているのを脱がしてみなくちゃ、ほんとにそこへあんよがはいるなんて信じられないくらいでした。それに、その赤ちゃんのあんよときたら、ほんとに可愛くて、きれいで、バラ色で！　靴のサテンよりもっときれいなバラ色なの！——ウダルドさん、赤ちゃんがおできになったら、赤ちゃんのあんよやお手々ほど可愛らしいものはないってことが、あなたにもおわかりになりますわよ」

「あたしだって欲しくてたまらないのよ。だけど、アンドリが欲しがるまで待たなくちゃなりませんわ」と、ウダルドが溜息をつきながら言った。

「それにね」と、マイエットが話をつづけた。「パケットさんの赤ちゃんは、あんよがきれいなだけじゃなかったの。まだ四月ぐらいのとき見たんですけどね、その可愛いことったら！　目は口より大きいぐらい。それに、とてもきれいで、細い、黒い髪の毛。もうちゃんとちぢれていてね。十六ぐらいになったら、さぞかし栗色の髪の立派な美人になったでしょうよ！　おかあさんの可愛がりようといったら、日に日に激しくなるばかり。抱きしめたり、キスしたり、くすぐったり、お湯を使わせたり、おめかしをさせたり、なめまわしたり！　もうすっかり夢中になってしまって、しょっちゅう神さまにお礼を言ってましたわ。ことに、あのバラ色の可愛いあんよのことになったら、それこそ、びっくりしたみたいにいつまでもながめていたり、そのうちにはうれしさのあまりのぼせあがってしまったり！　いつも、唇をあんよに押しつけては、可愛さにうっとりしたままでいるのよ。ちっちゃな靴をはかせてみたり、脱がせてみたり、感心したり、びっくりしたり、日にすかしてみたり、ベッドの上であんよをやらせては、可哀そうに可哀そうに、などと言ってみたり、まるで小さなイエスさまの足をいじるみたいに、あのちっちゃなあんよに靴をはかせてみたり、脱がせてみたりしながら、あの人は膝をついたまんま、一生をすごしかねないほどでした」

「ほんとにしみじみするお話ね。だけど、ジプシーはちっとも出てこないじゃないの?」と、ジェルヴェーズが小声で言う。

「これからなのよ」と、マイエットが答えた。「ある日のこと、とてもへんてこな騎馬団みたいなものが、ランスへやってきました。仲間うちで公爵とか伯爵とか呼ばれている頭（かしら）たちに率いられて、国じゅうを歩きまわっている物乞（ものご）いや宿なしどもだったんです。みんな日に焼けていて、髪はひどくちぢれ、銀の耳輪をさげていました。女たちは男たちよりも、もっとみっともない顔をしていましたわ。顔は男よりももっと黒く、いつも帽子なしで、けちな短い外套を着こみ、すり切れて地糸の出た古いラシャを肩の上で結び、髪の毛は馬のしっぽみたいにうしろに垂らしているんです。女たちの足のまわりにまつわりついている子供たちを見たら、猿だってこわがりそうでした。法王さまから破門された人たちなのよ。この人たちはみんな、下エジプトからポーランドを通って、ランスのまちへまっすぐにやってきたのです。話によると、なんでも法王さまがこの人たちの懺悔をお聞きになって、悔い改めのためにベッドに寝ないで七年間世界じゅうを回れ、とお言いつけになったんですって。こんなわけで、『悔悟者』と自分たちのことを呼んでいましたが、鼻をつまみたくなるようないやな臭いがしました。先祖はサラセン人だったらしいんです。だからユピテルを信じていましたし、大司教さまや、司教さまや、司教杖をもって司教冠をかぶせる資格のある大修院長さまに会うと、いつでもトゥール銀貨十リーヴルのご喜捨をせがむのでした。法王さまから教書をいただいていたので、こんなことができたのでした。この人たちはアルジェ王やドイツ皇帝のお名前で占いをするために、ランスへやってきたのでした。これだけ言えば、この人たちがどうしてまちへはいることをとめられていたか、わけがおわかりでしょう。でも、この人たちは勝手に、ブレーヌ門のそばの丘の上にみんなで野宿していました。この丘の上には風車小屋が立っていましたし、そのそばには古い白亜坑の跡がありました。ランスのまちの人びとは、われがちにこの人たちを見にいきました。ジプシーたちは手相を見て、びっくりするような占いをするのです。ユダを見て、おまえさんは法王になるなんて予言をするほどの力があったんですよ。そのうちに、この人たちが子供を盗むとか、財布を掏るとか、人間の肉を食べるとかいう、いやなうわさが広がりました。利口な人はばかな人に、『あんなところへ行くな』と言ったものです。でもそう言いながら、自分はこっそり行ってたんですけどね。なにしろたいへんな騒ぎでした。だって、枢機卿さまでもびっくりするような占いをするのですもの。ジプシーの女たちは子供たちの手を見て、異教徒のことばやトルコ語で書かれた、ありとあらゆる素晴らしいことばを読みとるのです。ですから、おかあさんたちはもう鼻たかだかでしたわ。なにしろ子供が皇帝だの、法王だの、大将だのになると言われるんですからね。可哀そうに、シャントフルーリさんも、行ってみたくなったんですよ。自分の子は何になるだろう、可愛いアニェスもいつかはアルメニアの皇后か何かになるんじゃないかしら、と思ってね。そこで、赤ちゃんをジプシーのところへつれていったのです。すると、ジプシーの女たちは赤ちゃんを褒めたり、なでたり、黒い口でキスしたり、可愛い手に感心したりしました。可哀そうに！　おかあさんはもうすっかり喜んでしまったのです。女たちはことに、赤ちゃんのきれいな足ときれいな靴に大騒ぎをしました。赤ちゃんはまだお誕生日前でした。それでももう片ことを言ったり、おかあさんの顔を見てキャッキャと笑ったりするのです。まるまると太っていて、天使みたいなあどけない、いろんなしぐさをするんですよ。でもジプシーの女たちを見ると、すっかりおびえて、泣きだしてしまいました。けれど、おかあさんは赤ちゃんに力いっぱいキスをして、ジプシーの女たちがアニェスに言ってくれた占いのことばに浮き浮きとしながら、帰ってきました。この子は美人で徳の高い女王さまになるに違いない、って言われたんですよ。あの人は、だから、フォル＝ペーヌ通りのあばら屋へ鼻たかだかで帰ってきましたわ。なにしろ女王さまを抱いているんですものね。そのあくる日、あの人は、赤ちゃんがすやすやとおかあさんのベッドで眠っているちょっとのあいだをみて――あの人はいつも赤ちゃんといっしょに寝ていたのです――ドアをそうっと半分開けたまま、セシェスリ通りのお友達のところへ駆けていきました。うちのアニェスは、今にイギリスの王さまやエチオピアの大公さまからご馳走になる日がくる、などというお話をして、お友達をいろいろびっくりさせたかったんですわ。帰ってきて階段をのぼっていっても、泣き声が聞こえないので、《よかった！まだ眠ってるんだわ》と思いました。見ると、ドアが、出かけるとき開けておいたよりずっと大きく開いています。でも、とにかく中へはいって、ベッドへ駆けよりました、可哀そうなおかあさん。……――赤ちゃんの姿が見えません。ベッドはからっぽなんです。赤ちゃんの影も形も見えず、残っているのはあのきれいな靴の片っぽだけ。夢中で部屋をとびだして、ころげ落ちるように階段を駆け降りると、頭を壁にゴツゴツぶつけながら、大声で泣き叫びました。『あたしの赤ちゃん！　誰がつれてったの？　誰が盗っちゃったの？』通りには誰もいないし、家にも誰もいません。誰も、なんとも言ってくれやしません。まちじゅうを歩きまわりました。通りという通りを探しまわりました。夢中になって、気が狂ったみたいに、恐ろしい顔つきで、一日じゅうあちらこちらを駆けまわりました。子供を見失った野獣みたいに、よそのうちの戸口だの、窓の下だので、臭いをかぎまわりました。息をはずませ、髪をふり乱し、見るも恐ろしいようすでした。目にはきらきら火が燃えて、涙を乾かしてしまったみたいでした。通りすがりの人びとをつかまえては、こう叫ぶのです。『あたしの赤ちゃんはどうしたの？　あたしの赤ちゃんはどこにいるの？　可愛い可愛い赤ちゃんを返してください。返してくだされば、一生お仕えいたしますことよ。お犬のお世話だっていたします。心臓を食べられてもかまいません』サン＝レミの主任司祭さまに出会ったときなど、こんなふうに言ったんですよ。『司祭さま、あたし、爪でもって畑を耕してもよろしゅうございます。けれども、赤ちゃんだけは返してくださいませ！』ねえ、ウダルドさん、ほんとに胸をかきむしられるような気がしましたわ。ポンス・ラカーブルという血も涙もない検事まで泣いているのを見ましたわ。――ああ！　可哀そうなおかあさん！――晩になって、あの人はうちへ帰ってきました。留守のあいだに、二人のジプシー女が腕に包みをかかえてこっそり部屋へあがっていき、それからドアを閉めてまたおりてくると、急いで逃げていったのを近所の女の人が見たんです。二人が行ってしまった後、パケットさんのうちから何か赤ん坊の泣き声みたいなものが聞こえていたんですよ。この話を聞くと、おかあさんは急に笑いだして、まるで羽がはえたみたいに階段を駆けのぼり、大砲の砲身でもぶつけるみたいにドンとドアを押し開けて、中にはいりました。……――ぎょっとするようなお話なんですよ、ウダルドさん！　ちっちゃな可愛いアニェス、バラ色で生き生きとしていて、神さまの贈り物のようなアニェスがいるのかと思ったら、足が悪くて、目が一つしかなく、ふた目と見られない化け物みたいな子供が、床の上をずるずる這いながら、ヒーヒー言って泣いているじゃありませんか。あの人はこわくなって、両手で顔を覆ってしまいました。そして、『まあ！　魔女たちが、あたしの赤ちゃんをこんな恐ろしい化け物に変えてしまったのかしら！』と叫びました。みんなは大急ぎでそのちっちゃな子供を運びだしました。そのままにしといたら、あの人は気が狂ってしまったでしょうからね。どこかのジプシー女が悪魔とつるんで産んだお化けっ子だったんですわ。

四つぐらいに見えましたが、しゃべることばといったら、どうみても人間のことばとは思われませんでした。あんなことばってあるもんじゃありませんもの。──シャントフルーリさんは、この世でたったひとり愛していたあの子の形見の、ちっちゃな靴の上に身を投げかけました。ずいぶん長いあいだ身動きもせず、黙ったまま、息もつかずにいました。みんながもうあの人は死んでしまったのだと思ったくらいでした。そのうちいきなり、体じゅうをぶるっと震わせたかと思うと、形見の靴にめちゃくちゃにキスをして、まるで心臓が張りさけたみたいに、激しいすすり泣きをはじめました。あたしたちもみんな、もらい泣きをしましたわ。『ああ！　あたしの赤ちゃん！　あたしの可愛い赤ちゃん！　どこへ行ってしまったのよ？』と、言いながら泣くんですもの。そばにいた人は、ほんとに胸が張りさけるような気がしました。思い出すと今でも涙がこぼれますわ。なにしろ子供ってものはねえ、あたしたちの命みたいなものでしょ。──ウスターシュや！　おまえ、本当に器量よしだね！　この子はほんとにいい子なんですよ！きのうもこう言うんですよ。『ぼくはねえ、近衛の騎兵さんになるんだ』って。ねえ、ウスターシュや！　もしおまえがいなくなったら！　あたし、どうしましょう！──シャントフルーリさんはふいと立ちあがると、『ジプシーのキャンプへ来てください！──ジプシーのキャンプへ来てください！　おまわりさん、魔女どもを焼き殺してください！』って叫びながら、ランスのまちじゅうを駆けまわりはじめました。ジプシーたちは、もう発った後でした。——闇夜だったので、あとを追うわけにもいきません。あくる日、ランスのまちから八キロばかり離れた、グー村とチロワ村のあいだの荒地に、焚火の燃え残りと、シャントフルーリさんの赤ちゃんがつけていたリボンと、血のしたたった跡と、ヤギのふんが見つかったそうですの。前の晩はちょうど土曜日の晩でした。だから、ジプシーたちはきっとこの荒地で酒盛りをやって、マホメット教徒のやるように、ベルゼブルといっしょに赤ん坊を食べてしまったに違いない、とみんなは思いました。シャントフルーリさんはこんな恐ろしい話を聞いても、涙も出しませんでした。何か言いたげに、唇をもぐもぐさせていましたが、口がきけませんでした。そのあくる日、あの人の髪の毛は真っ白になっていました。そして、そのつぎの日、姿が見えなくなってしまったのです」

「まあ、なんて恐ろしいお話なんでしょう！　こんなお話を聞いたら、ブールゴーニュ人だってきっと涙を流すでしょうね！」と、ウダルドが言った。

「あなたがあんなにジプシーをこわがるわけが、やっとわかりましたわ！」と、ジェルヴェーズも言った。

「ほんとにさっき、ウスターシュさんを連れてお逃げになってよかったわね。だって、ここのジプシーたちもポーランドからやってきたんですもの」と、ウダルドが言いそえた。

「あら、そうじゃないことよ。スペイン(エスパーニュ)とカタルーニャから来たのだそうよ」と、ジェルヴェーズが言った。

「カタルーニャですって！　そうかもしれないわ。ポーランド(ポローニュ)とカタルーニャとヴァローニュ、あたし、この三つをしょっちゅう、とっ違えちゃうのよ。とにかく、あの人たちがジプシーだってことは間違いないわ」と、ウダルドが言った。

「それにねえ、あの人たちは歯が長いから、きっと赤ん坊ぐらいは食べられるのよ。スメラルダだって、あんな可愛い口をしていても、少しは食べるかもしれなくってよ。あの白いヤギにしたって、腹の中に何か無信心なところがなくちゃ、あんな悪い芸当なんかできっこないわ」と、ジェルヴェーズが言いそえる。

マイエットは黙って歩いていた。痛ましい話のいわば余韻(よいん)みたいな夢想にふけっていたのだ。こうした夢想は、その震えがつぎつぎと広がっていって、心の最後の琴線につたわってしまうまでは、やむものではない。だがジェルヴェーズは、そんなことにはおかまいなしに話しかけた。「で、シャントフルーリさんがどうなったか、わからなかったの？」マイエットは答えなかった。ジェルヴェーズは、相手の腕を揺すり、名前を呼んで、同じ問いを繰り返した。マイエットは、はっと我に返ったようすだった。

「シャントフルーリさんがどうなったかって？」と、彼女はいま耳に聞こえてきたばかりのことばを機械的に繰り返した。それから、そのことばの意味に注意を向けようと一所懸命のふうで、「ええそう！　とうとうわからずじまいだったの」と、力をこめて言った。

ちょっと間をおいて、マイエットは言いそえた。

「フレシャンボーの城門から日暮れごろランスのまちを出ていくのを見た、という人もありましたし、夜明けにバゼの古い城門から出ていった、という人もありました。市の立つ畑の石の十字架に、あの人の金の十字架がかかっているのをある貧乏人が見つけました。この飾りこそは、六一年にシャントフルーリさんの身を誤らせたものだったのですよ。最初の相手でなかなか美男のコルモントルイユ子爵からいただいたものなんです。あの人はあんなみじめな暮らしをしていながら、あれだけは手ばなそうとしなかったんですよ。まるで自分の命みたいに大切にしていましたの。だから、あの十字架が捨ててあったのを見て、あの人も死んでしまったのだ、とみんなは思いましたわ。でもね、あの人がパリのほうに向かって石ころ道をはだしで歩いていくのを見たっていう人たちがカバレ＝レ＝ヴァント村にいますのよ。そうとすると、あの人はヴェール門から出ていったことになりますから、話が合わなくなりますわ。でもねえ、あたしはこう考えたほうがいいと思いますわ。シャントフルーリさんはたしかにヴェール門から出ていったのよ。だけど、そのままこの世におさらばしてしまったのですわ」

「なぜ、そうお考えになるのかわかりませんわ」と、ジェルヴェーズが言った。

「だってヴェールというのは川の名なんですものね」と、マイエットはさびしいほほえみを浮かべて答えた。

「可哀そうなシャントフルーリさん！　あの人は身投げをしたのね！」と、ウダルドが身震いしながら言った。

「ええ、きっと身投げをしたのよ！　おとうさんのギベルトーさんがあの川のタンクー橋の下を小舟に乗ってうたいながら通っていたころ、可愛い娘が、いつか同じところを、うたいもせず、舟にも乗らずに流れていくことになろうなんて、誰が考えたでしょう?」と、マイエットが言った。

「それから、あの小さな靴はどうなったの?」と、ジェルヴェーズがきいた。

「おかあさんといっしょに見えなくなってしまいましたの」と、マイエットが答えた。

「まあ、可哀そうな靴ですわね！」と、ウダルドが言った。

太っちょのウダルドは涙もろいたちだったので、マイエットといっしょに溜息をついているだけで、もうあれこれきく気はないようだった。ジェルヴェーズのほうはなかなか好奇心の強い女だったので、これだけ聞いても、まだ気がおさまらない。

「それから、あの化け物はどうなったの？」と、だしぬけにマイエットにきいた。

「化け物って？」と、マイエットがきき返す。

「魔女たちが赤ちゃんのかわりにシャントフルーリさんのうちに置いていった、ジプシーのお化けの子供よ！　みんなはその子をどうしてしまったの？　やっぱり川へでも投げこんでしまったんでしょうね」

「いいえ、そうじゃないのよ」と、マイエットが答えた。

「まあ！　それなら焼き殺しでもしてしまったの？　結局、そのほうがいいんだわ。魔女の子供ですもの！」

「どっちでもありませんの、ジェルヴェーズさん。大司教さまはあのジプシーの子供を可哀そうにお思いになって、悪魔払いをされたうえ、神さまの祝福をお祈りになり、体からすっかり悪魔を追い払われて、あの子をパリにお送りになったの。捨て子としてノートル＝ダムのベッド板の上に置いてもらうようにって」

「司教なんてしようのないもんねえ！　なまじっか学問があるもんだから、まともなことは何にもしやしないんだわ」と、ジェルヴェーズがぶつくさ言う。「あきれたもんだわね。ねえウダルドさん、考えてもごらんなさいよ。悪魔を捨て子の仲間入りさせるなんて！　だって、その化け物の子は悪魔にきまってるじゃないの。──それで、マイエットさん、その子はパリでどうなったの？　まさかそんなものを拾っていこうなんて情け深い人はいなかったんでしょうね」

「知りませんわ」と、ランスの女が答えた。「ちょうどそのころ、主人がまちから八キロばかり離れたブリュのまちの公正証書係の職を買ってそちらへ移ったものですから、それっきりその話は忘れてしまいましたの。おまけに、このまちの前にはセルネの二つの丘が並んでいましてね、ランスの大聖堂の鐘楼など、影も形も見えなくなってしまったんですよ」

こんな話をしていくうちに、三人の奥さん方は、もうグレーヴ広場へ来てしまっていた。話にすっかり夢中になっていたので、ロラン塔の聖務日課書の前をす通りしてしまい、知らず知らずのうちに、さらし台のほうへ足を運んでいた。さらし台のまわりの人波は刻一刻大きくなっていく。今みんなの視線を集めている目の前の光景に気をとられて、三人とも、「ネズミの穴」のことや、そこにたち寄ってみようと相談したことを、すっかり忘れてしまったらしい。だが、マイエットが手を引いていた六つになる太っちょのウスターシュが、だしぬけに声をかけて、そのことを思い出させたのである。「ママ、もうお菓子食べてもいい？」とウスターシュは、「ネズミの穴」を通りすぎてしまったことが何となくわかったみたいに、こうきいた。

ウスターシュがもっと抜け目のない子だったら、つまりこんなに食いしんぼうでなかったら、もっと我慢したに違いない。そして、大学区（ユニヴェルシテ）のマダム＝ラ＝ヴァランス通りにある、アンドリ・ミュニエ親方のうちへ帰ってから、つまり、「ネズミの穴」とお菓子とのあいだにセーヌ河の二本の流れと中の島（シテ）の五つの橋が横たわったときにはじめて、おずおずとこうきいたに違いない。「ママ、もうお菓子食べてもいい？」

ウスターシュが時機を考えずにこんな質問をしたのはちょっとうかつだったが、そのおかげでマイエットは、ああそうだった、と気がついたのだった。

「それはそうと、あのおこもりさんのことを忘れていましたわ！　お話しの『ネズミの穴』というのはいったいどこなんですの。このお菓子を持っていってあげようと思っていましたのに」と、マイエットは叫んだ。

「すぐそこですわ。結構な施し物ですわね」と、ウダルドが答えた。

ウスターシュはそんなつもりではなかった。

「いやだい、ぼくのお菓子だ！」と、子供は両方の肩にかわるがわる両耳をぶっつけながら言った。子供がこうしたときに不満を表わすいちばんのしぐさだ。

三人の女が引き返して、ロラン塔のそばまで来ると、ウダルドが連れの二人に言った。

「三人いっしょに穴の中をのぞいちゃいけませんよ。中のおこもりさんが驚きますからね。あたしが明かりとりからのぞきこんでいるあいだ、お二人は聖務日課書の『主』のところを読んでいるふりをしていらっしゃい。あのおこもりさんはあたしのことを少しは知っているのよ。いいころを見はからって、あたしが合図しますから、そうしたらいらっしゃいね」

ウダルドは一人で、明かりとりのところへ歩いていった。だが、中をのぞきこんだとたん、なんとも言えない気の毒そうな表情が顔一面にあふれ、陽気でさっぱりした彼女の顔つきは、表情も顔色も、まるで日の光の中から月の光の中へ移ったみたいに、さっと変わってしまった。目には涙が浮かび、口は、今にも泣きだしそうにぴくぴく動いている。が、まもなく、ウダルドは指を唇に当てて、マイエットに、見にいらっしゃいよ、という合図をした。

マイエットは、どきどきしながら、まるで死にかかっている人のベッドに近づくときのように、そっと爪先(つまさき)だってのぞきにいった。

二人の女がじっと息をこらして、「ネズミの穴」の鉄格子(てつごうし)のはまった明かりとりからのぞきこむと、なんとも言いようのない悲惨なありさまが目に映った。

狭くるしい部屋で、奥行きより間口のほうが広く、交差リブの天井がついていて、内側はちょうど大きな司教冠の裏のような感じがする。はだかの石畳の床の片隅(かたすみ)に一人の女がすわっている、というより、うずくまっている。顎(あご)を膝の上にのせ、両腕を組んで、膝をしっかりと胸のあたりに押しつけている。こんなふうに体を丸くし、大きなひだをつくって全身をすっぽり包んでいる褐色の懺悔服にくるまり、前へ垂れた白い髪の毛が顔から脛(すね)をつたって足まで垂れているその姿は、ちょっと見たところ、部屋の真っ暗な背景の上に浮き出した何か奇妙な形にしか見えなかった。黒っぽい三角形みたいなもので、それを、明かりとりから射しこむ日の光が、明暗二つの色合いにどぎつく染め分けている。そのようすときたら、夢の中やゴヤの奇怪な絵によく出てくる、光と影と半々でできた幽霊そっくりだった。青白くて、不吉で、じっと身動きもせずに、墓石の上にうずくまったり、土牢(つちろう)の格子にもたれかかったりしている、あの幽霊そっくりだった。女でもなく、男でもなく、生き物でもなく、何かはっきりした形でもない。一つの姿にすぎないのだ。影と光がまじりあうように、現実と空想とがまじりあってできる幻みたいなものだった。地面まで垂れさがった髪の毛の下には、痩(や)せた、けわしい横顔がどうにか見える。服のすそから素足の先がちょっとのぞいていて、硬い、凍りついた敷石の上でぶるぶる震えている。こうした喪服の下からちらりと見えるこの人間の形は、人をぞっとさせるのだった。

石畳にはめこまれたみたいなおこもりさんの姿は、動きもせず、考えもせず、息もしていないように見える。一月だというのに、薄い麻の懺悔服一枚で、冷たい石畳の上にじかにすわりこみ、火もなく、ななめに開いた風窓からは北風が吹きこんでくるばかりで、日の光など射すこともないこの暗い穴ぐらにいながら、女はいっこうに苦しんでいないようだった。いや、感じてもいないようだ。石造りの穴ぐらといっしょに石になってしまったようにも、寒い季節といっしょになって氷になってしまったようにも見えるのだった。両手を合わせ、じっと一つところを見つめている。ちょっと見たところでは、幽霊のように見えるが、そのうちには、彫像のように思われてくるのだった。

それでも、ときどき青ざめた唇がかすかに開いて息をつき、ひくひくと震えた。だが、風にぱらぱらと散らされる枯れ葉のように、生気がなくて、機械的な震え方だった。

一方、沈んだ目からは、なんとも言いようのないまなざしがほとばしり出ている。深刻で、悲しくて、落ちつききっているまなざしだ。このまなざしは、絶えず部屋の一隅にじっと向けられているのだが、この隅は外からは目が届かない。何か部屋の隅に不思議なものがあって、苦しみに沈んだこの女の魂の暗い思いは、みんなそれに吸いよせられている、とでもいったふうだった。

これが、すみかにちなんで「おこもりさん」、着ているものにちなんで「お懺悔さん」と呼ばれている女だった。

後からやってきたジェルヴェーズも加わって、三人の女たちは、じっと明かりとりからのぞきこんでいた。三人の頭にさえぎられて、かすかな光も部屋に射しこまなくなったが、哀れなおこもりさんは、部屋が暗くなったのは三人のせいだとも気づかぬようすだ。「お邪魔をしないようにしましょう。忘我の境でお祈りをしているのよ」と、ウダルドが小声で言った。

だが、マイエットはますます心配が募ってきて、青白くやつれ、しなび果てて、髪をふり乱したおこもりさんの顔をまじまじと見つめている。と、そのうち、目には涙がいっぱいあふれてきて、「まあ、なんて不思議なこともあるものでしょう」とつぶやいた。

こう言って、頭を明かりとりの格子の中につっこんだが、つっこんでみると、哀れなおこもりさんの視線が釘づけにされている部屋の隅まで、どうやら目が届いた。

マイエットはやがて明かりとりから頭をひっこめたが、顔一面に涙があふれていた。

「みなさんは、あの女の人を何て呼んでいらっしゃるの？」と、マイエットはウダルドにきいた。

ウダルドは答えた。

「ギュデュールさんて呼んでいるのよ」

「あたしはね、あの人がパケット・ラ・シャントフルーリさんだと思うの」マイエットが言った。

そして、指を口に当てながら、びっくりしているウダルドに、明かりとりから頭をつっこんで中をのぞいてごらんなさい、という合図をした。

ウダルドはのぞいてみた。すると、おこもりさんがあのうちしずんだ忘我の境でじっと目を注いでいる部屋の片隅に、金や銀で無数の飾りの縫いとりをして、バラ色のサテンでこしらえた小さな靴があるのに気がついた。

ジェルヴェーズもウダルドの後からのぞきこんだ。そして、三人の女たちは、可哀そうな母親の姿をじっと見つめながら、泣きだしてしまった。

だが、奥さんたちにながめられても、泣かれても、おこもりさんは知らん顔だった。両手は組みあわされたままだし、唇も少しも動かない。目もじっと見つめたままだ。だがあんなふうにじっとながめられている小さな靴を見ると、女の身の上を知っている者なら、胸のはりさけるような思いがするのだった。

三人の女はまだひとこともしゃべらなかった。小声で何か言う元気さえなくなっていた。誰ひとり口をきく者もいない、大きな苦しみがみんなの胸を押さえつけている、たった一つの靴のほかは、ありとあらゆるものが忘却の淵に沈んでいる。こういったありさまは三人の女たちに、まるで復活祭かクリスマスに主祭壇の前にでも出たときのような気分を起こさせた。三人とも黙ったまま物思いに沈んでいる。今にもひざまずきたいような気持だった。「テネブレ」の日（「テネブレ」とは、聖週間にろうそくを消して祈る暗闇の朝課。だが、「テネブレの日」という日はない）の教会にでもはいりこんだような気分だった。

とうとう、三人のうちでいちばん好奇心の強い、したがっていちばん思いやりのないジェルヴェーズが、おこもりさんに口をきかせてみようとして、「おこもりさん！　ギュデュールさん！」と呼びかけた。

呼ぶたびに声を大きくして三度繰り返してみた。だが、おこもりさんは身動き一つしない。ひとことも返さず、見向きもせず、溜息ひとつつかない。生きているというしるしさえ見せなかった。

こんどはウダルドが、やさしい、いたわるような口調で、「おこもりさん！　ギュデュールさま！」と呼んでみた。

あいかわらず黙っている。身動き一つしない。

「まあ、変な人！　きっと大砲が鳴ったって知らん顔をしてるわよ！」と、ジェルヴェーズが叫んだ。

「きっと耳がきこえないんだわ」と、ウダルドが溜息をつきながら言った。

「きっと目も見えないのよ」と、ジェルヴェーズが言いそえた。

「きっと死んでるんだわ」と、マイエットも言った。

この女の魂が、じっと動かず、活気のない、仮死状態のあの体から、まだ離れ去ってはいないとしても、とにかく、五官の感覚がもう届かないような深いところへ閉じこもって、隠れてしまっていることはたしかだった。

「これじゃ、お菓子は明かりとりの上に置いとくよりしようがないわね。どこかの子供が持っていってしまうわ。どうしたらあの人を呼び起こせるかしら?」と、ウダルドが言った。

そのときまで、大きな犬が小さな車を引っぱって通りすぎるのに見とれていたウスターシュが、ふと気がついてみると、自分を連れてきてくれた三人の女が明かりとりから何かを一心にながめている。そこで、自分も見たくなって、車よけの石の上に乗ると、爪先だちになり、赤い太った顔を窓に押しつけて叫んだ。「ママ、ぼくにも見せてよう!」

この澄みきった、元気のよい、よくとおる子供の声をきいて、おこもりさんはぶるっと身を震わせた。はがねのバネがはねるみたいに、そっけなく、ふいっと顔を向けると、痩せ細った長い両手で、額（ひたい）にかかった髪の毛を払いのけ、びっくりした、痛ましい、絶望的な目つきで子供の顔をじっと見すえた。そのまなざしは、ちょうど稲妻みたいだった。

「ああ、神さま！　せめて、よそのお子さんだけはお見せくださいますな！」と、女は顔を膝にうずめながらいきなり叫んだ。そのしわがれた声は胸をつんざいてほとばしり出てくるみたいだった。

「おばさん、こんにちは」と、子供はまじめくさった顔つきで挨拶（あいさつ）した。

だが、このショックで、おこもりさんは、ちょうど目がさめたようだった。頭から足先まで、体じゅうがひとしきりぶるぶる震えた。歯はガチガチと鳴り、頭を半分ほど持ちあげて、両肘（りょうひじ）で腰のあたりを押しつけ、足を暖めでもしたいのか、両手でぐっと握りしめながら、「ああ！　なんて冷たいのだろう！」と口ばしった。「まあお気の毒に」と、ウダルドがとても可哀そうになって言った。「お火でも少しあげましょうか？」

が、おこもりさんは、いらないというしるしに、頭を横にふってみせた。

そこでウダルドは、小さな瓶（かめ）をおこもりさんの前に差し出して、「それじゃ、ここに香料入りのブドウ酒（イポクラース）がありますわ。暖まりますよ。お飲みなさいな」とすすめた。

女はまた頭をふり、ウダルドをじっと見つめていたが、答えた。「お水を少し」

ウダルドは言った。「いいえ、いけませんわ。水なんて一月の飲み物じゃありません。香料入りのブドウ酒をちょっと飲んで、トウモロコシのパン種（だね）で焼いたこのお菓子をおあがりになってください。あなたに差し上げようと思って焼いてきたのですから」

おこもりさんはマイエットが差し出している菓子を押し戻して、言った。「黒パンを少しください」

こんどはジェルヴェーズが哀れみにさそわれ、ウールの外套を脱いで、「さあ、この外套はあなたが着ているのより少しは暖かいわ。肩におかけになったらどう」とすすめた。

おこもりさんは外套も、ブドウ酒やお菓子と同じように断わった。「この服で結構です」

「だけど、きのうはお祭りだったってことも、少しはお気づきのはずですがね」と、思いやりの深いウダルドが言った。

「気がついていますよ。おかげでわたしの瓶には、この二日間、水もいただけませんでした」と、おこもりさんが言った。

おこもりさんはしばらくおし黙っていたが、こう言いそえた。「お祭りには、わたしのことなど忘れられてしまうのです。あたりまえですわ。世間のことなど考えていないこのわたしを、どうして世間の人びとが考えてくださるでしょう？　炭火が消えれば、灰も冷たくなりますものね」

しゃべりつづけてくたびれたのか、おこもりさんは膝の上にがっくりと頭を垂れた。ウダルドは、根が単純で情け深いたちだったので、おこもりさんが炭火のことを言ったのを、まだ寒さを訴えているものと勘違いして、まとはずれの質問をした。「じゃあ、火が少しお入り用なのでしょう？」

「火ですって！」と、懺悔服にくるまったおこもりさんはへんてこな口調で叫んだ。「では、もう十五年も地下に眠っている、あの可哀そうな子供にも、少しは火をやっていただけるでしょうか？」

手足はがたがたと震え、声はおののき、目はぎらぎらと光っている。おこもりさんはもう膝立ちになっていた。と、出しぬけに、白い痩せこけた手を、びっくりして彼女のようすをながめていた子供のほうに差し出し、「この子を連れておいきなさい！　ジプシー女がやってきますよ！」と叫んだ。

こう叫んだかと思うと、どっとうつぶせに、地面へ倒れた。額が石畳にぶつかって、石と石とがかち合ったような音がした。三人の女は、おこもりさんがてっきり死んでしまったのだと思った。が、まもなくおこもりさんは身動きしはじめ、両膝と両肘を使ってよつんばいになりながら、小さな靴の置いてある隅のほうにじりじりと這っていくのが見えた。もうこれ以上見ていられなくなって、奥さんたちは顔をそむけてしまった。だが、痛ましい泣き声と頭を壁にぶつけているみたいなにぶい響きにまじって、絶え間ないキスと溜息の音が聞こえてきた。そのうちに、三人ともよろよろとしてしまうほど激しい音がドシンとしたかと思うと、あとはもう何も聞こえなくなった。

「あの人、自殺しちゃったんじゃないの？」とジェルヴェーズは叫び、思いきって頭を明かりとりの中へつっこんで、「おこもりさん！　ギュデュールさん！」と呼んでみた。

「ギュデュールさん！」と、ウダルドも呼んだ。

「まあ、たいへん！　もう動かないわ！　死んじゃったのかしら？――ギュデュールさん！　ギュデュールさん！」と、ジェルヴェーズが呼びつづけている。

マイエットは、もう息がつまってものも言えないほどだったが、がんばってみた。

「お待ちなさい」と言いながら明かりとりのところに身をかがめ、「パケットさん！　パケット・ラ・シャントフルーリさん！」と呼んでみた。

おこもり女ギュデュールの部屋にとつぜん射ちこまれたこの名前の効果に、マイエットはびっくりして、どぎまぎしてしまった。花火の火縄に火がうまくつかないので、フーフー無邪気に吹いているうちに、いきなり花火が目の前でボカンと破裂したときの子供でも、これほどびっくりはしないだろう。

おこもりさんは、全身を震わせ、はだしのまんま立ちあがった。と、見るまに、目をぎらぎら光らせながら明かりとりにとびついてきたので、マイエットとウダルドはもちろん、ジェルヴェーズも子供も、河岸の欄干のあたりまで逃げていってしまった。

すると、明かりとりの格子に顔をぴったりくっつけたおこもりさんの不気味な姿が現われた。「やい！　やい！　ジプシー女だな、わたしを呼んだのは！」と、女はものすごい笑い声をあげながら叫んだ。

ちょうどこのとき、さらし台の上の光景が彼女のぎろぎろした目に映った。顔に恐怖のしわをよせ、おこもりさんは、骨ばった両腕を穴ぐらから突き出すと、死にぎわの息切れの音にも似た声で叫んだ。「やっぱりまたおまえだな、ジプシー娘め！　おまえがわたしを呼んだんだな、人さらいめ！　やい！　くたばれ、この野郎！」

4　一滴の水に一滴の涙

おこもりさんの叫び声は、そのときまで、時を同じくして並行的に、おのおの別の舞台で、繰り広げられていた二つの光景の接合点の役目をするものということができよう。一つはみなさんが今お読みになった光景で、「ネズミの穴」を舞台としているし、もう一つはこれからお読みになるもので、これはさらし台の階段の上で演じられたのである。第一の光景の目撃者は、みなさんが今しがたお知り合いになられた三人のご婦人だけだったが、第二の光景は、さきに申しあげた民衆、つまり、グレーヴ広場のさらし台と絞首台のまわりに群がっていた群衆全部が、これを見物していたのである。

この群衆は、まだ朝の九時だというのに、さらし台の四隅（よすみ）に四人の警吏（けいり）が陣どったものだから、何かおしおきがあるのだろう、絞首刑ではないが、きっと鞭打ち（むちうち）か、耳切りの刑か、何かそんなものがあるのだろう、と期待していた。群衆はみるみるうちにふくれあがってしまい、まわりをひしひしと取りまかれてしまった警吏たちは、手にした白革（フーライユ）の鞭を大きくふりまわしたり、馬の尻（しり）で押したりして、これを、当時のことばで言えば、「整理」しなければならなかった。

当時の群衆はおしおきが行なわれるのを待つことには慣らされていたので、たいしてじりじりしているようすも見えなかった。みんなさらし台をながめて、退屈を紛らわせている。さらし台は、高さ三メートルあまりで、中ががらんどうの、石造りの立方体という、なんの変哲もない置き物みたいなものなのだが。当時の人びとから「梯子（はしご）」という有名なあだ名をちょうだいしていた、あらけずりの石のひどく急な階段がついていて、それをのぼると、上の平らな場所に出る。そこに、じょうぶなカシワ材で作った、水平に回る車が一つ見える。受刑者はひざまずいたままうしろ手にくくられて、この車の上に縛りつけられるのだ。さらし台の内部には巻きろくろが隠されていて、このろくろが回ると、木組の軸が動きだし、それにつれて、車もぐるぐる回るという仕組なのだ。車はいつでも平らのまま回転するので、受刑者の顔は広場の東西南北を順ぐりに向く。こうしてさらし者にされるわけである。これが、世に言う「顔まわしの刑」なのである。

ただいま申しあげたとおり、グレーヴ広場のさらし台は中央市場のさらし台と違って、見た目に興味をそそる点は少しもなかった。建築物とか記念建造物とかのおもかげは、まったくないのだ。鉄の十字架のついた屋根もなければ、八角形の頂塔もなく、アカンサスや花の形の柱頭が屋根のへりで開きかかっている華奢（きゃしゃ）な円柱もなければ、空想的で奇怪な形をした樋（とい）もなく、彫刻をほどこした木組もなければ、石に深く彫りこんだみごとな彫像もない。

砂岩でできた欄干が二つついている切り石の四つの壁面と、そのそばに立っている、痩（や）せた、裸の、貧弱な石の絞首台だけで満足しなければならないのだ。

ゴチック建築の愛好者にとっては、これはまことにお寒い見ものだったに違いない。中世の人のいい野次馬（やじうま）連中は、記念建造物なんかには目もくれなかったし、ましてや、さらし台が美しかろうと美しくなかろうと、そんなことはまず気にもとめなかったというのが事実ではあるが。

とうとう荷車の尻にくくりつけられた受刑者がやってきた。この男がさらし台の上に引きあげられ、水平に回る車に綱だの革紐（かわひも）だので縛りつけられた姿が広場のあらゆるところから見られるようになったとたん、笑いと喝采（かっさい）にまじって、すさまじいののしり声がどっと広場にとどろきわたった。カジモドだとわかったからだ。

事実カジモドに相違なかった。不思議な、事のなりゆきだ。前の日には、らんちき祭りの法王や王に祭りあげられ、喝采され、宣言されて、エジプト公や、チュニス王や、ガリラヤ皇帝の面々をお供に引き連れてくりこんだこの同じ広場で、きょうはさらし者にされるのだ。たしかなことは、群衆の中のただの一人も、王者から受刑者になり果てたカジモド自身でさえも、きのうに変わるきょうの身の上、といった感じをはっきりもってはいなかったことだ。哲学者グランゴワールがいたら、と悔やまれる。

やがて国王陛下お抱えのラッパ手ミシェル・ノワレが民衆を静まらせてから、パリ奉行殿（ぶぎょうどの）の命令に従って、判決文を大声で読み上げた。そうしておいて、ノワレは、制服の戦衣を着た部下といっしょに、荷車のうしろにひきさがった。

カジモドは平然として、眉（まゆ）ひとつ動かさない。刑事院のことばづかいでそのころ言われていた「いましめの激しさときびしさ」のために、つまりおそらく、革紐と鎖（くさり）が肉に食いこんでいたために、抵抗などぜんぜんできなくなっていた。なお、こうしたやり方は、牢獄（ろうごく）や囚人のいつまでもなくならない伝統であって、文明人だとか、やさしい人道的な人種だとか言われているフランス国民のあいだには、手錠が今なお後生大事にこうした伝統を保持している（徒刑や断頭台のことには、ここでは触れないことにするが）。

カジモドは引ったてられ、うしろから押され、かつがれ、高いところへあげられ、厳重に縛りつけられた。それでも彼は、まるで無作法なやつなとんまがびっくりしたときのような顔つきしか見せなかった。耳の悪い男だとはわかっていたが、これではまるで目も見えないみたいだ。

カジモドは、あのぐるぐる回る車の上にひざまずかされた。彼はおとなしくひざまずいた。シャツと胴着を帯のところまで脱がされたが、されるままになっている。また別口の革紐と留め金でがんじがらめにされたが、されるままになっている。ただ、ときどき、騒々しい吐息をはくだけだった。肉屋の車のへりにくくりつけられて、頭をぶらぶら垂らしている子牛みたいな格好だ。

「あのとんちき野郎は、箱の中に閉じこめられたコガネムシにも負けないぼんやりだぜ！」と、風車場のジャン・フロロが友達のロバン・プースパンに言った(言うまでもなく、この二人の学生は、カジモドのあとからついてきたのだ)。

カジモドが裸にされて、こぶがぬっくとたち現われ、ラクダのような胸や、ごつごつした毛むくじゃらな肩がむきだしになったのを見たとき、群衆のあいだにはものすごい喚声(かんせい)がわき起こった。この陽気な大騒ぎのさなかに、パリ市の制服を着た、背の低い、たくましい顔つきの男がさらし台の上までのぼっていって、受刑者のそばに陣どった。たちまち、この男の名は見物人の口から口へと伝わっていった。シャトレ裁判所づきの拷問官(ごうもんかん)ピエラ・トルトリュ殿だ。

トルトリュ殿はまず、さらし台の隅に黒い砂時計を置いた。赤い砂が上側の容器にいっぱい詰まっているが、この砂は時がたつにつれて、少しずつ下の入れ物に流れ落ちる仕組みになっている。それから、彼は二色に染め分けた外套(がいとう)を脱いだ。すると、彼の右手からほっそりした鞭が垂れさがっているのが見えた。鞭の先には、金属製の爪のついた、白い、つやつやした、こぶだらけの、長く編んだ革紐が何本もすらりとのびている。拷問官は左手で右手のシャツの袖をわきの下のあたりまで、ぐいと無造作にたくしあげた。

一方では、ジャン・フロロが金髪でちぢれ毛の頭を群衆の上に突き出してどなっている（彼はロバン・プースパンの肩の上に乗せてもらっていたのだ）。「さあさあ、旦那さんも奥さん方も、寄ってらっしゃい、見てらっしゃい！　これから、我輩の兄貴、ジョザの司教補佐の鐘番のカジモド先生がみっちりと心ゆくまでひっぱたかれるんですぞ！　丸天井の背中にねじれ柱の足のくっついた、オリエンタル建築野郎のカジモド先生がね！」

見物人はどっと笑いだした。子供たちや娘たちはおなかをかかえて笑いこけている。とうとう拷問官が、ドンと一つ足踏みをした。車が回りだした。縛られているカジモドの体がぐらぐら揺れる。男の不細工な顔にふいとびっくりした表情が浮かぶと、まわりの笑い声がワッとひときわ高くなった。

車が回ってカジモドの盛りあがった背中がピエラ殿の面前に向いたとき、いきなりピエラ殿は腕をふりあげた。細い革紐は何匹ものヘビみたいに空中でヒューッと鋭い音をたてて、哀れな受刑者の肩の上に、はっしと打ちおろされた。

カジモドは眠っているところを叩き起こされたみたいに、ぴょんととびあがった。やっとわけがわかってきたのだ。縛られた体をねじまげた。驚きと苦痛で顔じゅうの筋肉を激しくひきつらせた。それでも溜息(ためいき)ひとつつかなかった。ただ、牛が横腹をアブに刺されたときみたいに、うしろを振り返ったり、右を見たり、左を向いたりして、顔をゆらゆら揺らせているだけだ。

二度、三度、四度、五度と果てしなく鞭は襲いかかった。車は休みなく回りつづけ、鞭は絶え間なく降りつづける。まもなく血がさっとほとばしり出て、カジモドの黒い肩のあたりを何本も何本も細い糸になって流れ落ちるのが見えた。そして、細長い革紐は、空(くう)を切ってぐるぐる回るたびに、血のしずくを群衆の上にまき散らすのだった。

カジモドは、少なくともうわべだけは、連れてこられたときのような無感覚な表情に戻っていた。彼は初め、こっそりと、なるべく動きが目だたないようにして、いましめを切ろうとした。彼の目がぎらぎら光り、筋肉がこわばり、手足がぐっとちぢまり、革紐と鎖がぴんと張るのが見物人にも見えた。力強い、ものすごい、必死の努力だった。ただが昔からの裁判所の処刑道具はよくもちこたえた。キシキシときしみはしたが、ただそれだけだった。カジモドは力尽きてあきらめてしまった。びっくりしたような表情は消えてなくなり、悲痛と深い絶望の色に変わった。目を閉じ顔を胸に埋めて、死んだふりをしていた。

それからはもう動かなかった。どんなものも彼を動かすことはできなかった。絶え間なく流れる血も、ますます荒れ狂う鞭も、われとわが動きに興奮し処刑に酔いしれている拷問官の怒りも、毒虫の足よりも鋭くヒューヒュー音をたてる恐ろしい革紐の音も。

とうとう、処刑のはじまったときから階段のそばにひかえていた、黒服を着て黒馬にまたがったシャトレ裁判所の警吏が、黒檀の杖を砂時計のほうにぐっと差しのべた。拷問官は手を止めた。車はとまった。カジモドの目はゆっくりと開いた。

鞭打ちの刑は終わったのである。拷問官の二人の下役が受刑者の血だらけの肩を洗ってやり、何か油薬みたいなものを塗ってやると、傷口はみなすぐにふさがった。それがすむと、上祭服のような裁ち方をした黄色い原住民の腰巻きみたいなものを、背中にかけてやった。一方、ピエラ・トルトリュは、受刑者の血をいっぱい吸いこんだ真っ赤な革紐を敷石の上でふるって、血をはらい落としている。

だが、カジモドの刑はこれで終わったわけではなかった。まだ一時間、ここでさらし者にならなければならないのだ。つまり、フロリヤン・バルブディエンヌ殿が賢明にもロベール・デストゥートヴィル閣下の判決につけ加えた刑を、つとめなければならなかったのだ。昔ヤン・アモス・コメニウスは生理学のことばと心理学のことばを並べて、「聾者は道理をはずれる」と、しゃれを言っているが、バルブディエンヌ殿のやったことをみると、なるほどよく言ったものだと思う。

そこで、砂時計が置きなおされ、刑が最後まで執行されるように、カジモドは板の上にくくりつけたままにしておかれた。

社会の中の民衆は、ことに中世にはそうだったのだが、家族の中の子供みたいなものだった。民衆が子供のように無知で、道徳的、知能的に未成年期にあるかぎり、われわれは子供についてと同じように、民衆のことを、こう言うことができる。

この年ごろの者は、哀れみを知らぬ。

カジモドが、いろいろともっともな理由で、世間に嫌われていたことは、さきにも申しあげたとおりである。この日集まった群衆の中にも、このノートル=ダムの悪者カジモドに対して、文句の種をもちあわせない者、もしくは文句を言う筋合いがないと信じている者は、一人もいないくらいだった。だから、カジモドがさらし台の上に現われたのを見て、誰もかれもが愉快に思ったのである。そして彼がひどいしおきを受け、その後、哀れな格好でほうっておかれても、その姿は民衆の哀れみをそそるどころか、民衆の憎しみの火に笑いの油を注いで、その憎しみをますます底意地の悪いものにしたのである。

　だから、偉い学者たちが今なお、しちめんどくさいことばで「社会の制裁」と呼んでいるものが終わると、こんどは見物人の一人ひとりが罰を加えることになったのだ。大広間のときと同じように、ここでも女たちの攻撃がすさまじかった。女たちはみんな、何かにつけてカジモドに恨み（うら）の種をもっていた。意地の悪いのを憎いと思う者もあれば、醜い（みにく）格好を嫌っている者もいた。醜い格好を攻撃する声のほうが猛烈だった。

「やあだ！　にせキリストみたいなご面相だね！」と、一人の女がののしる。

「ほうきの柄（え）に乗って空をとんでく悪魔野郎め！」と、もう一人が叫ぶ。

「なんてしょげきった、しかめっつらでしょう。きのうだったら、どうころんでも、らんちき法王間違いっこなしよ！」と、三人目がどなる。

「大できだね、あれがさらし台のしかめっつらなんだよ。首吊り（くびつ）台のしかめっつらは、いつ見せてくれるんだい？」と、一人のばあさんが言う。

「いつ、おまえさんの大きな鐘をすっぽりかぶって、地獄へ落ちるんだい、いけすかない鐘番め？」

「この悪魔が、お告げの祈りの鐘を鳴らすんだわ！」

「やい！　耳の悪い野郎め！　独眼野郎め！　へんちくりんめ！　お化けめ！」

「妊婦を流産させるのにゃ、どんなお薬だってあの顔にかないっこなしだわ！」

風車場のジャンとロバン・プースパン、この二人の学生は、大声をはりあげて、古いはやり歌のリフレーンをうたっている。

ならず者にゃあ
首吊りなわを！
猿面冠者(さるめんかじゃ)にゃ
火あぶり薪(たきぎ)を！

このほか数知れぬ悪口や、ののしりの声や、呪(のろ)いの声や、笑いが降ってきた。あちらこちらからは石も。

カジモドは耳がよくきこえなかったが、目はよく見えた。群衆の激しい反感は、彼らのことばに劣らず顔つきにもありありと表われていた。それに、石ころがとんでくることから、彼らがさかんに笑いころげているわけもわかった。

カジモドは、はじめのうちはよくがんばった。だが、拷問官の鞭を歯を食いしばってきりぬけた彼の忍耐力も、チクリチクリと虫が刺すような群衆の一斉攻撃を前にして、しだいに弱っていき、ついに音(ね)をあげてしまった。闘牛士の攻撃にはあまりたじろがないアストゥリアス（スペイン北部の闘牛用の雄牛の産地）の牛も、犬の群れやリボンのついた短い投槍(なげやり)に攻められると、いらいらしてしまう。

はじめのうちは、おどしつけるような目つきで群衆をゆっくりにらみまわしていた。だが、しっかり縛りつけられているのだから、いくらにらみつけてみたところで、傷口に食いいるハエのような野次馬連中を追っぱらえるわけはなかった。そこで彼は、縛られた体を激しくもがきだした。彼が死にもの狂いで体をゆすったので、さらし台の古い車輪は、板の上でギシギシと悲鳴をあげた。こうしたありさまに、あざけりや、ののしりの声がまた一段と高まった。

哀れなカジモドは、つながれた野獣の首輪ともいえそうな、いましめの綱を切ることができなかったので、またおとなしくなった。ただときどき、怒り狂った溜息をついて、胸をいっぱいに波だたせるばかりだった。恥ずかしさに顔が赤くなっているようすはちっとも見えなかった。自然そのままといってよろしいほど、人間の社会とは縁のない生活をふだん送っていたので、恥ずかしさというものがいったいどんなものなのか、さっぱりわからなかったのだ。それに、こんな生まれながらの姿なのだから、恥など感じられるものだろうか？　だが、彼の顔には、怒りと憎しみと絶望から生まれた雲が低く漂い、その雲はしだいしだいに暗くなっていった。その黒雲はだんだん電気を帯びてきて、それが、一つの目から幾千もの稲妻となってぴかぴか光っていた。

だが、この黒雲も、一人の司祭を乗せたラバが人ごみを押しわけてやってくるのが見えたとき、ちらっと明るくなった。ラバと司祭の姿を目にした瞬間から、哀れな受刑者の顔はやわらいだ。それまで顔の筋肉をひきつらせていた憤り(いきどお)は消え失せて、やさしさと寛容と何とも言えない愛情をたたえた不思議なほほえみが、浮かびあがった。司祭の姿が近づいてくればくるほど、このほほえみはますますあざやかになり、はっきりとし、輝きを増していった。哀れな男は、ちょうど救世主をお迎えでもしているみたいだった。

ところがラバが、乗り手に受刑者の顔がわかるところまでさらし台に近づいたとたん、司祭は目を伏せ、いきなりくるりと向きを変えて、拍車を入れた。自分の恥になるような苦情の申したてを聞くことから一刻もはやく逃れたいとでもいったようすだったし、また、あんな格好をしているつまらないやつに挨拶(あいさつ)されたり、知人顔をされたりするのはまっぴらごめんだ、とでもいったようすだった。

この司祭は司教補佐クロード・フロロ師だった。

カジモドの顔には、前よりもいっそう黒い雲が襲いかかった。それでも、ほほえみは、なおしばらくのあいだ漂っていた。だがそれは、苦い、がっかりした、ひどく悲しげなほほえみだった。

時間はすぎていった。さらし台にのぼってから、少なくとももう一時間半になるが、カジモドはその間じゅうひっきりなしに、やっつけられたり、ひどい目にあわされたり、からかわれたり、石で打ち殺されかかったりしていたのだ。

そのうち、いきなり、彼はまた、縛られた体を前にも増した必死の力で揺り動かした。カジモドをのせていた木組全体がぐらぐらと揺れた。そして、それまで強情につぐんでいた口を開き、人間の叫び声というよりも犬の吠え声に似た、あたりの罵り声をかき消してしまうようなすさまじいしわがれ声で、どなった。「水をくれい！」

だが、こうした悲嘆の叫びも、さらし台のまわりに群がっていたパリの民衆の哀れみをそそるどころか、かえって、彼らの楽しみに油を注ぐことになっただけだった。ここで申しあげておかなければならないが、パリの民衆は、より集まって群衆になると、さきほどみなさんにご紹介したあの恐ろしい宿なし族にけっして劣らないくらい残酷になり、愚かになってしまうのである。あの宿なし族は、実を言えば、こうした民衆の最も恵まれない層を形づくっているのである。哀れな受刑者が喉の渇きを訴えても、まわりから聞こえてくるのは、その苦しみを冷やかす声ばかりだった。もっとも、このときの彼の格好は、哀れというよりもむしろグロテスクで、いやらしかったことも事実だ。真っ赤になった顔からは、汗がだらだら流れ落ちている。カジモドの目はすっかり血ばしっているし、怒りと苦しみで口からぶつぶつ泡を吹いている。舌も半分ほど垂れている。もう一つ申しあげておかなければならないが、仮にこのとき、群衆の中に、男でも女でもいい、慈悲深い親切な人が居合わせて、苦しんでいるこの哀れな男に水を一杯もっていってやろうという気になったら、どうだっただろう。なにしろ、さらし台のいまわしい階段のまわりには、恥と不名誉の強い偏見が力をふるっていたので、こうした親切なサマリヤ人（半死半生で倒れていたユダヤの旅人を、ユダヤ族が憎んでいたサマリヤ族の男が救う話。「ルカ伝」一〇の二五―三七）も、きっと追い戻されてしまったに違いないのだ。

しばらくしてカジモドは、死にもの狂いの目つきで群衆を見まわすと、前よりもいっそう悲痛な声で、もう一度叫んだ。「水をくれい！」

すると、みんなはいっせいに笑いだした。

「これでも飲みやがれ！」とロバン・プースパンが、どぶ水につかった海綿をカジモドの顔に投げつけて叫んだ。「やい、この野郎！　おれはてめえに貸しがあるんだぞ」

一人の女がカジモドの頭に石を投げつけた。「夜中にろくでもない鐘を鳴らしてあたしたちの安眠妨害をしてくれたお礼だよ」

「やい！　小僧」と、一人の体のきかない男が、松葉杖で彼をなぐりつけようと一所懸命になりながらどなっている。「きさまはな、ノートル＝ダムの塔のてっぺんから、まだおれたちに呪いをかけようってのか？」

「さあ、このお椀で飲みなよ！」と、一人の男がこわれた水差しをカジモドの胸に投げつけながら言う。

「てめえがおれのかかあの前を通りやがったばかりによ、かかあは変ながきを産んだんだぞ！」

「あたしんとこの猫はね、足の多い子猫を産んじゃったんだよ！」と、一人のばあさんが瓦を投げつけながら、金切り声をあげている。

「水をくれい！」と、カジモドがハーハーあえぎながら三度目の叫び声をあげた。

と、このとき、彼は人波が左右に開くのを見た。変な身なりをした娘が一人、人波の中から出てきた。娘は金色の角がはえた、白い、可愛らしいヤギをつれ、手にタンバリンを持っている。

カジモドの目がきらりと光った。前の晩、彼がさらおうとしたあのジプシー娘だった。あんな乱暴をやったために今こんな罰をくっているのだ、と、彼はぼんやり感じていたのだ。だがそれはとんでもない勘違いで、彼が罰を受けていたのは、耳の悪い彼がやはり耳の遠い裁判官にさばかれたという、あいにくなめぐり合わせからきたことにすぎないのだ。が、カジモドは、この娘もきっと仕返しにやってきたのだ、ほかの見物人と同じように、物を投げつけでもするだろう、と思った。

見ると、はたして娘は足ばやに階段をのぼってくる。彼は憤りとくやしさで息が詰まりそうだった。できることなら、さらし台をひっくり返してしまいたかった。彼の目にひらめいている稲妻に、もしそうできる力があったら、ジプシー娘はさらし台の上までのぼりきらないうちに、こっぱみじんにされてしまったことだろう。

娘はおし黙ったまま、カジモドのほうへ近づいてくる。受刑者は何とかして娘から逃れようと、いたずらに身もだえしている。娘はベルトからひょうたんをはずして、そっとその口を、哀れな男の渇ききった唇に持っていってやった。

すると、今まであんなに乾いて、燃えたっていたカジモドの目に、大粒の涙が一つぽっかりと浮かぶのが見えた。涙は、ずいぶん前から絶望のためにひきつっていた顔をつたって、ゆっくりと流れ落ちていく。この不幸な男が涙を流したのは、これがきっと生まれてはじめてだろう。

感きわまってか、カジモドは飲むのを忘れている。ジプシー娘は、じりじりしてきて、例の可愛いふくれっつらをしたが、それでもにっこり笑って、ひょうたんの口を、カジモドのぎざぎざの歯がはえた口に当てがってやった。彼はごくり、ごくりと何度も飲みこんだ。喉が焼けつくように渇いていたのだ。

飲み終わると、哀れなカジモドは黒い唇をぐっと突き出した。きっと、助けてくれた美しい手にキスがしたかったのだろう。だが娘は、まだ相手に気を許してはいなかったのか、それに前の晩、乱暴にどこかへ連れていかれようとしたことも思い出したのか、まるで、子供が獣（けもの）にかみつかれるのをこわがるみたいな身ぶりで、はっと手をひっこめてしまった。

すると、哀れなカジモドは、なんとも言えない悲しみをたたえた、いかにも恨めしそうなまなざしで、じっと娘を見つめた。

ぴちぴちとした、清らかな、可愛らしい、しかもこのうえもなく弱々しい、美しい娘が、こんなふうに思いやりの心から、みじめさと悪意の塊（かたま）りみたいな人間をたすけに駆けつけるといった光景は、どんなところで演じられても、強く胸に迫るに違いない。さらし台の上で演じられたこの光景は、まさに崇高だった。

さしもの群衆もひどく感激して、「偉いぞ！　偉いぞ！」と叫びながら、手を叩きはじめた。

ちょうどこのとき、おこもりさんは「ネズミの穴」の明かりとりから、さらし台の上にいるジプシー娘の姿を見つけて、不気味な呪いのことばを浴びせかけた。「くたばれ！　ジプシー娘め！　ちくしょう！　ちくしょう！」

5　菓子の話の結末

エスメラルダは、真っ青になって、よろめきながらさらし台からおりてきた。おこもりさんの声は、なおもそのあとを追っかけた。「おりろ！　おりろ！　ジプシーの子供盗人（ぬすっと）め。そのうちにゃあ、また台に乗っけてやるぞう！」

「おこもりさんの気まぐれがまたはじまったぞ」と、人びとはつぶやいた。そして、ただつぶやくばかりで、それ以上どうしようというわけでもなかった。というのも、こうしたたぐいの女たちは恐れられていたからだし、恐れられていたから聖者ともされていたのだ。昼も夜も祈りつづけている者に、言いがかりをつけようとする者などいなかったのである。

カジモドを連れて戻る時間になっていた。カジモドはいましめを解かれ、群衆はあたりに散ってしまった。

二人の連れといっしょに帰途についたマイエットは、グラン橋のそばまで来ると、急に立ちどまって、「そうそう、ウスターシュや！　さっきのお菓子はどうしちまったの？」ときいた。

「ママ」と、子供が言った。「ママたちが穴ん中のおばさんとお話をしてたときにねえ、大きな犬が来て、ぼくのお菓子をかじっちゃったの。しかたがないから、ぼく、食べちゃった」

「なんですって、じゃ、おまえ、みんな食べちゃったの？」と、母親はきいた。

「ママ、犬が食べちゃったんだよ。ぼく、いけないよって言ったんだけど、言うことをきかないんだもの。だから、ぼくもかじっちゃったんだよう！」

「ほんとにとんでもない子だねえ」と、母親は叱りながらも笑って、「ねえ、ウダルドさん！　この子はこんなおちびさんのくせに、もうシャルルランジュにあるうちの果物畑ね、あそこのサクランボを一人でみんな食べちゃうんですよ。ですから、うちのおじいちゃまも、この子はきっと大将になるぞっておっしゃるんですの。――ウスターシュさん、こんどおやりだったら、それこそひどいよ。――さあさあ、いいかい、おいたさん！」

〔編集付記〕

岩波文庫版『ノートル＝ダム・ド・パリ』(辻昶・松下和則訳)は一九五六―五七年に全三冊で刊行された。このたびの改版にあたっては『ヴィクトル・ユゴー文学館5 ノートル＝ダム・ド・パリ』(潮出版社、二〇〇〇年刊)を底本とし、表記上の整理を行なった。また、冊数も全三冊から全二冊に改めた。

(二〇一六年四月、岩波文庫編集部)

ノートル＝ダム・ド・パリ（上）〔全2冊〕
ユゴー作

2016年5月17日　第1刷発行
2024年11月5日　第11刷発行

訳者　辻　昶　松下和則

発行者　坂本政謙

発行所　株式会社　岩波書店
〒101-8002 東京都千代田区一ツ橋2-5-5

案内 03-5210-4000　営業部 03-5210-4111
文庫編集部 03-5210-4051
https://www.iwanami.co.jp/

印刷 製本・法令印刷　カバー・精興社

ISBN 978-4-00-325327-4　Printed in Japan

読書子に寄す

――岩波文庫発刊に際して――

岩波茂雄

真理は万人によって求められることを自ら欲し、芸術は万人によって愛されることを自ら望む。かつては民を愚昧ならしめるために学芸が最も狭き堂宇に閉鎖されたことがあった。今や知識と美とを特権階級の独占より奪い返すことはつねに進取的なる民衆の切実なる要求である。岩波文庫はこの要求に応じそれに励まされて生まれた。それは生命ある不朽の書を少数者の書斎と研究室とより解放して街頭にくまなく立たしめ民衆に伍せしめるであろう。近時大量生産予約出版の流行を見る。その広告宣伝の狂態はしばらくおくも、後代にのこすと誇称する全集がその編集に万全の用意をなしたるか。千古の典籍の翻訳企図に敬虔の態度を欠かざりしか。さらに分売を許さず読者を繋縛して数十冊を強うるがごとき、はたしてその揚言する学芸解放のゆえんなりや。吾人は天下の名士の声に和してこれを推挙するに躊躇するものである。このときにあたって、岩波書店は自己の責務のいよいよ重大なるを思い、従来の方針の徹底を期するため、すでに十数年以前より志して来た計画を慎重審議この際断然実行することにした。吾人は範をかのレクラム文庫にとり、古今東西にわたって文芸・哲学・社会科学・自然科学等種類のいかんを問わず、いやしくも万人の必読すべき真に古典的価値ある書をきわめて簡易なる形式において逐次刊行し、あらゆる人間に須要なる生活向上の資料、生活批判の原理を提供せんと欲する。この文庫は予約出版の方法を排したるがゆえに、読者は自己の欲する時に自己の欲する書物を各個に自由に選択することができる。携帯に便にして価格の低きを最主とするがゆえに、外観を顧みざるも内容に至っては厳選最も力を尽くし、従来の岩波出版物の特色をますます発揮せしめようとする。この計画たるや世間の一時の投機的なるものと異なり、永遠の事業として吾人は微力を傾倒し、あらゆる犠牲を忍んで今後永久に継続発展せしめ、もって文庫の使命を遺憾なく果たさしめることを期する。芸術を愛し知識を求むる士の自ら進んでこの挙に参加し、希望と忠言とを寄せられることは吾人の熱望するところである。その性質上経済的には最も困難多きこの事業にあえて当たらんとする吾人の志を諒として、その達成のため世の読書子とのうるわしき共同を期待する。

昭和二年七月

《ドイツ文学》〔赤〕

- ニーベルンゲンの歌 全二冊 相良守峯訳
- 若きウェルテルの悩み ゲーテ 竹山道雄訳
- ヴィルヘルム・マイスターの修業時代 全三冊 ゲーテ 山崎章甫訳
- イタリア紀行 全三冊 ゲーテ 相良守峯訳
- ファウスト 全二冊 ゲーテ 相良守峯訳
- ゲーテとの対話 全三冊 エッカーマン 山下肇訳
- スペインの太子 ドン・カルロス シルレル 佐藤通次訳
- ヒュペーリオン ―希臘の世捨人 ヘルデルリーン 渡辺格司訳
- 青い花 ノヴァーリス 青山隆夫訳
- 夜の讃歌・サイスの弟子たち 他一篇 ノヴァーリス 今泉文子訳
- 完訳 グリム童話集 全五冊 金田鬼一訳
- 黄金の壺 ホフマン 神品芳夫訳
- ホフマン短篇集 池内紀編訳
- ミヒャエル・コールハース チリの地震 他一篇 クライスト 山口裕之訳
- 影をなくした男 シャミッソー 池内紀訳
- 流刑の神々・精霊物語 ハイネ 小沢俊夫訳
- ブリギッタ・森の泉 他一篇 シュティフター 宇多五郎 高安国世訳
- みずうみ 他四篇 シュトルム 関泰祐訳
- 沈鐘 ハウプトマン 阿部六郎訳
- 地霊・パンドラの箱 ルル二部作 F・ヴェデキント 岩淵達治訳
- 春のめざめ F・ヴェデキント 酒寄進一訳
- 花・死人に口なし 他七篇 シュニッツラー 番匠谷英一 山本有三訳
- ゲオルゲ詩集 手塚富雄訳
- リルケ詩集 高安国世訳
- ドゥイノの悲歌 リルケ 手塚富雄訳
- ブッデンブローク家の人びと 全三冊 トーマス・マン 望月市恵訳
- 魔の山 全二冊 トーマス・マン 関泰祐 望月市恵訳
- トニオ・クレエゲル トオマス・マン 実吉捷郎訳
- ヴェニスに死す トオマス・マン 実吉捷郎訳
- 講演集 ドイツとドイツ人 他五篇 トーマス・マン 青木順三訳
- 講演集 リヒァルト・ヴァーグナーの苦悩と偉大 他一篇 トーマス・マン 青木順三訳
- 車輪の下 ヘルマン・ヘッセ 実吉捷郎訳
- デミアン ヘルマン・ヘッセ 実吉捷郎訳
- シッダルタ ヘッセ 手塚富雄訳
- 幼年時代 カロッサ 斎藤栄治訳
- ジョゼフ・フーシェ ―ある政治的人間の肖像 シュテファン・ツワイク 高橋禎二 秋山英夫訳
- 変身・断食芸人 カフカ 山下肇 山下萬里訳
- 審判 カフカ 辻瑆訳
- カフカ短篇集 池内紀編訳
- カフカ寓話集 池内紀編訳
- ドイツ炉辺ばなし集 ―カレンダーゲシヒテン ヘーベル 木下康光編訳
- ウィーン世紀末文学選 池内紀編訳
- ティル・オイレンシュピーゲルの愉快ないたずら 阿部謹也訳
- チャンドス卿の手紙 他十篇 ホフマンスタール 檜山哲彦訳
- ホフマンスタール詩集 川村二郎訳
- インド紀行 全二冊 ボンゼルス 実吉捷郎訳
- ドイツ名詩選 生野幸吉 檜山哲彦編
- 聖なる酔っぱらいの伝説 他四篇 ヨーゼフ・ロート 池内紀訳
- ラデツキー行進曲 全二冊 ヨーゼフ・ロート 平田達治訳
- ボードレール 他五篇 ―ベンヤミンの仕事2 ベンヤミン 野村修編訳

パサージュ論 全五冊　ヴァルター・ベンヤミン　今村仁司・三島憲一・大貫敦子・高橋順一・塚原史・細見和之・村岡晋一・山本尤・横張誠・與謝野文子・吉村和明訳

ジャクリーヌと日本人　ヤーコプ　相良守峯訳

ヴォイツェク ダントンの死 レンツ　ビューヒナー　岩淵達治訳

人生処方詩集　エーリヒ・ケストナー　小松太郎訳

終戦日記一九四五　エーリヒ・ケストナー　酒寄進一訳

独裁者の学校　エーリヒ・ケストナー　酒寄進一訳

第七の十字架 全二冊　アンナ・ゼーガース　山下肇・新村浩訳

《フランス文学》〔赤〕

ラブレー第一之書 ガルガンチュワ物語　渡辺一夫訳

ラブレー第二之書 パンタグリュエル物語　渡辺一夫訳

ラブレー第三之書 パンタグリュエル物語　渡辺一夫訳

ラブレー第四之書 パンタグリュエル物語　渡辺一夫訳

ラブレー第五之書 パンタグリュエル物語　渡辺一夫訳

エセー 全六冊　モンテーニュ　原二郎訳

ラ・ロシュフコー箴言集　二宮フサ訳

ブリタニキュス ベレニス　ラシーヌ　渡辺守章訳

いやいやながら医者にされ　モリエール　鈴木力衛訳

守銭奴　モリエール　鈴木力衛訳

完訳 ペロー童話集　新倉朗子訳

ラ・フォンテーヌ 寓話 全二冊　ラ・フォンテーヌ　今野一雄訳

カンディード 他五篇　ヴォルテール　植田祐次訳

哲学書簡　ヴォルテール　林達夫訳

ルイ十四世の世紀 全四冊　ヴォルテール　丸山熊雄訳

美味礼讃 全二冊　ブリア＝サヴァラン　関根秀雄・戸部松実訳

近代人の自由と古代人の自由・征服の精神と簒奪 他一篇　コンスタン　堤林剣・堤林恵訳

恋愛論 全二冊　スタンダール　杉本圭子訳

赤と黒 全二冊　スタンダール　桑原武夫・生島遼一訳

艶笑滑稽譚 全三冊　バルザック　石井晴一訳

レ・ミゼラブル 全四冊　ユーゴー　豊島与志雄訳

ライン河幻想紀行　ユーゴー　榊原晃三編訳

ノートル＝ダム・ド・パリ 全二冊　ユーゴー　辻昶・松下和則訳

モンテ・クリスト伯 全七冊　アレクサンドル・デュマ　山内義雄訳

三銃士 全二冊　デュマ　生島遼一訳

カルメン　メリメ　杉捷夫訳

愛の妖精（プチット・ファデット）　ジョルジュ・サンド　宮崎嶺雄訳

ボオドレール 悪の華　鈴木信太郎訳

ボヴァリー夫人 全二冊　フローベール　伊吹武彦訳

感情教育 全二冊　フローベール　生島遼一訳

紋切型辞典　フローベール　小倉孝誠訳

サラムボー 全二冊　フローベール　中條屋進訳

未来のイヴ 全二冊　ヴィリエ・ド・リラダン　渡辺一夫訳

風車小屋だより　ドーデー　桜田佐訳
サフォ　パリ風俗　ドーデー　朝倉季雄訳
プチ・ショーズ　—ある少年の物語　ドーデ　原千代海訳
テレーズ・ラカン　全二冊　エミール・ゾラ　小林正訳
ジェルミナール　全三冊　エミール・ゾラ　安士正夫訳
獣人　全二冊　エミール・ゾラ　川口篤訳
氷島の漁夫　ピエール・ロチ　吉氷清訳
マラルメ詩集　渡辺守章訳
脂肪のかたまり　モーパッサン　高山鉄男訳
メゾンテリエ　他三篇　モーパッサン　河盛好蔵訳
モーパッサン短篇選　高山鉄男編訳
わたしたちの心　モーパッサン　笠間直穂子訳
地獄の季節　ランボオ　小林秀雄訳
対訳ランボー詩集　—フランス詩人選(1)　中地義和編
にんじん　ルナアル　岸田国士訳
ジャン・クリストフ　全四冊　ロマン・ローラン　豊島与志雄訳
ベートーヴェンの生涯　ロマン・ロラン　片山敏彦訳

ミレー　ロマン・ロラン　蛯原徳夫訳
狭き門　アンドレ・ジイド　川口篤訳
法王庁の抜け穴　アンドレ・ジイド　石川淳訳
モンテーニュ論　アンドレ・ジイド　渡辺一夫訳
ヴァレリー詩集　ポール・ヴァレリー　鈴木信太郎訳
ムッシュー・テスト　ポール・ヴァレリー　清水徹訳
エウパリノス　魂と舞　樹についての対話　ポール・ヴァレリー　清水徹訳
精神の危機　他十五篇　ポール・ヴァレリー　恒川邦夫訳
ドガ　ダンス　デッサン　ポール・ヴァレリー　塚本昌則訳
シラノ・ド・ベルジュラック　ロスタン　辰野隆・鈴木信太郎訳
海の沈黙・星への歩み　ヴェルコール　河野與一・加藤周一訳
地底旅行　ジュール・ヴェルヌ　朝比奈弘治訳
八十日間世界一周　ジュール・ヴェルヌ　鈴木啓二訳
海底二万里　全二冊　ジュール・ヴェルヌ　朝比奈美知子訳
火の娘たち　ネルヴァル　野崎歓訳
パリの夜　—革命下の民衆　レチフ・ド・ラ・ブルトンヌ　植田祐次編訳
シェリ　コレット　工藤庸子訳

シェリの最後　コレット　工藤庸子訳
生きている過去　レニエ　窪田般彌訳
シュルレアリスム宣言・溶ける魚　アンドレ・ブルトン　巖谷國士訳
ナジャ　アンドレ・ブルトン　巖谷國士訳
ジュスチーヌまたは美徳の不幸　サド　植田祐次訳
とどめの一撃　ユルスナール　岩崎力訳
フランス名詩選　安藤元雄・入沢康夫・渋沢孝輔編
繻子の靴　全二冊　ポール・クローデル　渡辺守章訳
A・O・バルナブース全集　全二冊　ヴァレリー・ラルボー　岩崎力訳
心変わり　ミシェル・ビュトール　清水徹訳
悪魔祓い　ル・クレジオ　高山鉄男訳
失われた時を求めて　全十四冊　プルースト　吉川一義訳
子ども　全二冊　ジュール・ヴァレス　朝比奈弘治訳
星の王子さま　サン=テグジュペリ　内藤濯訳
プレヴェール詩集　小笠原豊樹訳
ペスト　カミュ　三野博司訳
サラゴサ手稿　全二冊　ヤン・ポトツキ　畑浩一郎訳

《別冊》

増補 フランス文学案内　渡辺一夫・鈴木力衛

増補 ドイツ文学案内　手塚富雄・神品芳夫

ことばの花束 ―岩波文庫の名句365　岩波文庫編集部編

愛のことば ―岩波文庫から―　岩波文庫編集部編

世界文学のすすめ　大岡信・奥本大三郎・川村二郎・小池滋・沼野充義編

近代日本文学のすすめ　大岡信・加賀乙彦・菅野昭正・曾根博義・十川信介編

近代日本思想案内　鹿野政直

近代日本文学案内　十川信介

ポケットアンソロジー この愛のゆくえ　中村邦生編

スペイン文学案内　佐竹謙一

一日一文 英知のことば　木田元編

声でたのしむ 美しい日本の詩　大岡信・谷川俊太郎編

《歴史・地理》〔青〕

- 新訂 魏志倭人伝・後漢書倭伝・宋書倭国伝・隋書倭国伝 —中国正史日本伝1　石原道博編訳
- 新訂 旧唐書倭国日本伝・宋史日本伝・元史日本伝 —中国正史日本伝2　石原道博編訳
- ヘロドトス 歴史 全三冊　松平千秋訳
- トゥーキュディデース 戦史 全三冊　久保正彰訳
- ガリア戦記　カエサル 近山金次訳
- タキトゥス 年代記 —ティベリウス帝からネロ帝へ 全二冊　国原吉之助訳
- ランケ 世界史概観 —近世史の諸時代　鈴木成高・相原信作訳
- ランケ自伝　林健太郎訳
- 歴史における個人の役割　プレハーノフ 木原正雄訳
- 古代への情熱 —シュリーマン自伝　シュリーマン 村田数之亮訳
- 大君の都 —幕末日本滞在記 全三冊　オールコック 山口光朔訳
- アーネスト・サトウ 一外交官の見た明治維新 全二冊　坂田精一訳
- ベルツの日記 全二冊　トク・ベルツ編 菅沼竜太郎訳
- 武家の女性　山川菊栄
- インディアスの破壊についての簡潔な報告　ラス・カサス 染田秀藤訳
- ラス・カサス インディアス史 全七冊　長南実訳 石原保徳編
- インディアスの破壊をめぐる賠償義務論 —十二の疑問に答える　ラス・カサス 染田秀藤訳
- コロンブス 全航海の報告　林屋永吉訳
- 大森貝塚 —付 関連史料　E・S・モース 近藤義郎・佐原真編訳
- ナポレオン言行録　オクターヴ・オブリ編 大塚幸男訳
- 中世的世界の形成　石母田正
- 日本の古代国家　石母田正
- 平家物語 他六篇　石母田正 髙橋昌明編
- クリオの顔 —歴史随想集　E・H・ノーマン 大窪愿二編訳
- 日本における近代国家の成立　E・H・ノーマン 大窪愿二訳
- 旧事諮問録 —江戸幕府役人の証言 全二冊　旧事諮問会編 進士慶幹校注
- ローマ皇帝伝 全二冊　スエトニウス 国原吉之助訳
- アリランの歌 —ある朝鮮人革命家の生涯　ニム・ウェールズ キム・サン 松平いを子訳
- さまよえる湖 全二冊　ヘディン 福田宏年訳
- 老松堂日本行録 —朝鮮使節の見た中世日本　宋希璟 村井章介校注
- 十八世紀パリ生活誌 —タブロー・ド・パリ 全二冊　メルシエ 原宏編訳
- ヨーロッパ文化と日本文化　ルイス・フロイス 岡田章雄訳注
- ギリシア案内記 全二冊　パウサニアス 馬場恵二訳
- オデュッセウスの世界　フィンリー 下田立行訳
- 東京に暮す —一九二八〜一九三六　キャサリン・サンソム 大久保美春訳
- ミカド —日本の内なる力　W・E・グリフィス 亀井俊介訳
- 増補 幕末百話　篠田鉱造
- 幕末明治 女百話 全二冊　篠田鉱造
- 日本中世の村落　清水三男 大山喬平・馬田綾子校注
- トゥバ紀行　メンヒェン＝ヘルフェン 田中克彦訳
- 徳川時代の宗教　R・N・ベラー 池田昭訳
- ある出稼石工の回想　マルタン・ナド 喜安朗訳
- 革命的群衆　G・ルフェーヴル 二宮宏之訳
- 植物巡礼 —プラント・ハンターの回想　F・キングドン－ウォード 塚谷裕一訳
- 日本滞在日記 —一八〇四—一八〇五　レザーノフ 大島幹雄訳
- モンゴルの歴史と文化　ハイシッヒ 田中克彦訳
- 歴史序説 全四冊　イブン＝ハルドゥーン 森本公誠訳
- ダンピア 最新世界周航記 全二冊　平野敬一訳
- ローマ建国史 全三冊（既刊上巻）　リーウィウス 鈴木一州訳
- 元治夢物語 —幕末同時代史　馬場文英 徳田武校注

フランス・プロテスタントの反乱
―カミザール戦争の記録
カヴァリエ
二宮フサ訳

徳川制度 全三冊・補遺
加藤貴校注

第二のデモクラテス
戦争の正当原因についての対話
セプールベダ
染田秀藤訳

ユグルタ戦争 カティリーナの陰謀
サルスティウス
栗田伸子訳

史的システムとしての資本主義
ウォーラーステイン
川北稔訳

中世荘園の様相
網野善彦

日本中世の非農業民と天皇 全二冊
網野善彦